Der
Unfall
auf der
A35

von Raymond Brunet

Übersetzt und kommentiert von
Graeme Macrae Burnet

EUROPAVERLAG

Die englischsprachige Originalausgabe ist 2017 unter dem Titel
The Accident on the A35 bei Contraband, einem Imprint von Saraband,
Glasgow, Schottland, erschienen.

AUS DEM ENGLISCHEN VON CLAUDIA FELDMANN

© der deutschsprachigen Ausgabe 2018
Europa Verlag GmbH & Co. KG, München
Umschlaggestaltung und Motiv: Hauptmann & Kompanie Werbeagentur, Zürich
Übersetzung: Claudia Feldmann
Layout und Satz: BuchHaus Robert Gigler, München
Druck und Bindung: Pustet, Regensburg
ISBN 978-3-95890-154-4
www.europa-verlag.comm

INHALT

VORWORT

Am 20. November 2014 wurde per Kurier ein Paket bei den Éditions Gaspard-Moreau in der Rue Mouffetard in Paris abgegeben, adressiert an Georges Pires, Raymond Brunets früheren Lektor. Pires war neun Jahre zuvor einem Krebsleiden erlegen, und so wurde das Paket stattdessen von einem jungen Volontär geöffnet. Es enthielt zwei Manuskripte sowie einen Brief von einer Anwaltskanzlei aus Mülhausen, in dem stand, dass man sie angewiesen habe, die beigefügten Dokumente nach dem Tod von Brunets Mutter an den Verlag zu senden.

Brunet, von dem bisher nur ein Roman veröffentlicht worden war – *Das Verschwinden der Adèle Bedeau* –, hatte sich 1992 im Bahnhof von Saint-Louis vor einen Zug geworfen. Marie Brunet, die ihren Sohn um zweiundzwanzig Jahre überlebt hatte, war zwei Tage vor der Auslieferung des Pakets im Alter von vierundachtzig Jahren im Schlaf verstorben.

Trotz – oder vielleicht gerade wegen – der anachronistischen Art der Einreichung ahnte der Volontär, der 1982, zum Zeitpunkt der Veröffentlichung von Brunets Roman, noch gar nicht geboren war, nichts von der Bedeutung des Inhalts. Die Manuskripte wurden behandelt wie die meisten anderen und landeten in der Schundecke des Verlags. Erst vier Monate später erkannte eine der älteren Mitarbeiterinnen bei Gaspard-Moreau, was für ein Schatz da im Regal schlummerte. Was Sie jetzt in den Händen halten, ist das erste dieser beiden Manuskripte: *L'Accident sur l'A35*.

Der Entschluss zur Veröffentlichung wurde nicht übereilt getroffen. Zunächst musste sichergestellt werden, dass Gaspard-Moreau nicht Opfer eines Betrugs geworden war. Doch es stellte sich sehr schnell heraus, dass Brunet die beiden Manuskripte in der Tat kurz vor seinem Selbstmord bei einem Anwalt hinterlegt hatte. Dieser Anwalt, Jean-Claude Lussac, war zwar längst im Ruhestand, aber er erinnerte sich noch gut an den Fall und hatte als einziger Mitwisser die Gerüchte um die Existenz weiterer unveröffentlichter Werke, die nach Brunets Selbstmord kursierten, mit einer Mischung aus Erheiterung und schlechtem Gewissen verfolgt. Ein einfacher Test bewies, dass die Manuskripte auf der Schreibmaschine verfasst worden waren, die immer noch auf dem Schreibtisch im einstigen Arbeitszimmer von Brunets Vater im Haus der Familie in Saint-Louis stand. Doch solche Beweise sind vollkommen überflüssig. Selbst ein beiläufiger Leser wird sofort erkennen, dass Stil, Milieu und thematische Ausrichtung von *Der Unfall auf der A35* exakt denen von Brunets erstem Buch entsprechen. Und wer dieses Werk als Schlüsselroman liest, wird verstehen, weshalb Brunet nicht wollte, dass es zu Lebzeiten seiner Mutter erschien.

Graeme Macrae Burnet, April 2017

Was ich soeben geschrieben habe,
ist falsch. Ist richtig.
Ist weder falsch noch richtig.

Jean-Paul Sartre, Die Wörter

1

An dem Unfall auf der A35 schien absolut nichts ungewöhnlich zu sein. Er geschah an einem vollkommen unspektakulären Streckenabschnitt zwischen Straßburg und Saint-Louis. Ein dunkelgrüner Mercedes Kombi, der in südlicher Richtung unterwegs war, kam von der Fahrbahn ab, schlitterte die Böschung hinunter und knallte gegen einen Baum am Rande eines Wäldchens. Gemeldet wurde der Unfall um 22.45 Uhr, aber da der Wagen von der Straße aus nicht sofort zu sehen war, ließ sich nicht mit Sicherheit feststellen, wann sich der Unfall ereignet hatte. Auf jeden Fall war der einzige Insasse bereits tot, als der Wagen gefunden wurde.

Georges Gorski von der Polizei in Saint-Louis stand auf dem grasbewachsenen Seitenstreifen der Straße. Es war November. Nieselregen überzog die Fahrbahn. Es gab keine Reifenspuren. Die naheliegendste Erklärung war, dass der Fahrer einfach am Steuer eingenickt war. Selbst bei einem Herzinfarkt versuchte ein Fahrer meistens noch, auf die Bremse zu treten oder den Wagen irgendwie unter Kontrolle zu bringen. Dennoch beschloss Gorski, erst einmal alle Möglichkeiten in Betracht zu ziehen. Sein Vorgänger Jules Ribéry hatte ihn stets ermahnt, auf seinen Instinkt zu hören. *Fälle löst man hiermit, nicht damit,* hatte er oft gesagt und dabei zuerst auf seinen Bauch und dann auf seinen Kopf gezeigt. Doch Gorski war skeptisch, was diese Herangehensweise betraf. Sie ermunterte den ermittelnden Beamten, Details außer Acht zu lassen, die nicht zu seiner Ausgangshypothese passten. Gorski hingegen zog es vor, jedem Detail erst einmal die gleiche Beachtung zu schenken. Ribérys Vorgehensweise war eher dem Wunsch entsprungen, es sich bereits nachmittags in einer der Bars von Saint-Louis gemütlich zu machen. Dennoch lag angesichts dessen, was Gorski nun vor sich sah, die Vermutung nahe, dass er nicht allzu lange nach alternativen Theorien suchen musste.

Als er an der Unfallstelle ankam, war diese bereits abgesperrt worden. Ein Fotograf machte Aufnahmen von dem zerbeulten Wagen. Immer wieder ließ der Blitz die umstehenden Bäume aufleuchten. Ein Rettungswagen und mehrere Streifenwagen mit Blaulicht blockierten die Fahrbahn Richtung Süden. Zwei gelangweilte Gendarmen regelten den spärlichen Verkehr.

Gorski trat seine Zigarette am Straßenrand aus und kletterte die Böschung hinunter. Das tat er nicht so sehr deshalb, weil er glaubte, die Begutachtung der Unfallstelle könne ihm irgendwelche neuen Erkenntnisse zum Unfallhergang liefern, sondern nur, weil es zu seinen Aufgaben gehörte. Diejenigen, die um das Fahrzeug herumstanden, warteten auf sein Urteil. Der Leichnam durfte nicht aus dem Wagen geholt werden, bis der ermittelnde Beamte die Erlaubnis dazu gab. Hätte sich der Unfall nur ein paar Kilometer weiter nördlich ereignet, wäre er unter die Zuständigkeit der Mülhausener Polizei gefallen. Während Gorski den Abhang hinunterbalancierte, war ihm bewusst, dass alle, die unten beim Wäldchen standen, zu ihm herübersahen. Das Gras war rutschig vom abendlichen Regen, und seine dünnen Lederslipper waren denkbar ungeeignet für so einen Einsatz. Um nicht das Gleichgewicht zu verlieren, musste er in einen leichten Laufschritt verfallen, und unten stieß er mit einem jungen Gendarmen zusammen, der eine Taschenlampe hielt. Er hörte unterdrücktes Lachen.

Langsam umrundete Gorski das Auto. Der Fotograf unterbrach seine Arbeit und trat zurück, um ihm den Blick freizugeben. Der Fahrer des Wagens war beim Aufprall mit Kopf und Schultern durch die Windschutzscheibe geschleudert worden. Die Arme hingen neben dem Rumpf herab, was darauf hindeutete, dass er nicht versucht hatte, sich zu schützen. Sein Kopf lag auf der zusammengedrückten Motorhaube. Der Mann hatte einen grauen Vollbart, aber davon abgesehen, konnte Gorski kaum etwas von seinem Äußeren erkennen, da das Gesicht – oder zumindest der Teil, den man sehen konnte –, völlig zerschmettert war. Die Haare klebten nass auf den Überresten der Stirn. Gorski ging weiter um den Mercedes herum. Der Lack auf der Fahrerseite war stark zerkratzt, was vermuten ließ, dass der Wagen auf der Seite liegend die Böschung hinuntergerutscht war und sich erst unten wieder aufgerichtet hatte. Gorski blieb stehen und strich mit den Fingern über das verbeulte Metall, als hoffe er, dass es mit ihm sprechen würde. Doch das tat es nicht. Und als er nun sein Notizbuch aus der Innentasche seines Jacketts nahm und ein paar Worte hineinschrieb, tat er es nur, um die Männer, die um ihn herumstanden und ihn beobachteten, zufriedenzustellen. Die Kollegen von der Unfallermittlung würden zu gegebener Zeit die Unfallursache feststellen. Dazu war keine geniale Eingebung nötig, weder von Gorski noch von irgendjemandem sonst.

Die Beifahrertür hatte sich durch den Aufprall ein Stück geöffnet. Gorski zog sie ein wenig weiter auf und griff in die Innentasche des Mantels, der neben dem Verunglückten auf dem Sitz lag. Er bedeutete dem Einsatzleiter, dass er mit seiner Untersuchung fertig war, und kletterte die Böschung wieder hinauf. Als er in seinem Auto saß, zündete er sich eine neue Zigarette an und klappte die Brieftasche des Unfallopfers auf. Der Tote hieß Bertrand Barthelme, wohnhaft in der Rue des Bois 14, Saint-Louis.

Die Adresse gehörte zu einer der großen Villen am Nordrand der Stadt. Saint-Louis war eine unbedeutende Kleinstadt im sogenannten Dreyeckland, wo Deutschland, Frankreich und die Schweiz aneinandergrenzten. Die rund zwanzigtausend Einwohner ließen sich in drei Gruppen unterteilen: diejenigen, die keinerlei Ehrgeiz hatten, an einem weniger tristen Ort zu leben; diejenigen, denen dazu die Mittel fehlten; und diejenigen, denen es dort aus unerfindlichen Gründen gefiel. Obwohl die Stadt nicht viel vorzuweisen hatte, gab es ein paar Familien, die auf die eine oder andere Weise zu Vermögen gekommen waren, zumindest für dortige Verhältnisse. Ihre Häuser standen nie zum Verkauf. Sie wurden von Generation zu Generation weitergegeben wie in ärmeren Familien Eheringe oder Möbelstücke.

In der Rue des Bois angekommen, parkte Gorski am Straßenrand und zündete sich eine Zigarette an. Das Haus war hinter großen Platanen verborgen. Es war eine von jenen Straßen, in denen ein spätabends abgestellter, fremder Wagen umgehend einen Anruf bei der Polizei auslöste. Gorski hätte die unerquickliche Aufgabe, die Angehörigen zu informieren, ohne weiteres an einen seiner Untergebenen delegieren können, aber er wollte nicht den Eindruck erwecken, dieser Aufgabe nicht gewachsen zu sein. Doch es gab noch einen zweiten, weniger ehrbaren Grund, den sich Gorski selbst kaum eingestehen mochte: Er war wegen der Adresse des Verstorbenen persönlich gekommen. Hätte der Tote aus einem weniger wohlhabenden Viertel der Stadt gestammt, hätte er kaum Bedenken gehabt, einen Beamten niederen Ranges zu schicken. Tatsächlich glaubte er, dass die Leute, die an der Rue des Bois wohnten, das Recht hatten, vom höchsten Gesetzesvertreter der Stadt informiert zu werden. Das erwarteten sie, und wenn Gorski dies nicht persönlich übernahm, würde später darüber getuschelt werden.

Kurz erwog er, die Aufgabe auf den nächsten Morgen zu verschieben – es war schon fast Mitternacht –, doch die späte Stunde bot keinen hinreichenden Vorwand. Schließlich hätte er keinerlei Bedenken, eine Familie in den schäbigen Mietshäusern am Place de la Gare zu jeder beliebigen Tages- und Nachtzeit zu stören. Außerdem konnte es sein, dass die Familie Barthelme in der Zwischenzeit über eine andere Quelle von dem Unfall erfuhr.

Gorski ging knirschend die kiesbestreute Einfahrt hinauf. Wie immer, wenn er sich solchen Häusern näherte, kam er sich wie ein Eindringling vor. Falls ihn jemand fragte, was er hier wollte, würde er sich garantiert erst entschuldigen, bevor er den Ausweis hervorholte, der seine Anwesenheit rechtfertigte. Er erinnerte sich an die Panik früher in seinem Elternhaus, wenn ein unangemeldeter Besucher kam. Seine Eltern wechselten alarmierte Blicke. Seine Mutter sah sich im Zimmer um und strich hastig die Kissen und Schonbezüge glatt, bevor sie die Tür öffnete. Sein Vater zog rasch das Jackett über und richtete sich auf, als wäre es ihm peinlich, in seinem eigenen Zuhause entspannt im Sessel zu sitzen. Eines Abends, als Gorski sieben oder acht gewesen war, klingelten zwei junge Mormonen, die vor Kurzem in die Stadt gezogen waren, bei ihnen an der Wohnung, die über dem Pfandleihhaus seines Vaters lag. Gorski hörte, wie die beiden in gebrochenem Französisch den Anlass ihres Besuchs darlegten. Seine Mutter bat sie in das kleine Wohnzimmer. Albert Gorski stand hinter seinem Stuhl, als erwarte er den Bürgermeister höchstpersönlich. Gorski selbst saß unter dem Fenster auf dem Boden und blätterte in einem Bilderbuch. Für seine kindlichen Augen sahen die beiden Amerikaner genau gleich aus: groß und blond, mit militärisch kurzem Haarschnitt und eng sitzendem dunkelblauem Anzug. Sie blieben im Türrahmen stehen, bis Mme Gorski sie zu den Stühlen am Tisch führte, an dem die Familie ihre Mahlzeiten einnahm. Die beiden wirkten kein bisschen befangen. Mme Gorski bot ihnen Kaffee an, was sie nicht ablehnten. Während sie sich in der schmalen Küche zu schaffen machte, stellten sich die beiden Besucher M. Gorski vor, der lediglich nickte und wieder Platz nahm. Die jungen Männer machten ein paar Bemerkungen darüber, wie ansprechend sie Saint-Louis fanden. Als Gorskis Vater darauf nicht antwortete, breitete sich Stille aus, die andauerte, bis Mme Gorski mit einem Tablett aus der Küche zurückkam, auf dem eine Kanne, die guten Porzellantassen und ein Teller mit Madeleines standen. Sie plauderte munter drauflos, während sie den Besuchern Kaffee servierte, doch es war offensichtlich, dass die beiden kaum etwas von ihrem Monolog verstanden. Für gewöhnlich tranken die Gorskis abends keinen Kaffee. Nachdem diese Förmlichkeiten beendet waren, deutete der junge Mann, der links saß, nach einem aufmerksamen Blick durch das Wohnzimmer auf die Mesusa, die am Türrahmen hing.

»Wie ich sehe, sind Sie Anhänger des jüdischen Glaubens«, sagte er. »Aber mein Kollege und ich würden Ihnen gerne die Botschaft unseres Glaubens vermitteln.«

Es war das erste Mal, dass Gorski eine solche Bemerkung über seine Familie hörte. Religion wurde im Haushalt der Gorskis nie erwähnt und erst recht nicht praktiziert. Die kleine Schriftkapsel am Türrahmen war einfach nur eines von vielen Zierstücken im Raum, die seine Mutter jede Woche abstaubte. Sie hatte keine besondere Bedeutung, oder falls doch, wusste Gorski nichts davon. Er wusste nicht einmal, was der Ausdruck »Anhänger des jüdischen Glaubens« bedeutete, abgesehen davon, dass sie – die Gorskis –, anders waren. Gorski war empört, dass diese Fremden so mit seinem Vater sprachen. Er erinnerte sich nicht an den Rest des Gesprächs, nur noch daran, dass sein Vater, nachdem die Amerikaner das Gebäck seiner Mutter gegessen hatten, die Unterlagen entgegennahm, die sie ihm in die Hand drückten, und ihnen versicherte, er werde sie sich aufmerksam durchlesen. Diese Antwort schien die jungen Männer zu freuen, und sie sagten, sie kämen gerne noch einmal vorbei. Sie dankten Mme Gorski für ihre Gastfreundschaft und gingen. Ihre Kaffeetassen standen unberührt auf dem Tisch. Mme Gorski bemerkte, was für nette junge Männer das doch gewesen seien. M. Gorski blätterte ungefähr eine halbe Stunde in den Unterlagen, die die Amerikaner ihm gegeben hatten, als sei es unhöflich, sie direkt wegzuwerfen. Nach dem Tod seines Vaters fand Gorski sie in der Holzkiste unter dem Fenster, in der wichtige Papiere aufbewahrt wurden.

Gorski wollte gerade ein zweites Mal an der Tür in der Rue des Bois klingeln, als in der Eingangshalle das Licht anging und ein Schlüssel im Schloss umgedreht wurde. Eine stämmige Frau um die sechzig öffnete die Tür. Ihr graues Haar war im Nacken zu einem Knoten gebunden, und sie trug ein Kleid aus dunkelblauer Wolle, das ein wenig zu eng saß. Um ihren Hals hing eine Brille an einem Lederband und ein kleines Kreuz, das sich an ihren Brustansatz schmiegte. Sie hatte kräftige, geradezu männliche Knöchel und trug braune Schnürschuhe. Es sah nicht so aus, als hätte sie sich hastig angezogen, um an die Tür zu gehen. Vielleicht endeten ihre Pflichten erst, wenn der Herr des Hauses zurückgekehrt war. Gorski stellte sich vor, wie sie in ihrem Zimmer saß und bedächtig eine Patience legte, eine brennende Zigarette neben sich im Aschenbecher. Sie musterte Gorski mit jenem Ausdruck verhaltener Abscheu, den er seit Langem gewohnt war und von dem er sich nicht mehr irritieren ließ.

»Guten Abend, Madame«, begann er. »Kommissar Georges Gorski von der hiesigen Polizei.« Er zeigte ihr seinen Ausweis, den er bereits in der Hand gehalten hatte.

»Madame Barthelme hat sich schon zur Nacht zurückgezogen«, erwiderte die Frau. »Bitte seien Sie so gut und kommen Sie zu einer passenderen Tageszeit wieder.«

Gorski widerstand dem Drang, sich für die Störung zu entschuldigen. »Das ist kein gesellschaftlicher Besuch«, sagte er.

Die Frau zog die Augenbrauen hoch und schüttelte leicht den

Kopf. Dann setzte sie ihre Brille auf und bat um Gorskis Ausweis. »Was gibt es denn, dass Sie um diese Zeit unbescholtene Leute stören müssen?«

Schon jetzt war Gorski diese wichtigtuerische Person zutiefst unsympathisch. Anscheinend glaubte sie, ihr Status als Wächterin dieses Haushalts verleihe ihr besondere Autorität. Er rief sich ins Gedächtnis, dass sie nichts weiter war als eine Bedienstete.

»Offensichtlich etwas Wichtiges, sonst würde ich nicht um diese Zeit kommen«, entgegnete er. »Wenn Sie jetzt bitte so freundlich wären ...«

Die Haushälterin trat von der Haustür zurück und ließ ihn widerstrebend in die riesige holzvertäfelte Eingangshalle. Die Eichentüren der Zimmer im ersten Stock führten zu einem Treppenabsatz, der von einem geschnitzten Geländer eingefasst wurde. Sie ging die Treppe hinauf, wobei sie sich schwer auf den Handlauf stützte, und betrat ein Zimmer zur Linken. Gorski wartete in der dämmrigen Halle. Im Haus war es still. Unter einer geschlossenen Tür auf der rechten Seite des Treppenabsatzes schien ein schmaler Lichtstreifen hindurch. Wenig später kam die Haushälterin wieder herunter. Sie bewegte sich humpelnd und führte das rechte Bein im Bogen, als hätte sie Schmerzen in der Hüfte.

Mme Barthelme, teilte sie ihm mit, würde ihn in ihrem Zimmer empfangen. Gorski war davon ausgegangen, dass die Hausherrin ihn in einen der unteren Räume bitten würde. Die Vorstellung, eine Frau in ihrem Schlafzimmer über den Tod ihres Mannes zu unterrichten, erschien ihm ein wenig anstößig. Doch was blieb ihm anderes übrig? Er folgte der Haushälterin nach oben. Sie wies auf die Tür und ließ ihn vorgehen.

Angesichts des Alters des Verstorbenen hatte Gorski erwartet, eine ältere Frau vorzufinden, die auf einen Haufen bestickter Kissen gestützt war. Laut seinem Führerschein war Barthelme neunundfünfzig gewesen, doch selbst bei der oberflächlichen Begutachtung, die Gorski vorgenommen hatte, war ihm der Mann älter vorgekommen. Sein Bart war dicht und grau und der Schnitt seines dreiteiligen Anzugs altmodisch. Mme Barthelme hingegen war sicher höchstens vierzig, vielleicht sogar jünger. Ihr üppiges hellbraunes Haar war nachlässig hochgesteckt, und ein paar einzelne Locken umrahmten ihr herzförmiges Gesicht. Sie hatte sich einen leichten Schal um die Schultern gelegt, wohl um den Anstand zu wahren, doch ihr Nachthemd war am Ausschnitt so locker zusammengebunden, dass Gorski sich Mühe geben musste, daran vorbeizuschauen. Das Zimmer gehörte eindeutig einer Frau. Es gab eine kunstvoll verzierte Frisierkommode und eine mit Kleidern übersäte Chaiselongue. Der Nachttisch war voll kleiner brauner Tablettenfläschchen. Nichts wies auf die Anwesenheit eines Mannes hin. Offensichtlich hatte das Paar getrennte Schlafzimmer. Mme Barthelme lächelte liebenswürdig und entschuldigte sich dafür, dass sie Gorski im Bett liegend empfing.

»Ich fühle mich leider ein bisschen …« Sie beendete den Satz mit einer vagen Geste ihrer Hand, was ihre Brüste unter dem dünnen Stoff des Nachthemds in Bewegung versetzte.

Für einen Moment vergaß Gorski den Anlass seines Besuchs.

»Thérèse hat mir Ihren Namen nicht genannt«, sagte sie.

»Gorski«, erwiderte er. »Kommissar Gorski.« Beinahe hätte er hinzugefügt, dass sein Vorname Georges war.

»Gibt es denn so viele Verbrechen in Saint-Louis, dass wir einen Kommissar brauchen?«

»Gerade genug.« Normalerweise hätte sich Gorski über eine solche Bemerkung geärgert, aber so, wie Mme Barthelme es sagte, klang es wie ein Kompliment.

Er stand auf halbem Weg zwischen Tür und Bett. Vor der Frisierkommode war ein Stuhl, aber es schickte sich nicht, so eine ernste Nachricht im Sitzen zu überbringen. Die Haushälterin wartete an der Tür. Es gab keinen Grund, weshalb sie nicht dabei sein sollte, doch Gorski wollte seine Autorität bekräftigen, und so drehte er sich um und sagte: »Bitte lassen Sie uns einen Moment allein, Thérèse.«

Die Haushälterin gab sich keine Mühe, ihre Missbilligung zu verbergen, doch nachdem sie demonstrativ die Kissen auf der Chaiselongue zurechtgerückt hatte, verließ sie das Zimmer.

»Und schließen Sie die Tür hinter sich«, fügte Gorski hinzu.

Er schwieg einen Augenblick und setzte eine angemessen ernste Miene auf. »Es tut mir leid, aber ich habe schlechte Nachrichten, Madame Barthelme.«

»Bitte nennen Sie mich Lucette. Sonst komme ich mir vor wie eine alte Jungfer«, erwiderte sie. Der Rest seines Satzes schien keinen Eindruck bei ihr hinterlassen zu haben.

Gorski nickte. »Es hat einen Unfall gegeben«, sagte er. Er sah keinen Sinn darin, um den heißen Brei herumzureden. »Ihr Mann ist tot.«

»Tot?«

Das sagten sie alle. Gorski maß den Reaktionen der Leute, wenn sie von so einer Nachricht erfuhren, keinen besonderen Wert bei. Würde bei ihm zu später Stunde ein Polizist vor der Tür stehen, wäre ihm klar, dass es sich nur um eine schlechte Nachricht handeln konnte. Doch dieser Gedanke schien Zivilisten nicht in den Sinn zu kommen, und im ersten Moment reagierten sie meist mit Unglauben.

»Sein Wagen ist von der A35 abgekommen und gegen einen Baum geprallt. Er war sofort tot. Es ist ungefähr vor einer Stunde passiert.«

Mme Barthelme stieß einen matten Seufzer aus.

»Nach unserem ersten Eindruck deutet alles darauf hin, dass er am Steuer eingenickt ist. Aber es wird natürlich eine umfassende Untersuchung geben.«

Mme Barthelmes Gesichtsausdruck veränderte sich kaum. Sie

wandte den Blick von Gorski ab. Ihre Augen waren blassblau, beinahe grau. Ihre Reaktion war nicht ungewöhnlich. Die Leute stießen in der Regel keine entsetzten Schreie aus, fielen nicht in Ohnmacht und bekamen auch keine Wutanfälle. Dennoch war es eigentümlich, dass sie so gar keine Regung zeigte. Ihr Blick wanderte zu den Tablettenfläschchen auf dem Nachttisch. Vielleicht hatte sie Valium oder irgendein anderes Beruhigungsmittel genommen. Gorski ließ ihr noch ein wenig Zeit. Dann zuckte sie ein wenig zusammen, als hätte sie vergessen, dass er da war.

»Ich verstehe«, sagte sie. Sie hob die Hand und strich sich geistesabwesend eine Locke aus dem Gesicht. Sie war wirklich bezaubernd.

»Möchten Sie ein Glas Wasser?«, fragte er. »Oder vielleicht einen Brandy?«

Sie lächelte, genauso wie in dem Moment, als er das Zimmer betreten hatte. Gorski begann sich zu fragen, ob sie seine Nachricht überhaupt verstanden hatte.

»Nein, danke. Sie sind sehr freundlich.«

Gorski deutete eine knappe Verneigung an. »Ist außer der Haushälterin sonst noch jemand hier?«

»Nur unser Sohn Raymond«, sagte sie. »Er ist in seinem Zimmer.«

»Möchten Sie, dass ich es ihm sage?«

Dieses Angebot schien Mme Barthelme zu überraschen. »Ja, das wäre sehr nett von Ihnen.«

Gorski nickte. Er hatte nicht damit gerechnet, die Nachricht zweimal überbringen zu müssen. In Gedanken war er bereits bei dem Bier gewesen, das er noch im Le Pot trinken wollte. Er widerstand dem Drang, auf die Uhr zu sehen, und hoffte, dass Yves noch nicht geschlossen hatte, wenn er dort ankam. Dann wies er noch darauf hin, dass der Leichnam offiziell identifiziert werden musste. »Wir schicken Ihnen morgen früh einen Wagen«, sagte er.

Mme Barthelme nickte. Sie erklärte ihm, wo das Zimmer ihres Sohns war. Und damit hatte es sich.

Die Haushälterin saß auf einer gepolsterten Bank neben der Tür. Gorski nahm an, dass sie alles gehört hatte.

2

Raymond Barthelme saß auf einem Stuhl in der Mitte seines Zimmers und las *Zeit der Reife* von Jean-Paul Satre. Das einzige Licht im Raum kam von der Lampe auf dem Schreibtisch, der am Fenster stand. Außer dem Bett gab es noch ein abgewetztes Samtsofa, doch Raymond zog den Holzstuhl vor. Wenn er in einer bequemeren Position zu lesen versuchte, schweiften seine Gedanken immer wieder von den Worten auf der Seite ab. Außerdem hatte sein Freund Stéphane ihm erzählt, dass Sartre selbst auch immer auf einem einfachen Stuhl gesessen hatte, wenn er las. Er war wieder einmal bei dem Kapitel, in dem sich Ivich und Mathieu im Nachtclub Sumatra die Hände aufschlitzen. Die Vorstellung, dass eine Frau sich einfach so mit einem Messer in die Handfläche schnitt, faszinierte Raymond. Zum x-ten Mal las er: *Ihr Fleisch war vom Daumenballen bis zur Wurzel des kleinen Fingers offen, das Blut quoll heraus.* Und ihr Freund eilte ihr keineswegs zu Hilfe, sondern nahm das Messer und rammte es durch seine eigene Hand in den Tisch. Das Beeindruckendste an der Szene waren jedoch nicht die blutigen Taten selbst, sondern der Satz, der darauf folgte: *Der Kellner hatte schon ganz andere Sachen erlebt.*

Als das Paar anschließend zum Waschraum ging, verband die Garderobiere ihnen einfach nur die Hände und schickte sie fort. Wen kümmerte es schon, dass sie sich selbst verletzt hatten? Raymond sehnte sich danach, an einem Ort wie dem Sumatra zu sein, unter Leuten, die ihre Hand mit einem Messer an den Tisch nagelten. Aber so einen Club gab es in einem Kaff wie Saint-Louis natürlich nicht. Hier gab es nur gesittete Cafés, in denen man von Frauen mittleren Alters bedient wurde, die nach den Eltern fragten und denen Raymond stets mit vollendeter Höflichkeit begegnete. Raymond wusste nicht, was er von der Szene halten sollte. Er hatte schon ausführlich mit Yvette und Stéphane darüber diskutiert, an ihrem Stammtisch im Café des Vosges. Stéphane war ganz nüchtern an die Passage herangegangen (er hatte auf alles eine Antwort): »Das ist ein *acte gratuit,* alter Knabe«, hatte er mit einem Achselzucken gemeint. »Er hat keine Bedeutung. Genau darum geht es ja.« Yvette hatte widersprochen: Natürlich hatte die Szene eine Bedeutung. Sie war ein Akt der Rebellion gegen die Bourgeoisie, repräsentiert durch die Frau im Pelzmantel am Nebentisch. Raymond hatte ernst genickt, weil er seinen Freunden nicht widersprechen wollte, doch er fand beide Interpretationen nicht sonderlich einleuchtend. Sie erklärten nicht das Kribbeln, das er beim Lesen der Szene verspürte und das dem nicht unähnlich war, wenn er im Schulflur ganz dicht an bestimmten Mädchen vorbeiging und ihren Duft einsog. Vielleicht ging es gar nicht darum, die Szene auf eine Bedeutung zu reduzieren – sie zu erklären –, sondern darum, sie einfach nur als eine Art Spektakel zu erleben.

Raymond trug sein Haar schulterlang. Er hatte eine ausgeprägte römische Nase, die er von seinem Vater geerbt hatte, und die langbewimperten graublauen Augen seiner Mutter. Mit seinen schmalen Lippen und dem breiten Mund sah er recht einnehmend aus, wenn er lächelte (was allerdings nicht oft vorkam). Seine Haut war glatt, und er rasierte sich nur der Form halber, denn das, was da an seinem Kinn wuchs, war nicht mehr als ein zarter, peinlicher Flaum. Sein Körper war schlank und geschmeidig, und seine Mutter sagte gerne, er sehe aus wie ein Mädchen. Manchmal, wenn er sie abends in ihrem Zimmer besuchte, bat sie ihn, sich auf die Bettkante zu setzen, und dann bürstete sie sein Haar. Raymond störte sich nicht daran, dass seine Mutter ihn so weiblich fand, und gewöhnte sich sogar ein paar mädchenhafte Gesten an, vor allem, um seinen Vater zu ärgern.

Vor Kurzem hatte er alle Poster von den Wänden seines Zimmers genommen und einen großen Teil seiner Sachen weggeworfen. Dann hatte er die Wände weiß gestrichen, sodass sein Zimmer nun wie eine gut ausgestattete Zelle aussah. An der Wand rechts neben der Tür stand ein Regal, aus dem er alle kindlichen Bücher entfernt hatte. Stattdessen waren dort nun ein Plattenspieler und vierzig oder fünfzig Schallplatten untergebracht, Letztere sorgfältig ausgewählt, um bei jedem, der sein Zimmer betrat, den richtigen Eindruck zu erwecken. Er war siebzehn Jahre alt.

Seit etwa fünfzehn Minuten waren Raymonds Gedanken nicht mehr bei seinem Buch. Vor einer Stunde hatte er Autoreifen auf dem Kies in der Einfahrt gehört, und kurz darauf war die Haustür geöffnet worden, und seine Mutter war die Treppe heraufgekommen. Auch ohne das Klackern ihrer Absätze auf den Dielen waren ihre Schritte leicht von denen seines Vaters zu unterscheiden. Seither war es im Haus still gewesen. Normalerweise hätte Raymond erwartet, dass sein Vater spätestens um diese Zeit nach Hause kam, kurz nach seiner Frau sah und sich dann in sein Arbeitszimmer zurückzog, um zu lesen oder ein paar Unterlagen durchzugehen. Raymonds Vater ließ die Tür seines Arbeitszimmers immer einen Spalt offen. Doch das war weniger als Einladung gedacht, hereinzukommen, als vielmehr dazu, das Kommen und Gehen der anderen Mitglieder des Haushalts zu überwachen. Raymonds Zimmer lag neben dem Arbeitszimmer, und wenn er zur Toilette musste oder nach unten in die Küche gehen wollte, um sich etwas zu essen zu holen, führte sein Weg zwangsläufig an der Tür seines Vaters vorbei. Raymond lief im Haus oft in Socken herum, um unbemerkt zu bleiben, doch er hatte stets das Gefühl, dass sein Vater immer wusste, wo er war und was er tat. Jeden Abend, wenn die Haushälterin sich in ihr Zimmer im zweiten Stock zurückzog, hörte Raymond, wie sein Vater leise fragte: »Sind Sie das, Thérèse?«

Im Haus war es so still, dass keine Notwendigkeit bestand zu rufen.

»Ja, Maître«, antwortete sie dann vom Treppenabsatz. »Brauchen Sie noch etwas?«

Woraufhin Maître Barthelme verneinte und beide einander eine gute Nacht wünschten. Dieser stets gleichbleibende Wortwechsel ging Raymond auf die Nerven.

Die Tatsache, dass Maître Barthelme noch nicht zu Hause war, war für sich genommen schon ungewöhnlich. Doch als Raymond um 23.47 Uhr (er sah auf die Digitaluhr, die seine Mutter ihm zum sechzehnten Geburtstag geschenkt hatte) ein Klingeln an der Haustür hörte, wusste er, dass etwas passiert sein musste. Um diese Zeit konnte es eigentlich nur jemand von der Polizei sein. Und wenn es jemand von der Polizei war, konnte das nur schlechte Nachrichten bedeuten. Es war höchst unwahrscheinlich, dachte Raymond, dass die Ankunft eines Polizisten und die Abwesenheit seines Vaters nichts miteinander zu tun hatten. Es musste mindestens ein Unfall geschehen sein. Aber würde die Polizei bei einem gewöhnlichen Unfall um diese Zeit bei ihnen auftauchen? Da hätte doch sicher ein Anruf genügt.

Als Raymond hörte, wie Thérèse nach unten ging und die Tür öffnete, spitzte er die Ohren, doch er konnte nur Gemurmel vernehmen. Kurz darauf, als Thérèse wieder die Treppe erklomm und leise bei seiner Mutter klopfte, stand er von seinem Stuhl auf, stellte sich von innen an seine Zimmertür und lauschte. Falls es noch eine Bestätigung brauchte, dass der Besucher tatsächlich von der Polizei war, so hatte er sie nun. Thérèse war von Natur aus misstrauisch und hätte niemals einen Unbekannten alleine in der Halle warten lassen. Für sie waren alle Händler und Vertreter Diebe, die man keinen Moment aus den Augen lassen durfte, und sie beschwerte sich ständig, dass die Verkäufer in den Geschäften sie übers Ohr hauten. Wenn sie vom Einkaufen zurückkam, wog sie jedes Mal alles, was sie besorgt hatte, ab, um sich zu vergewissern, dass man sie nicht betrogen hatte.

Nachdem Thérèse erneut nach unten gegangen war, wurden in der Halle ein paar unverständliche Worte gewechselt, dann kamen zwei Personen die Treppe herauf und betraten das Zimmer seiner Mutter. Anscheinend blieb die Tür kurze Zeit geöffnet, denn Raymond konnte ein paar Gesprächsfetzen verstehen, bevor Thérèse hinausgeschickt und die Tür geschlossen wurde. Während der folgenden Minuten überlegte Raymond, ob er sich womöglich geirrt hatte und der Besuch des Polizisten gar nicht mit dem Fernbleiben seines Vaters zusammenhing. Vielleicht hatte es in der Nachbarschaft einen Einbruch gegeben, und der Polizist war hier, um zu fragen, ob jemand etwas Ungewöhnliches gesehen oder gehört hatte. In dem Fall würde er sicher auch mit Raymond sprechen wollen. Vielleicht würde der Polizist ihn fragen, wo er gewesen war, und da er kein Alibi hatte – er hatte sein Zimmer den ganzen Abend lang nicht verlassen –, würde er selbst unter Verdacht geraten.

Bis zu diesem Moment war Raymonds Tag vollkommen normal gewesen. Gegen acht Uhr morgens hatte er in der Küche stehend eine Tasse Tee getrunken und ein Stück Brot mit Butter gegessen, im Rücken die Wärme des Herdes. Im Winter war das Haus kalt, da sein Vater wenig vom Heizen hielt, aber in der Küche war es immer geradezu erdrückend warm. Thérèse bereitete mit ihrer üblichen Leidensmiene das Frühstückstablett für seine Mutter vor. Sein Vater hatte das Haus bereits verlassen.

Wie immer holte Raymond auf dem Weg zur Schule Yvette ab, die an der Rue des Trois Rois wohnte. An der Ecke Avenue de Bâle – Avenue Général de Gaulle trafen sie auf Stéphane. Er erzählte ihnen begeistert von einem Buch, das er gelesen hatte, aber Raymond hörte kaum zu. Der Tag war mehr oder weniger ereignislos verlaufen. Mlle Delarue, ihre Französischlehrerin, fehlte, wie so oft, und der Konrektor, der die Vertretung übernahm, gab der Klasse nur eine Aufgabe und verschwand. Raymond verbrachte die Stunde damit, zwei Ringeltauben zu beobachten, die ruckelnd über den Schulhof stolzierten. Mittags aß er in der Schulkantine ein Stück Zwiebelkuchen mit Kartoffelsalat. Da er danach keinen Unterricht mehr hatte, ging er allein nach Hause. Er machte sich eine Kanne Tee, nahm sie mit hinauf in sein Zimmer und hörte ein paar Schallplatten. Dienstags aß sein Vater immer auswärts, und das Abendessen ohne ihn war geradezu befreiend. Seine Mutter war munterer als sonst, und ihre Wangen schienen sogar ein wenig Farbe zu bekommen. Wenn sie Raymond fragte, wie sein Tag gewesen war, erheiterte er sie mit Anekdoten über irgendwelche trivialen Ereignisse in der Schule, und manchmal ahmte er sogar seine Lehrer oder Klassenkameraden nach. Wenn er dabei allzu boshaft wurde, schalt sie ihn, aber so halbherzig, dass sie ihm ganz offensichtlich nicht böse war. Selbst Thérèse erledigte ihre Aufgaben mit weniger düsterer Miene, und manchmal setzte sie sich beim Dessert zu ihnen an den Tisch, wenn es irgendwelche Haushaltsdinge zu besprechen gab. Einmal, als Raymonds Vater überraschend nach Hause gekommen war, war sie von ihrem Stuhl aufgesprungen, als hätte sie sich auf eine Reißzwecke gesetzt, und hatte sich an den Schüsseln auf der Anrichte zu schaffen gemacht. Als Maître Barthelme hereingekommen war, hatte nichts darauf hingedeutet, dass er diesen Regelverstoß mitbekommen hatte, aber zu Raymonds Erheiterung waren Thérèses Wangen rot angelaufen wie bei einem Schulmädchen.

Nach etwa fünf Minuten hörte Raymond, wie die Tür vom Zimmer seiner Mutter geöffnet wurde. Er lauschte den Schritten des Polizisten, die sich der Treppe näherten, dann aber daran vorbeigingen und auf sein Zimmer zukamen. Raymond wich von der Tür zurück. Er schnappte sich sein Buch vom Boden und warf sich aufs Bett. Aber das würde seltsam aussehen, da der Stuhl noch mitten im Zimmer stand, als solle dort ein Verhör stattfinden. Doch es blieb keine Zeit, ihn wegzustellen, außerdem wollte Raymond nicht, dass der Polizist ihn hörte und dachte, er sei dabei, Spuren zu verbergen. Es klopfte an der Tür. Raymond wusste nicht, was er tun sollte. Es wäre unhöflich, wenn er rief: Wer ist da? Das würde implizieren, dass die Erlaubnis hereinzukommen von der Identität des Besuchers abhing. Im Übrigen wäre die Frage unaufrichtig, denn er wusste ja bereits, wer vor der Tür stand. Dieses Dilemma war neu für Raymond. Seine Mutter betrat sein Zimmer nie, und Thérèse tat es nur, wenn er in der Schule war. Sein Vater wiederum weigerte sich anzuklopfen, was Raymond überaus ärgerte, denn es bedeutete, dass er sich in seinem eigenen Zimmer nie richtig entspannen konnte, weil jederzeit ein unangekündigter Besuch drohte. Er wusste nicht einmal, was sein Vater bei ihm wollte. Wenn sie überhaupt miteinander sprachen, dann kurz und angespannt, und so lag die Vermutung nahe, dass sein Vater ihn lediglich kontrollieren und daran erinnern wollte, dass er noch nicht alt genug war, um ein Anrecht auf Privatsphäre zu haben.

Letzten Endes stand Raymond mit dem Buch in der Hand vom Bett auf und öffnete selbst die Tür. Der Mann, der auf dem Treppenabsatz stand, sah nicht aus wie ein Polizist. Er war mittelgroß, mit geradezu militärisch kurzem, grau gesprenkeltem Haar. Er hatte ein einnehmendes Gesicht mit freundlichen, wachen Augen und dichten schwarzen Brauen. Der Stoff seines dunkelbraunen Anzugs glänzte ein wenig. Seine Krawatte war gelockert und der oberste Hemdknopf geöffnet. Er hatte nicht die einschüchternde Ausstrahlung, die Raymond bei einem Polizeibeamten erwartet hatte.

»Guten Abend, Raymond«, sagte er. »Ich bin Georges Gorski von der hiesigen Polizei.«

Er zeigte ihm keinen Ausweis. Raymond fragte sich, ob er überrascht tun sollte, doch dafür war es schon zu spät. So nickte er nur. »Darf ich?« Der Polizist deutete ins Zimmer. Raymond wich zurück, um ihn hereinzulassen. Gorski trat ein und betrachtete verwirrt den Stuhl, der in der Mitte des Raumes stand. Dann ließ er den Blick über die nackten Wände gleiten. Raymond stand befangen neben seinem Bett. Es war 23.53 Uhr.

Gorski drehte den Stuhl zu sich herum, setzte sich aber nicht hin, sondern ließ nur seine rechte Hand auf der Lehne liegen. Mit sachlicher Stimme sagte er: »Dein Vater ist bei einem Autounfall ums Leben gekommen.«

Raymond wusste nicht, was er darauf erwidern sollte. Sein erster Gedanke war: Wie soll ich reagieren? Um Zeit zu gewinnen, blickte er zu Boden. Dann setzte er sich aufs Bett. Das war gut. Das taten Leute in so einer Situation: Sie setzten sich hin, als hätte ihnen der Schock alle Kraft aus den Beinen gezogen. Doch Raymond war nicht schockiert. Schon als es an der Tür geklingelt hatte, war er sich sicher gewesen, dass genau das passiert war. Er fragte sich kurz, ob es eine Vorahnung gewesen war, ließ den Gedanken jedoch wieder fallen. Das Wesentliche war nicht, dass er angenommen hatte, sein Vater sei tot, sondern dass er es sich – wenn auch unbewusst –, gewünscht hatte. Wenn er nach dieser Nachricht überhaupt etwas fühlte, dann war es eine Art Erregung, ein Gefühl der Befreiung. Er hob den Kopf und sah den Polizisten an, um zu schauen, ob der seine Gedanken gelesen hatte. Doch Gorskis Blick wirkte gleichgültig.

»Deine Mutter hielt es für das Beste, wenn ich es dir sage«, fügte er in dem gleichen nüchternen Tonfall hinzu.

Raymond nickte langsam. »Danke.«

Er hatte das Gefühl, er müsse noch etwas sagen. Welcher

Mensch hatte nichts dazu zu sagen, wenn er vom Tod seines Vaters erfuhr?

»Ein Autounfall?«, fragte er.

»Ja, auf der A35. Er war sofort tot.«

Gorski sah verstohlen auf die Uhr, und Raymond begriff, dass er gehen wollte. Gorski wandte sich zur Tür. »Vielleicht solltest du nach deiner Mutter sehen.«

»Ja. Ja, natürlich«, sagte Raymond.

Der Polizist nickte, froh, dass er seine Pflicht erfüllt hatte. »Wenn du keine Fragen mehr hast, ist das fürs Erste alles. Morgen früh muss der Leichnam identifiziert werden. Es wäre sicher gut, wenn du deine Mutter begleitest.«

Gorski verließ den Raum. Raymond folgte ihm bis zur Zimmertür und sah ihm nach, als er die Treppe hinunterging. Thérèse stand auf dem Treppenabsatz, die Hand auf dem Mund.

Raymond zog sich instinktiv zurück. Er hatte das Gefühl, wenn er sein Zimmer verließ, würde sich alles verändern, und er müsse auf irgendeine Weise Verantwortung übernehmen. Er betrachtete sich im Spiegel an der Innenseite seiner Schranktür, doch er sah genauso aus wie vorher. Er strich sich die Haare aus der Stirn und setzte eine ernste Miene auf, senkte die Augenbrauen und presste die Lippen zusammen. Es sah ziemlich komisch aus, und er musste sich ein Lachen verkneifen.

Er betrat, ohne zu klopfen, das Zimmer seiner Mutter und schloss die Tür hinter sich. Lucette saß aufrecht im Bett. Sie schien nicht geweint zu haben. Da es seltsam gewirkt hätte, wenn er stehen geblieben wäre oder sich auf der Chaiselongue niedergelassen hätte, die ohnehin mit Kleidungsstücken bedeckt war, setzte er sich auf die Bettkante. Lucette streckte die Hand aus, und Raymond nahm sie. Er hielt seinen Blick auf die Wand über dem Bett gerichtet. Das Nachthemd seiner Mutter war nur locker zusammengebunden, und man konnte den Ansatz ihrer Brüste sehen. Er fragte sich, ob sie den Polizisten ebenso nachlässig angezogen empfangen hatte.

»Wie geht es dir?«, fragte er.

Sie lächelte melancholisch. Mit der freien Hand raffte sie ihr Nachthemd zusammen. »Es ist ein ziemlicher Schock.«

»Ja«, sagte er.

Raymond hatte nicht erwartet, seine Mutter in Tränen aufgelöst vorzufinden. Er hatte nie den Eindruck gehabt, dass seine Eltern große Zuneigung füreinander empfanden. Seit er öfter bei seinen Freunden zu Besuch war, hatte er erkannt, dass die steife Förmlichkeit, die zwischen seinen Eltern herrschte, nicht üblich war. Yvettes Eltern lachten und scherzten miteinander. Wenn M. Arnaud nach Hause kam, küsste er seine Frau auf den Mund, und sie schmiegte sich auf eine Weise an ihn, die nahelegte, dass sie ihn sehr gern hatte. Wenn Raymond zum Abendessen dort bleiben durfte, herrschte am Tisch eine gesellige Atmosphäre. Die Familienmitglieder – Yvette hatte noch zwei jüngere Brüder –, unterhielten sich miteinander, als interessierten sie sich tatsächlich für das, was die anderen beschäftigte. Raymond hatte seine Mutter durchaus gern, aber die Stimmung im Hause Barthelme wurde ganz und gar von seinem Vater beherrscht. Das einzige Thema, das Maître Barthelme während der Mahlzeiten interessierte, waren die Haushaltskosten. Wenn Thérèse die Mahlzeiten hereinbrachte, fragte er sie, was dies oder jenes gekostet habe und ob sie die Preise mit denen in anderen Geschäften verglichen habe. Sparsamkeit ist keine Schande, war sein Lieblingssatz, und Thérèse hielt sich eisern daran.

Dass sein Vater der Grund für die frostige Atmosphäre im Hause Barthelme war, zeigte sich besonders durch die gelöstere Stimmung bei Tisch, wenn er nicht da war. Doch selbst während seiner Abwesenheit rissen sich Raymond und seine Mutter sofort wieder zusammen, wenn es einmal etwas heiterer zuging, als könne ihr unpassendes Benehmen gemeldet werden. Raymond fragte sich, ob seine Mutter jetzt – genau wie er –, ein Gefühl der Befreiung verspürte, so wie er es empfand, wenn das Schuljahr zu Ende ging und die Ferien begannen oder wenn der Frühling kam und man das Haus ohne dicken Mantel verlassen konnte.

Doch diese Gedanken behielt Raymond für sich. Stattdessen sagte er: »Der Polizist hat gesagt, der Leichnam muss identifiziert werden.«

Es klang seltsam in seinen Ohren, dass er seinen Vater als »Leichnam« bezeichnete.

»Ja«, erwiderte seine Mutter. »Sie schicken morgen früh einen Wagen.«

Es war erleichternd, sich diesen praktischen Dingen zuzuwenden. Raymond fragte, ob er sie begleiten solle. Sie drückte seine Hand und sagte, das würde ihr sehr helfen. Sie sahen einander einen Moment lang an, dann stand Raymond, da es sonst nichts mehr zu sagen gab, auf und verließ das Zimmer.

3

Während der ersten paar Tage, nachdem seine Frau gegangen war, hatte Gorski die Gelegenheit genutzt und sich im Bad direkt neben dem Schlafzimmer rasiert. Er tat es aus reinem Trotz. Normalerweise rasierte er sich in der engen Toilette im Erdgeschoss. Kaum einen Monat nachdem sie geheiratet hatten und in das Haus an der Rue de Village-Neuf gezogen waren, war er aus dem oberen Bad verbannt worden. Er brauchte zu lange und hinterließ immer einen Ring aus Bartstoppeln im Waschbecken. Das Bad wurde Célines Reich, und selbst in ihrer Abwesenheit hatte Gorski das Gefühl, in ihr Territorium einzudringen. Deshalb war er wieder in die Toilette im Erdgeschoss zurückgekehrt. Dann, nach etwa einer Woche, hatte er beschlossen, sich gar nicht mehr zu rasieren, ganz so als wolle er seine Grenzen austesten. Schließlich konnte er nun, wo Céline fort war, tun, was er wollte. Am gleichen Tag hatte er zu seinem morgendlichen Kaffee in der Küche eine Zigarette geraucht. Allerdings hatte er es nicht über sich gebracht, den benutzten Aschenbecher dort stehen zu lassen. Was, wenn Céline nun ausgerechnet an diesem Tag beschloss zurückzukommen? Den ganzen Tag über hatte sich Gorski in seinem unrasierten Zustand unwohl gefühlt, doch niemand auf der Wache hatte eine Bemerkung zu seiner nachlässigen Erscheinung gemacht. Am Nachmittag war er zu einer älteren Witwe in der Rue Saint-Jean gegangen, die behauptete, ihre Gartengeräte seien gestohlen worden. Als sie ihm die Tür öffnete, musterte sie ihn misstrauisch. Gorski fuhr sich mit der Hand über das stoppelige Kinn und kam sich schlampig und unprofessionell vor. Wie sich herausstellte, waren die Gartengeräte im Schuppen.

»Ach ja«, hatte die Frau gesagt. »Jetzt erinnere ich mich wieder, dass ich sie dahin geräumt habe.«

Aber sie hatte sich nicht dafür entschuldigt, dass er umsonst gekommen war.

Am Morgen nach dem Unfall wusch Gorski sich, kochte Kaffee und setzte sich an den Küchentisch. Er rauchte nicht. Ohne Céline und Clémence fühlte sich das Haus seltsam an. Früher hätte er Mühe gehabt, die Einrichtung und Ausstattung des Raums zu beschreiben, in dem er sich jetzt befand, weil seine Aufmerksamkeit den Bewegungen und dem Geplauder seiner Frau und seiner Tochter galt, die vor Kurzem siebzehn geworden war. Doch nun war nichts mehr da, was ihn von den Küchenschränken, den Fliesen und der Arbeitsfläche ablenkte. Er hatte sich vorgestellt, dass er beauftragt wurde, das Verschwinden seiner eigenen Frau zu untersuchen. Es wäre ihm unangenehm gewesen, einen Ehemann unter solchen Umständen zu befragen.

Hat sie eine Nachricht hinterlassen?

»Ja.«

Und was stand darin?

»Nur dass sie geht.«

Dann würde er, nur um der Korrektheit willen, darum bitten, sich die Nachricht ansehen zu dürfen. Und da sie nicht vorzuweisen war – Gorski hatte sie in den Mülleimer geworfen –, würden darauf unausweichlich weitere Fragen folgen.

Wann haben Sie sie zuletzt gesehen?

Das war natürlich an jenem Morgen gewesen, aber Gorski konnte sich an nichts Besonderes erinnern. Es war ein Tag wie jeder andere. Er und Céline hatten das getan, was sie an zahllosen Morgen zuvor auch getan hatten. Nichts hatte auf ihre Pläne hingedeutet, oder falls doch, hatte er es nicht bemerkt.

Und haben Sie eine Idee, wohin sie gegangen sein könnte?

»Zu ihren Eltern, nehme ich an.«

Haben Sie versucht, sie dort zu erreichen?

Da endete die Szene. In den fünf oder sechs Wochen, seit sie gegangen war, hatten sie keinerlei Kontakt miteinander gehabt. Gorski hätte direkt am ersten Tag anrufen sollen. Danach war die Gelegenheit vorbei gewesen. Wenn er jetzt anriefe, wäre Célines erste Frage: »Warum hast du dich nicht früher gemeldet?«, und daraus würde sich rasch ein Streit entwickeln. Außerdem hatte Gorski keine Erklärung dafür, warum er es nicht getan hatte. Oder zumindest keine, die er Céline gegenüber aussprechen würde. Die Wahrheit war, dass er beim Lesen ihrer Nachricht kaum mehr als eine vage Erleichterung verspürt hatte. Doch das Gefühl hatte nicht lange angehalten. Mittlerweile vermisste er sie und bedauerte es, dass er nicht versucht hatte, mit ihr zu sprechen. Er hätte leicht bei ihr in der Boutique vorbeischauen können, die nur wenige Gehminuten von der Wache entfernt lag. Dass er es nicht getan hatte, war reine Sturheit. Ihm gefiel die Vorstellung, wie wütend sie gewesen sein musste, als er an dem ersten Abend nicht angerufen hatte. Das hatte sie ganz sicher erwartet. Sie hatte erwartet, dass er sie anflehte, wieder nach Hause zu kommen, und versprach, sich zu bessern. Tatsächlich wusste er jedoch gar nicht, was er falsch gemacht hatte. Und deshalb hatte er nicht angerufen. Und natürlich würde Céline nicht den ersten Schritt tun. Indem er nicht anrief, hatte Gorski das Gefühl, einen kleinen Sieg errungen zu haben. Aber es schenkte ihm keine Befriedigung. Jetzt litt er unter ihrer Abwesenheit. Schon nach wenigen Tagen hatten sich die Eigenheiten, die ihn an seiner

Frau am meisten störten – ihre Pingeligkeit, ihr Snobismus und ihre Besessenheit, was Äußerlichkeiten anging –, in liebenswerte kleine Marotten verwandelt. Es fehlte ihm, dass ihm beim Frühstück gesagt wurde, er könne unmöglich diese Krawatte zu diesem Hemd tragen. Und während er früher bisweilen absichtlich Sachen angezogen hatte, die nicht zusammenpassten, nur um sie zu ärgern, kleidete er sich jetzt sorgfältig auf eine Weise, von der er meinte, dass sie ihr gefallen würde.

Vor allem jedoch vermisste er seine Tochter. Während der ersten paar Tage hatte er beim Nachhausekommen gehofft, Clémence am Küchentisch vorzufinden, wo sie einen Keks in den Pfefferminztee tunkte, den sie in letzter Zeit so gerne trank. Doch sie war nicht gekommen, und dass er jetzt seine Abende im Le Pot verbrachte, lag zum Teil daran, dass er nach der Arbeit nicht in ein leeres Haus zurückkehren wollte.

Es war bereits nach zehn, als Gorski die Stufen zu der kleinen Eingangshalle der Polizeiwache hinaufging. Der Beamte am Empfang saß in seiner üblichen Haltung am Tresen, nämlich über den *L'Alsace* gebeugt, sodass jeder, der hereinkam, die kahle Stelle auf seinem Kopf bewundern konnte. Im Aschenbecher zu seiner Rechten brannte eine Zigarette. Gorski hatte es schon vor langer Zeit aufgegeben, ihn zu einem professionelleren Auftreten zu ermahnen. Als Schmitt die Tür aufgehen hörte, blickte er von seiner Zeitung auf, und als er Gorski sah, schaute er demonstrativ auf die Uhr, die über der Reihe von Plastikstühlen hing, die den Wartebereich der Wache darstellten. Er verzog das Gesicht, als wolle er sagen, manche können es sich eben erlauben, bei der Arbeit aufzutauchen, wann es ihnen passt, doch Gorski beachtete ihn nicht. Normalerweise saß er um acht an seinem Schreibtisch. Er war nicht verpflichtet, zu einer bestimmten Zeit auf der Wache zu erscheinen oder sich überhaupt dort blicken zu lassen, aber er ging gerne mit gutem Beispiel voran. Außerdem wollte er nicht, dass seine Unter-

gebenen dachten, er halte sich für etwas Besseres. Eigentlich sollte
es ihm egal sein, was ein arbeitsscheuer Sesselpupser wie Schmitt
von ihm dachte, aber das war es nicht. Warum hatte er immer noch
das Gefühl, sich wie ein zu spät gekommener Schüler an seinen
Platz zu schleichen? Warum musste er gegen den Drang ankämp-
fen, sich Schmitt gegenüber zu rechtfertigen? Ribéry war damals
völlig selbstverständlich zu jeder beliebigen Zeit in der Wache auf-
gekreuzt, und oft hatte er sogar nach Wein gerochen. Ihn hatte nie
jemand schräg angesehen, nicht einmal wenn er die weiblichen
Kolleginnen mit anzüglichen Bemerkungen bedacht hatte. Aber
Gorski war nicht Ribéry. Aus irgendeinem Grund gehörte er nicht
dazu. Jedes Mal, wenn er versuchte, sich am Bürogeplauder zu beteiligen, erntete er Schweigen.

Gorski wünschte den Beamten im offenen Bereich hinter dem
Empfangstresen einen guten Morgen. Der Gruß wurde erwidert,
aber niemand schenkte ihm besondere Beachtung. In seinem Büro
sah er kurz die Post auf dem Schreibtisch durch, doch das war nur
Show. Er musste um elf in Mülhausen sein, zur Identifizierung von
Bertrand Barthelmes Leichnam. Gorski holte sich einen Kaffee aus
der Maschine im Flur und ging wieder zu seinem Wagen. Beim
Einsteigen schwappte Kaffee auf seine Hose. Zum Glück hatte er
für den Anlass einen dunklen Anzug gewählt. Es gab eigentlich keinen Grund, warum er Mme Barthelme und ihren Sohn nicht selbst
abholen und die zwanzig Kilometer nach Mülhausen fahren sollte,
aber er fand es unpassend, als Chef der Polizei den Chauffeur zu
spielen. Darüber hinaus würde während der Fahrt befangenes
Schweigen herrschen, und nach der Identifizierung der Leiche
würde er die traumatisierte Witwe wieder nach Hause bringen
müssen. Er war nicht gerne mit Menschen zusammen, die gerade
einen Angehörigen verloren hatten. Die üblichen Worte des Mitge-
fühls, wie ernst sie auch gemeint sein mochten, klangen immer
abgedroschen. Nach der Beerdigung seines Vaters waren er und sei-

ne Mutter in die Wohnung in der Rue des Trois Rois zurückgekehrt. Sie hatte sich darangemacht, ein leichtes Mittagessen zuzubereiten, als wäre nichts geschehen. Doch als Gorski in die kleine Küche spähte, stand sie weinend am Schneidebrett. Er wich zurück, und als Mme Gorski das Essen auftrug, waren ihre Augen wieder trocken. Seither hatte keiner von ihnen je wieder die Beerdigung oder den Tod seines Vaters erwähnt.

Deshalb hatte Gorski einen jungen Gendarm namens Roland angewiesen, Mme Barthelme abzuholen. Roland war noch in der Probezeit und hatte die frostige Beziehung zwischen Gorski und den übrigen Kollegen offenbar noch nicht bemerkt. Er war eifrig darum bemüht, es allen recht zu machen, und hatte die banale Aufgabe mit einer Begeisterung angenommen, als handele es sich um eine Mission von höchster Wichtigkeit.

Der Nieselregen hatte über Nacht nicht aufgehört, und die Straße fühlte sich unter den Reifen von Gorskis unansehnlichem Peugeot 504 wenig vertrauenerweckend an. Als er am Unfallort vorbeikam, war die eine Fahrbahn noch immer abgesperrt. Am Straßenrand stand ein Abschleppwagen, und zwei Männer befestigten gerade ein Zugseil an der Unterseite des zerbeulten Mercedes. Gorski beglückwünschte sich dafür, dass er Mme Barthelme nicht selbst abgeholt hatte. Er kam wenige Minuten nach elf im Mülhausener Leichenschauhaus an. Die Witwe und ihr Sohn saßen bereits im Wartebereich. Roland stand unbeholfen neben dem Polizeiwagen. Als Gorski auf ihn zuging, nahm er auf komische Weise Haltung an.

In Bezug auf die Einrichtung und Gestaltung war der Eingangsbereich des Leichenschauhauses dem der Polizeiwache nicht unähnlich. Was diesen jedoch von Letzterem unterschied, waren der starke Geruch nach Formaldehyd oder irgendeiner anderen Chemikalie sowie die eingerissenen Plakate, die die Mitarbeiter auf die Wichtigkeit sorgfältiger Hygiene hinwiesen. Mme Barthelme trug ein hellblaues Sommerkleid und einen leichten beigefarbenen

Mantel, der in der Taille zusammengebunden war. Beides passte weder zur Jahreszeit noch zum Anlass. Sie wirkte weniger blass als am Abend zuvor, und Gorski vermutete, dass sie ein wenig Rouge aufgelegt hatte. Der Rock ihres Kleides reichte gerade bis unter die Knie, und Gorski betrachtete kurz ihre wohlgeformten Waden, die nicht in Nylonstrümpfen steckten. Der Sohn stand neben seiner Mutter. Er trug ein Flanellhemd, eine braune Kordhose und eine Lederjacke. Gorski hatte den Jungen vom ersten Moment an unsympathisch gefunden. Die Leute reagierten oft seltsam, wenn sie vom Tod eines Angehörigen erfuhren, aber an den Reaktionen des jungen Mannes war etwas Aufgesetztes gewesen. Und jetzt musterte er Gorski mit leiser Verachtung, als wäre es seine Schuld, dass sie hier versammelt waren.

Gorski gab beiden die Hand und entschuldigte sich für seine Verspätung. Er bat sie, noch einen Augenblick zu warten, und ging durch die Tür zum Kühlraum. Ein Laborant, an dessen Namen er sich nicht erinnern konnte, zog das blaue Plastiklaken zurecht, das über dem Leichnam auf dem Untersuchungstisch ausgebreitet war. Er sah auf, als Gorski hereinkam, und die beiden Männer gaben sich die Hand. Hier war der chemische Geruch noch stärker.

»Da die linke Seite des Schädels beschädigt ist, habe ich den Leichnam so positioniert, dass wir nur die unversehrte Gesichtshälfte zu zeigen brauchen«, sagte der Laborant.

Er zeigte kurz, wie er das Laken anheben würde, und Gorski nickte zustimmend. Dann ging Gorski wieder hinaus und erklärte Mme Barthelme, wie das Ganze vor sich gehen würde. Er fügte hinzu, es sei nicht notwendig, dass sie beide den Leichnam identifizierten, doch der Sohn schien nichts dagegen zu haben, seine Mutter zu begleiten. Jungen in dem Alter waren morbide. Vermutlich dachte er, das sei eine hervorragende Geschichte, mit der er seine Schulkameraden beeindrucken könne.

Mit ernster Miene stellten sie sich um den Untersuchungstisch,

Gorski ans Kopfende, die Witwe und ihr Sohn an der Seite. Gorski nickte dem Laboranten zu, der daraufhin diskret das Laken anhob. Gorski stellte Mme Barthelme die Frage, ob dies ihr Mann sei, und sie bestätigte es. Das war alles. Gorski führte die beiden wieder hinaus. Die ganze Scharade hatte kaum eine halbe Minute gedauert. Man mochte sich natürlich fragen, was der Sinn einer solchen Veranstaltung sein sollte. Schließlich war die Wahrscheinlichkeit, dass der Tote auf dem Tisch nicht Bertrand Barthelme war, verschwindend gering. In dem Fall hätte ein Unbekannter seinen Anzug, seine Papiere und seinen Wagen stehlen und bei der Flucht tödlich verunglücken müssen. Oder Barthelme selbst hätte irgendwie den Unfall einfädeln müssen, um seinen eigenen Tod vorzutäuschen. Beide Möglichkeiten waren so abstrus, dass sie keine weitere Beachtung verdienten, und unter den gegebenen Umständen konnte man sich fragen, ob es überhaupt sinnvoll – und zumutbar – war, eine Witwe zu bitten, die sterblichen Überreste ihres Mannes zu identifizieren. Doch Gorski sah das anders. Die vorgeschriebenen Abläufe, wenn es um einen Todesfall ging, egal ob nun gewaltsam herbeigeführt oder durch einen Unfall oder andere Umstände verursacht, waren nicht willkürlich festgelegt worden. Sie mussten auf jeden Fall und unvoreingenommen befolgt werden. In diesem System war kein Platz für persönliche Ansichten oder gesunden Menschenverstand. Der Staat verlangte, dass die Todesursache seiner Bürger ordnungsgemäß festgestellt wurde, und das war nur möglich, wenn es klar festgelegte Regeln gab, die man befolgte. Davon abgesehen, hatte sich nach Gorskis Erfahrung noch nie jemand geweigert, eine offizielle Identifizierung vorzunehmen. In solchen Situationen akzeptierten die Leute, dass es bestimmte Verpflichtungen gab, die erfüllt werden mussten – vielleicht fanden sie es sogar beruhigend –, und Gorski hatte nie ein schlechtes Gewissen, weil er ihnen diese Prozedur auferlegte. Er befolgte einfach die Vorschriften.

Gorski führte Mme Barthelme zurück in die Eingangshalle und

fragte sie, ob sie ein Glas Wasser haben wolle. Sie lächelte schwach und schüttelte den Kopf, aber ihre Hände zitterten ein wenig. Der Junge blickte sich in der Halle um, als wäre er auf einem Schulausflug. Gorski ging nach draußen. Roland und der Wagen waren verschwunden, und Gorski fiel ein, dass er ihn nicht angewiesen hatte zu warten.

»Eins wollte ich Sie noch fragen, Kommissar«, sagte Mme Barthelme, als er wieder hineinging.

Da er annahm, dass sie wissen wollte, wann der Leichnam freigegeben würde, erklärte Gorski ihr, dass erst noch die Autopsie vorgenommen und der Unfallhergang geklärt werden mussten.

Mme Barthelme schüttelte den Kopf. »Das meinte ich nicht.«

Der chemische Geruch schlug Gorski allmählich auf den Magen, und so fragte er, ob Mme Barthelme ihr Anliegen vielleicht auf dem Rückweg nach Saint-Louis besprechen wolle. Die Witwe wartete, bis Gorski vom Parkplatz gefahren war, und sah zu ihrem Sohn hinüber, bevor sie erneut ansetzte.

»Es gibt da etwas, das ich nicht verstehe«, begann sie. »Mein Mann hat gestern Abend auswärts gegessen.«

Gorski warf ihr im Rückspiegel einen Blick zu. Sie saß leicht vorgebeugt da, mit erwartungsvoller Miene.

»Und?«, fragte er.

»Er hat jeden Dienstag mit ein paar seiner Kollegen gegessen – seinem Club, wie er es nannte. Deshalb verstehe ich nicht, warum er auf der A35 war.«

»Wo haben sie denn gegessen?«

»Sie waren immer in der Auberge du Rhin.« Das war ein Restaurant an der Avenue de Bâle, das am wenigsten schäbige, das Saint-Louis zu bieten hatte.

»Vielleicht waren sie diesmal woanders, zum Beispiel in Mülhausen«, sagte Gorski. Das würde erklären, warum Barthelme zum Zeitpunkt des Unfalls in südlicher Richtung unterwegs war.

»Warum hätten sie das tun sollen?«, fragte sie.

Gorski schwieg. Woher hätte er die Antwort auf diese Frage wissen sollen? Außerdem war es nicht von Belang.

»Das lässt mir einfach keine Ruhe«, sagte Mme Barthelme. »Ich habe deswegen die ganze Nacht wach gelegen.«

»Das verstehe ich«, sagte Gorski. »Aber ich fürchte, da kann ich nicht viel tun. Wenn kein Verbrechen vorliegt, werden sich die Untersuchungen auf die Unfallursache beschränken. Da bin ich dann nicht mehr zuständig.«

Mme Barthelme sank in ihrem Sitz zurück und senkte den Blick. Gorski fragte sich, ob ihr bewusst war, dass er sie im Rückspiegel beobachtete. Er hatte sie enttäuscht. Ihr Sohn starrte stur zum Fenster hinaus, als hätte er nichts von dem Gespräch mitbekommen oder als interessiere es ihn nicht. Sie näherten sich der Unfallstelle. Der Mercedes wurde gerade auf die Ladefläche des Abschleppwagens manövriert. Gorski trat ein wenig stärker auf das Gaspedal. Mme Barthelme wandte den Blick ab und betupfte sich mit einem kleinen Taschentuch die Augen. Sie hatte ausgesprochen feine Züge. Gorski fühlte sich genötigt, etwas zu sagen.

»Ich denke, solange die Unfallursache nicht geklärt ist, kann es sicher nicht schaden, diskret ein wenig nachzuforschen, wo Ihr Mann sich aufgehalten hat«, sagte er.

Mme Barthelmes Miene hellte sich merklich auf. Sie beugte sich vor und berührte Gorskis Schulter. »Da wäre ich Ihnen wirklich dankbar.«

Er verzog sein Gesicht zu einem Lächeln. Sie war sehr hübsch, und außerdem hatte er ohnehin nichts Dringenderes zu tun.

4

Yvette und Stéphane saßen an ihrem Tisch hinten im Café des Vosges. Raymond war sich sicher gewesen, dass er sie dort finden würde. Die drei gingen fast jeden Tag nach der Schule in das Café. Es war ein wenig ansprechender Ort mit Metalltischen und Stühlen, die jedes Mal, wenn jemand aufstand, laut über den gefliesten Boden schrappten. Der triste Ausblick auf die Avenue Général de Gaulle wurde von Gardinen verschleiert, und die abgeplatzte Goldschrift auf dem Fenster verkündete, dass dies ein *Salon de thé* war. Im Inneren versuchten die faden Aquarelle, die an den Wänden hingen, eine gewisse Vornehmheit auszustrahlen. In einer großen Glasvitrine neben dem Tresen stand eine Auswahl von Kuchen und Torten. Die Kundschaft bestand überwiegend aus älteren Damen. Die drei Freunde besuchten das Café in erster Linie deshalb, weil es auf dem Heimweg von der Schule lag, und vielleicht auch, weil sie sich in der banalen Umgebung unkonventioneller fühlten, als sie tatsächlich waren.

Stéphane unterbrach sein Gespräch mit Yvette, als er Raymond auf den Tisch zukommen sah.

»Na, meine Freunde, was gibt's Neues?«, fragte Raymond, während er sich auf die gepolsterte Bank neben Yvette setzte. »Habe ich was in der Schule verpasst?«

Yvette und Stéphane wechselten einen Blick, und Raymond freute sich über die Wirkung seines Auftritts. Beide wussten nicht, was sie sagen sollten. Die Kellnerin mit der Hasenscharte kam an den Tisch, um seine Bestellung aufzunehmen.

»Das mit deinem Alten tut mir leid«, sagte Stéphane, als die Kellnerin zum Tresen zurückgekehrt war. Bisher hatte er Maître Barthelme noch nie so bezeichnet, und die bemühte Lässigkeit des Satzes klang in Raymonds Ohren aufgesetzt.

»Du hast also davon gehört?«, fragte er.

»Es steht in der Zeitung«, sagte Stéphane. »Alle wissen es.«

Raymond hob die Augenbrauen. Das hätte sein Vater verabscheut. Er hasste jede Art von Aufmerksamkeit. Er weigerte sich standhaft, zu Hochzeiten oder Abendgesellschaften zu gehen, und nie kamen Gäste in das Haus der Barthelmes.

»Tja, was soll ich sagen?« Er zuckte die Achseln.

Yvette beugte sich zu ihm, und Raymond dachte, sie würde ihm tröstend die Hand auf den Arm legen, doch das tat sie nicht. Die Kellnerin brachte seinen Tee. Die drei saßen in befangenem Schweigen da, während sie die Tasse aus Rauchglas und die Edelstahlkanne auf den Tisch stellte.

»Und könnte ich etwas Wasser dazu haben?«, fragte Raymond, nur um den Eindruck zu verstärken, dass nichts Besonderes vorgefallen war. Er goss heißes Wasser über den Beutel in der Tasse und sah zu, wie der Tee zog. Keiner sagte etwas, bis die Kellnerin ihm das Wasser gebracht hatte.

»Und, wie war der alte Peletière heute Morgen?«, fragte er. »Die übliche Wolke aus Schuppen und Schweißgeruch?« Peletière war ihr Geschichtslehrer.

»Raymond!«, rief Yvette. »Warum benimmst du dich so?« Es war das Erste, was sie seit seiner Ankunft gesagt hatte.

Er sah sie an und breitete in einer Geste der Unschuld die Hände aus. »Du weißt doch, dass ich den alten Mistkerl nicht ausstehen konnte. Es wäre doch ziemlich verlogen, wenn ich jetzt den trauernden Sohn spielen würde, oder?«

Yvette wandte den Blick ab. Raymond hatte den Eindruck, dass sie Tränen in den Augen hatte, so als hätte er gesagt, dass er sie nicht ausstehen könne. Er hatte ein schlechtes Gewissen.

Raymond und Yvette hatten sich mit elf Jahren kennengelernt. Yvettes Familie war aus einem Dorf in der Region Bas-Rhin nach Saint-Louis gezogen, als ihr Vater eine Stelle als Vorarbeiter in einer Betonfabrik am Rand der Stadt angenommen hatte. Von Anfang an waren die beiden wie ein älteres Ehepaar gewesen, vollauf zufrieden damit, in dem kleinen Park bei der protestantischen Kirche zu sitzen und den Tauben zuzusehen, die in der Erde pickten. Raymond war überzeugt, dass sie später heiraten würden. Nach der Schule brachte er sie stets nach Hause, bevor er langsam zur Rue des Bois weiterschlenderte. Ein paar Jahre später nahmen sie samstags, wenn die Schule schon mittags zu Ende war, den Umweg am Kanal entlang, setzten sich dort auf eine Bank und starrten schweigend auf das reglose grüne Wasser. Manchmal küssten sie sich beziehungsweise pressten ihre Lippen aufeinander. Anfangs geschah das spielerisch, als würden sie Mutter und Vater spielen, doch nach einer Weile fand Raymond es erregend. Es kam ihm nie in den Sinn, dass es Yvette ganz ähnlich gehen könnte, und er positionierte seine Hand immer so, dass sie seine Erektion verbarg.

Einmal, an einem heißen Nachmittag in den Sommerferien, als sie vierzehn oder fünfzehn waren, legte Yvette ihre Hand vorne auf Raymonds Shorts. Sie umfasste seinen Penis leicht durch den festen Stoff, und er ejakulierte augenblicklich mit einem leisen Stöhnen. Yvette sah ihn mit schelmischer Miene an und kicherte ein wenig, doch Raymond schämte sich furchtbar, als wäre er bei einer anrüchigen Tat erwischt worden. Er brachte kein Wort heraus. Yvette bemerkte den dunklen Fleck nicht, der sich auf seiner Shorts ausgebreitet hatte – oder tat zumindest so. Um ihn zu verbergen, riss sich Raymond plötzlich das Hemd vom Körper und sprang in den Kanal. Er tauchte in das trübe Wasser, und als er wieder hochkam, klebte ihm das Haar auf der Stirn. Der Schock des kalten Wassers vertrieb seine Verlegenheit.

»Warum kommst du nicht auch rein und kühlst dich ab?«, rief er. Er hatte plötzlich das Verlangen zu sehen, wie Yvette sich das Kleid über den Kopf zog und ins Wasser sprang. Doch sie lächelte nur nachsichtig, wie eine Mutter, die ihrem Kind auf dem Spielplatz zusieht. Raymond schwamm mit ein paar Zügen zum gegenüberliegenden Ufer, tauchte erneut und kam im Schilf zu Yvettes Füßen wieder hoch. Er packte sie an den Fußgelenken und versuchte spielerisch, sie in den Kanal zu ziehen, aber sie zog die Beine hoch und schlang die Arme darum. Raymond ließ sich eine Weile auf dem Rücken treiben und spürte, wie die Sonne seine Brust trocknete, dann kletterte er aus dem Wasser.

Danach hörten ihre amourösen Aktivitäten für eine Weile auf. Wenn sie sich doch einmal küssten, war es Raymond, der sich als Erster löste. Er wollte nicht, dass Yvette dachte, er erwarte das, was sie zuvor getan hatte, nun von ihr. Und vor allem sorgte er sich, dass er womöglich eine entsprechende Gegenleistung erbringen sollte. Es war nicht so, dass es ihn nicht interessierte, was sich zwischen Yvettes Beinen befand, aber es wäre ungehörig gewesen, sie dort zu berühren. In letzter Zeit jedoch hatten sich die Dinge verändert. Yvettes Körper hatte sich weiterentwickelt, und eines Abends, als sie in ihrem Zimmer waren, löste sie sich aus der Umarmung und öffnete wortlos den zweiten und dritten Knopf ihrer Bluse. Das war zwar nicht gerade ein Akt der Hemmungslosigkeit, aber Raymond konnte darin schwerlich etwas anderes sehen als eine Einladung, seine Hand unter den Stoff gleiten zu lassen. Und das tat er auch. Er erntete keine Zurückweisung, traute sich aber auch nicht, so weit zu gehen, ihren BH beiseitezuschieben. Doch allein die Berührung seiner Hand löste bei Yvette ein Stöhnen aus – was dazu führte, dass Raymond kam. Er sagte verlegen: »Ich glaube, mir ist ein Missgeschick passiert«, worauf Yvette in mütterlichem Tonfall erwiderte, er sei ein sehr ungezogener Junge. Daraufhin geschah es regelmäßig, dass Raymond Yvettes Brüste streichelte, während sie ihren Handballen in seinen Schritt presste. Er bekam ein schlechtes Gewissen, weil ihr Liebemachen – wie er es nannte –, so einseitig war, aber er hatte nur eine äußerst vage Vorstellung davon, wie man eine Frau befriedigte. Doch Yvette schien mit dem Arrangement nicht unzufrieden zu sein und reichte Raymond hinterher schweigend ein Taschentuch, um seinen Samen aufzuwischen.

Raymond hatte erwogen, Stéphane um Rat zu fragen. Da sein Freund neun Monate älter war und schon anderswo gelebt hatte, nahm Raymond an, dass er um einiges erfahrener war. Doch er sprach nie über das, was er und Yvette taten. Wenn Stéphane dabei war, behielten sie ihre Hände bei sich. Und auch in der Schule taten sie so, als wären sie lediglich befreundet. Bisweilen fragte sich Raymond, ob Yvette mit Stéphane ähnliche Intimitäten austauschte. Er fand die Vorstellung sogar erregend, aber er war ziemlich sicher, dass dem nicht so war. Schließlich waren die zwei nie allein miteinander. In jedem Fall verstärkte die Heimlichkeit dessen, was Raymond und Yvette miteinander taten, nur ihre Erregung.

Eines Nachmittags gegen Ende des Sommers fuhren die drei mit dem Rad zur Petite Camargue, um dort ein Picknick zu machen. Sie breiteten eine Decke am Ufer des Sees aus und aßen die Pastete und den Käse, die sie mitgebracht hatten. Stéphane ließ sich wortreich darüber aus, wie absurd es war, weiter in einem gottlosen Universum zu existieren, aber Raymond hörte nicht zu. Er konnte sich niemanden vorstellen, der weniger dazu neigte, Selbstmord zu begehen, als Stéphane. Das Laub rund um den See fing schon an sich zu verfärben, und er hatte das melancholische Gefühl, dass etwas zu Ende ging. Irgendwo in den Bäumen gurrte eine Ringeltaube. Bald würde ihr letztes Schuljahr beginnen, und danach würde ihr Kleeblatt auseinanderbrechen. Das Lieblingsthema von Yvette und Stéphane waren seit einer Weile die Vor- und Nachteile der diversen Universitäten, die sie in Betracht zogen. Yvette wollte am liebsten nach Straßburg, während es Stéphane nach Paris zog. »Warum sollte man irgendwo anders hingehen?«, sagte er häufig. Wenn dieses Thema aufkam, hatte Raymond das Gefühl, nichts beitragen zu können, und so unterbrach er das Gespräch seiner Freunde häufig mit irrelevanten Bemerkungen. Er war ein mittelmäßiger Schüler. In seinen Zeugnissen stand immer wieder, dass er eigentlich intelligent sei, sich aber zu wenig Mühe gebe. Einmal im Jahr bestellte sein Vater ihn in sein Arbeitszimmer, um über Raymonds Fortschritte zu sprechen.

»Ich staune über diese Beurteilung«, sagte er zu seinem Sohn, als dieser elf oder zwölf Jahre alt war. »Denn ich kann nichts entdecken, was auf die Intelligenz hinweisen würde, von der deine Lehrer sprechen. Zumindest lassen deine Noten nichts dergleichen erkennen. Vielleicht kannst du mir das erklären?«

Als Raymond darauf nichts erwiderte, schüttelte Maître Barthelme den Kopf und sagte: »Ich schätze, es ist ein geringeres Vergehen, dumm zu sein, als nichts aus seinen Talenten zu machen.«

Tatsächlich gab sich Raymond bei seinen Hausaufgaben wenig Mühe. Es war eine Art halbherzige Auflehnung gegen seinen Vater. Je älter er wurde, desto mehr rückte die Annahme, dass aus der Kanzlei Barthelme & Corbeil eines Tages Barthelme, Corbeil & Söhne werden würde, in den Hintergrund. Wenn Raymond sich auf den Hosenboden setzte, um seine Noten zu verbessern, würde sein Vater darauf bestehen, dass er Jura studierte. Doch mit seiner Selbstsabotage verbaute sich Raymond auch die Chance, je aus Saint-Louis herauszukommen. Er hatte keine Lust, in einer Bank an der Rue de

Mulhouse zu enden und sich vor einen Zug zu werfen, bevor er vierzig war. Deshalb hatte er beschlossen, seine Leistungen zu verbessern. Bei näherer Betrachtung hatte die Sache allerdings einen Haken. Er hatte es sich seit Langem unter dem Etikett »faul, aber nicht dumm« bequem gemacht. Doch was, wenn sich nun herausstellte, dass er nicht so intelligent war, wie seine Lehrer – und er selbst – glaubten? Was, wenn seine Noten tatsächlich seinen Fähigkeiten entsprachen? Es war demütigender zu scheitern, wenn man sich Mühe gegeben hatte. Wenn man hingegen keinen Finger rührte, konnte man zumindest die Illusion aufrechterhalten, dass man nicht dumm, sondern nur faul war. Dennoch brachte ihn die Aussicht, in diesem spießigen Kaff hängen zu bleiben, in die Gänge. Anfangs tat er sich schwer. Er besaß nicht die Konzentration und Selbstdisziplin, die von Schülern seines Alters erwartet wurde. Doch nach und nach wurden seine Noten besser. Obwohl er nach außen hin seine gleichgültige Haltung beibehielt, bemerkten seine Lehrer die Verbesserung und ermutigten ihn. Aber ob sie ausreichte, um das *baccalauréat* zu bestehen, würde sich erst noch zeigen müssen.

Nachdem sie ihr Picknick beendet hatten, verkündete Stéphane, er werde eine Runde um den See drehen. Er hatte zu viel Energie und konnte nie längere Zeit still sitzen. Raymond zog sein Hemd aus und streckte sich auf der Decke aus, die Hände unter dem Kopf. Er fühlte sich sehr wohl da, wo er war. Und er wusste, dass auch Yvette nicht mitgehen würde. Sie versuchte, Stéphane zum Bleiben zu überreden, aber es klang eher halbherzig. Stéphane schüttelte den Kopf über ihre Trägheit und verschwand mit flottem Schritt zwischen den Bäumen.

Raymond nahm seine Ausgabe von Zolas *Die Beute* heraus, die sie im kommenden Halbjahr durchnehmen würden. Er hatte sich vorgenommen, das Buch schon vorab zu lesen, war aber bisher nicht über das erste Kapitel hinausgekommen. Er beschwerte sich gegenüber Yvette, die das Buch in wenigen Tagen durchgelesen hatte, dass die Eingangsszene – die Beschreibung der Kutschen, die durch den Bois de Boulogne fuhren – einfach endlos sei.

»Es sind fünf Seiten«, erwiderte sie ernst. »Er führt uns in das Milieu des Romans ein.«

»Aber es ist so langweilig«, stöhnte Raymond.

Er begann mit übertrieben monotoner Stimme vorzulesen:

»Bei dem noch auf dem Wasser schwebenden fahlen Tageslichte bot der von oben gesehene Teich den Anblick einer ungeheuren Zinnplatte; an seinen beiden Ufern nahmen die grünen Bäume, deren schlanke, dünne Stämme aus der schlummernden Erde emporzusteigen schienen, zu dieser Stunde das Aussehen violetter Säulen an ...«

Yvette legte sich neben ihn, strich ihm mit der Hand über die Brust und streifte mit ihren Lippen über sein Ohr. Raymond las weiter:

»... deren regelmäßige Architektur die wohlberechneten Krümmungen der Ufer schärfer hervortreten ließ; weiter im Hintergrund schlossen die dichten Baumgruppen gleich großen schwarzen Flecken den Horizont ab.«

Yvette küsste ihn auf den Hals und malte mit den Fingern Kreise auf seiner Brust. Raymond ließ das Buch sinken und drehte sich zu ihr, um sie zu küssen. In ihren Bewegungen lag eine neue Ernsthaftigkeit. Er legte seine Hand flach auf Yvettes Bauch und schob sie unter den Bund ihrer Jeansshorts. Yvette protestierte nicht, im Gegenteil, sie öffnete noch den Metallknopf, damit er weiter hineinkam. Seine Fingerspitzen berührten ihr Schamhaar, das er bis dahin noch nicht einmal gesehen hatte. Sein Mittelfinger stieß auf einen festen, glitschigen Knubbel. Yvette schnappte nach Luft. Da Raymond nicht wusste, was er tun sollte, ließ er seine Hand einfach, wo sie war. Yvette packte sein Handgelenk, presste sich gegen seinen Finger und bewegte langsam die Hüften. Ihr Atem ging schneller. Sie vergrub ihr Gesicht in Raymonds Halsbeuge. Sonnenlicht fiel zwischen den gelben Blättern über ihnen hindurch. Raymonds Handgelenk war in einer unbequemen Position und begann wehzutun. Doch Yvette packte es noch fester und schob seine Hand weiter zwischen ihre Beine. Sie atmete jetzt schnell und schnaufend, und Raymond musste an einen Zug denken, der an Fahrt gewann. Genau in dem Moment wurden sie von einem Paar auf der anderen Seite des Sees abgelenkt. Man konnte nicht verstehen, was die beiden sagten, aber es war klar, dass sie sich stritten. Raymond stützte sich auf einen Ellbogen, um zu sehen, was da los war. Die Frau verpasste ihrem Gefährten eine Ohrfeige und verschwand wütend im Wald. Der Mann stand da, hielt sich die Wange und blickte sich um, ob jemand die Szene mitbekommen hatte. Raymond zog seine Hand aus Yvettes Shorts und massierte sein schmerzendes Handgelenk. Er machte eine alberne Bemerkung darüber, was der Mann wohl getan habe, um so eine Ohrfeige zu verdienen. Yvette drehte ihm den Rücken zu. Als er die Hand auf ihre Schulter legte, schüttelte sie sie ab. Er steckte die Finger in den Mund und schmeckte die salzige Flüssigkeit, die darauf war. Dann griff er wieder nach seinem Buch und tat so, als würde er lesen. Sie sprachen nicht mehr, bis Stéphane zurückkam, ganz aufgeregt von dem Zwischenfall, den er aus nächster Nähe beobachtet hatte. Doch weder Raymond noch Yvette interessierten sich dafür, und so packten sie schweigend ihre Sachen zusammen und kehrten zu ihren Fahrrädern zurück.

Raymond trank einen Schluck von seinem Tee. Die Kellnerin mit der Hasenscharte beobachtete ihn von ihrem Platz hinter dem Tresen. Vielleicht wusste sie auch von dem Unfall und war neugierig, wie er sich verhielt. Womöglich war sogar ein Foto von seinem Vater im *L'Alsace* gewesen. *Der Verstorbene hinterlässt Frau und Sohn.*

Yvette begann, ihre Sachen in die Tasche zu packen. Dann stand sie auf.

»Ich weiß nicht, warum du dich die ganze Zeit so benehmen musst«, sagte sie.

Raymond sah sie mit unschuldiger Miene an. »Wie denn?«

»Als wäre dir alles egal. Alles und jeder.« Sie schwang sich die Tasche über die Schulter.

Wäre Stéphane nicht da gewesen, hätte Raymond vielleicht etwas Versöhnliches gesagt. Genau genommen hätte er sich, wenn er mit Yvette allein gewesen wäre, gar nicht so verhalten. Die Maske der Gleichgültigkeit hatte er nur wegen Stéphane aufgesetzt. Aber da er nun ja schlecht seine Taktik ändern konnte, zuckte er nur die Achseln und sagte: »Vielleicht ist mir eben alles egal.«

Yvette schüttelte nur genervt den Kopf.

Stéphane versuchte zu vermitteln. »Er ist einfach nur durcheinander.«

Raymond legte keinen Wert darauf, dass Stéphane für ihn sprach, aber er bereute sein Verhalten. Er wollte nicht, dass Yvette ging.

»Tut mir leid«, sagte er leise. »Maman und ich mussten heute Morgen den Leichnam identifizieren.«

Er hatte seine Trumpfkarte ausgespielt. Nach dieser Eröffnung konnte Yvette gar nicht gehen.

»Oh«, sagte sie. Sie setzte sich wieder und stellte ihre Tasche auf den Boden.

»Das war bestimmt nicht lustig«, sagte Stéphane.

Raymond beschrieb, wie er und seine Mutter auf dem Weg nach Mülhausen an der Unfallstelle vorbeigekommen waren. Über die Identifizierung selbst gab es im Grunde nicht viel zu sagen. Er erzählte ihnen nicht, dass ihm beim Betreten des Sektionssaals eine Szene aus *Frankenstein* durch den Kopf geschossen war und dass er halb damit gerechnet hatte, dass sich der Leichnam unter dem Laken langsam vom Tisch erhob.

»Es hat eigentlich nur ein paar Sekunden gedauert. Sie haben versucht, es zu verbergen, aber man konnte sehen, dass er ziemlich ramponiert war. Maman ist nicht ohnmächtig geworden oder so. Das Ganze war ziemlich merkwürdig.«

Yvette nickte ernst. »Es muss schrecklich gewesen sein.«

Raymond zuckte erneut die Achseln, aber diesmal nicht herablassend. Er lächelte ihr kurz zu. Nun war er doch ganz froh, dass Stéphane da war. Er hatte keine Lust, weiter ins Detail zu gehen oder zuzugeben, dass er trotz allem ein Schluchzen unterdrücken musste, als das Laken vom Gesicht seines Vaters gehoben wurde.

»Das Komischste war der Bulle. Ich glaube, er ist jetzt schon in Maman verknallt.« Er ahmte Gorski nach und tätschelte Yvettes Arm. »Mein Beileid, Madame Barthelme. Es tut mir sehr leid, dass ich Ihnen das zumuten muss, Madame Barthelme.« Dann rang er unterwürfig die Hände und schnalzte leise mit der Zunge.

Yvette und Stéphane lachten trocken, aber es war offensichtlich, dass sie seinen Kommentar nicht lustig fanden. Raymond bemerkte, wie die beiden einen vielsagenden Blick wechselten. Dann breitete sich Schweigen am Tisch aus. Stéphane sah auf die Uhr und sagte, er müsse noch ein Buch in der Bibliothek abholen. Raymond rechnete damit, dass Yvette noch ein wenig bleiben würde, doch auch sie sagte, sie müsse gehen. Sie rechneten aus, was jeder von ihnen zu zahlen hatte, wie sie es immer taten, und legten die Münzen auf den Zinnteller.

Raymond und Yvette gingen langsam die Rue de Mulhouse entlang. Je länger das Schweigen zwischen ihnen andauerte, desto schwerer war es zu durchbrechen. Nun, da er die Gelegenheit verpasst hatte, sich zu entschuldigen, fielen ihm nur alberne, flapsige Bemerkungen ein, und das würde den gefühllosen Eindruck, den er im Café hinterlassen hatte, noch verstärken. Er überlegte, ob er Yvette fragen sollte, woran sie gerade dachte, aber er selbst ärgerte sich immer darüber, wenn sie ihn das fragte, meistens kurz nachdem sie sich in irgendwelchen sexuellen Aktivitäten ergangen hatten.

Ein dicker Mann mit breitbeinigem Gang kam auf sie zu. Er trug einen Tirolerhut mit einer kleinen Feder. Sein Gesicht war gerötet, und sie mussten zur Seite treten, um ihn vorbeizulassen. Normalerweise hätte Raymond eine Bemerkung über die Blumenkohlnase des Mannes gemacht. Aber etwas hatte sich verändert. Es war nicht mehr in Ordnung, sich über Passanten lustig zu machen. Er fragte sich, wie lange es wohl dauern würde, bis es wieder akzeptabel war. Oder ob sie womöglich in eine neue Lebensphase eingetreten waren, in der sie sich stets ernst und wie Erwachsene benehmen mussten.

Ach ja, hörte Raymond im Geiste die Leute sagen, *er lächelt nie. Seit dem Tod seines Vaters ist er nicht mehr derselbe.*

Er sah verstohlen zu Yvette hinüber. Er mochte ihr Profil. Sie hatte eine schmale Nase und lange Wimpern. Ihre Mundwinkel zeigten von Natur aus leicht nach unten, aber im Allgemeinen strahlte sie eher eine ruhige Heiterkeit aus als Traurigkeit, so als müsse sie ein wenig über die Welt schmunzeln. Plötzlich überkamen ihn starke Gefühle für sie.

Sie kamen zur Kreuzung Rue des Trois Rois, wo sich ihre Wege für gewöhnlich trennten. Yvette lächelte ihm mitfühlend zu. Sie streckte die Hand aus und berührte ihn leicht am Handgelenk. Raymond ergriff die Gelegenheit, die sich ihm damit bot. »Das vorhin tut mir leid«, sagte er. »Ich war ein Idiot.«

Yvette zuckte resigniert die Schultern. Sie hatte nichts anderes erwartet.

5

Die Kanzlei Barthelme & Corbeil öffnete erst wieder um zwei Uhr. Gorski beschloss, im Restaurant de la Cloche zu Mittag zu essen. Er war nicht hungrig, aber er hatte keine Lust, die Zeit bis dahin auf der Polizeiwache zu verbringen. Selbst wenn er allein in seinem Büro war, fühlte er sich dort unwohl. Es war möglich, die Wache vom Parkplatz hinter dem Gebäude zu betreten – und somit jede Begegnung mit Schmitt oder einem anderen Kollegen am Empfang zu vermeiden –, aber dabei kam Gorski sich immer vor, als hätte er etwas zu verbergen.

Außerdem wusste dann niemand, dass er da war, und eventuelle Anrufe wurden nicht durchgestellt. Um das zu vermeiden, musste Gorski durch den Flur gehen und sich kurz im Gemeinschaftsbüro blicken lassen. Ganz gleich wie munter Gorski seine Kollegen begrüßte, er hatte immer das Gefühl, sie dachten, er wolle sie belauschen oder sie beim Nichtstun ertappen. Damit dieser Eindruck nicht aufkam, musste er eine Weile im Türrahmen stehen bleiben und gezwungenermaßen Small Talk halten, bevor er verkünden konnte: »Tja, ich bin dann mal in meinem Büro, falls jemand etwas von mir will.«

Deshalb betrat er die Wache, selbst wenn er hinter dem Gebäude geparkt hatte, durch den Haupteingang, denn das knappe Nicken in Schmitts Richtung war im Vergleich zu diesen anderen Strapazen eindeutig das kleinere Übel. Wenn er dann in seinem Büro war, ließ er die Tür stets einen Spalt offen, damit die anderen nicht dachten, er halte sich für etwas Besseres. Er hätte diese Gewohnheit gerne geändert, weil er sich dadurch ständig beobachtet fühlte, aber wenn er nach so langer Zeit anfinge, die Tür zu schließen, würden seine Kollegen sich bestimmt fragen, was er da auf einmal Heimliches trieb. Wann immer es möglich war, hielt sich Gorski überhaupt nicht in der Wache auf.

Es war 12.45 Uhr, als er das Restaurant de la Cloche betrat. Die Mittagszeit war in vollem Gange. Obwohl sie einen Armvoll Teller balancierte, führte Marie ihn zu einem Tisch am Fenster, der auf den Parkplatz am Place de l'Europe hinausging. Seit Céline fort war, hatte sich Gorski geschworen, dass er nicht öfter als zwei- oder dreimal in der Woche hierherkommen würde. Ribéry hatte auch nach seiner Pensionierung noch jeden Tag dort gegessen. Sein alter Mentor war nun schon seit fünfzehn Jahren tot, aber Gorski musste immer noch Maries Versuche abwehren, ihm Ribérys Stammtisch in der Ecke zu geben. Ebenso weigerte er sich, zweimal hintereinander am gleichen Tisch zu sitzen. Natürlich war ihm bewusst, dass dieses sture Beharren auf seiner Freiheit in gewisser Weise ebenfalls eine Gewohnheit war. Heute jedoch war er zufrieden mit seinem Tisch. Er saß mit dem Rücken zu dem dicken Friseur, der den Tisch neben der Tür hatte. Lemerre war in seinem Wesen ebenso unangenehm wie in seinem Äußeren und versuchte jedes Mal, Gorski in ein Gespräch über den neuesten Klatsch von Saint-Louis zu verwickeln. Die mürrische Kellnerin, die vor Kurzem im Rampenlicht der Stadt gestanden hatte, bediente zu Gorskis Erleichterung die Tische auf der anderen Seite des Restaurants. Obwohl sie ihn nie wirklich zur Kenntnis nahm, fühlte er sich in ihrer Gegenwart stets unwohl. Er musste sich bewusst darum bemühen, ihr nicht mit den Blicken zu folgen.

Marie kam, um seine Bestellung aufzunehmen. So, wie er nie zweimal am gleichen Tisch saß, bestellte Gorski auch nie zweimal dasselbe Gericht. Ribéry hatte dreißig Jahre lang jeden Tag *salade de viande, pot-au-feu* und *tarte aux pommes* gegessen, nur am Donnerstag nicht – da war Markttag, und dann nahm er *baeckeoffe*. Vermutlich wirkte es seltsam, dass Gorski sich nicht für ein Stammgericht entscheiden konnte, denn als Marie ihn nun fragte: »Was darf es heute sein?«, betonte sie vor allem das Wort heute, als spräche sie mit einem launischen Kind. Wusste er etwa nicht, was ihm schmeckte? Er musterte mit demonstrativer Gründlichkeit die Tafel, auf der die Tagesgerichte verzeichnet waren, und klopfte sich dabei mit dem Zeigefinger auf die Lippen. Dabei war es ihm mehr oder weniger egal, was er aß, denn ihm war sehr wohl bewusst, was der wahre Grund für seinen Besuch im La Cloche war. Er wollte nicht zurück ins Büro. Als Marie sich abwandte, sagte er, als hätte er sich erst jetzt dazu entschieden: »Oh, und ich nehme einen *pichet* vom Weißen.«

»Natürlich, Kommissar Gorski.« Falls sie seine Bestellung missbilligte, ließ sie es sich auf jeden Fall nicht anmerken. Tatsächlich hätte er sich im Le Pot sehr viel wohler gefühlt, denn dort konnte er so viele Biere bestellen, wie er wollte, ohne dass Yves die Augenbrauen hochzog, und er musste nicht am Fenster sitzen, wo ihn jeder, der vorbeiging, sehen konnte. Er trank viel lieber Bier. Weißwein bekam seinem Magen nicht, und er hatte sich angewöhnt, immer Säureblocker einzustecken.

Gorskis erster Gang kam ohne den Wein. Er aß pflichtbewusst seine Suppe, wie ein Kind, dem man eine Belohnung versprochen hatte, wenn es sein Gemüse aß, aber er wurde zusehends nervös. Er hoffte, dass er sich nicht so weit erniedrigen musste, Marie an die Bestellung zu erinnern. Doch sie wartete lediglich darauf, dass ihr

Mann, Pasteur, den Wein in die kleine Karaffe goss. Als diese vor ihm auf den Tisch gestellt wurde, zuckte Gorski leicht zusammen, als hätte er ganz vergessen, dass er ihn bestellt hatte, dann nickte er der *patronne* lächelnd zu.

Hinter ihm blätterte Lemerre in den Seiten des *L'Alsace* und versorgte Cloutier, den Apotheker, der sich zu ihm an den Tisch gesetzt hatte, mit Kommentaren zu den Neuigkeiten des Tages. Cloutier sprach gerne hinter vorgehaltener Hand über die Medikamente, die er seinen Kunden verkaufte, meist gefolgt von einer Bemerkung wie: »Würd' mich nicht wundern, wenn der 'nen Tripper hätte«, gepaart mit einem verschwörerischen Zwinkern. Gorski blickte stur aus dem Fenster. Marie brachte ihm sein Schnitzel. Er schnitt das panierte Fleisch in schmale Streifen und kaute langsam. Nach jedem Bissen gestattete er sich einen Schluck Wein. Er dachte an Lucette Barthelme und den dankbaren Ausdruck in ihren Augen, als er eingewilligt hatte, für sie ein wenig nachzuforschen. Eigentlich gab es dafür keinen Anlass, aber es konnte ja nicht schaden, und außerdem hatte er nicht viel anderes zu tun.

Lemerre unterbrach seine Gedanken. Widerstrebend drehte Gorski sich um, den Ellbogen auf die Stuhllehne gestützt. Der Friseur deutete auf eine Überschrift in der Zeitung.

»Pikanter Fall«, sagte er grinsend.

Eine Frau war in ihrer Wohnung in Straßburg erdrosselt worden.

»Die Lady hatte es anscheinend faustdick hinter den Ohren«, fuhr Lemerre fort. »War bekannt dafür, dass sie regelmäßig Herrenbesuch empfing«, las er, dann zitierte er genüsslich die letzte Zeile. »Ein echtes *crime passionnel,* wie es scheint.«

Gorski nickte knapp. Das Verbrechen aus Leidenschaft war ein Mythos – sehr beliebt bei Romanschreibern und alten Jungfern, weniger hingegen bei Ermittlern –, aber er wusste aus Erfahrung, dass es ein Fehler war, sich auf eine Diskussion mit Lemerre einzulassen. »Zweifellos«, sagte er und wollte sich wieder seinem Essen zuwenden, doch Lemerre war noch nicht fertig.

»Kommt hier ja nicht so oft vor.« Er deutete auf die Stadt um sie herum.

»Wie bitte?«, fragte Gorski.

»Verbrechen aus Leidenschaft«, sagte Lemerre. »Das kommt in Saint-Louis nicht so oft vor.«

»Nein«, erwiderte Gorski.

»Da fragt man sich doch, was ein Polizeichef den ganzen Tag so treibt.«

Gorski lächelte dünn. Dann entschuldigte sich Lemerre dafür, dass er ihn beim Essen gestört hatte. »Ich sehe ja, wie viel Sie zu tun haben, Kommissar.« Cloutier und er lachten. Gorski leerte sein Glas und füllte es erneut bis zum Rand, ohne sich darum zu kümmern, wer zusah. Er zwang sich, sein Schnitzel aufzuessen, rührte aber den Berg Kartoffelsalat, den er dazu bekommen hatte, nicht an.

Die Kanzlei Barthelme & Corbeil war unauffällig. Sie befand sich in einem Haus, in dem ansonsten offenbar nur Wohnungen waren. Neben dem Eingang hing ein dezentes Messingschild, was darauf schließen ließ, dass die Inhaber es nicht nötig hatten, Werbung für sich zu machen. Gorski drückte auf die Klingel und wurde eingelassen. Die Kanzlei befand sich im ersten Stock. Nur auf der mattierten Glastür wurde ersichtlich, um was für eine Firma es sich bei Barthelme & Corbeil handelte: Rechtsanwälte und Notare.

Gorski trat ein, ohne zu klopfen, und wurde von einer Sekretärin begrüßt, die hinter einem beeindruckenden Eichentisch saß. Sie war eine zierliche Frau um die vierzig. Ihr Haar umrahmte locker ihr Gesicht. Sie trug eine grüne Bluse mit Paisleymuster und eine Kette mit einem fernöstlichen Symbol um den Hals. Ihre Augen und ihre Nasenspitze waren leicht gerötet. Offenbar hatte sie erst bei ihrer Ankunft in der Kanzlei von Barthelmes Tod erfahren.

Es war aufschlussreich, dass man sie nicht nach Hause geschickt hatte, ja, dass die Kanzlei überhaupt geöffnet war. Der Eingangsbereich war wenig ansprechend. Mit Ausnahme des Eichentisches wirkte die Einrichtung schäbig, und der Teppich war dort, wo er viel in Gebrauch war, abgenutzt. Dennoch hatte man nicht den Eindruck, dass es der Firma schlecht ging, sondern eher, dass sie von der Außenwelt abgeschottet war. Es war ein Ort, an dem man in gedämpftem Ton delikate Angelegenheiten besprechen konnte. Barthelme & Corbeil waren die Vermittler zwischen den Familien, die sich hinter den Platanen der Rue des Bois verschanzten, und dem schmuddeligen Rest der Welt.

Gorski lächelte mitfühlend und drückte der Sekretärin sein Beileid aus.

Die Frau rang sich ein Lächeln ab. »Es war ein ziemlicher Schock«, sagte sie. Trotz der Tränen lag in ihren Augen eine Lebendigkeit, die nicht zur Umgebung passte.

Gorski fragte, ob er Maître Corbeil sprechen könne. Die Frau nahm seine Karte und betrat nach einem leisen Klopfen den Raum links vom Eichentisch.

Corbeil saß an seinem Schreibtisch und las in irgendwelchen Unterlagen, und er hörte damit auch nicht auf, als Gorski hereingeführt wurde. Ohne aufzusehen, deutete er auf zwei grüne Ledersessel. Da er nicht auf Corbeils unhöfliche Geste eingehen wollte, blieb Gorski in der Mitte des Raumes stehen. Ribéry hätte sich ein solches Benehmen niemals bieten lassen. Er wäre auf den Schreibtisch zumarschiert und hätte dem Anwalt die Papiere unter der Nase weggerissen. Wobei es gar nicht erst zu einer solchen Situation gekommen wäre. Trotz all seiner Fehler hatte Ribéry eine Eigenschaft besessen, die Gorski immer abgehen würde: Er war gesellig gewesen. Er hatte jeden in der Stadt gekannt, vom Bürgermeister bis zum Barkeeper, und weder Corbeil noch irgendjemand sonst hätte ihn so respektlos behandelt. Wie um zu zeigen, dass ihm Corbeils Unhöflichkeit nichts ausmachte, schlenderte Gorski zum Fenster und blickte hinaus auf die Straße. Lemerre ging gerade schnaufend zurück zu seinem Geschäft auf der gegenüberliegenden Seite. Gorski zündete sich eine Zigarette an. Beim Klicken des Feuerzeugs sah Corbeil auf, als habe er ihn ganz vergessen. Er schraubte einen schweren Füllfederhalter auf und setzte seine Unterschrift unter das Dokument, das er gerade gelesen hatte. Dann erhob er sich, trat auf Gorski zu und gab ihm die Hand.

»Sie sind also unser berühmter Kommissar Gorski, hm?«

Gorski erwiderte seinen Blick. Die Bemerkung ärgerte ihn, was zweifellos beabsichtigt war. Es war gar nicht so sehr das ironische Adjektiv »berühmt«, sondern vor allem das Wort »unser«, als gehöre er den Honoratioren der Stadt. Der Tod seines Partners schien den Anwalt nicht sonderlich zu berühren. Corbeil war von mittlerer Größe und hatte eine makellose rosige Haut. Abgesehen von ein paar sorgfältig gestutzten Haarbüscheln über den Ohren war er vollkommen kahl. Er trug einen englischen Tweedanzug und braune Schnürschuhe. Seine Bewegungen waren präzise und ein wenig unmännlich. Gorski hatte den Eindruck, dass die beiden Kollegen einander niemals mit Vornamen angesprochen oder sich gar geduzt hatten. Und als Gorski den Anlass seines Besuchs nannte, schien es, als habe Corbeil bereits vergessen, unter welchen Umständen sein Geschäftspartner gestorben war.

»Nach allem, was ich gehört habe, war es nichts weiter als ein Unfall«, sagte der Anwalt. »Deshalb verstehe ich nicht, welchen Grund Sie haben sollten«, er hielt inne, als suche er nach dem beleidigendsten Ausdruck, »hier herumzuschnüffeln.«

Bevor Gorski darauf antworten konnte, führte Corbeil ihn zu den beiden Sesseln, auf die er zuvor gezeigt hatte. Dazwischen stand ein niedriger Tisch mit einem Aschenbecher aus Kristall und einer Karaffe mit Sherry. Er setzte sich und bedeutete Gorski, dasselbe zu tun. Er schlug ein Bein über das andere, sprang dann jedoch sofort wieder auf und holte zwei Gläser aus dem Schrank hinter seinem Schreibtisch.

»Ich vergesse meine Manieren«, sagte er. Er setzte sich wieder und schenkte großzügig ein. »Wenn mich meine Erinnerung nicht täuscht, sagte Ihr Vorgänger nie Nein zu einem Gläschen. Ich nehme an, Sie sind da nicht anders.«

Gorski nippte an seinem Sherry und widerstand dem Drang, das Glas in einem Zug zu leeren. Der Wein, den er im Restaurant de la Cloche getrunken hatte, hatte ihn nur noch durstiger gemacht.

»Sie wollten mir erklären, was Sie zu mir führt«, sagte der Anwalt.

Der Sherry hinterließ einen klebrigen Film auf Gorskis Zunge. »Ich versuche lediglich, die Aktivitäten von Maître Barthelme vor seinem Unfall nachzuvollziehen.«

Corbeils Gesichtsausdruck veränderte sich nicht. Er war so neutral, dass man sich kaum vorstellen konnte, dass er überhaupt je irgendwelche Regungen zeigte. »Gibt es denn irgendwelche Hinweise auf Fremdeinwirkung?«

Fremdeinwirkung. Den Ausdruck benutzten die Leute nur gegenüber einem Polizisten, wohl um eine brutalere Formulierung zu vermeiden.

»Der Bericht von der Abteilung für Unfallermittlung liegt noch nicht vor.«

»Dennoch«, erwiderte Corbeil, »scheint die Vermutung nahezuliegen, dass es lediglich ein Unfall war. Sie selbst haben eben dieses Wort gebraucht. Und wenn dem so ist, sehe ich keinen Anlass, die ›Aktivitäten‹ meines Kollegen ›nachzuvollziehen‹, wie Sie es genannt haben.«

Die Arroganz des Anwalts ärgerte Gorski. Ribéry gegenüber hätte er sich das niemals herausgenommen. Außerdem war es eigenartig, dass er von einer »Vermutung« sprach. Im *L'Alsace* hatten lediglich eine rudimentäre Beschreibung des Unfalls und ein paar Zeilen über das Opfer gestanden – keinerlei Spekulationen zur Ursache. Vielleicht hatte Corbeil bereits ein wenig herumtelefoniert.

»Ich bemühe mich, nicht auf der Grundlage von Vermutungen zu ermitteln«, sagte Gorski. »Ganz unabhängig davon, was bei der Unfallermittlung herauskommt, müssen ein paar Dinge geklärt werden.«

»Da bin ich nicht ganz Ihrer Meinung, Kommissar Gorski. Nur weil jemand das Pech hatte, in einen Unfall verwickelt zu sein, gibt es meines Erachtens keinen Anlass, in seinem Privatleben herumzuschnüffeln.«

Gorski konnte seinen Unmut nicht länger verbergen. »Maître Corbeil, ich schnüffele nicht herum. Ich untersuche den tödlichen«, er hielt inne, um nicht erneut das Wort *Unfall* zu benutzen, »den Tod eines Menschen, und ich verstehe nicht, warum Sie sich dem so hartnäckig widersetzen.«

Er steckte sich eine zweite Zigarette an. Corbeil stand auf, nahm eine Zigarre aus der Kiste auf seinem Schreibtisch und zündete sie mit einem schweren Onyx-Feuerzeug an. Er paffte eine Weile gedankenverloren daran. Dann schien ihm plötzlich wieder einzufallen, dass er nicht alleine war.

»Sie haben vollkommen recht, mein lieber Kommissar Gorski. Ich will keineswegs unkooperativ sein, ganz im Gegenteil. Bitte verzeihen Sie meine berufsbedingte Neigung, alles auf die Goldwaage zu legen.«

Er setzte sich wieder. Gorski rang sich ein Lächeln ab.

»Bisher richten sich meine Ermittlungen lediglich auf die Frage, warum Ihr Kollege in südlicher Richtung auf der A35 unterwegs war, als er verunglückte. Ich kann mir nicht vorstellen, dass Sie sich das nicht auch schon gefragt haben.«

Corbeil schüttelte bedächtig den Kopf. »Ich wüsste nicht, wieso, aber nur zu …« Er bedeutete Gorski mit einer Bewegung seiner Zigarre fortzufahren.

»Maître Barthelmes Wagen ist irgendwann nach neun Uhr abends von der Straße abgekommen. Ich möchte von Ihnen nur wissen, wann er aus dem Restaurant aufgebrochen ist und ob er angedeutet hat, wohin er wollte.«

Corbeil sah ihn ein wenig verwirrt an. »Ich glaube, ich kann Ihnen nicht wirklich folgen.«

»Das ist doch eine ganz einfache Frage«, sagte Gorski.

»Aber sie scheint auf einem Missverständnis Ihrerseits zu beruhen«, erwiderte Corbeil. »Ich habe Maître Barthelme nicht mehr gesehen, nachdem ich die Kanzlei verlassen habe.«

Gorski verkniff sich ein Lächeln. Er hatte das vage Gefühl, einen kleinen Sieg errungen zu haben. Er beschränkte sich auf ein leichtes Nicken, als hätte er den Anwalt mit einem Trick dazu gebracht, diesen Umstand zuzugeben.

»Sie haben also nicht mit Maître Barthelme in der Auberge du Rhin zu Abend gegessen?«

Corbeil lachte verdutzt. »Nein.«

»Nach meinen Informationen haben Sie und Ihr Partner jeden Dienstag dort gemeinsam zu Abend gegessen.«

Der Anwalt sah Gorski befremdet an und erwiderte, das sei keineswegs der Fall gewesen. Er habe noch nie auch nur einen Fuß in das Restaurant gesetzt. »Ich kann mir nicht vorstellen, wie Sie darauf kommen.«

»Wenn das so ist, können Sie mir sagen, wann Sie ihn zuletzt gesehen haben?«

»Am Nachmittag, hier in der Kanzlei.«

»Und wann genau?«

Corbeil blies die Backen auf, als sei es unter seiner Würde, sich etwas so Triviales zu merken.

Gorski wies ihn darauf hin, dass es ja erst am Tag zuvor gewesen war.

Corbeil warf ihm einen missmutigen Blick zu, dann stand er auf und trat an seinen Schreibtisch. Er blätterte in einem großen Terminkalender und verkündete dann, er sei nicht in der Kanzlei gewesen. Dann drückte er auf den Knopf der Gegensprechanlage und bat die Sekretärin, zu ihm zu kommen. Er hätte ebenso gut zur Tür gehen können, aber zweifellos dachte er, das alberne Gerät verleihe ihm Wichtigkeit.

Wenige Augenblicke später kam die Sekretärin herein und blieb befangen im Türrahmen stehen. Corbeil bat sie, näher zu treten, bot ihr jedoch keinen Stuhl an.

»Irène, der Herr Kommissar möchte Ihnen ein paar Fragen zu Maître Barthelme stellen.«

Der Blick der Frau huschte zwischen den beiden Männern hin und her. Gorski lächelte, um sie zu beruhigen.

»Sie brauchen sich keine Sorgen zu machen«, sagte er. »Ich möchte nur wissen, wann Maître Barthelme gestern Nachmittag die Kanzlei verlassen hat.«

»Um vier Uhr, oder kurz danach.«

»Hatte er noch einen Termin?«

»Es stand nichts in seinem Kalender.«

»Hat er Ihnen nicht gesagt, wohin er wollte?«

Irène unterdrückte ein Schluchzen und sah hilfesuchend zu Corbeil.

»Aber es war ungefähr vier Uhr?«, fragte Gorski.

»Ja.«

»Ist er danach noch mal in die Kanzlei gekommen?«

Sie schüttelte den Kopf.

»Und wann sind Sie gegangen?«

»Kurz danach.« Wieder blickte sie zu Corbeil, der sie mit leiser Abscheu betrachtete. »Maître Barthelme hat mir gesagt, wenn ich mit meiner Arbeit fertig sei, könne ich gehen.«

»Es wäre also möglich, dass er noch mal in die Kanzlei zurückgekommen ist, nachdem Sie schon fort waren.«

Sie tupfte sich mit einem zusammengeknüllten Taschentuch über die Augen.

»Ich wüsste nicht, inwiefern das von Bedeutung ist«, sagte Corbeil.

Gorski verkniff sich die Entgegnung, dass seine Meinung hier niemanden interessierte, aber er hakte nicht weiter nach. Die Sekretärin schien die Einzige zu sein, der Maître Barthelmes Tod etwas auszumachen schien, und er wollte sie nicht noch mehr belasten.

6

Der kürzeste Weg zurück zur Polizeiwache würde Gorski am Le Pot vorbeiführen. Es war natürlich ohne Weiteres möglich, eine andere Route zu nehmen, aber würde er, wenn er einen Umweg machte, nicht gewissermaßen zugeben, dass er ein Problem hatte: dass er nicht an einer Bar vorbeigehen konnte, ohne sie zu betreten? Andererseits – war es nicht naheliegend, kurz auf ein Bier hineinzugehen, um über sein Gespräch mit Corbeil nachzudenken? Es war nicht so, dass er unbedingt etwas trinken musste. Es wäre nur angenehmer, als in sein Büro zurückzukehren. Aber hatte er nicht gerade an diesem Morgen beschlossen, nicht mehr so oft ins Le Pot zu gehen? Er saß nicht gerne alleine dort vor seinem Glas, und ihm war durchaus bewusst, welche Auswirkung die Anwesenheit eines Polizisten auf die Atmosphäre in der Bar hatte. Er tat es im Grunde nur, um die Abende nicht allein in der Rue de Village-Neuf zu verbringen.

Er bog in die Straße ein, in der das Le Pot lag. Der Versuchung zu widerstehen, kurz in der Bar vorbeizuschauen, hätte wenig Wert, wenn er ohnehin einen anderen Weg einschlagen würde. Er wechselte sogar die Straßenseite, sodass er direkt an der Tür vorbeigehen musste. Wenige Meter vor dem Eingang sah Gorski auf die Uhr und setzte für den Fall, dass ihn jemand beobachtete, einen überraschten Gesichtsausdruck auf, als hätte er gerade erst bemerkt, dass ihm noch mehr Zeit blieb, als er gedacht hatte.

Vor dem Tresen standen drei Männer in Arbeitskluft, über eine aufgeschlagene Zeitung gebeugt. Gorski setzte sich auf das eingerissene Plastik der schmalen Bank und deutete mit der Hand die Bewegung des Bierzapfens an. Erst als Yves ihm wortlos das Glas hingestellt hatte, erhob er sich und zog seinen Mantel aus. Er ließ das Bier noch einen Moment stehen. Nun, da es vor ihm stand, hatte er keine Eile mehr. Er sah zu, wie die Bläschen aufstiegen und an der Unterseite des Schaums hängen blieben, den der Wirt geübt mit einem Palettenmesser, das er zu diesem Zweck neben den Zapfhähnen aufbewahrte, abgestrichen hatte. Die Männer am Tresen machten ein paar anzügliche Bemerkungen über das Mordopfer aus Straßburg. Yves wies mit einer kaum wahrnehmbaren Kopfbewegung zur Seite, um sie auf Gorskis Anwesenheit aufmerksam zu machen, und die drei verstummten.

Gorski war überrascht von dem Gespräch mit Corbeil. Der größte Teil seiner Arbeit als Polizist war ausgesprochen langweilig. Es war ein weitverbreiteter Irrtum, dass sich Kommissare die ganze Zeit damit beschäftigten, dunkle Geheimnisse ans Licht zu bringen. Dem war nicht so. In den allermeisten Fällen war der Täter entweder von Anfang an bekannt oder die Chance, ihn zu finden äußerst gering, zum Beispiel bei kleineren Diebstahls- oder Einbruchsdelikten. Die Mitarbeiter der Polizei gingen ihren Ermittlungen nicht in erster Linie deshalb nach, um die Schuldigen zu finden, sondern vor allem, um den Bürgern, die mit ihren Steuern die Gehälter finanzierten, das Gefühl zu geben, man beschütze sie vor den vielen Verbrechern, die laut diversen Zeitungen nur darauf warteten, sie auszurauben, zu vergewaltigen oder zu ermorden. Wenn es tatsächlich einmal vorkam, dass die Ermittlungen zu einer Verhaftung führten, dann war das mit hoher Wahrscheinlichkeit das Ergebnis mühsamer Lauferei und nur selten einer genialen Eingebung der ermittelnden Beamten geschuldet. So war es zumindest in einer Stadt wie Saint-Louis, die – abgesehen von ein paar Gewohnheitsdieben – weder über eine nennenswerte Verbrecherzunft noch über einen ausgeprägten Hang zur Gewalttätigkeit verfügte. Es war ein friedlicher Ort, an dem sich nur selten Dramen abspielten. Bei gesellschaftlichen Anlässen erwarteten die Leute stets von Gorski, dass er sie mit Anekdoten über die faszinierendsten Fälle seiner Laufbahn unterhielt, doch wenn er stattdessen schildern wollte, wie sein Arbeitsalltag als Kommissar wirklich aussah, wurde meist rasch das Gesprächsthema gewechselt.

Und so war Gorski schlichtweg deshalb überrascht, weil er bei Corbeil etwas herausgefunden hatte, mit dem er nicht gerechnet hätte; etwas, das dem angenommenen Ablauf der Ereignisse widersprach. Gut, viel war es nicht. Ein Mann hatte seine Frau belogen. An dem Abend, als er starb, war Maître Barthelme nicht dort, wo er behauptet hatte. Mehr noch, in all den Jahren seiner Ehe war er dienstagabends nie dort gewesen, wo er vorgegeben hatte zu sein. Die naheliegendste Erklärung dafür lag natürlich auf der Hand, aber es war trotzdem seltsam. Bertrand Barthelme schien nicht der Typ Mann zu sein, der eine Geliebte hatte. Doch Maître Corbeils abwehrende Haltung deutete darauf hin, dass er wusste, dass sein Kollege etwas zu verbergen hatte. Die Reserviertheit des Anwalts konnte durchaus damit erklärt werden, dass er versuchte, den Ruf des Verstorbenen – und damit auch den der Kanzlei – zu schützen, aber sie konnte ebenso gut darauf hinweisen, dass hinter der steifen bürgerlichen Fassade, die Barthelme zur Schau getragen hatte, etwas ganz anderes verborgen lag.

Gorski trank einen Schluck von seinem Bier. Er rief sich in Erinnerung, dass es für die Polizei nicht von Belang war, was Barthelme in seinen letzten Stunden getan hatte. Schließlich lag kein

Verbrechen vor. Er hatte nur aus dem albernen Wunsch heraus, Lucette Barthelme zu gefallen, nachgehakt. Doch dafür gab es keinen Anlass, wie Corbeil ihm deutlich zu verstehen gegeben hatte. Er sollte das, was er herausgefunden hatte, der Witwe mitteilen und es dann dabei bewenden lassen. Doch schon allein wegen Corbeils Hochmut wollte er das nicht. Außerdem war seine Neugier geweckt. Er stellte sich vor, dass Ribéry mit seinem mittäglichen *pichet* neben ihm saß. Als Polizist war er das genaue Gegenteil von Gorski gewesen, hatte sich ganz auf seinen Instinkt und seine Eingebungen verlassen. Und wenn beides nicht umgehend zu einer Lösung führte, hatte er meist die Achseln gezuckt und den Zigeunern die Schuld gegeben (einer Bevölkerungsgruppe, die er als außerhalb seiner Jurisdiktion ansah). Er hatte nichts davon gehalten, seine Schuhsohlen zu strapazieren, an Türen zu klopfen oder Zeitungsartikel und Vorstrafenregister durchzuackern.

Gorski stand auf und bat Yves um eine Marke für das Telefon in der Ecke neben der Bar. Er rief Lucette Barthelme an. Vielleicht hatte sie sich einfach geirrt, was die Person anging, mit der ihr Mann zu Abend gegessen hatte. Wahrscheinlich gab es eine ganz einfache Erklärung dafür. Als die Haushälterin das Telefon an die Witwe übergab, klang diese ein wenig desorientiert, als wäre sie gerade aufgewacht. Gorski entschuldigte sich für die Störung und sagte, Maître Corbeil habe ihn noch nicht empfangen können. Er fragte, ob ihr noch jemand anderes einfiel, mit dem ihr Mann möglicherweise den Abend verbracht haben könnte.

»Oh, ich weiß nicht«, sagte sie.

»Sie erwähnten einen Club oder etwas in der Art.«

»Ja, stimmt. Was für ein gutes Gedächtnis Sie haben, Kommissar Gorski.«

Mit sanftem Nachdruck bat er sie um Namen.

Nach einigem Überlegen nannte sie ihm zwei: Der eine war Immobilienmakler, der andere besaß eine Fabrik am Stadtrand. Gorski dankte ihr und versprach, sie zu informieren, sobald er etwas herausgefunden hätte.

Das Büro von Henry Martin lag ein wenig abseits der Hauptstraße von Saint-Louis, im Erdgeschoss eines Wohnhauses an der Rue des Vosges. Es gab kein Schaufenster, in dem Immobilien zum Kauf oder zur Miete angeboten wurden. Neben der Klingel stand ein Schild: *Beratung nur nach Terminabsprache.*

Eine der ersten Lektionen, die Gorski von Ribéry gelernt hatte, war, sich niemals vorher anzukündigen. Gib dem Zeugen nicht die Gelegenheit, sich eine Geschichte zurechtzulegen. Dennoch wirkte Henri Martin keineswegs überrascht, dass Gorski ihn aufsuchte. Er war ein kleiner Mann, sehr gepflegt in einem dunklen Anzug mit Weste. Ohne zu fragen, ob Gorski überhaupt wollte, schenkte er ihm ein Glas Whisky aus einer Karaffe ein und bat ihn, auf dem Stuhl vor seinem Schreibtisch Platz zu nehmen.

»Ich nehme an, Sie sind nicht wegen einer Immobilie hier«, sagte er, während Gorski Platz nahm.

»So? Warum nicht?«, entgegnete Gorski. »Ich erwäge in der Tat, gerade umzuziehen.«

Martin schien peinlich berührt und lächelte entschuldigend.

»Der Service, den wir anbieten, ist ziemlich exklusiv«, erklärte er. »Wir handeln eher mit Investitionsobjekten. Unsere Kundschaft ist«, er suchte nach dem passenden Wort, »recht wohlhabend. Aber ich empfehle Ihnen gerne eine von den anderen Firmen in der Stadt.«

Gorski verzog die Lippen zu einem Lächeln, um zu zeigen, dass er nicht gekränkt war, aber er äußerte sich noch immer nicht zum Grund seines Besuchs. Martin hatte sich in die Defensive manövriert, und in der Defensive war es den meisten Menschen unangenehm zu schweigen. Martin setzte sich an seinen Schreibtisch und stellte sein Glas sorgsam auf einen Untersetzer. Er versuchte, Zeit zu gewinnen. Gorski war sicher, dass Corbeil ihn bereits angerufen hatte. Er trank einen Schluck. Obwohl er sich mit Whisky nicht auskannte, ahnte er, dass dies keiner von der billigen Sorte war, die man in Soda ertränkte.

»Nun«, begann Martin, »da Sie offenbar nicht wegen einer Immobilie hier sind, gehe ich recht in der Annahme, dass Ihr Besuch mit dem Tod von Maître Barthelme zusammenhängt?«

»Was bringt Sie zu der Annahme?«, fragte Gorski.

Martin machte eine Handbewegung. »Worum sollte es sonst gehen?«

Der Grund für Gorskis Besuch war ein ganz banaler: Er wollte lediglich die Bestätigung, dass Martin am Abend zuvor nicht mit Barthelme gespeist hatte. Das hätte er mit einer einzigen schlichten Frage klären können, aber Gorski beschloss, die Gelegenheit zu nutzen. »Stochern Sie ein bisschen herum«, hätte Ribéry ihm geraten.

»Ich wollte Sie nach Ihrem Club fragen.« Er drückte sich absichtlich vage aus.

»Was für ein Club?«, fragte Martin verwundert.

»Der Club, in dem Sie, Maître Corbeil, Maître Barthelme und«, Gorski zog sein Notizbuch aus der Innentasche, um nach dem Namen zu suchen, »Monsieur Tarrou Mitglied sind.«

Die Wirkung seiner Frage gefiel ihm. Martin schien sich plötzlich darum zu sorgen, ob seine Hemdmanschetten auch richtig saßen. Er trug goldene Manschettenknöpfe mit seinen Initialen. Dann wanderte sein Blick zur Decke, als suche er dort nach einem verstaubten Bereich seines Gedächtnisses; eine unwillkürliche Reaktion, die Gorski schon zahllose Male beobachtet hatte. Er schwenkte den Whisky unter seiner Nase und trank noch einen Schluck davon.

»Ich fürchte, da kann ich Ihnen nicht weiterhelfen, Kommissar Gorski«, erwiderte er schließlich.

»Wieso nicht?«

»Ich kenne keinen solchen Club.«

»Aber Sie kennen die genannten Herren?«

»Das schon, aber es gibt keinen ›Club‹, wie Sie es genannt haben.«

»Der Ausdruck stammt nicht von mir, sondern von Maître Barthelme«, sagte Gorski.

»Trotzdem.«

Die Antwort auf seine nächste Frage wusste Gorski bereits. »Darf ich dann fragen, wann Sie ihn zum letzten Mal gesehen haben?«

Martin zog die Brauen hoch. »Wenn ich ihn gestern Abend nicht gesehen habe, wüsste ich nicht, warum das von Belang sein sollte.«

»Tun Sie mir doch einfach den Gefallen.«

Martin blies die Backen auf. Er verlor allmählich die Geduld, genau wie Gorski es beabsichtigt hatte.

»Das weiß ich nicht mehr so genau. Vor zwei oder drei Wochen.«

»Und wie würden Sie die Art Ihrer Beziehung beschreiben?«

Martin straffte die Schultern und presste die Lippen zusammen, bemühte sich jedoch um einen freundlichen Tonfall.

»Darf ich fragen, warum Sie solche Nachforschungen für notwendig halten? Nach allem, was ich weiß, war Maître Barthelmes Tod nichts weiter als ein Unfall.« Das war genau dieselbe Formulierung, die Corbeil verwendet hatte.

»Habe ich etwas anderes angedeutet?«, fragte Gorski mit Unschuldsmiene.

»Wenn dem so ist, wüsste ich nicht, inwiefern die Art meiner Beziehung zu Maître Barthelme von Belang sein sollte.«

Gorski beschloss, seine Taktik zu ändern. Er beugte sich vor. »Ich hoffe, ich kann mich auf Ihre Diskretion verlassen, Monsieur Martin. Es gibt, was den Tod von Maître Barthelme angeht, ein paar

Umstände, die mich zwingen, seine persönlichen Angelegenheiten etwas genauer zu untersuchen.«

Martin musterte ihn skeptisch. »Darf ich fragen, worauf Sie anspielen?«

Gorski lächelte entschuldigend und machte eine Handbewegung, die andeuten sollte, dass er nicht befugt war, diesbezügliche Informationen weiterzugeben.

»Und? Von welcher Art war nun Ihre Beziehung?«

Martin wich seinem Blick aus. »Nun ja, man könnte wohl sagen, dass wir Kollegen waren. Geschäftskollegen.«

»Geschäftskollegen«, wiederholte Gorski langsam, als wollte er sich den Ausdruck einprägen. Er trank den Rest seines Whiskys, dann stand er abrupt auf. »Ich werde Ihre Zeit nicht weiter in Anspruch nehmen«, sagte er und gab seinem Gegenüber die Hand. »Ich hoffe, ich kann mich auf Ihre Diskretion verlassen. Sie wissen ja, wie gern die Leute reden.«

»Natürlich«, erwiderte Martin ernst.

Draußen angekommen, ging Gorski die Straße hinunter. Nach einer Weile kehrte er um und spähte durch das Fenster von Martins Büro. Der Immobilienmakler telefonierte bereits.

7

Marc Tarrou stand an seinem Schreibtisch und telefonierte, als Gorski das Fertighäuschen betrat, das ihm als Büro diente. Das Häuschen stand auf ein paar Porenbetonsteinen auf dem von Schlaglöchern durchzogenen Parkplatz seiner Betonfabrik. Tarrou bedeutete Gorski freundlich, hereinzukommen und Platz zu nehmen. Die Wände waren mit Sperrholzfurnier verkleidet und mit allerlei Jahresplanern und Werbeplakaten für Baumaterialien bedeckt. Auf dem Fußboden lagen überall Papierstapel und prall gefüllte Aktenordner. Einen größeren Gegensatz zu der Kanzlei von Barthelme & Corbeil konnte man sich kaum vorstellen. Gorski blieb stehen. Sein Blick blieb an einem fünf Jahre alten Kalender hängen, der eine knackige junge Frau im Bikini zeigte, die irgendwo in der Karibik im seichten Wasser kniete. Sie hatte die Beine gespreizt und warf den Kopf in den Nacken, während eine Welle sie umspülte.

Tarrou führte sein Gespräch, in dem es um eine verspätete Materiallieferung ging, noch einige Minuten weiter, wobei er mehrfach in eine Sprache wechselte, die Gorski für Arabisch hielt. Zu seinem Besucher gewandt, rollte er theatralisch mit den Augen und schüttelte den Kopf. Er war ein gut aussehender Mann mit olivfarbener Haut und dichtem, schwarzem Haar, das er aus der Stirn frisiert trug. Obwohl das Häuschen nicht beheizt war, hatte er nur ein Oberhemd an. Über seiner Stuhllehne hing ein dunkelblauer Blazer mit Goldknöpfen. Seine Hosenbeine waren am Saum mit hellem Schlamm vom Parkplatz bespritzt. Tarrou beendete sein Gespräch mit einer Reihe blumiger Flüche und legte den Hörer mit einem Zwinkern auf die Gabel.

»Verfluchte Araber«, sagte er. »Das ist die einzige Sprache, die sie verstehen.« Dann fügte er wie zu seiner Rechtfertigung hinzu: »Ich bin selbst zur Hälfte Araber, von der Seite meiner Mutter her. Ein Marseillaiser Mischling, ha, ha.«

Gorski fragte sich, wie oft er den Spruch wohl schon gebracht hatte. Es war schwer zu glauben, dass Bertrand Barthelme und seine Kollegen sich mit so einem Mann zusammentaten.

Tarrou kam mit ausgestreckter Hand hinter seinem Schreibtisch hervor. »Die Polizei, hm? Was habe ich denn diesmal angestellt? Kommissar Gorski, nicht wahr?«

Gorski verzog das Gesicht über den Scherz. Der Betonfabrikant räumte zwei Plastikstühle frei, und sie setzten sich. Dann sprang er wieder auf und holte eine Flasche Wein aus dem obersten Fach eines Aktenschranks.

»Ein Schlückchen zum Aufwärmen?«

Auf dem Beistelltisch zwischen ihnen standen zwei benutzte Gläser. Auf dem einen waren Lippenstiftspuren zu erkennen. Tarrou nahm ein Papiertaschentuch und wischte sie oberflächlich ab. Dann schenkte er den Wein ein und reichte Gorski eines davon. Das Glas mit dem Lippenstift behielt er für sich.

»*Cin-cin*«, sagte er.

Er setzte sich Gorski gegenüber, die Ellbogen auf die Knie gestützt. »Sie fragen sich jetzt bestimmt, woher ich weiß, wer Sie sind«, sagte er. »Nun, ich verrate es Ihnen. Corbeil, diese Schlange, hat angerufen und mich gewarnt, dass Sie herumschnüffeln. Er meinte, dass Sie bestimmt auch bei mir auftauchen.«

»Ich verstehe«, sagte Gorski. »Und was glauben Sie, warum er das für nötig hielt?«

Tarrou zog die Augenbrauen hoch. »Das müssen Sie ihn schon selbst fragen.«

Gorski wusste nicht, was er von Tarrous augenscheinlicher Offenheit halten sollte. Nach seiner Erfahrung war das meist ein Ablenkungsmanöver. Er war schon einigen von diesen hemdsärmeligen Kumpeltypen begegnet, deren allzu große Offenheit erst recht den Verdacht erweckte, dass sie etwas zu verbergen hatten. Dennoch hatte Tarrou etwas Sympathisches. Ob nun echt oder aufgesetzt, seine Jovialität war auf jeden Fall angenehmer als die unverhohlene Feindseligkeit von Corbeil und Martin.

»Tja«, fuhr er fort. »Wenn Sie herumschnüffeln müssen, dann nur zu!«

Gorski stellte sein Glas auf den Beistelltisch. »Wie würden Sie Ihre Beziehung zu dem Verstorbenen beschreiben?«

»Der Verstorbene? So nennen wir ihn jetzt also?« Er zuckte die Achseln.

»Würden Sie ihn als Freund bezeichnen?«

»Als Freund?« Tarrou schien den Vorschlag amüsant zu finden. »Ich glaube nicht, dass Barthelme Freunde hatte.«

»Als was bezeichnen Sie ihn dann?«

»Wir hatten ab und zu geschäftlich miteinander zu tun. Sie wissen ja sicher genauso gut wie ich, dass in Saint-Louis nicht viel über die Bühne geht, ohne dass Barthelme seine Finger im Spiel hat.«

Gorski nickte, als wüsste er genau, was Tarrou meinte. Vielleicht war der Betonfabrikant ja wirklich so offenherzig, wie er vorgab.

»Und wann haben Sie ihn das letzte Mal gesehen?«

Diesmal folgte eine ganze Reihe von Gesten: Tarrou verzog das

Gesicht, blickte zur Decke, blies die Backen auf und atmete geräuschvoll aus. »Das kann ich nicht so genau sagen ... Vielleicht vor zwei Wochen. Oder drei.«

»Auf jeden Fall nicht gestern?«

»Nein.«

»Erzählen Sie mir von Ihrem Club.«

»Was für ein Club?«

»Der Club, bei dem Sie, Barthelme, Corbeil und Martin Mitglied waren.«

Tarrou sah ehrlich verwirrt aus. Er schüttelte den Kopf. Dann leerte er mit einem Zug sein Glas und schenkte sich und Gorski nach.

»Sie haben sich nie mit diesen Herren zum Abendessen getroffen?«

»Doch, ab und zu«, sagte Tarrou. »Aber ich würde es nicht als Club bezeichnen. Hat Barthelme es so genannt? Ha, ha! Dieser aufgeblasene Wichtigtuer.«

»Ganz gleich, wie Sie es nun nennen, haben Sie regelmäßig mit diesen Herren zu Abend gegessen?«

»Regelmäßig? Nein. Wir haben uns gelegentlich getroffen, um über ... unsere gemeinsamen Interessen zu sprechen. Mehr war nicht dabei. Wenn es irgendeinen Club gab, dann gehörte ich nicht dazu.«

Er stellte seinen Wein ab, als hätte er Angst, seine Zunge könne sich zu sehr lockern.

Gorski nickte. Natürlich war es durchaus möglich, dass Barthelme sich diesen Club nur ausgedacht hatte, um seine Frau zu täuschen. Aber es gab ganz offensichtlich eine Verbindung zwischen den Männern, und das weckte seine Neugier. Warum waren sie alle so erpicht darauf, sich von Barthelme zu distanzieren? Aber Gorski wollte Tarrou, der ihm gegenüber aufgeschlossen zu sein schien, nicht verschrecken.

»Auf jeden Fall haben Sie gestern Abend nicht mit Maître Barthelme zu Abend gegessen?«, fragte er.

»Nein.«

»Und Sie haben ihn auch nicht irgendwann zwischen vier Uhr nachmittags und dem Zeitpunkt seines Todes gesehen?«

»Nun ja, ich kenne den Zeitpunkt seines Todes nicht, aber die Antwort lautet Nein.«

Gorski leerte sein Glas und stand auf.

»Ich dachte, es wäre einfach nur ein Unfall gewesen.« Tarrou sah ihn fragend an.

»Alles, was ich dazu sagen kann, ist, dass wir die Sache untersuchen«, erwiderte Gorski. Da er wusste, dass Tarrou der Letzte war, der irgendwelche interessanten Informationen für sich behalten würde, fügte er noch hinzu: »Es gibt da ein paar lose Enden.« Er machte eine wegwerfende Handbewegung, als wäre es nicht weiter von Bedeutung, aber er bemerkte den forschenden Ausdruck, der über das Gesicht seines Gegenübers huschte.

Tarrou brachte ihn zur Tür.

»Grüßen Sie Madame Barthelme von mir«, sagte er, als sie sich die Hand gaben.

Gorski sah ihn an. Er spürte, wie ihm die Röte in die Wangen stieg. Tarrou stupste ihn kumpelhaft an. »Wir wollen doch nicht, dass so ein hübscher Leckerbissen vertrocknet, oder?« Er lachte herzlich über seinen eigenen Scherz.

Als Gorski die Stufen aus Porenbetonstein hinunterging, trat er in ein Schlagloch. Schlammiges Wasser drang in seinen Schuh. Er stieg ins Auto und zündete sich eine Zigarette an. Was tat er hier eigentlich? Barthelmes Tod war aller Wahrscheinlichkeit nach ein Unfall, und trotzdem lief er hier herum und machte Anspielungen, die jeglicher Grundlage entbehrten. Er hatte sich in etwas hineingesteigert. Gut, ein paar Geschäftsleute trafen sich gelegentlich zum Abendessen. Und das Opfer eines Autounfalls hatte seine Frau belogen. Na und? Es gab keinen Grund zu der Annahme, dass diese beiden Dinge zusammenhingen. Und Tarrous anzügliche Bemerkung ließ darauf schließen, dass er ihn durchschaut hatte. Sein Interesse galt weniger den Angelegenheiten von Bertrand Barthelme als vielmehr der bezaubernden Lucette.

Gorski hatte das Haus an der Rue de Village-Neuf schon immer gehasst. Das Neubaugebiet am Nordrand von Saint-Louis war zwanzig Jahre zuvor entstanden. Die Häuser waren im rustikalen Stil gehalten, mit unechten Fachwerkbalken, um den traditionellen Baustil des Elsass zu imitieren. Die Fensterläden waren nicht aus Holz, sondern aus Kunststoff. Damals, vor der Hochzeit, hatte Gorski sich vorgestellt, eine Mietwohnung wie die von seinen Eltern zu beziehen, aber davon wollte Céline nichts wissen. Und bevor er wusste, wie ihm geschah, war ihm die Sache aus den Händen genommen worden. Célines Vater, der zu der Zeit bereits stellvertretender Bürgermeister gewesen war, hatte das Haus gekauft und es dem Paar zur Hochzeit geschenkt. Céline war begeistert, lief von Zimmer zu Zimmer und jubelte über die Farbgestaltung und Einrichtung, während Gorski und M. Keller befangen im Flur standen.

Die Größe ihres neuen Eigenheims blieb auf der Wache nicht unbemerkt, und Schmitt und seine Kumpane ließen keine Gelegenheit aus, Andeutungen zu machen, wie er sich wohl ein solches Haus von seinem Polizistengehalt leisten konnte. »Wahrscheinlich lässt er sich schmieren«, war der übliche Kommentar. »Bestimmt muss er eine Genehmigung einholen, bevor er seine Frau vögeln darf«, war Schmitts Lieblingsspruch. Gorski hatte den Fehler gemacht, sich das nicht von Anfang an zu verbitten, und zwar aus dem unangebrachten Wunsch heraus, einer von ihnen zu sein – zu zeigen, dass er Spaß verstand, auch wenn er ihr Chef war. Doch das hatte nur dazu geführt, dass ihn alle verachteten.

Gorski drückte sich davor, in das Haus an der Rue de Village-Neuf zurückzukehren, weil er sich dort selbst nach zwanzig Jahren noch immer vorkam wie der Hausmeister, der nach dem Ende der Vorstellung auf die verlassene Bühne tritt. Es gab keinen Ort, wo er sich mit seiner Zeitung ausbreiten oder eine Flasche Bier hinstellen konnte, ohne sich zu sorgen, einen Ring auf dem Tisch zu hinterlassen. An diesem Abend hatte er sich zumindest gezwungen, das Le Pot zu verlassen, bevor Yves müde das kleine Schild an der Tür herumdrehte. Doch als er durch die Glasscheibe der Haustür sah, dass im Flur Licht brannte, bereute er, überhaupt in die Bar gegangen zu sein.

Die Haustür war abgeschlossen. Als er eintrat, rief er versuchsweise einen kurzen Gruß. Doch es brannte nirgendwo sonst Licht, und es antwortete auch niemand. Er schaltete die Lampe in der Küche ein und ging nach oben. Die Tür zum Zimmer seiner Tochter stand einen Spalt weit offen. Offenbar war Clémence hier gewesen, um etwas von ihren Sachen zu holen. Gorski verfluchte sich dafür, dass er nicht da gewesen war. Er ging wieder nach unten und griff nach einer halb leeren Flasche Wein. Als er sich ein Glas einschenkte, bemerkte er den Zettel, der an dem Essig-und-Öl-Set auf dem Küchentisch lehnte.

Hi Papa. War kurz hier, um ein paar Sachen zu holen. Du bist wahrscheinlich auf großer Verbrecherjagd. Maman macht mich übrigens wahnsinnig! Küsschen, C.
PS: Du hast doch wohl nicht vor, diese Krawatte zu dem Hemd zu tragen, oder?!

Gorski lächelte. Der letzte Satz war ein privater Scherz zwischen ihnen. Doch gleichzeitig spürte er ein Brennen in den Augen. Er musste mühsam schlucken, um nicht aufzuschluchzen. Wie furchtbar, dass er wie ein armseliger Säufer im Le Pot gehockt hatte, während Clémence hier gewesen war. Er leerte sein Glas in einem Zug und schenkte sich den restlichen Wein ein.

In dem Moment klingelte das Telefon, das in der Küche an der Wand hing. Gorski riss den Hörer von der Gabel.

»Clémence?«, sagte er.

»Georges! Wie schön, dass ich dich erreiche.« Es war seine Schwiegermutter. Sie sprach in ihrem üblichen Singsang, als wäre alles in bester Ordnung.

Gorski spürte, wie ihm das Herz sank. »Guten Abend, Madame Keller«, sagte er. Trotz ihrer wiederholten Aufforderung brachte er es nicht über sich, sie beim Vornamen zu nennen. Er hätte irgendwie das Gefühl gehabt, mit ihr zu flirten.

»Mein lieber Georges«, begann sie in gespielt vorwurfsvollem Tonfall. »Was ist denn nur los mit dir und Céline? Sie hockt hier herum wie ein Kind, das sich verlaufen hat. Ruf sie doch mal an. Ich bin sicher, das lässt sich im Handumdrehen klären. Es ist so albern.«

Gorski mochte seine Schwiegermutter und nahm ihr die Einmischung nicht übel. Im Gegenteil, ihre Worte munterten ihn sogar ein wenig auf. Trotzdem meinte er, Widerstand leisten zu müssen. »Meinen Sie nicht, sie sollte mich anrufen?«

Er nestelte die Schuhe von seinen Füßen. Sie waren voll hellem Schlamm von Tarrous Parkplatz. Er hatte lauter Fußabdrücke auf dem Parkett hinterlassen. Er trank den Rest aus seinem Weinglas.

»Georges, du weißt doch, wie dickköpfig sie ist. Du bist der Vernünftigere. Ein einziger kleiner Anruf, mehr ist bestimmt nicht nötig.«

Er zog das Telefonkabel so lang, wie es nur ging, öffnete die Kühlschranktür und nahm sich ein Bier. Den Hörer zwischen Schulter und Wange geklemmt, öffnete er die Flasche. »Ich überleg's mir«, sagte er. »Aber kann ich vielleicht kurz mit Clémence sprechen?«

»Céline ist hier, ich kann sie dir geben«, sagte sie.

»Ich glaube, das ist keine gute Idee.« Doch er hörte bereits, wie Mme Keller ihre Tochter rief.

Offenbar hatte sie die Hand auf die Muschel gelegt, denn es folgte ein kurzer, unverständlicher Wortwechsel. Gorski trank einen ausgiebigen Schluck von seinem Bier und ließ den Kopf zur Lockerung ein wenig kreisen. Aus Höflichkeit Mme Keller gegenüber wollte er nicht auflegen. Dann war sie wieder am Apparat.

»Hier ist sie nun«, sagte sie. »Sie hat sich nur kurz die Nase gepudert. Bitte sehr!«

Gorski sah förmlich vor sich, wie Céline den Hörer mit spitzen Fingern nahm, als hätte sie Angst, sich eine ansteckende Krankheit einzufangen.

»Georges«, sagte sie. Ihre Stimme klang wie immer: nüchtern und etwas kurz angebunden.

»Wie geht es dir?«, fragte er.

»Gut. Hast du angerufen, um mich das zu fragen?«

Gorski wollte gerade erwidern, dass er gar nicht derjenige war, der angerufen hatte, ließ es dann jedoch bleiben.

»Und Clémence?«

»Clémence? Gut, nehme ich an. Warum sollte es ihr nicht gut gehen?«

Gorski wusste nicht, was er darauf sagen sollte.

»War sonst noch was?«

»Vielleicht sollten wir uns treffen?«, schlug er ohne Überzeugung vor. Ein Teil von ihm wollte Céline zurückhaben, doch bisher hatte die ungewohnte Tatsache, dass er ihr nicht mehr Rede und Antwort stehen musste, durchaus noch ihren Reiz. »Du fehlst mir«, sagte er, weil er das Gefühl hatte, es würde von ihm erwartet.

»Ach komm, Georges«, sagte Céline. »Jetzt werd nicht sentimental. Hast du getrunken?«

»Ich bin gerade erst hereingekommen«, erwiderte er. Das war immerhin nicht gelogen.

Schweigen. Dann fragte Céline erneut: »War sonst noch was?«

Gorski versuchte es noch einmal. »Vielleicht sollten wir irgendwo zusammen essen gehen. Ich schätze, es gibt da ein paar Sachen, über die wir reden müssen.« Selbst wenn sie sich weigerte, konnte er Mme Keller so zumindest sagen, dass er es versucht hatte.

Céline stieß einen lauten Seufzer aus, dann willigte sie zu Gorskis Überraschung ein.

»Ist Clémence da?«, fragte er.

»Sitzt in ihrem Zimmer und schmollt, wie üblich«, sagte Céline.

»Vielleicht könntest du …« Doch Céline hatte bereits aufgelegt. Gorski ging mit seinem Bier ins Wohnzimmer. Er schaltete den Fernseher ein; irgendeine politische Diskussion. Er zog sein Jackett aus, lockerte die Krawatte und setzte sich aufs Sofa. Innerhalb weniger Minuten war er eingeschlafen. Die Bierflasche glitt ihm aus der Hand, und ihr Inhalt ergoss sich über den Teppich.

8

Raymond saß im Zug nach Mülhausen. Es war früh am Nachmittag, und der Waggon war fast leer. Er nahm sein Buch aus der Tasche, holte das Stück Papier heraus, das er zwischen den Seiten versteckt hatte, und untersuchte es zum dritten oder vierten Mal. Am Abend zuvor war er nach dem Essen in das Arbeitszimmer seines Vaters gegangen. Er war nur selten allein dort gewesen und dann auch nur, um etwas für seinen Vater zu holen oder nachzuschauen, ob die Fensterläden richtig geschlossen waren. In diesen Raum setzte niemand einen Fuß, wenn er nicht ausdrücklich die Erlaubnis dazu hatte. Und so war Raymond nicht aus irgendeinem bestimmten Anlass hineingegangen, sondern einfach nur, weil er es jetzt konnte. Zunächst war er nur langsam an den Bücherregalen entlanggeschlendert, in vorsichtigem Abstand zum Schreibtisch, der die Mitte des Raums beherrschte. Er strich mit den Fingerspitzen über die Buchrücken. Dann setzte er sich in den Sessel am Fenster. Das grüne Leder des Sessels war abgewetzt und von Rissen durchzogen. Das Gesäß seines Vaters hatte Kuhlen im Sitz hinterlassen. Und der Sesselschoner, an den Raymond seinen Kopf lehnte, verströmte den Geruch von Pfeifentabak.

Raymonds früheste Erinnerung an seinen Vater war dieser Geruch. Er verband ihn hauptsächlich mit dem rauen Stoff seiner Anzüge und den drahtigen Spitzen seines Barts, aber der Tabakgeruch durchdrang alles. Es kam ihm seltsam vor, dass dieser Geruch weiter in der Luft hing, als wäre sein Vater noch immer zugegen. Raymond erinnerte sich, wie er zu Füßen seines Vaters gesessen hatte, während der in ebendiesem Sessel seine Zeitung las. Damals war er drei oder vier Jahre alt gewesen. Er hatte mit den Fingern über die Hosenaufschläge seines Vaters gestrichen und die kitzelige Oberfläche des Tweeds genossen. Doch vor allem erinnerte er sich an den Geruch, den nussigen, vielschichtigen Geruch einer Welt, zu der er nicht gehörte. Schon damals war Raymond klar gewesen, dass sein Vater nicht gestört werden durfte, aber er hatte sich nach einer Geste der Zuneigung gesehnt, danach, dass sein Vater die Hand von der Lehne löste und ihm durchs Haar strubbelte. Stattdessen hatte Maître Barthelme den Fuß geschüttelt, als wäre eine Fliege auf seinem Knöchel gelandet. Raymond war aus dem Zimmer gelaufen.

Nun stand Raymond wieder auf und trat an den Schreibtisch. Er setzte sich auf den Stuhl, auf dem sein Vater seine alljährliche Predigt über Raymonds schulisches Versagen gehalten hatte. Auf dem Schreibtisch lagen keine Papiere. Dort standen nur die Leselampe mit dem grünen Schirm und dem altmodischen Stoffkabel, ein Telefon, ein Pfeifenhalter, ein Tintenfass und ein Füllfederhalter. Raymond nahm eine Pfeife und schob sie sich in den Mund. Sie schmeckte bitter, und er stellte sie zurück, wobei er sich mit dem Handrücken über die Lippen wischte, um den Geschmack loszuwerden. Dann zog er die sechs Schubladen eine nach der anderen auf. Zu seiner Überraschung waren fünf davon vollkommen leer. Nur die oberste auf der linken Seite enthielt ein paar Dinge: eine Schachtel mit Pfeifenreinigern, Streichhölzer, Büroklammern und dergleichen. In dieser Schublade hatte Raymond das Stück Papier gefunden, das er jetzt in Händen hielt. Es war etwa zwei mal vier Zentimeter groß und war aus einem Notizbuch oder einem Kalender herausgerissen worden. Das Papier war vom Alter vergilbt, aber von guter Qualität. An der rechten unteren Ecke war es offenbar einmal feucht geworden, denn die Tinte der letzten Buchstaben war verlaufen. Vielleicht war es einmal über einen Cafétisch geschoben worden, auf dem ein Getränk nasse Flecken hinterlassen hatte. Auf dem Papier stand eine Adresse: Rue Saint-Fiacre 13, Mülhausen. Die Schrift war rund und weiblich. Das große »S« und das große »F« von Saint-Fiacre waren schwungvoll und ausladend geschrieben, was auf eine extravagante, kontaktfreudige Persönlichkeit schließen ließ. Das »n« von Mülhausen endete mit einem kleinen Schnörkel. Es stand kein Name dabei, und da auch keine Postleitzahl angegeben war, hatte die Person die Adresse vermutlich aufgeschrieben, damit der Empfänger ihr einen Besuch abstatten konnte, und nicht, um etwas dorthin zu senden.

Der Zug hielt in Bartenheim, und eine Frau mit einem kleinen Kind stieg ein. Obwohl überall Platz war, setzten die beiden sich genau Raymond gegenüber. Er legte das Papier wieder in das Buch zurück und schob beides in seine Tasche. Dann starrte er stur aus dem Fenster. Er wollte nicht, dass sich ein Gespräch entspann und er nach dem Ziel oder dem Anlass seiner Reise gefragt wurde. Die Frau redete unablässig in kindischem Ton auf ihren Sprössling ein, ein hässliches Kind mit rotem Haar und trägem Blick.

Als der Zug in den letzten Bahnhof vor Mülhausen einfuhr, stand Raymond auf und ging zum Ende des Waggons. Er stieg aus und im nächsten Waggon wieder ein. Er war ziemlich stolz auf seinen kleinen Trick, bis ihm aufging, dass die Frau vermutlich ebenfalls nach Mülhausen fuhr und ihn dort auf dem Bahnsteig sehen würde. Als der Zug wenige Minuten später die Stadt erreichte, stieg Raymond sofort aus, nachdem der Zug zum Halten kam, und eilte zur Treppe, die in den unterirdischen Durchgang führte. Er gestattete sich einen Blick über die Schulter. Die Frau war damit beschäftigt, ihren Sprössling aus dem Zug zu bugsieren.

Obwohl es nicht weit war, hatte Raymond Mülhausen bisher nur wenige Male besucht. Wenn er und seine Mutter etwas brauchten, das in Saint-Louis nicht zu bekommen war, fuhren sie für gewöhnlich nach Straßburg. In Raymonds Vorstellung war Mülhausen lediglich eine etwas größere Variante seiner Heimatstadt, ebenso trist und keineswegs weniger provinziell. Was er nicht bedachte, war, dass in einer Stadt mit einhunderttausend statt zwanzigtausend Einwohnern Platz genug für ein paar Individuen war, die nicht dem konventionellen Lebensstil entsprachen. Bars und Restaurants konnten auch etwas Exotischeres als die traditionelle Küche anbieten. Eine Stadt wie Mülhausen war sicher keine Brutstätte des Anarchismus, aber sie war groß genug, um Menschen mit unorthodoxen Ansichten die Gelegenheit zu bieten, Gleichgesinnte kennenzulernen und einen passenden Ort zu finden, an dem man sich austauschen konnte. Ebenso war es in einer Stadt wie Mülhausen möglich, ein Leben in relativer Anonymität zu führen, wenn man das wollte. Die Bevölkerung wechselte stärker, und die Bewohner scherten sich weniger um die Angelegenheiten ihrer Nachbarn. Je kleiner die Stadt, desto mehr nach innen gekehrt ihre Bewohner. In Kleinstädte kamen weniger neue Leute, um sich dort niederzulassen. Veränderungen, wenn sie denn überhaupt stattfanden, geschahen über Generationen hinweg. Die Bevölkerung richtete sich in ihren Gewohnheiten ein, und jedem, der von diesen Normen abwich, wurde auf die eine oder andere Weise klargemacht, dass er nicht willkommen war. Somit zogen die größeren Städte all jene an, die, aus welchem Grund auch immer, anderswo nicht dazugehörten.

Was natürlich nicht bedeutete, dass Mülhausen eine Metropole wie Paris, Lyon oder Marseille war. Keineswegs. Es war eine Provinzstadt, in der die meisten Einwohner allein die Vorstellung, in einer größeren Stadt zu leben, abwegig fanden. Mülhausen war genau richtig. Es verfügte über ein respektables Theater und mehrere Kinos. Es gab ein Kunstmuseum und eine anerkannte Universität. Das Zentrum konnte mit einem pittoresken Marktplatz aufwarten, umgeben von gewundenen Straßen mit Cafés und charmanten kleinen Geschäften. Auch die größeren Ketten waren vertreten. Was, so fragten die Bewohner von Mülhausen, brauchte man mehr? Die großen Städte waren Horte des Verbrechens. Sie waren dreckig und heruntergekommen. Landstreicher und Schwarze packten einen am Handgelenk, wenn man an ihnen vorbeiging, und bettelten um ein paar Centimes. Drogenhändler und Nutten lungerten in dunklen Gassen herum, begierig darauf, die Kinder der Stadt in den sicheren Untergang zu locken.

Ebenso wenig sehnten sich die Bürger von Mülhausen nach dem Landleben. Wer wollte schon in einem Kaff leben, wo man abends nichts unternehmen konnte und wo die Einwohner nichts Besseres zu tun hatten, als im Laden an der Kasse zu stehen und in unverständlichem Dialekt zu tratschen? Nein, Mülhausen war genau richtig. Niemand in Mülhausen würde je irgendwo anders leben wollen.

Als Raymond aus dem Bahnhofsgebäude trat, stand er vor einem beachtlichen Busbahnhof. Auch vor dem Bahnhof von Saint-Louis hielten Busse, aber es bestand nie die Notwendigkeit, einen davon zu nehmen. Hinter dem zerkratzten Plexiglas einer Informationstafel entdeckte Raymond einen Stadtplan, aber er war eingerissen und ausgeblichen und zeigte nur die großen Durchfahrtsstraßen an. Von einer Rue Saint-Fiacre war nichts zu sehen. Die Frau aus dem Zug kam aus dem Bahnhofsgebäude und sah Raymond mit verwirrter Miene an. Er drehte sich um und folgte einem Schild, das Richtung Stadtzentrum wies. Bald befand er sich in einem Labyrinth gewundener Straßen und verlor jegliche Orientierung. Er war überrascht, wie viele Läden und Restaurants Mülhausen zu bieten hatte. In einer Seitengasse sah er ein paar wenig

Vertrauen erweckende Männer in Ballonseidenanzügen herumlungern. Einer von ihnen fing Raymonds Blick auf. »Haschisch?«, flüsterte er. Raymond lief eilig weiter. Nach ungefähr einer halben Stunde wurde ihm klar, dass er die Rue Saint-Fiacre vermutlich nicht finden würde, wenn er einfach auf gut Glück durch die Straßen lief. Er fühlte sich entmutigt, sagte sich aber, dass er sich in ein Abenteuer aufgemacht hatte. Es war befreiend, an einem Ort zu sein, wo er nicht an jeder Ecke erkannt wurde.

An der Kreuzung zweier Hauptstraßen sah er sich nach jemandem um, den er nach dem Weg fragen konnte. Es war etwa drei Uhr nachmittags, und auf den Straßen war nicht viel los. Ein paar Frauen kauften für das Abendessen ein. Kellner standen in den Eingängen der Cafés und warteten auf Kundschaft. Raymond holte das Stück Papier heraus und starrte auf die Adresse, als würde sie ihm dadurch auf wundersame Weise ihren Standort verraten. Ein Mann im Anzug ging mit eiligem Schritt an ihm vorbei. Zwei Jugendliche, ein wenig älter als Raymond, standen auf der anderen Straßenseite auf dem Gehweg und rauchten. Sie musterten Raymond mit unbewegter Miene, als vermuteten sie einen Eindringling in ihrem Revier. Raymond ging rasch weiter. Eine attraktive Frau Mitte zwanzig kam auf ihn zu. Sie trug einen kurzen blauen Mantel und einen Rock, der ihre Oberschenkel nur zur Hälfte bedeckte. Ihre Absätze klackerten auf dem Pflaster. Sie schien es nicht eilig zu haben. Sie bemerkte Raymonds Blick und sah ihn fragend an, als rechne sie damit, dass er ihr ein unsittliches Angebot machen würde. Er lief rot an und ging an ihr vorbei. Als er in eine Seitenstraße abbog, stieß er mit einer jungen Frau zusammen, die sich über einen Kinderwagen beugte. Er entschuldigte sich, und da das Eis zwischen ihnen nun gebrochen war, sagte er: »Vielleicht können Sie mir helfen. Ich suche die Rue Saint-Fiacre.«

Wie zum Beweis hielt er ihr das Stück Papier hin. Die Frau nahm es, wiederholte den Namen der Straße und schüttelte dann den Kopf. »Tut mir leid«, sagte sie. »Die kenne ich nicht.« Sie hatte dunkle Ringe unter den Augen.

Ein Mann trat vom Gehweg, um an ihnen vorbeizukommen. Die Frau streckte die Hand aus und fasste ihn am Arm. »Monsieur, dieser junge Mann hat sich verlaufen«, sagte sie, als sei Raymond ein Ausländer, der ihre Sprache nicht verstand.

Sie gab dem Mann die Adresse. In seinem Mundwinkel hing eine Zigarette. Es gefiel Raymond nicht, dass sein Zettel einfach so herumgereicht wurde. Bald würde halb Mülhausen wissen, was er hier tat.

»Rue Saint-Fiacre?«, sagte der Mann. Er schob seinen Hut ein Stück nach hinten und nahm die Zigarette aus dem Mund. »Ja, ich weiß, wo das ist.« Er war etwa fünfunddreißig und hatte pockennarbige Haut.

Er wandte sich um und deutete mit ausgestrecktem Arm die Straße hinunter, die Zigarette zwischen zwei Fingern. Dann gab er der Frau eine detaillierte Wegbeschreibung, als sei sie diejenige, die dorthin wollte. Raymond nickte mehrfach, hörte jedoch kaum zu. Der Mann stockte in seiner Beschreibung und rieb sich über den Mund, als habe er nun auch die Orientierung verloren.

»Na ja, die Straße liegt jedenfalls in dieser Richtung.«

Das Kind der Frau fing an zu weinen. Raymond dankte dem Mann und wandte sich zum Gehen.

»Warte«, sagte der Mann. »Es liegt auf meinem Weg. Ich kann dich begleiten.«

»Das ist nicht nötig«, wehrte Raymond ab.

Doch der Mann war bereits an seiner Seite. Raymond blieb nichts anderes übrig, als sich ihm anzuschließen. Die Frau sprach leise mit ihrem Kind. Raymond dankte ihr für die Hilfe, doch sie sah nicht vom Kinderwagen auf. Im Gehen warf der Mann einen lüsternen Blick auf das Hinterteil der Frau.

»Alleinerziehend«, sagte er bedeutungsschwer.

Raymond nickte vage. Der Gehweg war zu schmal, um nebeneinanderzulaufen, und so trat er in den Rinnstein. Der Mann hatte immer noch das Stück Papier mit der Adresse in der Hand. Raymond fragte, ob er es zurückhaben könne. Plötzlich packte ihn die Angst, dass es später als Beweis gegen ihn verwendet werden könnte; dass es ein Fehler gewesen war, es jemandem zu zeigen oder auch nur nach dem Weg zu fragen. Seine Anwesenheit in Mülhausen hatte Aufmerksamkeit erregt. Der Mann gab ihm den Zettel zurück, und er schob ihn in seine Gesäßtasche. Sobald Raymond wieder zu Hause war, würde er ihn in die Schreibtischschublade seines Vaters zurücklegen, bevor jemand bemerkte, dass er verschwunden war.

Sie gingen eine Weile schweigend weiter. Dann fragte der Mann, was er denn in der Rue Saint-Fiacre wolle. Die Frage hatte Raymond bereits befürchtet. Die Wahrheit konnte er dem Mann auf keinen Fall sagen. Er war davon ausgegangen, dass Rue Saint-Fiacre 13 eine private Wohnadresse war, und hatte sich in seiner Vorstellung sogar schon ein Bild von der Straße gemacht. Aber schließlich konnte es genauso gut eine Bar sein oder ein Geschäft oder ein Büro. Vielleicht war es die Kanzlei von einem Kollegen seines Vaters. Aber er konnte diesem Fremden gegenüber schlecht zugeben, dass er nicht wusste, was sich dort befand und was er dort wollte.

Als er nicht direkt antwortete, wandte sich der Mann zu ihm um und sah ihn fragend an. Raymond sagte: »Ich treffe mich dort mit einem Freund.«

Die Antwort war so gut wie jede andere. Selbst wenn der Mann ihn bis zu dem Haus begleitete, konnte er einfach draußen stehen bleiben und auf seinen imaginären Freund warten. Natürlich war es wenig sinnvoll, sich mit jemandem an einer Adresse zu verabreden, die er gar nicht kannte, aber der Mann nickte nur knapp, und Raymond begriff, dass er nur gefragt hatte, um das Schweigen zwischen ihnen zu brechen. Sie kamen zu einer stärker befahrenen

Durchgangsstraße, bogen nach rechts ab und gingen einige Minuten weiter geradeaus. Vor einer Bar blieb der Mann stehen und begrüßte einen Bekannten. Die beiden wechselten ein paar Worte, während Raymond befangen danebenstand.

Am Ende der Straße erklärte der Mann, dass er nun in eine andere Richtung abbiegen würde. Raymond blickte über die Schulter des Mannes und merkte sich den Namen der Straße: Rue de la Sinne. Der Mann wies Raymond an, über die Kreuzung und weiter geradeaus zu gehen, und dann sei es die dritte oder vierte Querstraße auf der linken Seite. Er zuckte die Achseln. »Du wirst es sicher finden«, sagte er.

Der Mann gab ihm die Hand und wünschte ihm viel Glück. Raymond fand seine Wortwahl merkwürdig, als ahne der Mann, dass hinter Raymonds Plan mehr steckte, als er zugeben wollte. Wie auch immer, die Beschreibung erwies sich als zutreffend.

Die Rue Saint-Fiacre war genau so, wie Raymond sie sich vorgestellt hatte, und zwar so sehr, dass er sich fragte, ob er nicht schon einmal dort gewesen war. Es war eine schmale Straße mit vierstöckigen Mietshäusern zu beiden Seiten. Autos parkten nur auf der rechten Straßenseite. Ungefähr auf mittlerer Höhe befand sich ein schäbiger Briefmarkenladen. Auf dem Schaufenster standen in abgeblätterter Goldschrift die Worte: *Briefmarken – An- und Verkauf.*

Ganz hinten in der Straße war ein kleines Café mit zwei Metall-Klapptischen auf dem Gehweg. Die Nummer 13 lag gegenüber vom Briefmarkenladen. Es war ein ganz normales Mietshaus aus der Zeit der Jahrhundertwende mit einer schweren, braun gestrichenen Tür. Raymond sah sich kurz um und trat dann ein. Sein Herz pochte. Genau genommen tat er ja nichts Verbotenes, aber er hatte dennoch ein schlechtes Gewissen. Falls ihn jemand fragte, würde er die Wahrheit sagen, warum er hier war? *Ah ja, ich habe ein Stück Papier mit dieser Adresse im Schreibtisch meines Vaters gefunden, und ich dachte, er wäre in der Nacht, in der er verunglückt ist, vielleicht hier gewesen.* Es klang lächerlich. Es *war* lächerlich. Und doch war Raymond hier.

Das einzige Licht im Flur kam von einem Fenster auf dem Treppenabsatz im ersten Stock. Das Lämpchen eines Lichtschalters leuchtete orange, doch Raymond traute sich nicht, es einzuschalten. Er wartete, bis sich seine Augen an das Zwielicht gewöhnt hatten, und bemühte sich, ruhig zu atmen. An der rechten Flurwand hing eine Reihe von metallenen Briefkästen. Ihre dunkelgrüne Farbe warf Blasen und war an einigen Stellen abgeplatzt. Raymond beugte sich vor, um die Namen darauf zu lesen. Keiner davon sagte ihm etwas. Der letzte Briefkasten, der von Werbung überquoll, trug keinen Namen. Daraus schloss Raymond, dass eine der Wohnungen im Haus leer stand. Nichts wies darauf hin, welcher Briefkasten zu welcher Wohnung gehörte. Irgendwo über ihm wurde eine Tür geöffnet. Er wartete nicht ab, ob jemand herunterkam, sondern verließ eilig das Gebäude, ohne sich umzublicken. Leise murmelte er die Namen von den Briefkästen, die er sich gemerkt hatte: Abbas, Lenoir, Comte, Ziegler oder irgendetwas Ähnliches. Er hätte sich ein Notizbuch und einen Stift einstecken sollen. Er ging bis zum Ende der Straße und lehnte sich dort bemüht lässig an eine Laterne. Auf einem kleinen Platz spielten ein paar Kinder, aber sie beachteten ihn nicht. Niemand verließ das Haus. Mittlerweile erschien ihm die ganze Exkursion wie eine Schnapsidee. Er hatte gar nicht darüber nachgedacht, wie es weitergehen sollte, wenn er die Adresse gefunden hatte. Was hatte er denn erwartet? Sofern er nicht an jede Wohnungstür klopfte und erklärte, wer er war – was natürlich nicht infrage kam –, würde er kaum etwas Brauchbares in Erfahrung bringen.

Doch nun war er hier, und er musste erst in zwei, drei Stunden wieder zu Hause sein. Neben dem Briefmarkenladen war ein Durchgang, der zu einem kopfsteingepflasterten Innenhof führte.

Es war ein idealer Beobachtungsposten. Nachdem er kurz in das Café gegangen war, um sich ein Päckchen Zigaretten zu holen, bezog Raymond dort Stellung. Eigentlich rauchte er nicht gern. Manchmal teilten er und Stéphane sich eine Zigarette im Café des Vosges, aber das taten sie eher um der Wirkung als um des Geschmackes willen. Anfangs hatte Yvette sie gescholten, weil sie damit ihre Gesundheit ruinierten – die beiden Jungen mochten es, wenn sie sie zurechtwies –, aber nach einer Weile hatte sie sich ihnen angeschlossen. Sie hielt die Zigarette demonstrativ zwischen Daumen und Zeigefinger, inhalierte den Rauch aber nur selten.

Die Wohnungen in den beiden oberen Stockwerken des Hauses hatten jeweils einen schmalen Balkon mit schmiedeeisernem Gitter, gerade groß genug für zwei kleine Stühle. Die Türen, durch die man sie betreten konnte, waren ebenfalls mit hölzernen Läden versehen. Auf dem rechten Balkon im zweiten Stock standen ein rostiges Kinderrad und ein Turm aus unbenutzten Blumentöpfen. Auf dem Balkon daneben ließen zwei ungeliebte Geranien ihre Köpfe hängen. Die Farbe auf den Gittern blätterte ab. In der Dachrinne wuchs Unkraut, und der Putz der Hauswand war von Rissen und Wasserflecken durchzogen. Das ganze Haus wirkte vernachlässigt. Raymond stellte sich vor, wie sein Vater aus diesem heruntergekommenen Gebäude trat, sich verstohlen umsah und dann in seinen Mercedes stieg.

Er fühlte sich unwohl in dem Durchgang. Jeder, der vorbeiging oder drüben aus dem Fenster blickte, würde ihn bemerken und sich bestimmt fragen, was er da tat. Nach etwa zwanzig Minuten kam eine alte Frau mit einem Mops aus dem Haus. Sie trug einen dicken mauvefarbenen Mantel und einen passenden Filzhut. Die beiden überquerten die Straße und kamen auf den Durchgang zu. Der Hund begann schnaufend, das Unkraut am Fuß eines Regenrohrs zu inspizieren. Die Frau sah Raymond an, grüßte ihn jedoch nicht, und ihre Miene verriet keinerlei Neugier. Ihr Hund hob das

Bein an der Hauswand, dann gingen sie Richtung Stadtzentrum davon. Der Urin lief in einem schmalen Rinnsal über den Gehweg.

Eine halbe Stunde verging. Niemand sonst betrat oder verließ das Gebäude. Nur wenige Leute gingen die Straße entlang, und niemand davon beachtete Raymond. Er rauchte eine weitere Zigarette. Allmählich vergaß er, warum er eigentlich hier war. Er langweilte sich nicht, im Gegenteil, jedes noch so kleine Geschehen auf der Straße erschien ihm interessant. Er begann, sich das Leben der Leute auszumalen, die er sah: die Frau mittleren Alters, die den Briefmarkenladen mit einem Karton betrat und ihn wenige Minuten später mit leeren Händen wieder verließ; der alte Mann mit dem Terrier, der trotz des Nieselregens, der mittlerweile eingesetzt hatte, zehn Minuten vor dem Café saß, ohne etwas zu bestellen, und dann wieder aufstand und in die Richtung zurückging, aus der er gekommen war. Aus einer der Wohnungen über ihm klang ungelenkes Klavierspiel. Ein paar Minuten nachdem die Musik verstummt war, kam ein etwa dreizehn- oder vierzehnjähriges Mädchen aus dem Haus und ging langsam die Straße hinunter, wobei ihre rechte Hand in der Luft ein Arpeggio spielte.

Nach und nach enthüllte ihm das Mietshaus weitere Details. Links neben der Tür war ein Fleck frischer Farbe, wo jemand ungeschickt eine Schmiererei übermalt hatte. Über der Tür ragte ein kleiner Wasserspeier aus der Wand, mit gehörntem Kopf, hervortretenden Augen und lüstern herausgestreckter Zunge. Der Gehweg links neben der Tür war übersät mit Zigarettenstummeln, die vermutlich von einem der Balkone darüber stammten. Die Fenster der Wohnung im Erdgeschoss rechts neben der Tür waren mit vergilbten Gardinen verhängt. Die Scheiben sahen aus, als wären sie seit Jahren nicht mehr geputzt worden. Raymond wunderte sich, dass ihm diese Einzelheiten nicht sofort aufgefallen waren. Ebenso bemerkte er erst nach etwa einer Stunde, wie muffig es in dem Durchgang roch. Und wenn er auf den Gehweg hinaustrat, wehte der Wind vom unteren Ende der Straße einen chemischen Geruch herüber, vielleicht von einer Gerberei.

Die alte Frau mit dem Mops kam zurück. Sie trug eine Stofftasche mit Gemüse und ging noch langsamer als zuvor. Raymond wollte nicht, dass sie ihn erneut sah. Es würde merkwürdig wirken, dass er hier herumlungerte, seit sie das Haus verlassen hatte. Rasch huschte er aus dem Durchgang und in den Briefmarkenladen. Eine kleine Glocke über der Tür bimmelte. Drinnen roch es nach alten Büchern. Es war eher ein Trödelladen als ein Fachgeschäft für Briefmarken. Abgesehen von dem verglasten Tresen, in dem in der Tat Briefmarken ausgestellt waren, gab es nur wenig, was die Bezeichnung auf dem Schaufenster rechtfertigte. Eine Vitrine links neben dem Tresen war mit unechtem Schmuck gefüllt, und an den Wänden hingen altmodische Skistiefel, Musikinstrumente und mottenzerfressene Jagdtrophäen. Als das Bimmeln erklang, blickte der Besitzer, der hinter dem Tresen saß, von dem Katalog auf, in den er vertieft war. Er musterte Raymond ohne Interesse. Das Schaufenster war derart mit Krimskrams vollgestellt, dass man kaum hinausschauen konnte. Raymond stellte sich so hin, dass er durch die Glasscheibe der Tür sehen konnte, und blätterte in einer ledergebundenen Gesamtausgabe der Werke Balzacs. Die alte Frau musste außergewöhnlich langsam gehen, denn sie tauchte noch immer nicht auf dem Gehweg auf. Raymond spürte den Blick des Besitzers auf seinem Rücken.

»Für fünfzig Franc kannst du sie haben«, sagte er.

Raymond blickte über die Schulter. Der Ladenbesitzer sah ihn über den Rand seiner Brille hinweg an. Raymond nickte und entfernte sich von den Büchern. Da fiel sein Blick auf das Messer. Es lag auf einem Stapel alter, ramponierter Koffer. Die Klinge war zehn oder zwölf Zentimeter lang und elegant geschwungen. Der Griff war aus Horn oder Geweih geschnitzt. Dazu gehörte eine Scheide aus dunklem Leder, die mit gelbem Garn zusammengenäht war und vom vielen Gebrauch matt schimmerte. Raymond griff nach dem Messer und wog es in der Hand. Ihm war bewusst, dass der Ladenbesitzer ihn beobachtete.

»Wie viel kostet das?«, fragte er bemüht beiläufig.

Der Ladenbesitzer nannte ihm den Preis und fügte dann als Erklärung hinzu: »Es ist antik. Ein schönes Stück.«

Raymond nickte und legte es wieder hin. Er hatte nicht einmal annähernd so viel Geld bei sich. Er hatte die alte Frau nicht vorbeigehen sehen, das Messer hatte ihn abgelenkt. Er wünschte dem Ladenbesitzer einen guten Tag und ging. Die Straße lag verlassen da. Mittlerweile war es fünf Uhr. Raymond war nicht unzufrieden mit dem Verlauf des Nachmittags. Es gab keinerlei Hinweis darauf, dass sein Vater je hier gewesen war, aber das Stück Papier hatte offensichtlich jahrelang in der Schublade gelegen. Irgendwann einmal musste es für seinen Vater wichtig genug gewesen sein, um es nicht wegzuwerfen. Die Vorstellung, dass sein Vater Geheimnisse hatte, war für Raymond ungewohnt. Bisher hatte er, wie alle Kinder, das Bild, das sein Vater nach außen abgegeben hatte, nie infrage gestellt. Doch dieser Fetzen Papier mit einer Frauenschrift darauf zeigte einen Riss in der Fassade. Raymond hätte seinen Wachposten gerne noch einige Stunden beibehalten, aber er musste um halb sieben zum Abendessen zu Hause sein, und er wollte nicht riskieren, dass er gefragt wurde, wo er gewesen war. Während er zum Bahnhof zurückging, nahm er sich bereits vor, am nächsten Tag wieder hierherzukommen.

9

Die Berichte der Unfalluntersuchung und der Autopsie lagen auf Gorskis Tisch. Ersterer begann mit einer banalen Beschreibung des Streckenabschnitts auf der A35, an dem sich der Unfall ereignet hatte, begleitet von einer Karte mit Pfeilen, die die Bewegung des Fahrzeugs bis zum Aufprall nachzeichneten. Auch die Wetterbedingungen wurden beschrieben, gestützt auf Daten einer nahe gelegenen Wetterstation. Dann wandte sich der Bericht dem Fahrzeug zu. Modell, Baujahr und allgemeiner Zustand wurden bis ins kleinste Detail geschildert. Im Handschuhfach hatte sich ein lückenlos geführtes Serviceheft befunden, und nichts wies darauf hin, dass mit dem Wagen etwas nicht in Ordnung gewesen sein könnte. Damit war mehr oder weniger ausgeschlossen, dass der Unfall durch einen Fahrzeugschaden verursacht worden war. Anschließend folgte eine Liste mit neunundzwanzig einzelnen Schäden am Fahrzeug, jeder mit Beschreibung und möglicher Ursache. Bei fast allen Schäden stand als Ursache »Zusammenprall mit Baum«. Es war langweilige Lektüre, aber Gorski las jedes Wort. Der Bericht endete mit einer Reihe von Berechnungen und dem daraus folgenden Schluss, dass das Fahrzeug an der auf der Karte verzeichneten Stelle mit einer

Geschwindigkeit von etwa einhundertvier bis einhundertzehn Stundenkilometern von der Fahrbahn abgekommen war.

Der Autopsiebericht war ebenso gründlich. Nach den Angaben von Größe, Gewicht, Alter und allgemeinem Zustand des Leichnams wurde jede einzelne Verletzung beschrieben, gefolgt von einer Vermutung über deren Ursache. Der Stil und sogar ein Teil des Vokabulars – »Abschürfungen«, »Riss«, »Bruch« – waren identisch mit dem Bericht über das Fahrzeug. Es gab auch keinen Grund, weshalb es anders sein sollte. Barthelmes Leichnam war genau wie das Auto lediglich ein Beweisstück. Die Tatsache, dass das eine aus Fleisch, Haut und Knochen bestand und das andere aus Metall, Glas und Plastik, spielte dabei keine Rolle. Gorski las beide Berichte mit derselben inneren Distanz. Abgesehen von den Kopfverletzungen, die sofort zum Tod geführt hatten, war der Brustkorb durch den Aufprall auf das Lenkrad eingedrückt worden, und die daraus resultierenden inneren Verletzungen wären ebenfalls tödlich gewesen. Nichts davon war für Gorski neu oder überraschend, aber diese Gründlichkeit beruhigte ihn. Der Staat gab sich nicht mit vagen Eindrücken oder Eventualitäten zufrieden. Der Staat forderte – genau wie Gorski – Gewissheit. Und wenn diese nicht erlangt werden konnte, dann mussten sämtliche Annahmen zur Unfallursache zumindest auf überprüfbaren, messbaren Beweisen beruhen. Ganz gleich, wie offensichtlich die Gründe für den Tod eines Bürgers auch erscheinen mochten, das vorgeschriebene Prozedere musste eingehalten werden. Ribéry hatte diese Gründlichkeit immer als Geldverschwendung angesehen und sich geweigert, auch nur die Umschläge der Berichte zu öffnen. »Wenn du aus einem Autopsiebericht etwas erfährst, was du nicht schon mit eigenen Augen gesehen hast, dann machst du deine Arbeit nicht richtig, mein Junge«, hatte er oft gesagt. »Gott hat dir zwei Augen im Kopf geschenkt, nicht einen Stift in der Hand.« Gorski hatte bei Ribérys Vorträgen immer brav genickt, aber in

Wirklichkeit fand er diese Einstellung fahrlässig. Natürlich war es wichtig, einen Tatort gründlich zu inspizieren, aber es gab vieles, was dem Auge verborgen blieb. In diesem Fall enthielt der Autopsiebericht zwei Details, die durch reine Beobachtung nicht zu erkennen waren. Zum einen ließ sich der Todeszeitpunkt, basierend auf der Umgebungstemperatur, die in der Wetterstation verzeichnet war, auf irgendwann zwischen 22.25 Uhr und 22.40 Uhr festlegen. Das bedeutete, dass der Unfall zwischen fünf und zwanzig Minuten vor dem Eingang des Anrufs bei der Polizei passiert sein musste. Daran war nichts Ungewöhnliches. Auf der Strecke hatte wenig Verkehr geherrscht, und der Wagen war von der Straße aus nicht sofort zu sehen gewesen.

Das zweite bedeutsame Detail war, dass im Blut des Verunglückten eine bemerkenswerte Menge an Alkohol – das Äquivalent zu mehr als einer ganzen Flasche Wein – festgestellt worden war. Ein so hoher Blutalkoholwert, schloss der Bericht, steigerte deutlich die Wahrscheinlichkeit, dass der Fahrer am Steuer eingenickt war, und hätte seine Fähigkeit, den Wagen wieder unter Kontrolle zu bekommen, beträchtlich gemindert.

Alles passte also sauber zusammen. Doch ironischerweise war es gerade Ribérys Rat, der Gorski veranlasste, sich den Unfallbericht noch einmal vorzunehmen. Alles, was darin stand, führte zu einem einzigen Schluss, aber irgendetwas fehlte. Gorski zündete sich eine Zigarette an und ging mit dem Finger die Liste der neunundzwanzig Schäden an dem Mercedes durch. Dann sah er nach, wer den Bericht unterschrieben hatte. Er griff nach dem Durchwahlverzeichnis, das hinter seinem Schreibtisch auf der Fensterbank lag, und rief den betreffenden Beamten an. Sein Name war Walter Lutz. Er war in der Nacht des Unfalls vor Ort gewesen und hatte während einer Zigarettenpause am Straßenrand ein paar Worte mit Gorski gewechselt. Lutz war ein kleiner, kräftiger Mann mit einer etwas brüsken, bodenständigen Art.

Beim dritten Klingeln nahm er ab. »Lutz«, meldete er sich.

Gorski erklärte ihm den Grund seines Anrufs.

»Steht alles im Bericht«, sagte der Techniker.

»Ja, natürlich. Ich wollte nur etwas überprüfen.«

»Ist doch alles klar, oder nicht?«

»Doch, doch.«

»Was gibt's denn dann noch?«, fragte Lutz mit kaum verhohlener Ungeduld.

Gorski wollte seinen Kollegen nicht verärgern, indem er anklingen ließ, sein Bericht sei unvollständig. »Ich habe nur eine Frage. Eine Kleinigkeit. Ich bin sicher, Sie können mir helfen.«

Lutz stieß ein Grunzen aus, das wohl als Aufforderung gedacht war, fortzufahren.

»Es geht um die Kratzer an der Fahrerseite des Wagens.«

»Was ist damit?«

»Davon steht nichts in Ihrem Bericht.«

»Und?«

»Gibt es dafür einen Grund?«, fragte Gorski bemüht beiläufig.

»Ich halte sie nicht für relevant.«

Nun war es Gorski unmöglich, jegliche Kritik an seinem Kollegen zu vermeiden. »In Ihrem Bericht sollten doch alle Schäden am Fahrzeug verzeichnet sein.«

»Alle, die mit dem Unfall zusammenhängen«, gab Lutz zurück.

Gorski verkniff sich einen Widerspruch. »Sie sind also überzeugt, dass die Kratzer nichts mit dem Unfall zu tun haben?«

Lutz atmete geräuschvoll aus. »Sie sind nicht durch den Aufprall entstanden, deshalb halte ich sie nicht für relevant. Die können schon seit Monaten da gewesen sein.«

Bertrand Barthelme, dachte Gorski, schien nicht der Typ gewesen zu sein, der mit einem zerkratzten Auto herumfuhr. »Weil die Kratzer nicht zu Ihrer Rekonstruktion des Unfallhergangs passen, betrachten Sie sie also als unwichtig.«

»Genau«, erwiderte Lutz.

Gorski schwieg einen Moment. Mit der freien Hand klopfte er eine Zigarette aus dem Päckchen auf seinem Schreibtisch. »Tut mir leid«, sagte er dann, »aber wenn Ihre Rekonstruktion des Unfallhergangs nicht erklären kann, wie die Kratzer an den Wagen gekommen sind, sollten Sie sie dann nicht noch einmal überprüfen?«

»Ich wüsste nicht, wieso«, entgegnete Lutz. »Sämtliche Spuren deuten auf den Schluss hin, zu dem ich gekommen bin.«

Gorski hielt es nicht für hilfreich, ihn darauf hinzuweisen, dass ebendies unweigerlich der Fall war, wenn man alles außen vor ließ, was nicht zu besagtem Schluss passte. Stattdessen verlegte er sich auf einen freundschaftlichen Tonfall.

»Nur um meine Neugier zu befriedigen: Was könnte Ihrer professionellen Meinung nach die Kratzer verursacht haben?«

Er konnte förmlich hören, wie Lutz die Achseln zuckte.

»Könnte es sein, dass der Wagen auf die Seite gekippt ist, als er die Böschung hinunterschoss, und sich wieder aufgerichtet hat, bevor er gegen den Baum prallte?«

»Schon möglich«, sagte Lutz. Offenbar war er bereit, allem zuzustimmen, was Gorski vorschlug, solange das Gespräch nur bald beendet war.

»Aber wenn es tatsächlich so gewesen wäre, müssten Sie dann nicht Ihre Schätzung revidieren, mit welcher Geschwindigkeit der Wagen vor dem Unfall gefahren ist?«

»Ja, wahrscheinlich«, erwiderte Lutz. »Aber das würde nichts am Untersuchungsergebnis ändern.«

»Nein, sicher nicht«, stimmte ihm Gorski zu. »Noch etwas: Könnten die Kratzer vielleicht auch durch den Zusammenstoß mit einem anderen Wagen entstanden sein?«

»Wie meinen Sie das?«

Gorski hatte sich bereits damit abgefunden, dass er sich Lutz zum Feind machen würde. »Zum Beispiel wenn ein anderes Fahrzeug von hinten herangekommen wäre und den Mercedes von der Straße gedrängt hätte.«

Lutz schwieg eine Weile. »Das halte ich für sehr unwahrscheinlich.«

»Ja, natürlich.« Gorski lachte kurz, als fände er seine eigene Idee absurd. »Aber es würde erklären, wie die Kratzer dorthin gekommen sind.«

Lutz' Laune schien sich ein wenig zu bessern, als hätte er akzeptiert, dass dieses Gespräch rein hypothetisch war und keinerlei Kritik an seiner Arbeit. »Wenn das der Fall gewesen wäre, hätte der Fahrer auf die Bremse getreten oder anderweitig versucht, dem Angriff zu entgehen. Es hätte Bremsspuren auf der Straße gegeben.«

»Aber es hat geregnet«, wandte Gorski ein. »Die Fahrbahn war nass. Hätte das nicht die Bremsspuren verhindert?« Außerdem erinnerte er sich daran, dass der Alkoholpegel in Barthelmes Blut vermutlich seine Reaktionsfähigkeit eingeschränkt hatte.

Lutz stimmte ihm widerstrebend zu.

»In Anbetracht der Kratzer an der Fahrerseite des Wagens«, fuhr Gorski fort, »kann also nicht gänzlich ausgeschlossen werden, dass er durch ein anderes Fahrzeug von der Straße gedrängt wurde.«

»Hören Sie, Kommissar«, sagte Lutz. »Sie haben meinen Bericht. Die Beweise unterstützen meine Rekonstruktion des Unfallhergangs. Wenn Sie irgendwelchen Fantasien nachjagen wollen, bitte sehr. Ich habe Besseres zu tun.«

Gorski entschuldigte sich dafür, dass er seine Zeit in Anspruch genommen hatte, und legte auf. Höchstwahrscheinlich hatte Lutz recht: Er fantasierte. Das hätte Ribéry ihm auch gesagt. Er hätte ihn lachend ermahnt, nicht um siebzehn Ecken zu denken. Gorski drückte seine Zigarette aus und ging ins Le Pot.

Mittlerweile zapfte Yves ihm bereits ein Bier, bevor er überhaupt Platz genommen hatte. Als der Barkeeper ihm das Glas brachte, bestellte Gorski einen Hotdog. Er hatte eigentlich keinen Hunger, aber ihm war bewusst, dass er etwas essen musste. Außerdem waren Yves' Hotdogs wenig nahrhaft. Das Fleisch zerfiel bereits auf der Zunge, und das Brot drum herum war wie süße Watte, die man ebenfalls nicht kauen musste. Der einzige wirkliche Geschmack kam von dem dicken gelben Senfwurm obendrauf. Gorski nahm sich die Ausgabe des *L'Alsace,* die jemand auf der Bank liegen gelassen hatte. Der Mord in Straßburg war von der Titelseite nach innen gewandert: POLIZEI RÄTSELT ÜBER WÜRGEMORD. Die reinen Fakten des Falles kannte er bereits. Eine Frau namens Véronique Marchal war erdrosselt in ihrer Wohnung aufgefunden worden. Es gab keinen Hinweis auf einen Einbruch, und es war auch nichts gestohlen worden. Bisher hatte die Polizei sich bedeckt gehalten, was die Umstände betraf, unter denen Mlle Marchal gefunden worden war, aber es hieß – und der Artikel bezog sich hierbei auf »gut informierte Quellen« –, das Motiv sei sexueller Natur gewesen. Nachbarn hatten bestätigt, dass die junge Frau häufig Herrenbesuch gehabt hatte, aber wie viele Herren es gewesen waren und ob sie Mlle Marchal für ihre Dienste bezahlt hatten, blieb unklar. Der Artikel wiederholte zunächst die bekannten Fakten und zitierte dann Philippe Lambert, den leitenden Ermittler, mit der Aussage, die Polizei verfolge derzeit mehrere Spuren und werde die Presse informieren, sobald neue Erkenntnisse vorlägen. Gorski wusste genau, was diese Formeln bedeuteten: Lambert tappte im Dunkeln. Die Leiche der Frau war erst am folgenden Morgen entdeckt worden, sodass der Todeszeitpunkt nicht genau festgestellt werden konnte, aber der Mord musste irgendwann im Laufe des Abends vom 14. November geschehen sein.

Gorski lehnte sich auf der Bank zurück. Er aß den Rest von seinem Hotdog und wischte sich mit der Papierserviette die Finger ab. Dann las er die letzten Zeilen noch einmal. Er irrte sich nicht. Der Mord war in den Stunden vor Bertrand Barthelmes Tod passiert, über deren Verlauf sie bisher nichts wussten. Gorskis erster Impuls war, Yves um eine Marke für das Telefon zu bitten und Lambert sofort anzurufen. Doch abgesehen davon, dass es indiskret wäre, so einen Anruf vom Le Pot aus zu tätigen, sollte er auch keine vorschnellen Schlüsse ziehen. Er faltete die Zeitung zusammen, schob sie sich unter den Arm und kehrte auf die Wache zurück. Dort holte er sich einen Kaffee, setzte sich in sein Büro und las den Artikel noch einmal.

Selbst wenn man anderthalb Stunden für die einhundertdreißig Kilometer nach Straßburg veranschlagte, wäre es Barthelme ohne Weiteres möglich gewesen, in der entsprechenden Zeitspanne dorthin und wieder zurück zu fahren. Vielleicht hatte er den Alkohol getrunken, um sich für den Mord, den er plante, zu wappnen. Gorski schüttelte den Kopf. Er versuchte, die Fakten so zurechtzubiegen, dass sie zu seiner Theorie passten. Abgesehen von der Tatsache, dass Barthelme aus der Richtung gekommen war, wies nichts darauf hin, dass er an dem betreffenden Abend tatsächlich in Straßburg gewesen war. Außerdem passte die Idee, dass er einen Mord begangen hatte, nicht zu der Theorie, dass er am Steuer eingenickt war. Wäre er vom Ort eines Mordes geflüchtet, wäre er sicher nicht müde, sondern höchst erregt gewesen, es sei denn, er hatte das kaltblütige Gemüt eines Profikillers. Allerdings hätte er, falls er tatsächlich der Täter war, seinen Wagen auch absichtlich, von Reue gepackt, von der Straße gelenkt haben können.

Es wäre auf jeden Fall einen Versuch wert, Lambert anzurufen. Er würde es ganz beiläufig klingen lassen. *Es ist bestimmt nicht wichtig, aber ich dachte mir, ich sollte Sie informieren. Wahrscheinlich ist es nur ein Zufall.* Und es stimmte ja; wahrscheinlich war es nur ein Zufall. Was hatte er denn schon zu bieten? Ein Mann war ungefähr zu der Zeit, als der Mord begangen wurde, in südlicher Richtung über die A35 gefahren. Na und? Die Tatsache, dass er bei einem Unfall ums Leben gekommen war, war irrelevant. Gorski zögerte.

Er rief sich ins Gedächtnis, dass Barthelme seine Frau belogen hatte, was die Gestaltung des Dienstagabends anging, und das schon seit Jahren. Er hatte ganz eindeutig irgendetwas Verbotenes getrieben. Gorski dachte an den Satz, den Lemerre so genüsslich wiederholt hatte: »War bekannt dafür, dass sie regelmäßig Herrenbesuch empfing.« Warum hätte Barthelme nicht einer von diesen Herren sein sollen? Immerhin hatten er und seine Frau getrennte Schlafzimmer gehabt.

Gorski stand auf und ging in seinem Büro auf und ab. Dann blickte er aus dem Fenster. An der Außenseite des Fensterrahmens blätterte die Farbe ab, und das Holz darunter begann zu modern. Eine alte Frau ging langsam die Rue de Mulhouse entlang und zog eine abgewetzte Einkaufskarre hinter sich her.

Er setzte sich wieder und nahm den Telefonhörer von der Gabel. Es wäre nachlässig, nicht anzurufen. Wenn es sein Fall wäre, würde er wollen, dass jeder, der auch nur den leisesten Verdacht einer Spur hatte, ihm Bescheid sagte. Außerdem konnte es durchaus sein, dass Lambert, schlau, wie er war, der Presse gewisse Informationen vorenthalten hatte. Vielleicht hatte jemand einen Mann in einem grünen Mercedes vom Tatort davonfahren sehen. Vielleicht würden Nachbarn, wenn man ihnen ein Foto von Barthelme zeigte, in ihm den Mann erkennen, der Mlle Marchal jeden Dienstag besucht hatte.

Die Telefonistin von der Wache an der Rue de la Nuée-Bleue fragte mit gelangweilter Stimme, wer am Apparat sei, und tippte dann ohne weiteren Kommentar die Durchwahl ein. Nach dem sechsten Klingeln wurde der Hörer abgenommen.

»Ja?« Die Stimme des Mannes klang ungeduldig.

»Lambert?«, fragte Gorski. Es wäre unpassend gewesen, ihn beim Vornamen zu nennen, schließlich war er dem Kollegen aus Straßburg erst ein paarmal begegnet, aber es wäre ihm zu steif vorgekommen, ihn mit seinem Dienstgrad anzusprechen. Wie auch immer, am anderen Ende herrschte Schweigen. Dann hörte Gorski einen gedämpften Ruf: »Phil, Telefon für dich.« Offenbar hatte er die Hand über die Muschel gelegt.

Kurz darauf kam Lambert an den Apparat. Er klang müde. Gorski fragte sich, ob es unklug gewesen war anzurufen.

»Kommissar Lambert«, er konnte nicht anders, »hier ist Georges Gorski.«

»Ah, Georges aus Saint-Louis.«

Gorski freute sich, dass er Lambert nicht daran erinnern musste, wer er war.

»Wie ich hörte, haben Sie Ihren Fall mit der verschwundenen Kellnerin gelöst.«

»Er hat sich sozusagen selbst gelöst«, sagte Gorski.

»Ein abgeschlossener Fall ist ein abgeschlossener Fall«, meinte Lambert.

Kurzes Schweigen.

»Kann ich etwas für Sie tun?«

Gorski verstand die unterschwellige Botschaft, die in seiner Frage lag. Es käme Lambert nie in den Sinn, dass Gorski etwas für ihn tun könnte.

»Nun ja, es ist wahrscheinlich nicht von Belang, nur ein Schuss ins Blaue sozusagen, aber ich dachte …«

Lambert unterbrach ihn. »Hören Sie, Georges, ich stehe ziemlich unter Druck, wenn Sie also bitte zur Sache kommen könnten.«

»Ja, natürlich. Soweit ich weiß, sind Sie für den Fall Marchal zuständig.«

»Ja.«

Gorski stellte sich vor, wie er ungeduldig die Augen verdrehte. »Deshalb rufe ich an.«

»Ach?« Lambert klang ein klein wenig interessierter. »Haben Sie etwas für mich? Denn falls ja, komme ich sofort nach Saint-Louis, wo immer das ist, und küsse Ihnen die Füße.«

»Na ja, wie ich schon sagte, wahrscheinlich ist es nicht von Belang, aber ich dachte, ich sollte Sie informieren.«

»Nur zu.« Jetzt klang er wieder ein wenig gereizt.

»Am Abend des Mordes ist ein Rechtsanwalt namens Bertrand Barthelme von Norden kommend die A35 entlanggefahren. Ungefähr um halb elf ist er ein paar Kilometer vor Saint-Louis tödlich verunglückt.«

»Und warum erzählen Sie mir das?«, fragte Lambert.

»Nun, mir kam der Gedanke …« Gorski stockte. Ihm wurde plötzlich bewusst, wie an den Haaren herbeigezogen das, was er sagen wollte, wirken würde. »Mir kam der Gedanke, dass er vielleicht aus Straßburg kam.«

»Schon möglich. Genau wie tausend andere. Und?«

»Ja, natürlich, aber der Grund, weshalb ich dachte, er könnte vielleicht etwas mit der Sache zu tun haben oder es wäre zumindest erwähnenswert, ist, dass er seine Frau angelogen hatte, wo und mit wem er den Abend verbringen würde, und dass er …«

Lambert stieß einen erschöpften Seufzer aus. »Tut mir leid, Georges, ich danke Ihnen für Ihren Anruf, aber draußen wartet die Presse auf mich.«

»Ja, natürlich, ich dachte nur, es wäre nachlässig, Sie nicht zu informieren«, sagte Gorski, doch Lambert hatte bereits aufgelegt.

Gorski fand seine Mutter schlafend im Sessel vor dem Kamin vor. Als sie die Tür hörte, hob sie den Kopf und blinzelte mühsam. Das Zimmer war stickig und heiß von dem Heizgerät, das sich jetzt anstelle eines offenen Feuers im Kamin befand.

»Bist du das, Georges?«, fragte sie mit zittriger Stimme. »Wo ist Georges?«

Gorski stellte die Tüte mit den Lebensmitteln, die er mitgebracht hatte, auf den Tisch am Fenster und setzte sich zu ihr.

»Ich bin hier, Maman. Du hast geschlafen.«

»Dein Vater kommt zu spät zum Essen. Es wird alles verkocht sein.«

Gorski machte sich nicht die Mühe, sie zu korrigieren. Solche Zwischenfälle kamen in letzter Zeit häufiger vor. Anfangs hatte er gedacht, diese Bemerkungen hingen mit dem zusammen, was sie geträumt hatte, doch mittlerweile war klar, dass mehr dahintersteckte. Er hatte seiner Mutter vorsichtig nahegelegt, Dr. Faubel aufzusuchen, aber sie hatte energisch behauptet, ihr fehle nichts, und nichts davon wissen wollen. Außerdem fürchtete Gorski, dass der Arzt bei einer Diagnose geistigen Verfalls dazu raten würde, sie in ein Pflegeheim zu geben, was Mme Gorski strikt ablehnte. *Danke, aber ich möchte in meinen eigenen vier Wänden sterben,* würde sie freundlich, aber bestimmt entgegnen.

Gorski packte die Einkäufe aus, die er mitgebracht hatte, und setzte einen Tee auf. Er blieb länger als nötig in der kleinen Küche. Die Zeit, die er mit seiner Mutter verbrachte, wurde immer schwerer zu ertragen. Als er mit dem Tablett, auf dem die Tassen und ein kleiner Teller mit Zitronenscheiben angerichtet waren, ins Wohnzimmer zurückkam, schien seine Mutter wieder ganz im Hier und Jetzt angekommen zu sein. Er öffnete das Fenster, um ein wenig frische Luft hereinzulassen.

»Du siehst müde aus«, sagte sie. »Deine Haut ist ganz grau. Kümmert sich deine Frau nicht ordentlich um dich?«

Gorski hatte ihr nicht erzählt, dass Céline gegangen war. Obwohl seine Mutter sie nie gemocht hatte, hatte er das Gefühl, dass sie enttäuscht von ihm wäre. Außerdem erschien es ihm wenig sinnvoll, sie zu beunruhigen, da die Situation ja möglicherweise nur vorübergehender Natur war.

Er erwiderte, er habe zu viel gearbeitet, und rührte drei Löffel Zucker in den Tee seiner Mutter. Sie dankte ihm mit einem Lächeln, als er die Tasse auf den kleinen Tisch neben ihrem Sessel stellte. Er setzte sich auf den Stuhl seines Vaters am Esstisch und nippte an seinem Tee. Der süße, zitronige Geschmack erinnerte ihn jedes Mal an seine Kindheit in dieser Wohnung. Das Zimmer war vollkommen unverändert. Überall stand Krimskrams herum, der im Laufe der Jahre aus dem Pfandleihhaus seines Vaters nach oben gewandert war. Er sah zur Tür, als rechne er ebenfalls jeden Moment damit, dass sein Vater im braunen Kittel von unten heraufkam. Sein Blick fiel auf die Mesusa am Türpfosten, an der er so oft vorbeigegangen war, ohne sie wahrzunehmen.

»Maman«, fragte er, »erinnerst du dich noch an den Abend vor langer Zeit, als die beiden jungen Amerikaner bei uns geklingelt haben?«

Er und seine Mutter beschränkten sich in der Regel auf Geplauder über Clémence oder Mme Beck, die jetzt unten ihren Blumenladen hatte und seiner Mutter öfter eine kleine Suppe oder einen Rest Eintopf mitbrachte. Bis zu dem Abend des Unfalls hatte er seit Jahren nicht mehr an den Besuch der beiden Mormonen gedacht. Doch Mme Gorski schien sich kein bisschen zu wundern.

»Oh ja«, antwortete sie, als wäre das Ganze erst eine Woche her. »Nette junge Männer. Aber eigenartig. Sie hatten genau dasselbe an. Und wie sie Französisch sprachen …« Sie fing an zu lachen. »Ich bin überrascht, dass du dich daran erinnerst. Du warst doch damals noch ganz klein.«

Gorski hätte gerne mit ihr über den Ausdruck gesprochen, den die beiden verwendet hatten: Anhänger des jüdischen Glaubens. Er hatte nicht vorgehabt, das Thema anzuschneiden, und dass er es jetzt tat, hing einzig und allein mit diesem Ausdruck zusammen. Er war sogar sicher, dass er sich überhaupt nur deshalb an den Besuch erinnerte. Es war nie über die Anspielung gesprochen worden, die die beiden Amerikaner gemacht hatten. War seine Mutter jüdisch oder sein Vater? Oder war die kleine Schriftkapsel am Türrahmen nur Dekoration ohne jede Bedeutung, wie die beiden englischen Toby-Jugs, die als Buchstützen auf dem Kaminsims standen? Er hatte gehofft, dass seine Mutter noch etwas dazu sagen würde, aber es kam nichts. Vielleicht hatte sie die Bemerkung auch einfach vergessen. So sagte er nur, dass es ihm wohl im Gedächtnis geblieben sein musste, weil er davor noch nie einen Amerikaner gesehen hatte.

»Oh, sie waren sehr amerikanisch«, meinte sie mit leisem Lachen. »Und natürlich homosexuell.«

Gorski lächelte. Er freute sich, dass sie sich zumindest an den Vorfall erinnerte.

10

Am nächsten Tag kehrte Raymond in die Rue Saint-Fiacre zurück. Beim Essen am Vorabend hatte er seiner Mutter erzählt, er habe beschlossen, wieder zur Schule zu gehen. Morgens frühstückte er, wie immer, im Stehen an der Arbeitsfläche in der Küche. Als Thérèse mit dem Tablett nach oben ging, um seiner Mutter das Frühstück zu bringen, öffnete Raymond noch kauend den Steinguttopf, in dem das Haushaltsgeld aufbewahrt wurde. Er nahm zwei Hundert-Franc-Scheine heraus und verschloss das Gefäß wieder. Als Thérèse ein paar Minuten später zurückkam, pochte sein Herz, aber er zwang sich, in der Küche zu bleiben. Er machte sogar eine Bemerkung über das Wetter. Natürlich war es ziemlich sinnlos, den Unschuldigen zu spielen, denn sobald Thérèse ihre morgendlichen Einkäufe erledigen wollte, würde sie merken, dass das Geld fehlte. Sie würde den Diebstahl sofort seiner Mutter melden, und sei es nur, um ihre eigene Unschuld zu beweisen. Selbstverständlich würde sie Raymond nicht direkt beschuldigen. Es würde ausreichen zu sagen, dass das Geld verschwunden war.

Raymonds Tat war nicht spontan geschehen. Der Gedanke war ihm während der Rückfahrt von Straßburg am Tag zuvor gekommen. Oder vielleicht sogar schon davor, in dem Moment, als der Besitzer des Briefmarkenladens ihm den Preis des Messers genannt hatte. Er hatte es sich verkniffen, über die Folgen des Diebstahls nachzudenken, weil er wusste, dass ihm das bei seinem Plan in die Quere kommen würde. Doch nun merkte er mit einer gewissen Überraschung, dass es ihm nicht schwerfiel, so zu tun, als ob nichts wäre. Es bereitete ihm sogar ein gewisses Vergnügen, mit Thérèse zu plaudern, während die beiden Geldscheine in seiner Gesäßtasche steckten.

Raymond kam um halb zehn in der Rue Saint-Fiacre an. Die Straße war nicht belebter als am Tag zuvor. Da sie abseits der Hauptstraßen lag, gab es außer für die Anwohner kaum einen Grund, hier durchzufahren. Der Briefmarkenladen war noch geschlossen. Als Vorbereitung für seinen Beobachtungseinsatz hatte Raymond ein Notizbuch und einen Stift, ein halbes Baguette, sein Buch und die Zigaretten mitgenommen, die er in dem Café am Ende der Straße gekauft hatte. Auf einer Seite seines Notizbuchs hatte er die Straße mit ihren Orientierungspunkten skizziert. Auf der nächsten Seite hatte er eine grobe Zeichnung des Hauses angefertigt, ein Rechteck, das in acht Kästchen unterteilt war, wobei jedes Kästchen für eine Wohnung stand. Am Abend zuvor hatte er die Namen, an die er sich noch erinnerte, im Telefonbuch nachgeschlagen. Ziegler hatte er nicht gefunden, aber er war sich auch nicht sicher, ob er sich den Namen richtig gemerkt hatte. Die anderen drei waren darin verzeichnet: Abbas, Lenoir und Comte. Abbas interessierte ihn nicht. Er konnte sich nicht vorstellen, dass sein Vater sich mit jemandem einließ, der arabischer Herkunft war. Frankreich, so hatte er immer gefordert, solle den Franzosen gehören. Die anderen beiden Nummern rief Raymond vom Arbeitszimmer seines Vaters aus an. Bei der ersten meldete sich ein Mann mit einem knappen »Ja?«. Im Hintergrund weinte ein Kind. Raymond sagte, er habe sich verwählt, und legte auf. Er vermerkte das, was er herausgefunden hatte, neben dem Namen Lenoir. Bei der zweiten Nummer, die laut Telefonbuch Comte, I. gehörte, nahm eine Frau ab. Raymond bemühte sich um einen entschiedenen Tonfall.

»Kann ich bitte Monsieur Comte sprechen?«, fragte er.

Kurzes Schweigen.

»Hier gibt es keinen Monsieur Comte«, sagte die Frau. »Mit wem spreche ich denn?« Ihre Stimme klang weder jung noch alt. Sie wirkte hell und freundlich, aber es lag auch Nervosität darin, ein leichtes Zittern. Raymond antwortete nicht. Er hörte die Frau atmen. Vielleicht zog sie an einer Zigarette.

Sie wiederholte ihre Frage.

Raymond legte den Hörer zurück auf die Gabel. Auf seiner Stirn lag ein leichter Schweißfilm. Er fühlte sich schuldig, als hätte er eine Tätlichkeit begangen. Neben den Namen Comte schrieb er: alleinstehende Frau mittleren Alters.

Raymond bezog wieder seinen Beobachtungsposten in dem Durchgang gegenüber von Hausnummer 13. Er stellte sich vor, wie irgendwo im Haus Mlle Comte im Morgenmantel am Küchentisch saß, eine Schale mit Kaffee in der Hand. Er nahm an, dass sie ungefähr vierzig war. Vielleicht rieb sich eine Katze an ihren Beinen. Und vielleicht dachte sie gerade an den beunruhigenden Anruf vom Abend zuvor.

Kurz vor zehn kam der Briefmarkenhändler aus dem Laden. Er trug Hausschuhe und hatte eine Zigarette im Mund. Wahrscheinlich wohnte er über dem Laden. Er öffnete das Vorhängeschloss, mit dem das Metallgitter vor dem Schaufenster gesichert war. Raymond trat ein paar Schritte zurück, bis er das Rattern des Gitters hörte. Er würde noch ein wenig warten, bis er in den Laden ging. Wenn er über den Preis des Messers verhandeln wollte, wäre es wenig förderlich, den Eindruck zu erwecken, dass er bereits begierig vor der Ladentür gewartet hatte. Es war besser, wenn es so aussah, als sei er nur zufällig noch einmal hier vorbeigekommen und als kümmere es ihn nicht, ob er das Messer bekam.

Nur wenige Augenblicke nachdem er sich seine erste Zigarette angezündet hatte – er hatte im Vorhinein beschlossen, dass er sich insgesamt vier gestattete –, ging die Tür von Hausnummer 13 auf, und ein Mann um die dreißig kam eilig heraus. Er sah gestresst aus. Seine Krawatte war nicht ordentlich gebunden, und er aß ein Croissant oder ein *pain au chocolat*. Er hatte eine Aktentasche dabei. Er stieg in einen ramponierten Renault und fuhr davon. Gut möglich, dass dies der ungeduldige M. Lenoir vom Telefon war. Ein paar Minuten später kam eine Frau ungefähr im gleichen Alter mit zwei kleinen Kindern heraus; das jüngere saß in einem Kinderwagen. Das ältere hielt ein Stück Brot in der Hand, und sein Anorak war von der Schulter gerutscht. Sie gingen Richtung Stadtzentrum. Raymond trat zurück in den Durchgang und notierte seine Beobachtungen.

Ungefähr eine halbe Stunde lang geschah gar nichts. Dann kam eine Frau Ende zwanzig heraus. Sie trug einen grünen Mantel mit Gürtel. Obwohl es nicht regnete, öffnete sie ihren Regenschirm. Ihr Haar war gelblich-blond und zerzaust. Auch sie eilte mit laut klackernden Absätzen Richtung Zentrum. Im Vorbeigehen blickte sie in Raymonds Richtung, aber ihr Gesicht ließ keine Neugier erkennen. Könnte das die Frau sein, mit der er telefoniert hatte? Raymond bezweifelte es. In ihren Schritten lag ein Selbstvertrauen, das nicht zu dem Zögern in Mlle Comtes Stimme passte. Könnte eine von den beiden die Frau sein, die einst ihre Adresse auf den Papierschnipsel geschrieben hatte, den Raymond inzwischen wieder in den Schreibtisch seines Vaters zurückgelegt hatte? Es ließ sich nicht feststellen. Dennoch hatte Raymond das Gefühl, dass er Fortschritte machte. Wenn er die alte Frau vom Vortag mitzählte und davon ausging, dass niemand von denen, die er gesehen hatte, Abbas hieß, kannte er jetzt immerhin schon mehr als die Hälfte der Hausbewohner.

Vormittägliche Stille breitete sich in der Straße aus. Der Zeitpunkt schien günstig, um noch einmal ins Haus zu gehen und sich die übrigen Namen auf den Briefkästen zu notieren. Falls jemand wissen wollte, was er da tat, würde er einfach fragen, ob ein M. Dupont in dem Haus wohnte. Vielleicht würde er dazu auf seine Tasche klopfen, als hätte er etwas abzugeben. Zielstrebig überquerte er die Straße, Notizbuch und Stift in der Hand. Trotz seines Vorwands verspürte Raymond dieselbe Nervosität wie am Tag zuvor, als er das Haus zum ersten Mal betreten hatte. Wieder zögerte er, das Licht einzuschalten, aber wenn seine Anwesenheit so harmlos war, wie er vorgab, warum sollte er es dann nicht tun? Im Zweifelsfall konnte er schlecht behaupten, er habe den Lichtschalter nicht gefunden, denn der befand sich direkt neben den Briefkästen. Er drückte auf den glimmenden Schalter. Zu seiner Erleichterung tat sich nichts. Er machte sich an die Arbeit und schrieb die noch fehlenden Namen auf eine leere Seite: Ziegler (er hatte sich also richtig erinnert), Jacquemin, Duval und Klein. Als er damit fertig war, stellte er fest, dass er sich sogar traute, bis zu den Wohnungstüren im Erdgeschoss zu gehen. An der rechten Tür hing ein Metallschild mit dem Namen Abbas in schnörkeliger Schrift. Die Tür auf der linken Seite war mit einem schweren Riegel gesichert. Raymond ging hinaus und holte tief Luft. Er schlenderte die Rue Saint-Fiacre hinunter und die nahezu identisch aussehende Parallelstraße wieder hinauf, dann kehrte er an seinen Posten im Durchgang zurück. Mittlerweile war ihm dieser kleine Teil von Mülhausen schon recht vertraut. Zur Belohnung für seine Anstrengungen genehmigte er sich eine Zigarette.

Um kurz nach halb zwölf kam eine Frau von ungefähr sechzig aus dem Briefmarkenladen. Raymond hatte sie nicht hineingehen sehen, also war sie wohl die Frau des Ladenbesitzers. Zwanzig Minuten später kam sie mit einem Baguette unter dem Arm zurück und ging wieder hinein. Raymond beschloss, dass jetzt der richtige

Moment gekommen war, um seinen Kauf zu tätigen, doch als er auf den Laden zuging, sah er, dass an der Innenseite der Tür ein Schild hing: Wegen Mittagspause geschlossen. Aber die Tür war nicht verschlossen. Vorsichtig drückte Raymond sie auf, und das Glöckchen bimmelte. Er betrat den Laden und lauschte. Oben auf den Dielen hörte er Schritte. Eine Tür – vermutlich die, die zur Wohnung führte – wurde geöffnet, und der Besitzer rief die Treppe hinunter: »Ist da jemand? Wir haben geschlossen.« Raymond hielt den Atem an. Sein Blick fixierte das Messer, das immer noch im hinteren Bereich des Ladens auf dem Stapel alter Koffer lag.

Wieder rief der Briefmarkenhändler: »Ist da jemand?«

Ließ er die Tür immer offen, wenn er Mittagspause machte, oder war es ein Versehen? Vielleicht dachte sowohl er als auch seine Frau, der andere habe abgeschlossen. Oder sie gehörten zu den vertrauensvollen Menschen, die annahmen, ein Geschlossen-Schild sei ausreichend, um Diebe abzuwehren. Wie dem auch sei, nun kamen Schritte die Treppe hinunter. Ohne einen weiteren Gedanken lief Raymond leise zu dem Kofferstapel, griff nach dem Messer und der Scheide und schob beides in seine Tasche. Dann floh er aus dem Laden, rannte durch den Gang in den Innenhof und drückte sich flach an die Mauer. Ihm war schwindelig, fast ein wenig übel. Er ließ sich in die Hocke sinken. Was war nur über ihn gekommen? Bis zu diesem Morgen hatte er noch nie auch nur eine Tüte Bonbons gestohlen. Ganz bestimmt würde der Ladenbesitzer merken, dass das Messer weg war, und sich daran erinnern, dass am Tag zuvor ein junger Mann danach gefragt hatte. Raymond hätte nicht sagen können, wie lange er dort mit dem Rücken an der Mauer hockte. Er versuchte, seine Lage einzuschätzen. Jeder, der zufällig aus einem der Fenster rund um den Innenhof schaute, würde sein Verhalten höchst verdächtig finden. Vielleicht hatte ihn sogar schon jemand gesehen und die Polizei gerufen. Vielleicht hatte auch der Ladenbesitzer die Polizei informiert. Raymond versuchte, klar zu denken. Ganz gleich, was geschah, niemand hatte gesehen, wie er das Messer einsteckte. Solange er nicht damit erwischt wurde, konnte er alles leugnen. Nachdem er sich vergewissert hatte, dass niemand ihn beobachtete, nahm er das Messer aus der Tasche und versteckte es im Unkraut, das am Fuß eines Regenrohrs wuchs. Dann richtete er sich auf und ging so lässig, wie er es unter diesen Umständen fertigbrachte, zurück in den Durchgang.

Vorsichtig blickte er hinaus auf die Straße. Der Besitzer des Briefmarkenladens war nirgends zu sehen. Es heulten keine Polizeisirenen. Als er auf den Gehweg trat, fingerte er an seinem Reißverschluss herum, als wäre er in den Durchgang getreten, um sich zu erleichtern. Dann ging er mit raschen Schritten Richtung Zentrum. Bei der ersten Möglichkeit bog er links ab und kehrte, nachdem er sich erneut vergewissert hatte, dass ihn niemand beobachtete, zurück ans Ende der Rue Saint-Fiacre. Dort zündete er sich eine Zigarette an. Seine Hände zitterten. Er stieß eine lang gezogene Rauchwolke aus. Was hatte er da nur für eine Dummheit gemacht! Wenn er auch nur eine Sekunde innegehalten und nachgedacht hätte, hätte er sich das niemals getraut. Aber er hatte es getan, und er war nicht erwischt worden. Übermütige Freude überkam ihn. Gar nicht so sehr wegen des Messers, das er ohnehin hätte kaufen können, sondern weil sich ihm eine Gelegenheit geboten hatte, und er hatte sie beim Schopf gepackt, anstatt sich von seiner Unentschiedenheit lähmen zu lassen.

Er musste nur lange genug warten, bis er sicher sein konnte, dass die Polizei nicht alarmiert worden war, und dann das Messer aus seinem Versteck holen. Wahrscheinlich hatte der Ladenbesitzer gar nicht bemerkt, dass es verschwunden war. Er gab seine selbst auferlegte Rationierung auf und zündete sich eine weitere Zigarette an. Er hatte zweihundert Franc in der Tasche. Er konnte so viele Päckchen Zigaretten kaufen, wie er wollte. Vorübergehend hatte er vollkommen vergessen, weshalb er eigentlich in die Rue Saint-Fiacre gekommen war.

Einige Zeit später kehrte Raymond in den Innenhof zurück, um das Messer zu holen. Er ging neben dem Regenrohr in die Hocke und schob es in die Scheide. Es passte perfekt. Er richtete sich auf und widerstand dem Drang, sich umzusehen, ob jemand ihn beobachtete. Das würde ihn noch verdächtiger erscheinen lassen, als er ohnehin schon war. Stattdessen hielt er den Blick auf den Boden gerichtet und verschwand im Durchgang, der zur Straße führte. Gerade als er auf den Gehweg treten wollte, ging die Tür von Nummer 13 auf. Raymond wich in den Gang zurück. Ein junges Mädchen kam heraus, vielleicht neunzehn oder zwanzig. Sie trug eine schwarze Jeans, hohe Schnürstiefel und ein Männerjackett aus Tweed mit Lederflecken an den Ellbogen. Trotz des trüben Wetters hatte sie eine runde Sonnenbrille mit grünen Gläsern auf, und auf ihrem Hinterkopf saß ein Porkpie-Hut. Sie ging Richtung Zentrum. Sie hatte einen schwungvollen, ausholenden Schritt, zugleich lässig und zielstrebig. Raymond ging in dieselbe Richtung. Niemand konnte ihm vorwerfen, dass er ihr folgte. Schließlich war es reiner Zufall, dass sie genau in dem Moment aus dem Haus gekommen war, als er gehen wollte. Dennoch blieb er auf der anderen Straßenseite und bremste seinen Schritt, um sie nicht zu überholen. Seine Tasche schlug ihm gegen die Beine. Der Gedanke an das Messer, das darin lag, freute ihn. Das Mädchen kam zu der Kreuzung, wo Raymond sich von dem pockennarbigen Mann getrennt hatte, der ihm den Weg gezeigt hatte. Er ließ sich ein Stück zurückfallen.

Das Mädchen überquerte einfach die Straße, als wäre es ihr völlig egal, ob sie angefahren wurde. Ein großer LKW verstellte Raymond die Sicht. Als er weiterfuhr, war das Mädchen verschwunden. Raymond verspürte einen Stich der Enttäuschung. Er schlängelte sich zwischen den Autos hindurch. Dann erblickte er über den Wagendächern ihren Hut, der die Rue de la Sinne entlanghüpfte. Er lief ein paar Schritte, um sie einzuholen. Er konnte nicht länger so tun, als würde er ihr nicht folgen. Das Mädchen blieb stehen, um das Schaufenster eines Schallplattenladens zu betrachten. Raymond duckte sich in einen Hauseingang. Er war höchstens zwanzig Meter von ihr entfernt. Ihr Profil war beeindruckend. Sie hatte eine markante römische Nase und ausgeprägte Wangenknochen. Sie hielt den Kopf ein wenig nach hinten geneigt, vielleicht nur damit ihr die Sonnenbrille nicht hinunterrutschte, aber die Haltung gab ihr etwas Hochmütiges. Wenn sie sich jetzt umdrehte, würde sie Raymond dabei erwischen, wie er sie beobachtete. Vielleicht hatte sie ihn schon bemerkt, als sie das Haus verließ, oder ihn vorher durchs Fenster gesehen. Raymond fiel keine glaubwürdige Erklärung für sein Verhalten ein. Aber er konnte sich nicht dazu durchringen zu gehen. Ein Teil von ihm wollte sogar, dass sie ihn sah.

Das Mädchen ging weiter die Rue de la Sinne entlang und betrat die Bar, vor der der Pockennarbige angehalten hatte, um einen Bekannten zu grüßen. Raymond wartete ein paar Minuten, dann folgte er ihr hinein. Der Raum war groß, mit hoher Decke und üppigen Stuckverzierungen. Auf den Hockern am Tresen saßen zwei Männer. Der eine blätterte in einer Zeitung, dem anderen war das Kinn auf die Brust gesunken, als schliefe er. Der Barkeeper begrüßte Raymond mit einem knappen Nicken. Raymond setzte sich auf die schmale grüne Bank, die sich rechts der Tür die ganze Wand entlangzog. Das Mädchen war nirgends zu sehen.

Hoch oben auf der gegenüberliegenden Seite hing eine große Uhr mit dem Namen der Bar: Le Convivial. Der Sekundenzeiger tickte in gemessenem Tempo um das Zifferblatt. Es war kurz vor fünf. Rund zwanzig Tische mit bunt zusammengewürfelten Holzstühlen standen im Raum verteilt. Etwa die Hälfte davon war mit einer Ansammlung alter Männer besetzt, die Hosen bis zum Nabel hochgezogen, die Arme über dem Bauch verschränkt. Wenn jemand dazukam, begrüßten sie ihn rundum mit einem Händeschütteln, aber sonst saßen sie überwiegend schweigend da. Die Wände waren gelb gestrichen und mit gerahmten Lautrec-Postern dekoriert. Zwei Säulen waren rundum mit Kinoplakaten und Fotos von Belmondo, Bardot, Gainsbourg und Co. beklebt. Am hinteren Ende des Raums stand ein Billardtisch mit zwei Queues, die quer auf dem Filz lagen. In der Mitte des Tisches war der Filz gerissen und mit schwarzem Klebeband befestigt worden. Raymond hatte den Eindruck, dass er nie benutzt wurde.

Niemand sah auch nur zu ihm herüber. Er begann sich zu fragen, ob der Barkeeper ihn tatsächlich bemerkt hatte. Er war ein untersetzter Kerl um die dreißig mit sandfarbenem Haar, das er aus der Stirn frisiert hatte. Er trug ein kurzärmeliges blaues Hemd mit dem Schriftzug Le Convivial auf der Brusttasche. Seine Arme waren voll stümperhafter Tätowierungen. Er stand auf den Tresen gestützt da, starrte auf einen Punkt irgendwo über der Tür und sah nicht so aus, als hätte er die Absicht, Raymond oder irgendjemand sonst zu bedienen. Unter der Unterlippe hatte er ein kleines Bärtchen, über das er gedankenverloren mit Daumen und Zeigefinger strich. Vielleicht war es eine jener Bars, wo man am Tresen bestellte. Andererseits hatte es wenig Sinn zu bleiben, wenn das Mädchen nicht da war. Aber er würde töricht wirken, wenn er einfach aufstand und ging, ohne etwas zu bestellen. Er stellte sich vor, wie der Barkeeper hinter ihm herrief: »He, Kleiner, was glaubst du, was das hier ist? Ein Wartesaal?«, gefolgt vom schallenden Gelächter der Männer an den Tischen.

Doch dann, exakt um fünf Uhr, kam das Mädchen aus einer Tür mit der Aufschrift Damen-WC, einer Einrichtung, die, wie Raymond vermutete, hier nur selten benutzt wurde. Sie hatte sich eine weiße Bluse angezogen und eine Schürze um die Taille gebunden. Den Hut hatte sie abgenommen, und die Sonnenbrille saß jetzt oben auf ihrem Kopf. Ihr dichtes braunes Haar war im Nacken kurz geschnitten und vorne zu einer Tolle frisiert. Ohne ein Wort zum Barkeeper machte sie sich daran, die benutzten Tassen und Gläser abzuräumen und schwungvoll die Tische zu wischen. Offensichtlich hatten die Stammgäste schon auf sie gewartet, denn sie riefen ihr sofort Bestellungen zu, die sie zur Kenntnis nahm, aber nicht notierte. Sie ging in lockerem, vertrautem Ton mit den Männern um, und die älteren unter ihnen sprach sie mit *oncle* an. Einer der Männer tätschelte ihr den Hintern, als sie seinen Tisch abwischte, was ihm eine strenge Ermahnung eintrug, die er offenkundig genoss. Nachdem die Tische abgeräumt waren, gab sie die Bestellungen mechanisch an den Barkeeper weiter, der sich daraufhin an die Arbeit machte. Dann erst wandte sie ihre Aufmerksamkeit Raymond zu, den sie bis dahin nicht zur Kenntnis genommen hatte.

Sie stellte sich vor seinen Tisch, die rechte Hand in die Hüfte gestützt. Den linken Fuß drehte sie auf der Ferse hin und her, als trete sie eine Zigarette aus.

»Nun, Monsieur, was darf's sein?«, fragte sie in ironischem Tonfall. Sie hatte eine angenehm tiefe Stimme. Ihre Augen waren groß und tief liegend und standen so weit auseinander, dass sie in entgegengesetzte Richtungen zu blicken schienen. Raymond fragte sich, ob sie ihre bunte Brille trug, um eine Sehschwäche auszugleichen, oder ob sie sich wegen ihres Silberblicks schämte. Aber sie schien nicht der Typ zu sein, der sich von irgendetwas aus der Ruhe bringen ließ.

»Ich nehme einen Tee«, sagte er.

»Einen Tee?«, wiederholte das Mädchen. Sie legte den Kopf schräg, als würde seine Bestellung sie erheitern oder überraschen. Er hätte wohl besser ein Bier bestellen sollen, doch bevor er seine Meinung ändern konnte, rief sie schon über die Schulter: »Dédé, einen Tee für den jungen Herrn!«

Das veranlasste einige der anderen Gäste, zu Raymond herüberzusehen. Er merkte, wie er rot wurde. Das Mädchen kehrte zum

Tresen zurück und begann mit raschen, geübten Bewegungen die Getränke zu verteilen, die Dédé ihr hingestellt hatte. Kein Geld wechselte den Besitzer. Offenbar wurde später bezahlt. Das Mädchen stellte Raymond wortlos seinen Tee hin und legte den Bon auf einen kleinen Zinnteller. Raymond schüttete seine üblichen drei Beutel Zucker in das Glas und rührte geistesabwesend um. Dann nahm er seine Zigaretten aus der Tasche und zündete sich eine an.

Das Mädchen, das anscheinend fürs Erste alle Aufgaben erledigt hatte, lehnte jetzt seitlich am Tresen und wechselte ein paar Worte mit Dédé. Sie wies mit dem Kopf in Raymonds Richtung und sagte leise etwas, woraufhin der Barkeeper schnaubend lachte. Raymond wandte den Blick auf die Poster an den Wänden und dann auf die Uhr, die jetzt zehn nach fünf anzeigte. Er griff in seine Tasche, um das Buch herauszuholen. Dabei berührte er für einen Moment die Scheide des Messers und ließ langsam die Fingerspitzen über das abgegriffene Leder, den Handschutz und den Griff gleiten. Er sah sich verstohlen um, ob ihn jemand beobachtete. Ein paar Tische weiter waren zwei Männer in eine Partie Schach vertieft. Raymond nahm sein Buch heraus und legte es aufgeschlagen auf den Tisch. Der Rücken war gebrochen, und einige der Seiten begannen sich zu lösen.

Ein alter Mann mit einem Hals wie ein Truthahn stieß die Tür auf und ging langsam zum Tresen. Seine Hosenbeine waren zu kurz, und er trug keine Socken. Am Schritt der Hose waren Flecken. Er gab dem Barkeeper schlaff die Hand, woraufhin dieser ihm ein kleines Glas mit einer dunklen Flüssigkeit hinstellte. Der Mann betrachtete es einen Moment, beide Hände auf den Tresen gestützt, als sammle er seinen Mut. Dann griff er nach dem Glas und leerte es in einem Zug. Er kramte in seiner Hosentasche nach einer Münze und verließ die Bar genauso langsam, wie er sie betreten hatte.

Ein paar Minuten später kam ein weiterer Mann herein und nickte den Gästen an den Tischen bei der Tür kurz zu. Er nahm sich eine Zeitung aus dem Ständer und setzte sich an einen der bereits besetzten Tische. Es war der Mann, der Raymond am Tag zuvor den Weg gezeigt hatte. Offenbar war er hier Stammgast, denn das Mädchen brachte ihm einen Espresso und einen Schnaps, ohne dass er etwas bestellt hätte. Als er ihr nachsah, wie sie zum Tresen zurückging, fiel sein Blick auf Raymond, der sich sofort über sein Buch beugte. Doch es war zu spät. Ein verwirrter Ausdruck huschte über das Gesicht des Mannes. Als Raymond kurz darauf den Kopf hob, sah der Mann noch immer zu ihm. Er hob grüßend die Hand.

»Na, hast du's gefunden?«, rief er quer durch den Raum.

Raymond schaute zum Tresen, um zu sehen, ob das Mädchen zuhörte. Sie blickte ihn fragend an. Immerhin hatte der Mann die Rue Saint-Fiacre nicht erwähnt.

»Ja, vielen Dank«, erwiderte er. Dann beugte er sich demonstrativ wieder über sein Buch.

Raymond wusste nicht, wie – und ob – es weitergehen sollte. Sein erster Impuls war, den Tee zu trinken und so schnell wie möglich zu gehen. Das hätte zumindest der alte Raymond vor ein paar Tagen noch getan. Aber der alte Raymond wäre gar nicht erst hierhergekommen. Der alte Raymond hätte es nicht gewagt, zweihundert Franc aus Thérèses Steinguttopf in der Küche zu stehlen. Und erst recht nicht das Messer, das jetzt in seiner Tasche lag. Ebenso wenig wäre er einem fremden Mädchen durch die Straßen von Mülhausen gefolgt. Wenn er jetzt ginge, wäre die Sache beendet. Aber er wollte nicht, dass sie beendet war. Er wusste nicht einmal, wie das Mädchen hieß. War es denn so undenkbar, sie zu fragen? Ja, er war in den Laden des Briefmarkenhändlers gegangen und hatte das Messer gestohlen, aber das war aus einem spontanen Impuls heraus geschehen. Hätte er es geplant, hätte er niemals den Mut dazu aufgebracht. Und hätte er auch nur einen Augenblick gezögert, bevor er dem Mädchen ins Le Convivial gefolgt war, wären ihm hundert Gründe eingefallen, warum er das besser nicht tun sollte. Doch da er sie nicht sofort nach ihrem Namen gefragt hatte, als sie das erste Mal gekommen war, um seine Bestellung aufzunehmen, erschien es ihm nun unmöglich. Alle Spontanität wäre dahin. Außer bei Yvette, die für ihn – trotz ihrer sexuellen Aktivitäten – fast wie eine Schwester war, bekam Raymond bei den seltenen Gelegenheiten, wenn ein Mädchen ihn ansprach, nie einen Ton heraus. Und wenn das Mädchen attraktiv war, wurde er obendrein auch noch rot. Deshalb mied er den Blick der Mädchen in der Schule, damit keine auf die Idee kam, ihn anzusprechen.

Die einzige Möglichkeit war abzuwarten, was weiter geschehen würde. Raymond musste lächeln, denn indem er sich so dem Zufall überließ, traf er in gewisser Weise auch eine Wahl. Der Gedanke tröstete ihn. Inzwischen war es zwanzig nach fünf. Er musste noch zurück zum Bahnhof und den Zug nehmen, um rechtzeitig zum Abendessen wieder in Saint-Louis sein. Er beschloss, dass er noch vierzig Minuten bleiben konnte, ohne sich unangenehmen Fragen auszusetzen, wo er denn gewesen sei.

Die Schachspieler ein paar Tische weiter waren im Endspiel angekommen. Nach jedem Zug drückten sie die Uhr neben dem Brett mit wachsender Eile. Der ältere der beiden Männer spielte in ruhigerem Tempo, aber seine Beine wippten nervös unter dem Tisch. Er trug eine Brille mit Drahtgestell, die ganz vorne auf seiner Nasenspitze saß. Der jüngere Mann, der mit Schwarz spielte, fuhr sich unablässig mit der Hand über den Mund und schüttelte den Kopf, als habe er sich bereits auf eine Niederlage eingestellt. Sein König stand belagert in der Ecke des Bretts. Weiß zog einen Läufer vor, um den König Schach zu setzen. Schwarz wehrte mit einem Bauern ab. Der weiße Läufer zog sich zurück. Dann bewegte der Jüngere seinen Turm zur Grundreihe seines Gegners, wo dessen König von drei eigenen Bauern blockiert war. Der Ältere nahm seine Brille ab und gab auf. Schweigend räumten sie die Spielfiguren in eine Holzkiste. Der jüngere Mann klappte das Spielbrett zusammen und stellte es gemeinsam mit der Kiste in ein Fach der Kommode, in der das Besteck aufbewahrt wurde. Sie verließen die Bar und gingen draußen getrennter Wege.

Raymond hatte das Spiel aufmerksam verfolgt. Offenbar handelte es sich um ein tägliches oder wöchentliches Ritual. Vielleicht würden er und Stéphane eines Tages auch ihren festen Tisch in einer Bar in Saint-Louis haben.

Weitere zehn Minuten waren vergangen. Das Mädchen zeigte keinerlei Interesse an Raymond. Im Gegenteil, sie wandte jedes Mal den Blick ab, wenn sie an seinem Tisch vorbeikam. Er begann zu zweifeln, ob es wirklich klug gewesen war, sich dem Zufall zu überlassen. Vielleicht würde er doch die Initiative ergreifen müssen. Er beugte sich wieder über sein Buch, das er immer noch aufgeschlagen vor sich liegen hatte. Sein Blick lag auf dem unterstrichenen Satz: *Ihr Fleisch war vom Daumenballen bis zur Wurzel des kleinen Fingers offen.* Raymond stellte sich vor, wie er das Messer aus seiner Tasche nahm, aufstand und mit der Klinge über seine Handfläche fuhr. Die Männer bei der Tür würden auf ihn zeigen, und das Mädchen käme mit einem Tuch herbeigelaufen und würde ihm die Hand verbinden. Das würde ihm die perfekte Gelegenheit bieten, sie – scheinbar ganz spontan – nach ihrem Namen zu fragen. Während er sich all dies ausmalte, stand das Mädchen plötzlich vor seinem Tisch.

»Stimmt irgendwas nicht mit deinem Tee?« Sie hatte ein Tablett unter den Arm geklemmt. Ihr linker Fuß drehte sich wieder auf der Ferse hin und her, als wäre sie verärgert oder ungeduldig.

»Mit meinem Tee? Nein, alles in Ordnung«, erwiderte Raymond. »Ich trinke ihn gerne kalt.«

Dann hob er wie zum Beweis das Glas an seine Lippen und trank mit übertriebenem Genuss. Das Mädchen rollte mit den Augen. Raymond verfluchte sich im Stillen. Sie war ohne wirklichen

Grund zu ihm gekommen. Ihre Frage nach dem Tee war nur ein Vorwand gewesen. Und alles, was ihm einfiel, war: *Ich trinke ihn gerne kalt.* Wie schwachsinnig! Es entsprach nicht einmal der Wahrheit, und falls er sie je wiedersah, wäre er gezwungen, seinen Tee erneut kalt zu trinken. Aber das Mädchen verschwand trotzdem nicht. Sie deutete mit dem Kinn auf sein Buch und fragte, was er da las.

Er hob es hoch, um ihr den Titel zu zeigen.

»Ah«, sagte sie wie ein Arzt, der gerade eine schwere Krankheit diagnostiziert hat. »Na, keine Sorge, das gibt sich bestimmt.«

Raymond stieß ein kurzes Lachen aus, aber wie immer spürte er, wie ihm die Röte in die Wangen stieg. Zur Ablenkung zündete er sich eine Zigarette an. Zu seiner Überraschung zog sich das Mädchen einen freien Stuhl heran und setzte sich ihm gegenüber. Der Stuhl scharrte quietschend über den Boden. Sie nahm sich eine Zigarette aus seinem Päckchen und zündete sie an.

Dann beugte sie sich vor. »Ich hab dich draußen vor meinem Haus gesehen.«

Instinktiv lehnte Raymond sich auf der Bank zurück. Seine Wangen brannten. Natürlich wäre es albern, es zu leugnen, aber genau das tat er.

»Du weißt also, wo ich wohne«, sagte das Mädchen.

»Natürlich nicht. Woher sollte ich das wissen?«

»Wenn du nicht weißt, wo ich wohne, woher weißt du dann, dass du nicht vor meinem Haus gestanden hast?«

Raymond zog an seiner Zigarette und stieß den Rauch aus, ohne ihn einzuatmen. »Was ich damit meine, ist, falls ich draußen vor deinem Haus war, dann wusste ich es nicht. Natürlich bin ich im Laufe des Tages an einigen Häusern vorbeigekommen. Wenn eins davon deins war, ja, dann war ich da, aber nur zufällig.« Er war zufrieden mit seiner Antwort. Die Hitze in seinem Gesicht ließ ein wenig nach.

Das Mädchen machte ein verwirrtes Gesicht, als überlege sie, was sie von Raymond halten sollte. »Also, gibst du nun zu, dass du da warst, oder nicht?«

»Wenn du mir sagst, wo du wohnst, dann kann ich dir sagen, ob ich da war.«

Das Mädchen zog ausgiebig an ihrer Zigarette. Sie ließ die Asche auf den Fußboden fallen.

»Heute Morgen habe ich dich in der Rue Saint-Fiacre gesehen, wie du an unserem Haus hochgeschaut hast. Du hattest ein Notizbuch in der Hand. Später bist du in dem Durchgang neben dem Krimskramsladen rumgestanden. Und vorhin, als ich aus dem Haus gegangen bin, bist du mir gefolgt.« Ihre Stimme klang sachlich, als würde ihr so etwas jeden Tag passieren. Sie zog fragend die Augenbrauen hoch.

Bevor Raymond antworten konnte, rief Dédé gereizt: »He, Delph, hast du vor, heute noch zu arbeiten, oder sollen wir den Laden einfach dichtmachen?«

Na bitte: Nun hatte Raymond, ohne irgendetwas dazutun zu müssen, ihren Namen erfahren. Sie drehte sich zu Dédé um, der neben der Schwingtür des Tresens stand und auf die Gäste neben der Tür zeigte. Sie lächelte breit, legte den Kopf schräg und zeigte ihm den ausgestreckten Mittelfinger. Dann wandte sie sich wieder Raymond zu.

»Also?«

»Es stimmt«, sagte er. »Ich war da. Aber ich bin dir nicht gefolgt. Wir sind nur rein zufällig zur gleichen Zeit gegangen.«

»Und ich nehme an, du bist mir auch nur ›rein zufällig‹ in dieses charmante Etablissement gefolgt?«

Raymond sah auf den Tisch. »Ich habe dich nicht bespitzelt«, sagte er leise. Dann blickte er auf. Trotz allem wirkte sie kein bisschen verärgert. Er hatte das Gefühl, die Vorstellung, dass ihr jemand folgte und sie beobachtete, gefiel ihr sogar. Er lächelte ihr zu.

»Was hast du denn da gemacht?«, fragte sie.

»Das kann ich dir nicht sagen, zumindest nicht jetzt.« Die letzten Worte fügte er absichtlich hinzu, um anzudeuten, dass sie sich vielleicht wiedersehen würden.

Das Mädchen – Delph – schüttelte leicht den Kopf und schnalzte mit der Zunge. Sie schob den Stuhl zurück, wieder mit diesem unangenehmen Scharren, und stand auf. Raymond spürte, wie ihm die Gelegenheit entglitt. Sein Herz pochte. Er würde die Sache in die Hände nehmen müssen. »Vielleicht können wir uns ja mal wieder treffen, irgendwo anders«, sagte er. Wieder begannen seine Wangen zu brennen.

Delph lachte. Einmal, als er sechs oder sieben gewesen war, hatten ihm ein paar ältere Jungs bei einem Schulausflug in die Petite Camargue hinter ein paar Bäumen aufgelauert, und er hatte sich vor Angst in die Hose gepinkelt. Während er nun auf Delphs Antwort wartete, verspürte er eine ähnliche Demütigung. Sie zuckte die Achseln, als wäre es ihr egal.

»Samstag bin ich im Johnny's«, sagte sie, dann ging sie, um die wartenden Gäste zu bedienen. Raymond nickte vor sich hin, während er sich Delphs Worte sorgsam einprägte. Er hatte keine Ahnung, wo oder was das Johnny's war, aber er konnte es sich nicht verkneifen, sich umzusehen, ob jemand seinen Triumph mitbekommen hatte. Der Mann mit dem pockennarbigen Gesicht zwinkerte ihm zu und machte eine anzügliche Bewegung mit der Faust.

Raymond legte ein paar Münzen auf den Zinnteller und stand auf, wobei seine Tasche laut gegen die Lehne des Stuhls schlug, auf dem Delph gesessen hatte. Sie blickte nicht auf, als er an ihr vorbeiging. Es war noch nicht sechs Uhr.

11

Gorski wollte gerade die Wache verlassen. Es war halb elf. Abends war er mit Céline verabredet, und er fand, das Mindeste, was er tun konnte, war, zum Friseur zu gehen. Später würde er kurz nach Hause fahren, um zu duschen und sich ein frisches Hemd anzuziehen. Ohne von seiner Zeitung aufzusehen, rief Schmitt ihm zu: »Ach, Georges, das hätte ich fast vergessen.«

Gorski drehte sich um. Eine erschöpft aussehende Frau um die dreißig saß auf einem der Plastikstühle an der Wand rechts neben der Tür. Vor ihr auf dem Boden hockte ein etwa vierjähriger Junge und kritzelte auf ein paar Blättern Papier herum. Die Frau blickte von Schmitt zu Gorski. Ihre Anwesenheit hielt Gorski davon ab, den Empfangsbeamten zurechtzuweisen, weil er ihn mit dem Vornamen angesprochen hatte.

»Da hat jemand für Sie angerufen. Aus Straßburg. Ein Kommissar Larousse, Lamour oder so.«

»Lambert?«, fragte Gorski knapp.

»Ja, genau«, sagte Schmitt. »Lambert.«

»Wann war das?«

Schmitt blies die Backen auf und sah zur Decke. »Vor 'ner Stunde. Oder zwei.«

Für einen Moment vergaß Gorski die Anwesenheit der Frau. »Sie sind ein Arschloch, Schmitt.«

Der Junge sah von seinem Bild auf. Schmitt schaute mit unschuldiger Verwunderung zu der Frau. Gorski marschierte kopfschüttelnd zurück in sein Büro. Er riss den Hörer von der Gabel und begann zu wählen. Dann zögerte er. Er legte wieder auf. Vielleicht war es nach ihrem letzten Gespräch gar nicht verkehrt, etwas abzuwarten, bevor er Lambert zurückrief. Schließlich sollte Lambert nicht denken, er hätte nichts Besseres zu tun, als hier herumzusitzen wie ein liebeskrankes Schulmädchen und darauf zu warten, dass sein Kollege aus der großen Stadt anrief. Vielleicht sollte er sogar warten, bis Lambert sich erneut meldete. Aber das wäre kindisch. Lambert hätte nicht angerufen, wenn es nicht wichtig wäre, und es war ja schon einige Zeit vergangen.

Als man ihn durchstellte, nahm Lambert beim ersten Klingeln ab.

»Georges!«, sagte er, als wären sie auf einmal die besten Freunde. »Wie geht es Ihnen?«

»Gut«, erwiderte Gorski kühl. »Was kann ich für Sie tun?«

»Ich habe über diesen Verdächtigen nachgedacht, von dem Sie mir erzählt haben«, begann Lambert.

»Welchen Verdächtigen?«

»Den Kerl, der den Unfall hatte.«

»Ah, Barthelme«, sagte Gorski, als hätte er die Sache ganz vergessen. »Sie hatten bestimmt recht. Es gibt keinen Grund zu der Annahme, dass er etwas mit dem Mord zu tun hatte.«

»Aber es kann ja trotzdem nicht schaden, ihn als möglichen Verdächtigen auszuschließen, oder?«

»Nein, wahrscheinlich nicht.«

»Gut«, sagte Lambert. »Meinen Sie, Sie könnten mir eine Fahrt zu Ihnen ersparen und ihm ein paar Fragen stellen?«

»Würde ich gerne tun«, erwiderte Gorski. »Es gibt nur ein kleines Problem: Er ist tot. Er ist bei dem Unfall ums Leben gekommen.«

»Ah.« Lambert schnalzte leise mit der Zunge. »Na ja, vielleicht ist das ja sogar ganz gut. Sie sagten, er hätte gelogen, was seine Pläne für den Abend anging?«

»Er hat seiner Frau gesagt, er würde mit ein paar Geschäftskollegen zu Abend essen.«

»Hmm.« Lambert schnalzte erneut, dann fragte er, ob die Beerdigung schon stattgefunden hatte.

»Der Leichnam ist noch im Leichenschauhaus in Mülhausen. Er soll in ein paar Tagen freigegeben werden.«

»Wissen Sie was, Georges, Sie würden mir einen großen Gefallen tun, wenn Sie seine Fingerabdrücke nehmen und sie mir hierherbringen könnten.«

Abgesehen von seinem wichtigen Termin beim Friseur, gab es nichts, was Gorski daran gehindert hätte. »Ich habe im Moment ziemlich viel zu tun«, sagte er. »Aber ich könnte vielleicht ein paar Sachen verschieben.«

»Das wäre großartig, Georges. Ich bin Ihnen wirklich sehr verbunden. Ich lade Sie auch zum Essen ein.«

Gorski willigte ein. Zumindest würde Céline beeindruckt sein, wenn sie hörte, dass er an einem Mordfall in Straßburg mitarbeitete.

»Wunderbar«, sagte Lambert. »Und es wäre gut, wenn Sie auch ein Foto von dem Verdächtigen auftreiben könnten.«

»Ich schaue, was ich tun kann.« Gorski verspürte eine gewisse Befriedigung darüber, dass Lambert gezwungen war, ihn um einen Gefallen zu bitten. Er trommelte mit den Fingern auf die Tischplatte. Er hatte schon seit Jahren keine Fingerabdrücke mehr genommen. Solche Banalitäten übernahm für gewöhnlich Schmitt oder wer sonst gerade am Empfang saß. Er holte die Sachen, die dafür nötig waren, und ging, ohne jemandem zu sagen, wohin er wollte. Die Frau im Wartebereich war verschwunden, aber die Bilder ihres Sohns und ein paar Buntstifte lagen noch auf dem Fußboden.

Gorski hatte Mühe, in den engen Straßen rund um die Rue de la Nuée-Bleue einen Parkplatz zu finden. Im Untergeschoss der Straßburger Wache war ein Parkhaus, aber er wusste nicht, ob er es benutzen durfte. Schließlich musste er ein gutes Stück zu Fuß gehen. Der Himmel war bedeckt, und als er ankam, schwitzte er leicht. Lambert kam zum Eingang herunter und begrüßte Gorski mit schwungvollem Handschlag, dann führte er ihn durch einen Flur. Alle, die ihnen unterwegs begegneten, sprachen Lambert respektvoll mit »Chef« an.

»Haben Sie die Fingerabdrücke?«, fragte er.

Gorski nickte. Er war überrascht, dass Lambert seinem Besuch so eine Dringlichkeit beimaß. Offenbar steckten die Ermittlungen in einer Sackgasse. Lambert stieß eine Tür mit Milchglasscheibe auf und bat Gorski herein.

Er nahm Gorski den Umschlag ab, den dieser in der Hand hielt, und gab ihn einem Mann von ungefähr fünfzig Jahren mit blassem Gesicht, zerzaustem Haar und deutlich unrasiertem Kinn. Lambert stellte ihn als Boris vor. Auf seinem Schreibtisch stand ein überquellender Aschenbecher. Boris sei der beste Mann für Fingerabdrücke in ganz Frankreich, erklärte Lambert. »Oder jedenfalls der Beste, der mir bisher begegnet ist.«

»Und wie viele sind Ihnen schon begegnet?«, fragte Boris. Er hatte sich eine Brille aufgesetzt und musterte Barthelmes Abdrücke, die er sich dicht vors Gesicht hielt.

»Nur Sie, mein Guter«, erwiderte Lambert.

Boris stieß einen müden Seufzer aus. Gorski hoffte, dass die Abdrücke verwertbar waren. Es war nicht einfach gewesen, von einem Toten, der im Leichenschauhaus in einem Kühlfach lag, Fingerabdrücke zu nehmen. Die Totenstarre war zwar vorüber, aber ohne eine feste Unterlage, auf die er die Karte legen konnte, war es schwierig gewesen, saubere Abdrücke zu bekommen. Die Karte, die Boris in der Hand hielt, zeigte Gorskis vierten Versuch. Der Techniker räusperte sich geräuschvoll und spuckte in den Papierkorb, der neben ihm auf dem Boden stand. Er schaltete die Lampe des Mikrofiche-Geräts auf seinem Schreibtisch ein.

»Ich sehe sie mir an«, sagte er. »Aber machen Sie sich nicht zu viele Hoffnungen.«

»Tun Sie, was Sie können«, sagte Lambert.

Die Abdrücke auf dem Mikrofiche wurden auf den Umfang einer Männerhand vergrößert. Boris sah sie in schnellem Tempo durch, wobei er Barthelmes Abdrücke zum Vergleich links danebenhielt. Für Gorski sahen die Bilder kaum anders aus als Flecken. An einer Stelle hielt Boris an und wanderte ein Stück zurück. Er hielt die Karte näher an den Schirm, dann räusperte er sich erneut und suchte weiter. Schließlich schaltete er den Apparat ebenso abrupt aus, wie er ihn eingeschaltet hatte, und reichte die Karte über seine Schulter nach hinten.

»Danke, dass Sie meine Zeit verschwendet haben«, sagte er.

»Gern geschehen«, erwiderte Lambert. Er wirkte nicht allzu enttäuscht.

Zehn Minuten später saßen Gorski und Lambert in einer kleinen Eckbar an der Rue Marbach, nicht weit von der Wache entfernt. Sie bestand aus einem schmalen Schlauch mit einem langen zinkverkleideten Tresen. Ganz hinten standen drei Tische in nahezu völliger Dunkelheit. Vor den Fenstern hingen fleckige Gardinen, und die Fensterbank darunter war mit toten Fliegen übersät. Eine geschwächte Wespe kroch zwischen den Leichen umher. Am Tresen saß ein Mann mit einer zu großen Mütze, dem der Kopf auf die Brust gesunken war. Lambert trat im Vorbeigehen gegen seinen Hocker, und er wachte erschrocken auf. Der Barkeeper nickte dem

Kommissar zu und stellte zwei Marc auf den Tresen. Lambert prostete Gorski zu, kippte den Drink mit einem Schluck hinunter und bleckte die Zähne, als der Alkohol seinen Rachen traf. Gorski folgte seinem Beispiel, und Lambert machte ein Zeichen, dass sie noch zwei nahmen. Dann führte er Gorski zu einem der Tische im hinteren Bereich.

Lambert lehnte sich gegen die Rückwand und legte die Füße auf die Bank. Er trug hellbraune Slipper und gestreifte Socken. Céline würde es gefallen. Er zündete sich eine Zigarette an. Es war ungefähr halb drei, aber es hätte ebenso gut Mitternacht sein können, so dunkel war es hier hinten. Die Einladung zum Mittagessen schien Lambert vergessen zu haben.

»Erzählen Sie mir, was Sie über diesen Barthelme wissen«, sagte er.

Gorski sah ihn überrascht an. In Anbetracht dessen, dass der Rechtsanwalt eben als möglicher Verdächtiger ausgeschlossen worden war, erschien ihm das ziemlich sinnlos.

Lambert schüttelte den Kopf. »Ganz im Gegenteil, mein Freund«, sagte er. »Die Sache ist nämlich so: Überall in der Wohnung sind Fingerabdrücke, die des Opfers natürlich und noch etliche andere. Aber ...«, er hob den Zeigefinger, um die Bedeutung dessen, was nun kam, zu unterstreichen, »auf dem Tisch im Wohnzimmer standen zwei Gläser, beide mit Resten von Whisky. Das eine Glas war mit Fingerabdrücken übersät – von der unglücklichen Véronique –, auf dem anderen war gar nichts. Und ebenso auf der inneren Klinke der Wohnungstür und den Armlehnen des Sessels, wo der große Unbekannte gesessen hat.«

Er schwieg einen Moment, damit Gorski diese Information aufnehmen konnte, dann schloss er: »Also war der Mörder offenbar so vorausschauend, sein Glas und alle anderen Oberflächen, die er berührt hatte, abzuwischen.«

»Oder er trug Handschuhe«, sagte Gorski.

Lambert schüttelte den Kopf. »Sie haben zusammen da gesessen und etwas getrunken. Es hätte ziemlich seltsam gewirkt, wenn er dabei Handschuhe angehabt hätte. Und selbst wenn er Handschuhe getragen hätte, müssten auf den Oberflächen zumindest andere Fingerabdrücke sein, aber da waren gar keine. Sie sind weggewischt worden. Und zwar gründlich. Wenn wir also Maître Barthelmes Abdrücke in der Wohnung gefunden hätten, dann könnten wir ihn als Verdächtigen ausschließen. Jeder, dessen Fingerabdrücke noch da sind, ist aus dem Schneider.«

Gorski malte sich die Reaktion des Untersuchungsrichters aus, wenn er ihm erklärte, dass das Fehlen von Fingerabdrücken als Beweis für die Schuld eines Verdächtigten herhalten sollte. Dennoch war Lamberts Argumentation vollkommen logisch. Der Barkeeper kam zu ihrem Tisch.

»Noch zwei?«, fragte er. Was allerdings überflüssig war, da er bereits zwei gefüllte Gläser mitbrachte und auf den Tisch stellte.

»Gute Idee«, sagte Lambert. Er wartete, bis der Barkeeper wieder hinter dem Tresen war, bevor er weitersprach. »Also, erzählen Sie mir von ihm.«

Gorski schilderte, was er wusste, wobei er Barthelme absichtlich so rechtschaffen wie möglich erscheinen ließ.

»Diese Lügerei gegenüber seiner Frau, wie lange lief das schon?«

»Ich nehme an, so lange wie sie verheiratet waren.«

»Und Madame Barthelme?«

»Sie ist jünger«, sagte Gorski. »Deutlich jünger.«

Lambert runzelte die Stirn, als passe das nicht zu dem, was er erwartet hatte.

»Attraktiv?«

Gorski zuckte die Achseln. »Na ja, doch, schon.«

Lambert stieß ihm spielerisch mit der Faust gegen die Schulter.

Gorski ignorierte es. »Offenbar hatten sie getrennte Schlafzimmer.«

Lambert lachte. »Also hat der alte Hund seine Eier anderswo ausgeleert! Jetzt wird's interessant. Sie müssen noch ein bisschen mehr aus der Witwe herauslocken. So, wie Sie sie schildern, dürfte das ja keine allzu qualvolle Aufgabe sein.«

Gorski wandte ein, er habe keine rechtliche Grundlage, um sie weiter zu befragen.

Lambert machte eine wegwerfende Handbewegung. Solche Feinheiten kümmerten ihn nicht. Er leerte sein Glas und stand auf.

»Wollen Sie einen Blick auf den Tatort werfen? Er ist gleich hier um die Ecke«, sagte er. »Vielleicht sehen Sie ja etwas, das mir entgangen ist.«

Gorski kam nicht umhin, sich geschmeichelt zu fühlen. Lambert verschwand auf die Toilette. Kurz darauf kam er zurück, noch damit beschäftigt, seine Hose zu schließen, und sie verließen die Bar, ohne zu bezahlen. Ein leichter Regen hatte eingesetzt. Lambert ging so schnell, dass Gorski immer wieder ein paar Laufschritte einlegen musste, um hinterherzukommen.

Die Wohnung von Véronique Marchal lag am Quai Kellermann. Es gab keinen Concierge. Man kam über einen Code ins Haus, der in das Zahlenfeld aus Messing neben dem Eingang eingetippt werden musste. Der Gendarm, der neben der kunstvoll verzierten Tür Wache hielt, trat zur Seite. Die Wohnung war modisch eingerichtet: kuppelförmige orangefarbene Lampenschirme aus Plastik, braune Strukturtapeten an den Wänden, Sofas und Sessel aus weißem Leder. Der Teppich war so dick, dass Gorski mit dem Schuh darin hängen blieb. Es war schwer, sich den asketischen Barthelme in so einer Umgebung vorzustellen. Lambert führte Gorski ins Wohnzimmer. Die hohen Fenster mit dem schmalen Balkon davor gingen zum Kanal hinaus. Lambert ratterte den Ablauf der Geschehnisse herunter, als handele es sich um einen Fußballkommentar: »Mademoiselle Marchal lässt den Mann herein ... Sie bietet ihm einen Drink an ... Sie setzt sich hierhin, er dorthin ... Sie plaudern zumindest so lange, dass sie ihren Whisky austrinken können ... Dann gehen sie ins Schlafzimmer ...«

Gorski blickte auf den Beistelltisch aus Rauchglas, dessen Oberfläche mit einer Schicht Fingerabdruckpulver bedeckt war. Lambert ging ihm voran ins Schlafzimmer. Er zeigte auf die Seidenbänder, mit denen Mlle Marchals Handgelenke an die Bettpfosten gefesselt worden waren. »Keine Anzeichen von Gegenwehr, wir können also davon ausgehen, dass bis zu diesem Punkt alles in gegenseitigem Einvernehmen geschah.« Er blieb in der Mitte des Raums stehen und sah hinunter auf die zerknüllten Laken. »Dann erdrosselt er sie. Da kein Geschlechtsverkehr stattfand, vermute ich, dass der Mord geplant war und nicht das Ergebnis allzu wilder Spielereien. Was auch zu der Tatsache passt, dass der Täter die Umsicht besaß, alles abzuwischen, was er angefasst hatte.«

Er sah Gorski an. Gegen diese Schlussfolgerungen war wenig einzuwenden.

»Eine Wohnung wie diese«, er deutete um sich, »ist nicht billig. Mademoiselle Marchal besaß kein Bankkonto, aber in einem Behälter im Kühlschrank waren einige Tausend Franc, und im Badezimmerschrank noch mehr. Aber es gab kein Notizbuch mit einem Verzeichnis der Kunden oder etwas in der Art. Entweder hat sie nichts aufgeschrieben, oder der Mörder wusste, wo sie ihre Unterlagen aufbewahrte, und hat sie mitgenommen. In Barthelmes Auto haben Sie nicht zufällig so etwas gefunden, oder?«

Gorski schüttelte den Kopf.

Sie waren inzwischen wieder ins Wohnzimmer zurückgekehrt. Gorski hätte gerne ein paar eigene Überlegungen beigetragen, aber Lamberts Version der Geschehnisse war ziemlich plausibel. Als er nun noch einmal ins Schlafzimmer trat, tat er es nur, um den Eindruck zu erwecken, er sei tief in Gedanken. Er ging langsam um das Bett herum und stellte sich die Frau, von der er nur ein verschwommenes Bild in der Zeitung gesehen hatte, an die Pfosten gefesselt vor. Ihm war bewusst, dass Lambert ihn durch die offene Tür beobachtete. Er versuchte mit aller Macht, irgendeine originelle Eingebung hervorzubringen, aber es kam nichts.

Als sie wieder draußen im Hausflur waren, klopfte Lambert an der Wohnungstür gegenüber. Er fragte Gorski, ob er ein Foto von dem »Verdächtigen«, wie er ihn jetzt nannte, dabeihatte. Gorski zog es aus der Innentasche seines Mantels. Es war eine körnige Vergrößerung des Fotos aus Barthelmes Ausweis. Lambert betrachtete sie skeptisch, dann zuckte er die Achseln, als sei die Qualität des Bildes nicht weiter von Bedeutung.

Gorski hörte keine Schritte in der Wohnung, bevor die Tür geöffnet wurde.

»Professor Weismann«, sagte Lambert in jovialem Tonfall. »Ich hoffe, Sie verzeihen mir, dass ich Sie noch einmal störe.«

»Freut mich, Sie zu sehen, Kommissar Lambert. Bitte kommen Sie herein.«

Lambert stellte ihm Gorski vor. Weismann musterte ihn misstrauisch, dann gab er ihm kraftlos die Hand. Er war etwa Mitte fünfzig und trug eine ausgebeulte Kordhose, ein schmuddeliges kragenloses Hemd und eine grüne Strickjacke, deren mittlerer Knopf nur noch an einem einzigen Faden hing. Er hatte Filzpantoffeln an den Füßen und roch stark nach Rasierwasser. Er führte sie in ein großes und außergewöhnlich unordentliches Arbeitszimmer. An der längsten Wand reihten sich Bücherregale aneinander, und davor stand ein altmodischer Schreibtisch mit einer Schreibmaschine in der Mitte. Fast der gesamte Fußboden war mit Kartons voller Zeitungen und anderer Papiere bedeckt.

Lambert wandte sich zu Gorski. »Professor Weismann ist ein bekannter Historiker.«

»Ich fürchte, Ihr Kollege übertreibt ein wenig. Ich bin kein Professor«, sagte Weismann bescheiden.

»Aber Sie sind doch ein Experte auf Ihrem Feld, oder nicht?«

»Nun ja, das wohl«, sagte er. »Interessieren Sie sich für die Zeit der Reformation, Monsieur Gorski?«

Gorski lächelte unverbindlich.

»Ich vertrete die Ansicht, dass das Luthertum, obwohl es ihm hierzulande nicht gelang, sich durchzusetzen ...«

»Faszinierendes Thema«, unterbrach ihn Lambert. Da es nirgends eine Möglichkeit gab sich hinzusetzen, standen die drei Männer etwas befangen in der Mitte des Raums. Lambert fragte den Historiker, ob er sich ein Foto ansehen könne.

»Noch einer von Ihren Verdächtigen, Kommissar?«

»Nur jemand, den wir gerne von unseren Ermittlungen ausschließen würden«, erwiderte Lambert.

Er gab ihm das Foto. Weismann hielt es sich dicht vors Gesicht und musterte es mit zusammengekniffenen Augen.

»Sehen Sie schlecht, Monsieur?«, fragte Gorski.

»Nur beim Lesen«, erwiderte der Historiker knapp.

»Professor Weismann ist öfter Männern im Treppenhaus begegnet oder hat sie zufällig hier oben im Flur gesehen«, erklärte Lambert.

»Manchmal, wenn Mademoiselle Marchal Besuch bekam, dachte ich, es hätte bei mir geläutet, wissen Sie«, fügte Weismann hinzu.

Gorski lächelte dünn. Er hatte beim Hereinkommen den Hocker hinter der Wohnungstür bemerkt. »Und haben Sie an dem Abend, als der Mord geschah, jemanden in Mademoiselle Marchals Wohnung gehen sehen?«, fragte er.

»Leider nein«, erwiderte Weismann und ließ ein wenig den Kopf hängen.

Lambert ließ ihm einen Moment Zeit, das Foto zu betrachten, bevor er ihn fragte, ob er den Mann kannte. Weismann schürzte die Lippen und schüttelte langsam den Kopf.

»Es ist keine besonders gute Aufnahme, aber ich glaube, nicht.«

»Aber wenn Sie die Männer, die Mademoiselle Marchals Wohnung betraten, nur von hinten gesehen haben, können Sie nicht mit Sicherheit sagen, dass dieser Mann nicht dabei war, oder?«

Da stimmte Weismann ihm zu.

Lambert wandte sich zu Gorski. »Wie groß war Maître Barthelme?«

»Einen Meter fünfundachtzig.« Barthelmes Körpergröße hatte im Autopsiebericht gestanden.

»War jemand von den Männern, die Sie gesehen haben, so groß, Monsieur Weismann?«

»Nun ja, ich glaube schon.«

»Und trug jemand von den Männern einen Bart und gepflegte Kleidung?«

»Oh, alle Männer, die Mademoiselle Marchal empfing, waren gut gekleidet. Das war kein Gesindel.« Er schien ein wenig stolz auf die Qualität ihrer Kundschaft zu sein.

»Und ich nehme an«, fuhr Lambert fort, »wenn Ihnen einer dieser Männer auf der Treppe begegnete, blieb er angesichts des Zwecks seines Besuchs sicher nicht stehen, um ein Schwätzchen zu halten. Im Gegenteil, er wird wohl eher mit gesenktem Kopf an Ihnen vorbeigeeilt sein.«

»In der Tat, Kommissar«, sagte Weismann mit verschwörerischem Lachen. »Da haben Sie vollkommen recht.«

Gorski verfolgte die Szene mit einer Mischung aus Bewunderung und Bestürzung. In wenigen Augenblicken würde Lambert den Historiker überzeugt haben, dass er Barthelme tatsächlich gesehen hatte.

»Somit können Sie also nicht mit Bestimmtheit sagen, dass dieser Mann nicht einer von denen war, die Sie gesehen haben?«

Er gab Weismann das Foto erneut. Diesmal holte der Historiker seine Lesebrille vom Schreibtisch und setzte sie auf. Er zog eine ernste Miene, als hinge viel von seinem Urteil ab.

»Er hat auf jeden Fall ein markantes Gesicht.« Er nickte langsam, dann schnalzte er leise mit der Zunge, als könne er seinen Irrtum von eben nicht nachvollziehen. »Jetzt, wo ich ihn mir noch einmal ansehe – ja, da ist eine gewisse Ähnlichkeit mit einem Herrn, den ich ein paarmal hier gesehen habe.«

»Und dieser Herr hat Mademoiselle Marchals Wohnung betreten?«

»Ich könnte nicht beschwören, dass es derselbe Mann ist, aber wie ich schon sagte, es gibt eine gewisse Ähnlichkeit. Es ist kein sehr gutes Foto.«

»Und dieser Mann, den Sie gesehen haben«, fuhr Lambert fort, »wie würden Sie ihn beschreiben?«

Weismann blickte zur Decke, dann zählte er mit ernster Miene auf: »Groß, gut gekleidet, mit Bart. Etwas älter als der Mann hier. Aber vielleicht ist das Foto nicht ganz aktuell.«

Gorski wollte etwas einwenden, aber Lambert brachte ihn mit einem kurzen Kopfschütteln zum Schweigen. Er entschuldigte sich bei Weismann für die Störung und führte Gorski Richtung Tür. Weismann entschuldigte sich seinerseits dafür, dass er ihnen nicht mehr helfen konnte, und versicherte Lambert, er sei ihm jederzeit herzlich willkommen. »Nächstes Mal muss ich Ihnen einen Schnaps anbieten.«

Lambert erwiderte, das sei überaus freundlich von ihm.

Im Hausflur zwinkerte Lambert Gorski zu und legte den Zeigefinger auf die Lippen. Erst als sie draußen auf dem Gehweg waren, verkündete er: »Darauf müssen wir anstoßen.«

Sie kehrten zu der kleinen Bar an der Ecke der Rue Marbach zurück. Der Mann mit der Mütze war durch einen winzigen Mann mit einem viel zu großen Anzug ersetzt worden. Er hatte ein Glas Weißwein vor sich.

»Tag, Kommissar«, sagte er, als Lambert hereinkam.

»Freut mich, dass Sie sauber bleiben, Robideaux«, sagte Lambert im Vorbeigehen.

Sie setzten sich an denselben Tisch wie zuvor. Der Barkeeper kam herbei.

»Eine Flasche Roten, Karl«, sagte Lambert. »Was Anständiges.«

An der Wand gegenüber dem Tresen hing eine Art-déco-Uhr. Es war Viertel nach vier. Gorski war erst um acht mit Céline verabredet. Das mit dem Friseurbesuch würde er nicht mehr schaffen, aber er hatte noch jede Menge Zeit. Falls nötig, musste er nicht einmal mehr nach Hause zurück, um sich umzuziehen.

Sie stießen an. »Salut«, sagte Lambert. »Und Glückwunsch!«

Gorski wusste nicht so recht, wozu er beglückwünscht wurde, aber er nickte nur. Die beiden Männer probierten den Wein.

»Nicht übel«, sagte Lambert anerkennend. »Vom Weißen kriege ich immer Sodbrennen.«

Obwohl Gorski nur einen kleinen Schluck getrunken hatte, schenkte Lambert ihm nach. Er lockerte seine Krawatte und öffnete den obersten Hemdknopf. Am Handgelenk trug er eine schwere goldene Uhr. Er beugte sich über den Tisch, als wolle er etwas Vertrauliches sagen.

»Wissen Sie, Georges, um ehrlich zu sein, fand ich Sie ein bisschen langweilig. Ich dachte, Sie wären einer von diesen überkorrekten Hinterwäldlern, aber ich bin der Erste, der es zugibt, wenn er sich geirrt hat.«

Gorski sagte nichts.

»Von Ihrer Sorte könnten wir hier ein paar mehr gebrauchen. Heutzutage gibt es einfach zu viele junge Grünschnäbel von der Uni. Sie haben Ihren Job noch richtig gelernt.«

»Das würde ich nicht sagen«, wandte Gorski ein.

»Und genau das ist Ihr Problem. Sie sind zu bescheiden. Sagen Sie mir eins: Was hat Sie dazu gebracht, mich wegen Barthelme anzurufen? Die Vorschriften?« Er schüttelte theatralisch den Kopf. »Nein, das hier!« Er tippte sich an die Nase. »Und das können Sie nicht aus einem Buch lernen.«

Gorski machte eine abwiegelnde Handbewegung, aber er hatte nicht die Absicht, dem Straßburger Kollegen seine positive Meinung über ihn auszureden. Er trank einen großen Schluck Wein. Es tat gut, mit diesem erfolgreichen Kerl, der kein einziges Mal auf die Uhr gesehen oder angedeutet hatte, dass er los musste, hier in dieser dunklen Bar zu sitzen.

Ob es nun am Wein lag oder an Lamberts Lobreden, jedenfalls begann er sich allmählich wohler zu fühlen. »Trotzdem bezweifle ich, dass Monsieur Weismann morgen immer noch so sicher ist, dass er Barthelme gesehen hat.«

Lambert hob den Zeigefinger. »Da irren Sie sich, Georges. Wenn Weismann morgen früh aufwacht, wird er sogar noch überzeugter davon sein. Deshalb habe ich den Rückzug angetreten. Versuchen Sie nie, einen Zeugen unter Druck zu setzen. Vielleicht habe ich ein Samenkorn in Weismanns Kopf gesät, aber je mehr er denkt, dass es seine eigene Idee gewesen ist, desto hartnäckiger wird er daran festhalten.«

»Aber es war nicht seine eigene Idee.«

»Das ist doch ganz egal. Was zählt, ist, dass er glaubt, es wäre seine Idee gewesen. Wenn ich morgen noch mal zu ihm gehe und sage: ›Ach, Monsieur Weismann, ich glaube, Sie haben sich geirrt bei dem, was Sie mir gestern erzählt haben‹, dann wette ich, dass er Stein und Bein schwört, er hätte Barthelme mehrfach gesehen und sogar ein paarmal mit ihm gesprochen. So ist die menschliche Natur!«, sagte er mit einem Lachen. Er leerte sein Glas in einem Zug und schenkte sich nach.

Gorski hatte nichts übrig für die »menschliche Natur«. Das war eine Ausrede, die die Leute gerne vorbrachten, um sich der Verantwortung für ihre Taten zu entziehen. Er behielt diesen Gedanken jedoch für sich und bemerkte lediglich, dass es schwierig sein würde, einen Untersuchungsrichter von der Glaubwürdigkeit einer solchen Aussage zu überzeugen.

Lambert machte eine wegwerfende Handbewegung. »Ich brauche Ihnen doch sicher nicht zu erklären, wie nützlich es ist, ein paar Freunde auf der anderen Seite zu haben.«

Gorski war noch nie auf den Gedanken gekommen, die Untersuchungsrichter könnten zur »anderen Seite« gehören, doch wiederum hielt er den Mund.

»Aber in einem Punkt haben Sie recht«, fuhr Lambert fort. »Wir werden unterstützendes Beweismaterial brauchen. Schließlich hat Mademoiselle Marchal ja nicht von Luft und Liebe gelebt.« Was sie bräuchten, sagte er, wäre ein Blick auf Barthelmes Kontoauszüge. »Meinen Sie, Sie kriegen das hin?«

Gorski starrte ihn an. Ihm wurde ein wenig flau. »Es könnte schwierig werden, einen Durchsuchungsbeschluss zu bekommen.«

Lambert zog die Augenbrauen hoch. »Georges, das ist genau das, was ich von den Grünschnäbeln erwarten würde. Sie verstehen sich doch mit der Witwe, oder? Können Sie sie nicht ein wenig umgarnen?«

Gorski zündete sich eine Zigarette an. Lambert hatte recht mit seiner Einschätzung. Er war langweilig, provinziell und überkorrekt. Und nun, da er wider besseres Wissen einem Impuls nachgegeben hatte, fand er sich in einer Situation wieder, die ihm ganz und gar nicht behagte. Er hätte Lambert nie anrufen sollen.

Lambert begann die Geschichte eines Jungen zu erzählen, der seine Mutter erstochen hatte. Gorski war froh über den Themenwechsel, hörte jedoch kaum zu. Er betrachtete das breite, gut aussehende Gesicht seines Straßburger Kollegen. In der Wache nannten ihn alle »Chef«.

Aber man musste sich in Acht nehmen. Gorski verstand sehr gut, warum Weismann ihm auf den Leim gegangen war: Lambert zog die Menschen an, sie wollten ihm gefallen. Und er selbst war nicht besser. Hielt er nicht auch deshalb den Mund, weil er dankbar war, mit dem großen Philippe Lambert hier zu sitzen und Wein zu trinken, weil er das Gefühl haben wollte, zum Kreis der Auserwählten zu gehören?

»Der Junge ist mit fünf Jahren davongekommen«, schloss Lambert. »Mildernde Umstände, wie's aussieht. Scheiß auf mildernde Umstände. So was gibt's gar nicht.«

Gorski nickte gehorsam.

»Sie sollten sich hierher versetzen lassen, Georges«, sagte Lambert.

Gorski lachte nur. Früher wäre er auf einen solchen Vorschlag sofort angesprungen, aber er hatte schon lange den Ehrgeiz verloren, sich größeren Herausforderungen zu stellen. Saint-Louis war vielleicht provinziell und der Posten des dortigen Polizeichefs nicht sonderlich fordernd, aber da kannte er sich aus. Er hatte keine Lust, sich in die fragwürdigen Praktiken seiner Großstadtkollegen hineinziehen zu lassen. Trotzdem war er derjenige, der auf einer zweiten Flasche bestand.

12

Seit dem Unfall hatten Raymond und seine Mutter beim Abendessen kaum ein Wort gewechselt. Natürlich saßen sie auf denselben Plätzen wie zuvor. Es wäre für Raymond undenkbar gewesen, den Platz seines Vaters am Kopfende des Tisches einzunehmen, aber die unveränderte Sitzordnung hob seine Abwesenheit nur umso mehr hervor. Und vielleicht war das der Grund dafür, dass sie diese gedämpfte Verhaltensweise angenommen hatten. Sie hielten den Blick gesenkt, aßen ohne großen Appetit und sprachen, wenn überhaupt, nur das Allernötigste. Vor allem erwähnten sie den Unfall nicht. Sie boten das nahezu perfekte Bild einer ernsten, trauernden Familie. Raymond fragte sich, ob sie dieses Schauspiel für Thérèse aufführten, die gewiss beim geringsten Anzeichen von Heiterkeit die Stirn gerunzelt hätte. Andererseits konnte es aber ebenso gut sein, dass sie sich schlicht nichts zu sagen hatten und es einfacher war, die Haushälterin vorzuschieben, als sich das einzugestehen.

An diesem Abend jedoch schien Lucette entschlossen, die düstere Atmosphäre zu verscheuchen. Sie trug einen hellen Rock und eine gelbe Bluse und hatte, wie Raymond bemerkte, sogar ein wenig Rouge aufgetragen. Als Thérèse die Suppe hereinbrachte, fragte

Lucette sie auf übertrieben joviale Weise, ob sie nicht die Heizung einschalten könne. Sie erschauerte sogar ein wenig, um ihrer Bitte Nachdruck zu verleihen. In den meisten Haushalten wäre das nicht weiter bemerkenswert gewesen, aber bei den Barthelmes glich es einer kleinen Meuterei. Bisher war Lucette, wenn sie fror, nach oben gegangen, um sich eine Strickjacke zu holen. Die wenigen Male, als die Heizung tatsächlich eingeschaltet worden war, war dies auf Anordnung des Hausherrn geschehen, und dann auch nur, wenn es im Haus so kalt gewesen war, dass man seinen eigenen Atem sehen konnte. Im Winter hatte Maître Barthelme häufiger mit Schal und Handschuhen in seinem Arbeitszimmer gesessen, um den anderen Mitgliedern des Haushalts mit gutem Beispiel voranzugehen.

Thérèse antwortete auf Lucettes Bitte lediglich mit: »Natürlich, Madame.«

Als die Haushälterin den Raum verließ, warf Lucette ihrem Sohn einen verschwörerischen Blick zu. Dann holte sie tief Luft, und Raymond war klar, dass nun etwas kam, das sie sich sorgfältig zurechtgelegt hatte. Vermutlich ging es um die zweihundert Franc, die er gestohlen hatte. Nachdem sie ihm zunächst bon appétit gewünscht und einen Löffel von ihrer Suppe gegessen hatte, begann sie: »Es freut mich, dass du beschlossen hast, wieder zur Schule zu gehen, Raymond. Wir dürfen nicht die ganze Zeit nur trübsinnig hier im Haus herumhocken.« Das war die erste, wenn auch verhaltene Anspielung auf den Tod seines Vaters überhaupt. »Waren die anderen nett zu dir?«

Raymond nahm einen Löffel von seiner Suppe. Es war Blumenkohl. Er hatte nicht damit gerechnet, dass seine Mutter ihn fragen würde, wie es in der Schule gewesen war. Aber er freute sich, dass sie sich bemühte, die Stimmung aufzulockern, und er war stolz auf sie, weil sie gegen den Heizungsbann rebelliert hatte.

»Ich bin auch froh, dass ich hingegangen bin, Maman«, sagte er. »Natürlich wissen alle, was passiert ist.«

»Erzähl doch mal, wie es war.« Lucettes Munterkeit wirkte etwas gezwungen. Vielleicht wusste sie bereits, dass er gar nicht in der Schule gewesen war, und wollte sehen, wie lange er die Lüge aufrechterhalten würde. Doch Raymond konnte sich nicht vorstellen, dass seine Mutter zu so einer List griff. Er hatte sie immer offen und aufrichtig erlebt. Deshalb war sie so leicht zu täuschen. Sein Vater hingegen hatte jede noch so kleine Lüge sofort durchschaut, und selbst als Raymond noch klein gewesen war, hatte er sich nicht gescheut, sein Arsenal von Anwaltstricks einzusetzen, um die Wahrheit aus ihm herauszubekommen. Aber Lucette hatte ganz sicher keine Hintergedanken. Bestimmt versuchte sie nur, sich von Bertrands Griff, unter dem sie noch immer standen, zu befreien.

Also spielte Raymond das Spiel mit. »Madame Delarue hat mich nach der Stunde noch dabehalten und gefragt, wie es mir geht. Sie hat gesagt, wenn ich mal plötzlich gehen muss oder so, dann soll ich es einfach tun.« Und um die Lüge – die ihm ohnehin leicht von den Lippen gegangen war – noch ein wenig auszuschmücken, fügte er hinzu: »Die Situation war ihr offenbar ein bisschen unangenehm. Sie hat die ganze Zeit, während wir gesprochen haben, auf ihre Fingernägel geschaut. Aber sie war nett. Alle waren nett. Und alle haben gesagt, ich soll dir ihr Beileid ausrichten.«

Er blickte von seiner Suppe auf. Lucette schien sich zu freuen.

»Ich bin sehr stolz auf dich, Raymond. Und das wäre dein Vater bestimmt auch.«

Raymond schnaubte nur verächtlich.

»Und was war sonst noch?«, fragte sie aus Angst, dass sonst das Schweigen zurückkehren würde.

Früher hätte Raymond darauf nur einsilbig geantwortet, aber nun, da er das Gefühl hatte, sie hätten eine Art Pakt geschlossen, ließ er sich lang und breit darüber aus, wie schwer er sich mit dem Französischunterricht tat. Der Roman, den sie gerade durchnahmen, sei schrecklich langweilig, und dass er eine Woche gefehlt hatte, mache das Ganze natürlich nicht einfacher. Aus schierer Kühnheit fuhr er sogar mit seinem Monolog fort, als Thérèse hereinkam, um die Suppenteller abzuräumen. »Das Problem bei Zola«, sagte er, »ist, dass man sich überhaupt keine eigene Meinung über die Figuren bilden kann, weil er sie immer schon vorab verurteilt.« Er hielt inne, um Luft zu holen.

Lucette nickte ernst. »Ich habe mich mit Zola in der Schule auch immer schwergetan. Diese endlosen Beschreibungen!«

»Genau!«, sagte Raymond. Sie lächelten einander an und freuten sich über diese Gemeinsamkeit. Thérèse brachte den Hauptgang. Es gab Lammbraten. Als sie ihnen die Teller servierte, wünschte sie ihnen erneut bon appétit, aber in ihrem Tonfall lag so viel Gereiztheit, dass es eher klang, als wollte sie sie ermahnen, mit dem kindischen Geplapper aufzuhören.

Lucette ignorierte es, oder vielleicht bemerkte sie es auch gar nicht. Mit einem Blick zu Raymond fragte sie: »Gibt es heute Abend keinen Wein, Thérèse?«

Thérèse nickte nur knapp und ging in die Küche, um eine Flasche zu holen. Raymond fiel die Aufgabe zu, sie zu öffnen. Er nahm den Korkenzieher aus der Schublade in der Anrichte und ahmte die Handgriffe nach, die er bei seinem Vater so viele Male gesehen hatte. Als er seine Aufgabe erfüllt hatte, schenkte er seiner Mutter ein Glas ein und dann, auf ihre Einladung hin, auch sich selbst. Thérèse ging wieder hinaus. Sie schaffte es, mit einer winzigen Änderung ihres Gangs ihr Missfallen zum Ausdruck zu bringen.

Sie aßen ein paar Minuten schweigend. Es war Thérèse gelungen, die gelöste Stimmung, die sie gemeinsam geschaffen hatten, zu ersticken, und Raymond fiel außer ein paar Banalitäten partout nichts ein, was er hätte sagen können.

Schließlich sagte Lucette: »Yvette hat angerufen.« Sie versuchte, es so klingen zu lassen, als wäre es ihr eben erst wieder eingefallen, aber sie war keine gute Schauspielerin. Raymond fragte sich, ob sie ihm auf diese Weise mitteilen wollte, dass sie die ganze Zeit gewusst hatte, dass er gar nicht in der Schule gewesen war. Denn wenn er da gewesen wäre, hätte Yvette keinen Grund gehabt, bei ihnen anzurufen. Seine Mutter mochte Yvette, und es ärgerte Raymond, dass die beiden sich so gut verstanden. Seine Mutter bekam in ihrer Gesellschaft etwas albern Mädchenhaftes, und Yvette sprach mit Lucette, als wären sie Freundinnen und nicht Angehörige zweier verschiedener Generationen. Bestimmt hatten sie sich eine ganze Weile unterhalten.

»So?«, erwiderte Raymond. »Wann denn?«

»Gegen vier.«

»Ich rufe sie nachher zurück.«

»Ich dachte, ihr hättet euch in der Schule gesehen«, sagte Lucette.

»Nein, wir hatten heute keinen gemeinsamen Kurs.«

»Aha«, sagte sie traurig. Offensichtlich wusste sie, dass Raymond log. Sie versuchte, ihre Verlegenheit dadurch zu überspielen, dass sie Raymond bat, ihr Wein nachzuschenken.

Sie bemühte sich um einen munteren Tonfall. »Du musst sie unbedingt mal zum Essen einladen, jetzt, wo ...« Um ein Haar hatte sie den Tod ihres Mannes erwähnt. Sie senkte den Blick auf ihren Teller. Sie hatte nur ein paar Bissen von ihrem Lamm gegessen.

»Mache ich«, sagte Raymond.

Das Gespräch erstarb, und es war eine Erleichterung, als Thérèse mit dem Nachtisch kam.

Da bat Lucette die Haushälterin, sich zu ihnen an den Tisch zu setzen. Thérèse setzte sich Raymond gegenüber und verschränkte die Arme vor der Brust. Lucette wurde sichtlich nervös. Sie fingerte an ihrem Haar herum und trank einen Schluck Wein, dann sagte sie, Thérèse habe sie über etwas in Kenntnis gesetzt, und sie wolle nichts weiter von Raymond als eine ehrliche Antwort. Raymond setzte eine Miene auf, als hätte er keine Ahnung, wovon sie sprach.

»Anscheinend ist heute Morgen eine gewisse Geldsumme aus dem Steinguttopf in der Küche verschwunden.«

»Aha«, sagte Raymond. Thérèse fixierte ihn über den Tisch hinweg, und die verschränkten Arme drückten ihren Busen nach oben. Raymond hatte damit gerechnet, dass sie seiner Mutter von dem verschwundenen Geld erzählen und diese sich wiederum verpflichtet fühlen würde, ihn darauf anzusprechen. Er hatte sagen wollen, dass er das Geld für ein Schulprojekt gebraucht hatte und sie so frühmorgens nicht hatte stören wollen. *Tut mir leid, Maman, ich habe ganz vergessen, es dir zu sagen.* Lucette würde ihn nicht nach Einzelheiten fragen. Aber er hatte nicht damit gerechnet, dass sie ihn in Thérèses Anwesenheit darauf ansprechen würde. Wahrscheinlich hatten sie diesen Plan im Laufe des Tages gemeinsam ausgeheckt. Er erwog kurz anzudeuten, dass Thérèse sich vielleicht irrte, aber so peinlich genau, wie sie jeden Centime abrechnete, wäre das unglaubwürdig.

Stattdessen sagte er in herausforderndem Tonfall: »Und ich nehme an, sie hat mich beschuldigt, das Geld genommen zu haben.«

»Niemand beschuldigt dich.« Lucette drehte ihr Weinglas zwischen den Fingern. »Aber wir dachten, da du heute Morgen in der Küche warst, könntest du vielleicht ein wenig Licht in die Angelegenheit bringen.«

Er wusste, er brauchte einfach nur zuzugeben, dass er das Geld genommen hatte, und damit wäre die Sache erledigt, aber er wollte Thérèse gegenüber keine Niederlage eingestehen.

Er zuckte die Achseln. »Tja, kann ich aber nicht.«

Lucette wirkte ein wenig überfordert. Sie sah zu Thérèse, doch die Haushälterin ließ Raymond nicht aus den Augen.

»Wenn du Geld brauchst, Raymond«, fuhr sie fort, »dann frag mich einfach. Aber es kann nicht angehen, dass du stiehlst.«

Ihm blieb kein anderer Ausweg. »Ich habe das Geld nicht gestohlen«, brüllte er. Dann zeigte er mit ausgestrecktem Finger auf Thérèse, obwohl ihm selbst klar war, wie albern und theatralisch das wirken musste. »Vielleicht solltest du lieber sie beschuldigen und nicht mich!«

Lucette brach in Tränen aus und vergrub das Gesicht in den Händen. Es tat Raymond leid, dass er ihr solchen Kummer bereitete, aber klein beizugeben kam überhaupt nicht infrage. Er stand auf und warf seine Serviette auf den Tisch, wobei er den Rest aus seinem Weinglas verschüttete. Dann verließ er den Raum. Er brachte es nicht über sich, die Tür zuzuknallen, aber er stapfte geräuschvoll die Treppe hinauf. Er war wütend auf seine Mutter. Sie hatte ihm keine andere Wahl gelassen.

In seinem Zimmer lief Raymond eine Weile auf und ab. Er dachte daran, mit der Faust gegen die Wand zu schlagen, ließ es aber sein, weil er Angst hatte, sich wehzutun. Außerdem nützte es nicht viel, wenn niemand etwas davon mitbekam. Als er sich ein wenig beruhigt hatte, setzte er sich auf die Bettkante. Der Stuhl stand ordentlich am Schreibtisch – ein Zeichen, dass Thérèse in seinem Zimmer gewesen war, um aufzuräumen. Raymond fragte sich, ob sie eigenmächtig seine Sachen durchsucht hatte. Er stand auf und zog die Schubladen seines Schreibtischs heraus, aber alles sah genauso aus wie immer. Ihm kam der Gedanke, sich in Thérèses Zimmer zu schleichen und das Geld dort zu verstecken. Die Vorstellung gefiel ihm, aber er würde seine Mutter niemals dazu überreden können, ihr Zimmer zu durchsuchen. Stattdessen beschloss er, ein Vorhängeschloss und einen Riegel für seine Zimmertür zu besorgen. Er ging zur Tür und lauschte. Er hörte, wie unten in der Küche das Geschirr abgewaschen wurde. Dann holte er seine Tasche aus dem Schrank und nahm sein neues Messer heraus. Jetzt hatte er zum ersten Mal die Gelegenheit, es sich in Ruhe anzusehen. Er zog es aus der Scheide und wog es in seiner Hand. Es fühlte sich gut an. Vorsichtig fuhr er mit dem Finger über die Klinge. Sie war nicht sonderlich scharf. Er drückte damit versuchsweise auf seine Handfläche, doch sie hinterließ nur eine helle Linie im Fleisch. Irgendwann, wenn Thérèse außer Haus war, würde er sich den Wetzstahl aus der Küche holen und sie schärfen. Nicht dass er die Absicht hatte, sie je zu benutzen. Er stellte sich vor den Spiegel an der Innenseite seiner Schranktür, das Messer locker an seiner Seite. Er stellte sich vor, wie sich zwei ältere Jungen vor ihm aufbauten, wie die beiden, die er in Mülhausen gesehen hatte. Er lächelte, dann schob er das Messer zurück in die Scheide. Suchend blickte er sich nach einem Versteck dafür um, aber es gab keinen Ort, an dem Thérèse es nicht finden würde. Solange er seine Tür nicht abschließen konnte, würde er es immer bei sich behalten müssen.

Er ging in das Arbeitszimmer seines Vaters und setzte sich an den Schreibtisch. Mittlerweile fühlte er sich dort schon ein wenig wohler. Er nahm den Hörer ab und wählte Yvettes Nummer. Madame Arnaud nahm ab. Sie war eine kleine, zierliche Frau Ende dreißig mit denselben hübschen Gesichtszügen wie ihre Tochter. Sie war Lehrerin an der Grundschule von Saint-Louis und redete oft mit Raymond, als hätte sie einen ihrer Schüler vor sich. Eines Sonntags, als er am frühen Nachmittag geklingelt hatte, um sich mit Yvette zu treffen, hatte sie ihm im Nachthemd die Tür geöffnet, den Bademantel offensichtlich nur hastig übergeworfen. Er war überrascht gewesen, dass sie um diese Zeit noch im Bett gewesen war.

Am Telefon sprach Mme Arnaud ihm ihr Beileid aus und fragte, wie es seiner Mutter ging. Raymond wusste nicht, was er antworten sollte. Lucette wirkte nicht sonderlich erschüttert. Wenn sie ein wenig bedrückter wirkte als sonst, dann wohl nur, weil sie meinte, das gehöre sich so. Jedenfalls hatte er sie bis zu dem Moment vorhin beim Abendessen nicht weinen sehen.

»Ich glaube, sie kommt zurecht«, sagte er.

»Wenn wir irgendetwas tun können ...«

Das fand Raymond seltsam, denn soweit er wusste, waren sich die beiden Frauen noch nie begegnet.

»Danke«, sagte er.

Dann kam Yvette an den Apparat.

»Hallo, Raymond.«

»Hi.«

Raymond telefonierte nicht gerne. In den Plastikhörer zu sprechen gab ihm irgendwie das Gefühl, das Gespräch sei nicht echt. Und er stellte sich immer vor, dass Thérèse am anderen Apparat mithörte. Außerdem gab es kaum je einen Anlass, mit Yvette zu telefonieren, da sie sich ohnehin jeden Tag in der Schule sahen. Obwohl er derjenige gewesen war, der angerufen hatte, wartete er darauf, dass Yvette etwas sagte. Sie fragte ihn, wie es ihm ging.

»Gut«, sagte er. »Mir ist ein bisschen langweilig.«

»Wann kommst du wieder in die Schule?«

»Weiß ich noch nicht. Wahrscheinlich nach der Beerdigung.«

»Warum kommst du nicht rüber? Ich könnte dir sagen, was du bisher verpasst hast.«

»Ich glaube, das geht jetzt nicht«, sagte Raymond. »Maman hat vorhin geweint.« In Wirklichkeit hätte er sich gerne mit ihr getroffen. Yvettes Eltern hatten nie etwas dagegen, wenn Raymond sich im Zimmer ihrer Tochter aufhielt. Aber obwohl gar nichts Bedeutsames geschehen war, hatte er das Gefühl, sie bereits mit Delph betrogen zu haben.

»Ich sitze im Arbeitszimmer meines Vaters«, sagte er, um das Thema zu wechseln. »An seinem Schreibtisch.«

»Und wie fühlt sich das an?«

»Seltsam. Als wäre ich auf den Thron gestiegen.«

Er konnte Yvette atmen hören. »Was ist mit Samstag?«, fragte sie.

»Samstag?«, wiederholte Raymond. Er dachte an seine Verabredung mit Delph. »Nein, tut mir leid, ich muss Maman helfen. Vorbereitungen für die Beerdigung und so.«

»Vielleicht abends?«

»Nein«, sagte er, zu schnell. »Ich kann nicht. Maman braucht mich.«

Yvette wünschte ihm eine gute Nacht. Sie klang enttäuscht. Dann legte sie auf. Raymond schaltete die Lampe auf dem Schreibtisch seines Vaters aus und blieb noch einen Moment im Dunkeln sitzen. Er hörte, wie Thérèse unten hin und her ging.

13

Gorski erwachte mit einem flauen Gefühl in der Magengrube. Die Vorhänge waren nicht zugezogen. Der Himmel draußen war gelblich-grau und schien leicht zu pulsieren. Er hob den Kopf ein wenig. Seine Kleider lagen auf dem Boden verteilt. Die Schlafzimmertür stand weit offen. Er hatte einen widerlichen Geschmack im Mund. Der Wecker auf dem Nachttisch zeigte 10.25 Uhr. Er schwang die Beine aus dem Bett und blieb eine Weile so sitzen, den Kopf in die Hände gestützt. Ihm war übel. Mühsam stand er auf und ging ins Bad.

Nach und nach kam die Erinnerung an den vergangenen Abend zurück. Nach ihrem Besuch in der Bar mit dem verzinkten Tresen waren er und Lambert in eine Brasserie am Place Kléber gegangen und hatten *steak-frites* gegessen. Danach hatte sein Straßburger Kollege darauf bestanden, Gorski noch einen »ganz besonderen Ort« zu zeigen, und Gorski hatte sich nicht gesträubt. Er war bereits betrunken und hätte sich in den verwinkelten Straßen ohnehin nicht mehr zurechtgefunden. Lamberts ganz besonderer Ort befand sich in einer schmalen Gasse im Untergeschoss. Es war eine winzige Bar mit neun oder zehn Tischen, von denen nur die Hälfte besetzt war. Das einzige Licht im Raum kam von den Kerzen auf dem Tisch und dem beleuchteten Flaschenregal hinter dem Tresen. Die Chansons, die aus den Lautsprechern kamen, waren laut genug, um die Gespräche an den Nachbartischen zu übertönen. Chefin des Ganzen war eine hagere Frau um die fünfzig, die auf einem Hocker am Ende der Bar saß. Als sie Lambert erblickte, schwebte sie herbei und begrüßte ihn herzlich. Sie nahm seinen Arm und führte ihn zu einem Tisch, der von einer halbrunden Samtbank umschlossen war. Lambert stellte ihr Gorski vor, und er hatte – wie er sich voller Verlegenheit erinnerte – eine Verneigung gemacht und ihr die Hand geküsst. Woraufhin Lambert angemerkt hatte, dass Gorski aus der Provinz kam.

»Ich finde es charmant«, hatte die *patronne* – Simone – erwidert. »Heutzutage haben nur noch so wenige Leute Manieren.« Sie lächelte Gorski strahlend an. Ihre Augen waren stark geschminkt, und sie hatte eine große Hakennase. Ihr Profil erinnerte ihn an eine Gestalt aus einem Buch mit ägyptischen Piktogrammen, das er als Junge besessen hatte.

Eine Flasche Champagner wurde an den Tisch gebracht, und zwei Mädchen setzten sich zu ihnen, von denen das eine kaum älter zu sein schien als Clémence.

Lambert übernahm die Vorstellung. Gorski bekam die Namen der beiden nicht mit. Irgendwann, entweder in der Bar mit dem verzinkten Tresen oder in der Brasserie, hatte er den Fehler begangen, Lambert zu erzählen, dass Céline ihn verlassen hatte. Lambert gab diese Information fröhlich an die Mädchen weiter und wies sie an, nett zu Gorski zu sein. Gorski lächelte entschuldigend. Lambert schenkte ihnen nachlässig ein, wobei ein Teil des Champagners auf dem Tisch landete, und hob sein Glas grüßend zu Simone, die zu ihrem Platz an der Bar zurückgekehrt war. Sie erwiderte den Gruß mit einem leichten Nicken. Gorski war schwindelig. Er stellte sein Glas wieder hin.

Lambert beugte sich zu ihm. »Kommen Sie, Georges, Sie sind ein freier Mann. Trinken Sie! Das geht aufs Haus. Alles hier geht aufs Haus.« Er deutete mit dem Kopf auf das Mädchen, das neben Gorski saß, und stieß ihm den Ellbogen in die Rippen. Das Mädchen trank den Champagner mit einem Strohhalm. Sie unternahm keinen Versuch, sich an dem Gespräch zu beteiligen. Sie wirkte gelangweilt, schien sich aber nicht unwohl zu fühlen.

Eine zweite Flasche Champagner kam. Lambert bestellte noch eine Flasche Whisky dazu. Gorski begriff, dass er kaum mehr tun musste, als über Lamberts Scherze zu lachen und vorzugeben, er tränke mit. Immer wieder kamen neue Gäste an den Tisch, um Lambert zu begrüßen. Es waren Kollegen, Journalisten oder vielleicht auch Politiker, aus Straßburg oder Umgebung. Niemand schien sich im Geringsten darüber Gedanken zu machen, in so einem Etablissement gesehen zu werden.

Ein wenig später stupste Lambert das Mädchen neben ihm an, und die beiden verschwanden durch eine Tür neben der Bar. Gorski nahm an, dass sie zur Toilette wollten, aber dafür blieben sie zu lange weg. Er trank einen Schluck von dem Champagner und schenkte seiner Tischdame nach. Sie war recht hübsch, mit gelblich-blondem Haar und nach unten gezogenen Mundwinkeln. Selbst in dem warmen Kerzenlicht wirkte ihre Haut außergewöhnlich blass. Ohne Lamberts Flut von Anekdoten wurde das Schweigen zwischen ihnen unangenehm, und so fragte Gorski sie, woher sie kam. Er verstand ihre Antwort nicht, sie sprach mit einem starken Akzent. Doch er nickte, als hätte er sie genau verstanden.

»Was führt Sie nach Straßburg?«, fragte er.

Das Mädchen verdrehte nur die Augen, als läge die Antwort auf der Hand. Gorski nickte. »Natürlich«, sagte er, peinlich berührt von der Naivität seiner Frage.

»Ich komme aus Saint-Louis«, sagte er, um überhaupt irgendetwas zu sagen. Er merkte, dass er lallte. Das Mädchen blickte ausdrucklos im Raum umher, und er unternahm keinen weiteren Versuch, sich mit ihr zu unterhalten. Ein paar Minuten später kam Lambert zurück, mit einem selbstzufriedenen Grinsen und ohne das Mädchen. Er setzte sich wieder auf die Bank.

»Jetzt Sie«, sagte er.

»Bitte?«

»Jetzt Sie«, wiederholte Lambert. Er deutete mit dem Kinn auf das Mädchen. »Ich hab doch gesagt, geht alles aufs Haus.« Dann, zu dem Mädchen gewandt: »He, wie auch immer du heißt, geh mit unserem Freund nach hinten, ja?«

Das Mädchen zuckte die Achseln, stand auf und wartete darauf, dass Gorski ihr folgte.

»Ach nein, lieber nicht«, sagte er und fügte dann lahm hinzu: »Mir ist ein bisschen übel.«

Das Mädchen sah zu Lambert, der genervt den Kopf schüttelte. Zu Gorskis Erleichterung setzte sich das Mädchen wieder. Lambert beugte sich zu ihm. »Sie sollten Ihre neu gewonnene Freiheit nutzen, mein Guter«, sagte er.

Um zu beweisen, dass er kein Spielverderber war, bestellte Gorski noch eine dritte Flasche Champagner. Lamberts Mädchen tauchte wieder auf. Sie hatte sich eine andere Bluse angezogen. Lambert legte ihr den Arm um die Schultern und biss sie spielerisch in den Hals, wobei er wie ein Raubtier knurrte. Die *patronne* gesellte sich zu ihnen an den Tisch. Sie lächelte charmant, aber Gorski hatte das Gefühl, dass sie Lambert nicht mochte. Gorski ertappte sich dabei, wie er ihr von Céline erzählte. Sie schien aufmerksam zuzuhören, doch nach ein paar Minuten stand sie wortlos auf, um ein paar neue Gäste zu begrüßen. Bestimmt hatte sie schon Tausende solcher Geschichten gehört.

Gorski erinnerte sich nicht, wie viele Flaschen noch an den Tisch gebracht wurden. Irgendwann taumelte er zur Toilette und übergab sich. Dabei bemerkte er gleichmütig, dass seine Krawatte

in die Schüssel hing. Er nahm sie ab und versuchte, sie hinunterzu-
spülen, aber sie schwamm dort wie eine bösartige Schlange. Er
fischte sie wieder heraus und stopfte sie hinter das Rohr des Wasch-
beckens. Céline hatte sie ihm geschenkt.

Gorski konnte sich nicht an die Rückfahrt erinnern, aber als er
geduscht hatte und sich einen Kaffee machte, sah er aus dem Fenster. Sein Auto stand in der Einfahrt.

So peinlich das Ganze auch gewesen sein mochte, es war nicht
die Erinnerung an den Abend mit Lambert, der ihm im Magen lag,
sondern die Tatsache, dass er sein Abendessen mit Céline verpasst
hatte.

Die Haushälterin führte Gorski in einen Salon im hinteren Bereich
des Hauses der Familie Barthelme. Es war ein großer Raum, altmodisch und überladen. Es gab kaum ein Fleckchen, an dem nichts
herumstand – hier ein Stuhl, dort ein Beistelltisch oder eine große
Vase mit getrockneten Blumen. Die Wände waren mit düsteren
Landschaften in überfrachteten Goldrahmen dekoriert. Vor den bo-
dentiefen Fenstern hingen schwere Samtvorhänge mit goldfarbe-
nen Kordeln. Gorski hasste solche Räume. Diese Ansammlung vom
Krempel diverser Generationen war nicht so beliebig, wie man meinen könnte, sondern diente dazu, Besucher an die unangreifbare
Beständigkeit alten Geldes zu erinnern.

Obwohl im Kamin ein Feuer brannte, herrschte in dem Raum
eine Kälte, die sich anfühlte, als ließe sie sich niemals vertreiben.
Lucette Barthelme stand mit dem Rücken zum Kamin, eine Zigarette in der Hand. Gorski hatte den Eindruck, als hätte sie die Zigarette erst angezündet, als sie das Klingeln an der Tür gehört hatte, um
gezielt diese Pose einzunehmen. Sie trug eine weiße Seidenbluse
und einen beigefarbenen knielangen Rock. Erfreut bemerkte er,
dass sie für seinen Besuch ein wenig Make-up aufgetragen hatte.
Um nicht erneut in die peinliche Situation zu geraten, wieder im

Schlafzimmer empfangen zu werden, hatte Gorski Ribérys eiserne Regel gebrochen und seinen Besuch zuvor angekündigt. Schließlich gab es nichts, was dagegen sprach. Lucette Barthelme stand nicht unter Verdacht, etwas Böses getan zu haben.

Sie kam auf ihn zu, gab ihm die Hand und dankte ihm für sein Kommen. Einen Moment lang standen sie voreinander und sahen sich verlegen an. Dann bat Lucette ihn, Platz zu nehmen. Gorski setzte sich auf eine mit Brokat bezogene Chaiselongue, die mitten im Raum stand. Sie setzte sich ans andere Ende. Sie drückte ihre Zigarette in einem Aschenbecher aus, in dem bereits mehrere Stummel lagen. Gorski hatte nicht den Eindruck, dass dies ein Haushalt war, in dem Aschenbecher über Nacht ungeleert stehen blieben.

»Möchten Sie einen Kaffee?«, fragte sie. »Ich könnte nach Thérèse klingeln.«

Gorski lehnte dankend ab.

»Oder vielleicht einen Brandy?«

Diesmal sagte Gorski nicht Nein. Das war genau das Richtige, um einen klaren Kopf zu bekommen. Er hatte die Karaffe, die auf der Anrichte stand, schon beim Hereinkommen gesehen. Lucette stand auf und füllte zwei Gläser großzügig. Etwas an ihrem Gang vermittelte den Eindruck, als würde sie nicht so recht in den aufwendig eingerichteten Raum passen. Sie bewegte sich so leicht – geradezu vorsichtig – durch das Zimmer, als hätte sie Angst, erwischt zu werden. Offensichtlich hatte sich im Haus seit ihrem Einzug nichts verändert. Selbst nach zwanzig Jahren Ehe wirkte sie eher wie ein Gast denn wie die Hausherrin. Sie war die Art Frau, die Gorski hätte heiraten sollen. Sie hätte sich in der bescheidenen Wohnung über dem Geschäft in der Rue des Trois Rois wohlgefühlt. Gorski ertappte sich bei der Vorstellung, wie sie im abendlichen Licht dort saßen und lasen oder am Tisch beim Fenster Karten spielten.

Sie gab ihm sein Glas und setzte sich wieder. Sie tranken. Beim ersten Schluck musste sie ein wenig husten.

»Vielleicht ist es doch noch etwas zu früh für Brandy«, sagte sie. Dann stieß sie ein albernes, schulmädchenhaftes Kichern aus, das Gorski zugleich affektiert und bezaubernd fand. Sie strich sich eine Haarsträhne aus dem Gesicht.

»Madame Barthelme …«

Sie unterbrach ihn mit der Bitte, sie Lucette zu nennen, wie er es bereits erwartet hatte.

»Natürlich«, sagte er und wiederholte ihren Namen.

»Und ich werde Sie Georges nennen.« Sie schien erfreut, dass sie diese Intimität zwischen ihnen geschaffen hatte.

Gorski räusperte sich und wählte einen förmlicheren Ton. »Wie Sie mich gebeten hatten, habe ich ein paar Nachforschungen angestellt, was Ihr Mann in den Stunden vor seinem Tod getan hat. Natürlich waren diese Nachforschungen informeller Natur.«

»Das klingt alles so ernst, Georges«, sagte sie.

»Wie es scheint, hat Ihr Mann nicht, wie er Ihnen gesagt hat, mit Maître Corbeil oder einem seiner anderen Geschäftspartner zu Abend gegessen. Er hat die Kanzlei gegen vier Uhr nachmittags verlassen, und bisher ist unklar, wo er sich in der Zeit bis zu dem Unfall aufgehalten hat.«

»Aha.«

»Ich fürchte, dieser Club, von dem er sprach, existiert nicht.«

Lucette schwieg. Sie griff nach einem geschnitzten Holzkasten, der auf dem Beistelltisch stand, nahm eine Zigarette heraus und zündete sie an.

»Bitte fahren Sie fort«, sagte sie dann. »Denken Sie nicht, Sie müssten meine Gefühle schonen.«

Gorski erklärte so vorsichtig wie möglich, die wahrscheinlichste Erklärung für Barthelmes Täuschungsmanöver sei, dass er eine Geliebte gehabt habe. »Hatten Sie je den Verdacht, dass Ihr Mann Sie betrogen hat?«

Wieder stieß Lucette dieses alberne Lachen aus. Sie schaute auf das Brandyglas, das sie im Schoß hielt, und sagte leise: »Mein Mann hatte wenig Interesse an solchen Dingen.«

»Als ich am Abend des Unfalls hier war«, sagte Gorski, »habe ich bemerkt, dass Sie und Ihr Mann getrennte Schlafzimmer haben.«

»Ja.« Sie hob den Kopf und sah ihn an.

»Darf ich fragen, wie lange das schon so ist?«

»Seit Beginn unserer Ehe. Wir hatten nie ein gemeinsames Schlafzimmer.«

»Aber Sie haben … ?« Zum Glück musste er den Satz nicht beenden.

»Natürlich, am Anfang schon, aber mein Mann fand es unpraktisch, ein gemeinsames Schlafzimmer zu haben. Er hatte einen sehr leichten Schlaf und meinte, wir würden uns nur gegenseitig stören. In solchen Dingen war er ganz nüchtern.«

Gorski nickte. Ihm fiel auf, dass Mme Barthelme nie den Namen ihres Mannes benutzte. Sie zog an ihrer Zigarette und stieß eine lange Rauchwolke aus.

»Und hatten Sie je den Verdacht, dass Maître Barthelme seine Bedürfnisse anderswo befriedigte?«

»Mein Mann vermittelte nicht den Eindruck, dass er irgendwelche sexuellen Bedürfnisse hatte. Selbst als wir frisch verheiratet waren, schien der Akt für ihn eher eine Pflicht zu sein, als ein«, sie blickte verschämt zum Kamin, »als ein Vergnügen.«

Ihre Wangen röteten sich leicht. Gorski dachte an die modern eingerichtete Wohnung in Straßburg und an die seidenen Fesseln, die dort noch am Bettgestell gehangen hatten. Lucette streifte ein wenig Asche von ihrem Rock. Und mit einem Mal erschien sie ihm wie die betrogene Ehefrau. Er hatte das Gefühl, grausam zu sein. Wie erkaltet die Beziehung zwischen den beiden auch gewesen sein mochte, bestimmt war es für Lucette angenehmer zu glauben, dass ihr Mann kein Interesse an Sex hatte, als dass er sich mit einer Geliebten verlustierte.

Gorski hatte die fröhliche Lucette Barthelme gemocht, auch wenn ihre Munterkeit nur aufgesetzt gewesen war. Doch was, wenn man das Ganze umdrehte und seine eigene Ehe unter die Lupe nahm? Selbst als seine Ehe mit Céline mehr und mehr abgekühlt war, war er nie auf die Idee gekommen, dass sie einen Liebhaber haben könnte. Dabei hatte es sicher nicht an Gelegenheiten gemangelt. Sie besaß immer noch ihre schlanke, jungenhafte Figur, aber ihr Gesicht hatte jetzt mehr Charakter. Die kleinen Fältchen lenkten den Blick nur noch mehr auf ihre Augen. Und sie war charmant. Gorski hatte oft bemerkt, wie die Männer sie ansahen. Sie genossen es, in ihrer Gesellschaft zu sein. Aber es hatte ihn nie eifersüchtig gemacht. Céline genoss die Aufmerksamkeit anderer Männer, und Gorski genoss es, sie zu beobachten. Oft hatten sie sich gerade nach gesellschaftlichen Anlässen besonders leidenschaftlich geliebt. Wenn die Aufmerksamkeit anderer Männer Céline erregte, warum sollte er sich daran stören, wenn er doch davon profitierte? Und ja, ihr Sexleben hatte in den letzten Jahren etwas an Glanz verloren, aber war das nicht bei allen Paaren so? Oder war Céline, genau wie Maître Barthelme, dazu übergegangen, ihre Bedürfnisse anderswo zu befriedigen? Vielleicht war ihm dieser Gedanke nur deshalb noch nicht gekommen, weil er selbst nie in Versuchung geraten war.

Lucette stand auf, holte die Karaffe mit Brandy und schenkte ihm nach.

»Ich vermute, Ihre Ehe war nicht sehr glücklich«, sagte er.

Sie setzte sich wieder, diesmal ein wenig näher. Sich selbst hatte sie nicht nachgeschenkt.

»Sie war nicht unglücklich«, erwiderte sie. »Es war wohl nicht die große Liebe, aber ich weiß gar nicht, ob es die wirklich gibt. Oder was denken Sie, Georges? Mein Mann war immer sehr beschäftigt. Er hatte keine Zeit für romantische Gesten. Und ich war eine Enttäuschung für ihn. Er hätte eine stärkere Frau heiraten sollen. Vermutlich sollte es mich nicht überraschen zu erfahren, dass

Bertrand eine Geliebte hatte. Männer haben eben ihre Bedürfnisse, nicht wahr?«

»Und Sie?«, entgegnete Gorski.

»Ich?«

»Sie haben doch sicher auch Bedürfnisse.«

Lucette schien sich nicht an dieser impertinenten Äußerung zu stören. Im Gegenteil, sie schien es fast zu genießen, dass Gorski in den intimen Details ihrer Ehe herumstocherte. »Oh, wir Frauen können sehr kreativ sein, Georges«, sagte sie.

Nun war es an Gorski zu erröten. Er trank einen Schluck von seinem Brandy, dann beugte er sich vor, um sich eine Zigarette aus der Holzkiste zu nehmen.

»Und wie ist es mit Ihnen?«, fragte sie.

Bei einer normalen Ermittlung hätte Gorski es niemals geduldet, dass die Rollen auf diese Weise vertauscht wurden.

»Ist Ihre Ehe glücklich?«

Instinktiv berührte er seinen Ehering.

»Nein. Meine Frau und ich haben uns gerade getrennt.« Abgesehen von seinem betrunkenen Gefasel am Abend zuvor, war dies das erste Mal, dass er jemandem davon erzählte.

»Oh, das tut mir leid«, erwiderte Lucette, aber ein leises Lächeln umspielte ihre Mundwinkel.

Gorski war versucht, ihr hier und jetzt die ganze Geschichte zu erzählen, aber das wäre vollkommen unangemessen gewesen. Er hatte vorübergehend vergessen, dass seine Ermittlungen seit der unglückseligen Fahrt nach Straßburg einen offizielleren Anstrich bekommen hatten. Er stand mit der Zigarette in der Hand auf und ging im Raum umher. Die großen Fenster führten auf eine abfallende Rasenfläche hinaus, an die sich ein kleines Wäldchen anschloss. Ein Gärtner harkte das Laub zusammen, eine Zigarette im Mundwinkel. Gorski drehte sich um und stellte sich mit dem Rücken zur Fensterfront.

»Wenn Sie möchten, dass ich meine Untersuchungen fortführe, wäre es vielleicht hilfreich, wenn ich mir die Bankunterlagen Ihres Mannes einmal ansehen würde.«

Lucette sah ihn fragend an.

Gorski erklärte, dass Abbuchungen oder Abhebungen von Bargeld vielleicht einen Hinweis darauf geben könnten, wo Maître Barthelme sich wann aufgehalten hatte. »Aber vielleicht möchten Sie das ja auch gar nicht wissen.«

Sie stieß einen kleinen Seufzer aus. »Nein. Aber was diese Dinge angeht, müssen Sie sich an Maître Corbeil wenden. Er hat alle Unterlagen meines Mannes abgeholt.«

»Wann war das?«

»Am Tag nach dem Unfall. Er sagte, das hätte mein Mann so verfügt.«

Gorski nickte. Ohne eine entsprechende Anordnung würde Maître Corbeil ihm auf keinen Fall Einblick in Barthelmes Kontoauszüge gewähren. Er machte eine wegwerfende Handbewegung, als sei das Ganze nicht weiter wichtig. Es gab nichts mehr zu sagen. Er trat an den Tisch und drückte seine Zigarette im Aschenbecher aus.

»Möchten Sie vielleicht zum Mittagessen bleiben?«, fragte Lucette. »Ich brauche Thérèse nur zu sagen, dass sie ein weiteres Gedeck auflegen soll.«

Gorski hätte nichts lieber getan, als mit Lucette Barthelme zu Mittag zu essen, aber nicht hier in der toten Atmosphäre des Hauses an der Rue des Bois. Nicht unter dem missbilligenden Blick der Haushälterin. Gerne wäre er mit Lucette in ein kleines Landgasthaus gefahren oder um den See in der Petite Camargue spaziert. Er lehnte die Einladung höflich ab. Hinterher fiel ihm ein, dass er ein Mittagessen zu einem anderen Zeitpunkt hätte vorschlagen können, aber die Gelegenheit war vorüber. Er ging allein hinaus. Thérèse beobachtete ihn von der Küchentür aus, als befürchte sie, er könne einen Kerzenleuchter mitgehen lassen.

Als Gorski im Restaurant de la Cloche ankam, ließ der Mittagsansturm bereits nach. Der *pot-au-feu* war bereits aus. Er bestellte Lammkotelett und als Dessert ein Stück Apfeltarte. Er trank das Glas Wein, das zum *menu du jour* gehörte, widerstand jedoch der Versuchung, sich zum Dessert ein zweites bringen zu lassen. Er hatte beschlossen, Céline direkt in ihrer Boutique aufzusuchen. Als er vorne bei Pasteur zahlte, bat er um einen Marc. Der Besitzer stellte das kleine Glas auf den Tresen.

»Der geht aufs Haus, Kommissar Gorski«, sagte er.

Gorski widersprach nicht, gab jedoch ein Trinkgeld, das üppig genug war, um die Kosten des Getränks zu decken.

Célines Geschäft war nur zwei Gehminuten vom Restaurant entfernt. Er verweilte noch eine Weile in dem kleinen Park bei der protestantischen Kirche. Das Laub der Kastanien war bereits heruntergefallen, und der Novemberregen machte die Straße und den Gehweg rutschig. Es war nur eine Kundin im Laden. Céline stand am Tresen und blätterte in einer Zeitschrift. Die Kundin ging, ohne etwas zu kaufen. Gorski stieg über die niedrige Einfassungsmauer des Parks und betrat den Laden. Céline blickte auf, als das Glöckchen über der Tür bimmelte. Sie sah ihn mit ausdrucksloser Miene an.

»Hallo, Céline«, sagte er.

»Hallo, Georges«, erwiderte sie müde.

Sie gestattete ihm, sie auf beide Wangen zu küssen.

»Hast du getrunken?«, fragte sie.

»Nur ein Glas Wein zum Mittagessen.« Aber er trat einen Schritt zurück.

Sie verschränkte die Arme vor der Brust. »Deine Augen sind blutunterlaufen.«

Gorski erklärte, er habe nicht gut geschlafen. Unwillkürlich musste er daran denken, wie sie ganz zu Beginn ihrer Beziehung oft ins Hinterzimmer gegangen waren, um Sex zu haben.

»Ich wollte mich entschuldigen«, sagte er.

»Dafür ist es ein bisschen spät, findest du nicht?« Sie wandte sich wieder ihrer Zeitschrift zu.

»Trotzdem«, fuhr er fort. »Es war unverzeihlich.«

»Keine Sorge«, entgegnete Céline trocken. »Niemand wird dir verzeihen.«

Ihre Bemerkung konnte beinahe als Scherz durchgehen, und Gorski schöpfte ein wenig Hoffnung.

»Ich war in Straßburg. Ich arbeite dort an einem Mordfall.«

Gegen ihren Willen flackerte in Célines Blick Neugier auf.

»Ich konnte einfach nicht weg«, fuhr er fort.

»Und es wäre wohl zu viel verlangt gewesen, im Restaurant anzurufen?«

Gorski hatte versucht, nicht daran zu denken, wie seine Frau allein in der zugigen Auberge du Rhin saß, an einem Wodka Tonic nippte und die mitleidigen Blicke der Kellner ignorierte. Wenn er es darauf angelegt hätte, sie zu demütigen, hätte er kaum ein passenderes Szenario wählen können. Und natürlich wäre es das Einfachste von der Welt gewesen anzurufen. In dem Moment, als sie in der Bank mit dem verzinkten Tresen die zweite Flasche bestellt hatten, war ihm klar gewesen, dass er die Verabredung nicht einhalten würde. Und als der Alkohol seine Wirkung tat, hatte ihn die Wut gepackt. Schließlich war Céline diejenige gewesen, die gegangen war. Da würde er doch nicht hinter ihr herlaufen. Sie musste ihn um Verzeihung bitten. Aber das glaubte er selbst nicht. Dass er nicht angerufen hatte, war nicht aus gerechtem Zorn geschehen, sondern weil er keine herablassende Bemerkung von Lambert riskieren wollte. Die Wahrheit war, er hatte Angst gehabt, vor seinem Kollegen als Weichei dazustehen.

Natürlich sagte er von alldem nichts. Er wiederholte nur, dass es ihm nicht möglich gewesen war anzurufen, und erklärte vage, er und Lambert seien mitten in einem Verhör gewesen.

Céline seufzte müde. Es war unmöglich zu sagen, ob sie ihm glaubte oder nicht. Doch zu seiner Überraschung kam keine Tirade.

»Um ehrlich zu sein, Georges, habe ich mich nur zu diesem Treffen bereit erklärt, um meiner Mutter einen Gefallen zu tun«, sagte sie.

»Dennoch gibt es Dinge, die wir besprechen müssen«, gab Gorski zurück.

»Ach ja?«

»Ja. Zum Beispiel Clémence.«

»Was ist mit ihr?«

»Wir müssen uns einigen, was das ... Besuchsrecht angeht.« Er hasste es, so einen bürokratischen Ausdruck auch nur auszusprechen.

»Du hattest die letzten siebzehn Jahre Besuchsrecht. Da schien es dir aber nicht so wichtig zu sein.« Sie sah ihn herausfordernd an.

Gorski fuhr sich über die Stirn. Sie war schweißnass.

»Trotzdem«, sagte er.

Er trat einen Schritt auf sie zu. Sie wandte den Kopf ab, um dem Geruch seines Atems auszuweichen. Gorski konnte unter dem Kragen der Bluse ihr Schlüsselbein sehen. Ja, sie würden ein paar Dinge klären müssen, stimmte Céline resigniert zu, »aber das mache ich lieber, wenn du keine Fahne hast«.

Gorski versicherte ihr, beim nächsten Mal werde er pünktlich da sein.

Céline sah ihn an. »Davon gehe ich aus«, sagte sie. Sie fuhr mit der Fingerspitze über ihr Schlüsselbein, das er angestarrt hatte. Als er ging, versuchte er gar nicht erst, ihr einen Abschiedskuss zu geben.

Madame Gorski schlief. Das Zimmer war überheizt und stickig. Gorski drehte das Heizgerät niedriger, das seine Mutter benutzte, seit sie wegen ihrer Arthritis kein Feuer mehr im Kamin machen konnte. Er öffnete das Fenster, um ein wenig frische Luft hereinzulassen, dann packte er die Einkäufe aus, die er mitgebracht hatte. Da Mme Gorskis Hände mittlerweile zu schwach waren, um ein Messer zu halten, brachte er ihr oft Tütensuppen mit. Am liebsten mochte sie Spargelcremesuppe. Sie behauptete steif und fest, die sei genauso gut wie ihre eigene. Wozu sich die ganze Mühe machen, das Gemüse klein zu schneiden, wenn man nur Wasser aufzusetzen brauchte? Doch Gorski vermisste den Duft von leise köchelnder Brühe, der früher oft bis ins Geschäft hinuntergezogen war, wenn er seinem Vater nach der Schule geholfen hatte.

Als er aus der kleinen Küche kam, setzte er sich auf den Platz seines Vaters am Tisch vor dem Fenster. Draußen war es dunkel. Er betrachtete sein Spiegelbild in der Scheibe, verzerrt durch den Wasserdampf, der darauf kondensiert war. Er schloss das Fenster wieder, dann stand er auf und setzte sich in den Sessel gegenüber seiner Mutter. Ihr Kinn war auf die Brust gesunken, und ihre Hände waren über der Brust gefaltet. Sie atmete ruhig und gleichmäßig. Eines Tages würde er in die Wohnung kommen und sie genau in dieser Haltung vorfinden, nur dass ihre Brust sich nicht mehr bewegte und ihre Haut kalt war. Gorski spürte, wie ihm ebenfalls die Augen zufielen. Er ließ den Kopf sinken. Schließlich war es ganz angenehm, sich der Wärme hinzugeben.

Als er aufwachte, stand seine Mutter am Herd.

»Sag deinem Vater, die Suppe ist fertig«, wies sie ihn an.

Gorski rieb sich die Augen und massierte sich die Schläfen. Sein Mund war trocken. Er sah auf die Uhr. Er hatte über eine Stunde geschlafen. Er stand auf, ging zur Tür und rief die Treppe hinunter. Was konnte es schon schaden? Es erschien ihm weniger grausam, als seine Mutter zum x-ten Mal daran zu erinnern, dass sein Vater nicht mehr lebte. Wenn sie sich an den Tisch setzten, würde sie das Ganze längst vergessen haben. Gorski holte Sets, Servietten und Besteck aus der Anrichte und deckte den Tisch. Dann holte er zwei

Gläser und eine Karaffe mit Wasser. Während des Essens wurde wenig gesprochen. Mme Gorski kaute endlos auf jedem Bissen Brot herum. Gorski hörte ihr leises Schmatzen.

»Und wie geht es deiner Frau?«, fragte sie.

»Gut«, antwortete Gorski. »Viel zu tun im Laden.«

»Und Clémence?«

»Auch. Also, in der Schule, meine ich.«

»Ich würde sie gerne mal wieder sehen.«

»Ja, ich sage ihr, dass sie mal vorbeischauen soll.«

Mme Gorski blickte zur Tür.

»Wo bleibt denn dein Vater?«, fragte sie und schüttelte den Kopf. Als sie sich wieder umwandte, zuckte sie leicht zusammen. »Ach, da bist du ja«, sagte sie. »Ich wollte dich gerade rufen.«

Gorski lächelte ihr zu. Er hatte schon als Kind manche Gesten und Ausdrücke von seinem Vater übernommen, aber nun, da er selbst graue Haare bekam und sein Gesicht hager geworden war – er hatte in letzter Zeit ein paar Kilo abgenommen –, begann er seinem Vater auch äußerlich zu ähneln.

Gorski räumte den Tisch ab und spülte das Geschirr. Es war noch genug Suppe für das Mittagessen seiner Mutter am nächsten Tag da.

14

Das Johnny's lag zwischen zwei weiteren Bars in einer schmalen Straße namens Rue de la Loi. Raymond stand seit einer halben Stunde draußen auf dem Gehweg herum. Es regnete leicht. Da das Johnny's keine Fenster hatte, konnte er nicht sehen, ob Delph bereits drinnen war. Es gab nur eine Tür, über der ein Holzschild wie in einem Western-Saloon hing. Ein paar Leute waren gekommen und gegangen, aber von der gegenüberliegenden Straßenseite aus konnte Raymond nur einen schlecht beleuchteten Flur erkennen. Jedes Mal, wenn die Tür geöffnet wurde, drang ein Schwall rhythmischer Musik aus dem Innern.

Immer wieder ging Raymond im Geist Delphs Worte durch. *Samstag bin ich im Johnny's.* Zumindest meinte er, dass sie das gesagt hatte. Sie hatte nicht erwähnt, ob sie nachmittags oder abends dort sein würde, ganz zu schweigen von einer konkreten Uhrzeit. Trotzdem kam es nicht infrage, nicht hineinzugehen. Wenn sie nicht da war, konnte er ein Bier trinken und wieder gehen. Was würde denn schon Schlimmes passieren?

Er schlenderte zum Ende der Straße, machte kehrt, und als er bei der Tür der Bar ankam, ging er direkt hinein, als wäre es ein spontaner Entschluss. Das Erste, was ihn überfiel, war die Musik: jede Menge Schlagzeug, ein Kontrabass und ein tiefer, nuschelnder Bariton. Der Flur führte in einen dunklen Barraum. Raymond hielt Ausschau nach Delph. Auf der rechten Seite war eine erhöhte Ebene, die von einem Geländer umgeben war und zu der zwei Stufen hinaufführten. Dort saß eine Gruppe Studenten um einen Tisch, konzentriert ins Gespräch vertieft. Delph war nirgends zu sehen. In einer Ecke entdeckte Raymond einen freien Tisch. Er hängte seine Tasche über die Lehne des wackligen Holzstuhls und setzte sich. Um den Eindruck zu erwecken, dass er sich vollkommen entspannt fühlte, nahm er auch seinen Schal ab und hängte ihn ebenfalls über die Stuhllehne. Erst dann konnte er seine Umgebung eingehender betrachten.

Über der Bar hing die Flagge der Konföderierten und daneben mehrere Schilder: *Please use the spittoons provided – No cussin' – Kindly refrain from brawling.* Raymond verstand nichts davon. Die Wände waren von oben bis unten mit Plattenhüllen, Postern und Fotos von Johnny Cash bedeckt. Einige von den Postern klebten direkt auf der Wand, andere waren in unterschiedlichen Rahmen aufgehängt. Rechts neben der Bar führte eine doppelte Schwingtür zu den *Restrooms.* Daneben stand eine Jukebox aus den Fünfzigerjahren, deren bunte Lichter den Holzfußboden davor beleuchteten. Am Ende der Bar lehnte ein kleiner, korpulenter Mann um die fünfzig, der einen schwarzen Anzug, ein weißes Smokinghemd und Lederstiefeletten trug. Sein pechschwarzes Haar war zu einer imposanten Tolle frisiert, und er hatte einen schmalen Zigarillo im Mundwinkel. Das, vermutete Raymond, war Johnny. Abgesehen von den Studenten waren die einzigen weiteren Gäste zwei stämmige Glatzköpfe in Motorradjacken, die an der Bar standen und aus großen Krügen Bier tranken. Auf dem Rücken der einen Jacke war mit Nieten das Motto *Born to live, live to die* eingestanzt. Als Raymond sich an seinem Tisch niedergelassen hatte, kam der kleine Mann im schwarzen Anzug mit wiegendem Schritt auf ihn zu.

»Was willst du trinken, Kumpel?«, fragte er in amerikanisch gefärbtem Englisch. Selbst im trüben Licht der Bar war nicht zu übersehen, dass seine Haare gefärbt waren.

Raymond entschied sich für ein Bier. Johnny gab die Bestellung an eine Frau weiter, die hinter der Bar stand. Sie hatte ein breites, sanftes Gesicht und langes graues Haar, das zu zwei Zöpfen geflochten war. Seine Frau, nahm Raymond an. Sie zapfte in aller Ruhe das Bier, dann brachte der Besitzer es ihm.

»Bist du zum ersten Mal im Johnny's?«, fragte er, als er das Glas auf den Tisch stellte. Es war kleiner als die, aus denen die Männer an der Bar tranken.

Raymond nickte vorsichtig.

»Sag mir, *mon fils,* wer ist der King?«

»Der King?«, wiederholte Raymond.

»Ja. Wer ist der King?«

»Ich weiß nicht, Monsieur«, sagte Raymond. »Sie?«

Der kleine Mann nahm sein Zigarillo aus dem Mundwinkel. Seine Finger waren mit diversen klobigen Siegelringen geschmückt. Er schüttelte den Kopf und schnalzte enttäuscht mit der Zunge. Dann deutete er auf die Wände der Bar.

»Okay«, sagte er mit sichtlich strapazierter Geduld. »Versuchen wir's noch mal. Wer ist der King?« Er betonte die Frage, als wäre jedes einzelne Wort ein Satz für sich.

Bei Raymond fiel der Groschen. »Johnny Cash?«, antwortete er unsicher.

»Johnny Cash! Genau.« Er trat einen Schritt zurück, schob sich seinen Zigarillo wieder in den Mund und klatschte langsam. »Vergiss Elvis. Vergiss Hallyday. Vergiss Gainsbourg. Johnny Cash ist der King.«

Die Biker schauten von der Bar herüber. Zweifellos hatten sie diese Szene schon etliche Male miterlebt. Der Besitzer rief ihnen zu: »Der Kleine wusste nicht, wer der King ist.« Dann wandte er sich wieder zu Raymond. »Das erste Getränk geht aufs Haus, Kumpel.«

Damit kehrte er breitbeinig zu seinem Posten am Ende der Bar zurück. Raymond wusste nicht, was er von dem Wortwechsel halten sollte. Jegliche Hoffnung, in seiner Ecke unbemerkt zu bleiben, war dahin. Und nun konnte er, falls Delph nicht kam, nicht einfach wieder gehen, als wäre er nur zufällig und ohne besondere Absicht hierhergekommen. *Das erste Getränk geht aufs Haus.* Das implizierte eindeutig, dass auf das erste Getränk ein zweites folgen würde und vielleicht noch ein drittes und viertes. Man konnte sich nicht ein Getränk ausgeben lassen und dann gehen. Vielleicht hätte er darauf bestehen sollen zu bezahlen, aber Johnny hätte ein solches Ansinnen bestimmt als schwere Beleidigung empfunden.

Raymond nahm sein Buch aus der Tasche, aber es gab kaum genug Licht zum Lesen. Er holte seine Zigaretten heraus und zündete sich eine an. Der Akt des Rauchens machte ihn ein klein wenig lockerer. Die Musik dröhnte unerbittlich weiter. Mit jedem neuen Song gewöhnte sich Raymond mehr an Johnny Cashs Stimme und den hämmernden Rhythmus, wie ein ratternder Zug. Er versuchte sich zu entspannen.

Von da, wo er saß, konnte er die Tür nicht sehen, aber er wollte nicht den Eindruck erwecken, dass er auf jemanden wartete. Er trank einen Schluck Bier. Sein Vater hatte immer behauptet, Bier sei ein Getränk für Rüpel. Er trank einen weiteren Schluck und dann den ganzen Rest. Zufrieden betrachtete er das leere Glas vor sich auf dem Tisch. Vielleicht war er ein Rüpel. Johnny kam herüber und brachte ihm ein zweites Bier.

»Du hast Durst«, sagte er. Es war keine Frage, sondern eine Feststellung.

Raymond schlug sein Buch auf, stützte den Ellbogen auf den Tisch und die Stirn auf die linke Hand, als würde er lesen. Doch zwischen seinen Fingern hindurch beobachtete er die Studenten auf dem Podest. Es waren zwei Mädchen und drei Jungen. Die Musik war zu laut, um zu verstehen, was sie sagten, aber sie unterhielten sich angeregt. Der Mittelpunkt der Gruppe war ein Typ in einer schwarzen Lederjacke, der eine Zigarette zwischen Daumen und Mittelfinger seiner linken Hand hielt. Er hatte seinen Stuhl ein wenig zurückgeschoben und den rechten Arm um die Lehne seines Nachbarn gelegt. Obwohl er sich kaum an dem Gespräch beteiligte, schien er die Aufmerksamkeit der anderen auf sich zu ziehen. Er zog an seiner Zigarette, legte den Kopf in den Nacken und stieß den Rauch senkrecht nach oben in die Luft. Raymond fand ihn grässlich.

Einmal schaute der Typ quer durch den Raum direkt zu Raymond. Raymond senkte sofort den Blick, aber er hatte das Gefühl, gemustert zu werden. Er blätterte eine Seite um und zwang sich, ein paar Sätze zu lesen. Als er kurz darauf wieder zwischen seinen Fingern hindurchspähte, hatte der Typ sich zu dem Mädchen links neben ihm gebeugt und flüsterte ihr etwas ins Ohr.

Mittlerweile waren noch zwei oder drei andere Tische besetzt. Johnny begrüßte jeden Neuankömmling mit einem seiner amerikanischen Sprüche. Es war halb neun. Als die Bar sich allmählich füllte, hatte Raymond nicht mehr das Gefühl, auf dem Silbertablett zu sitzen. Was machte es schon, wenn Delph nicht kam? Er konnte einfach ein paar Biere trinken und wieder nach Hause fahren. *Samstag bin ich im Johnny's.* Es war eher eine Feststellung als eine Einladung. Aber warum hätte sie ihm sagen sollen, dass sie dort sein würde, wenn sie ihn nicht wiedersehen wollte? Johnny hatte ihm das dritte Bier gebracht. Raymond beschloss, dass er es langsam trinken würde, danach vielleicht noch eins, und dann würde er gehen. Der letzte Zug nach Saint-Louis fuhr um 23.25 Uhr. Er hatte reichlich Zeit.

Während seines dritten Biers kam Delph herein. Sie trug dasselbe Männerjackett, den Hut und die Sonnenbrille wie ein paar

Tage zuvor, aber diesmal mit einem kurzen Rock und einer grün-schwarz gestreiften Strumpfhose. Ihre Stiefel reichten bis kurz unter die Knie. Trotz des schummrigen Lichts behielt sie die Sonnenbrille auf. Sie ging direkt zu der Gruppe Studenten und begrüßte jeden einzelnen der Reihe nach, was aufgrund des beengten Raums eine Weile dauerte und nicht ohne logistische Schwierigkeiten ablief. Dabei fiel ein Glas um, was jedoch niemanden groß zu stören schien. Delph zog sich einen Stuhl heran, drehte ihn um, sodass die Lehne nach vorne zeigte, und setzte sich rittlings darauf. Sofort verlagerte sich die Aufmerksamkeit der Gruppe auf sie. Johnny ging zu dem Tisch, einen Lappen in der Hand, um das verschüttete Getränk aufzuwischen. Delph stand auf und begrüßte ihn mit einem Kuss auf beide Wangen. Er trat einen Schritt zurück, um ihr Outfit zu bewundern. Unter dem Jackett trug sie ein viel zu großes Männeroberhemd, dessen Manschetten locker um ihr Handgelenk hingen. Er nahm ihre Bestellungen auf und kehrte zur Bar zurück.

Raymond schob seinen Stuhl um den Tisch herum, sodass er nicht länger zu Delph und ihrer Gruppe hinübersah, und beugte sich über sein Buch. Offensichtlich hatte Delph ihn vollkommen vergessen. Sie hatte sich nicht einmal umgesehen, um festzustellen, ob er da war. Wenn sie ihn doch irgendwann bemerkte, würde er so tun, als wäre er so in seine Lektüre vertieft gewesen, dass er sie nicht hereinkommen gesehen hatte. Er beschloss, sein Bier auszutrinken, zu zahlen und zu verschwinden, sobald sich eine Gelegenheit dazu bot. Ein paar Minuten später gab er Johnny ein Zeichen, dass er bezahlen wollte. Zu seiner Bestürzung wies der Besitzer seine Frau jedoch an, noch ein Bier zu zapfen, und brachte es ihm. In dem Moment schaute Delph von ihrem Gespräch auf und folgte Johnny mit ihrem Blick. Raymond starrte stur auf sein Buch. Kurz nachdem Johnny das Bier auf den Tisch gestellt hatte, durchquerte Delph die Bar. Raymond tat ganz überrascht, als er sie sah. Sie stand mit verwirrter Miene vor seinem Tisch, die eine Hand in die Hüfte gestemmt. Sie trug schwarzen Lippenstift.

»Du bist also gekommen?«, fragte sie. Es schien ihr nicht zu missfallen.

»Ja«, antwortete Raymond.

»Was machst du denn hier in der Ecke? Warum setzt du dich nicht zu uns?«

»Ich hab dich nicht gesehen.« Er hielt sein Buch hoch, als wäre es ein Beweismittel in einem Prozess.

Delph verdrehte die Augen. »Beehrst du uns mit deiner Anwesenheit oder nicht?«

»Klar«, sagte er, als wäre ihm der Gedanke noch gar nicht in den Sinn gekommen. Er griff nach seinem Schal und seiner Tasche. Sie nahm ihn beim Handgelenk und führte ihn hinüber. Er war ein wenig unsicher auf den Beinen. Er hatte noch nie drei Biere hintereinander getrunken. Als sie am Tisch ankamen, forderte Delph ihre Freunde auf, Platz zu machen.

»Leute«, sagte sie, »das ist …« Da fiel ihr auf, dass sie seinen Namen gar nicht wusste. Raymond sagte ihn ihr.

Dann deutete sie in die Runde. »Das sind … meine Freunde.« Niemand interessierte sich auch nur die Bohne für ihn. Ein Mädchen rückte widerstrebend ein Stück zur Seite. An den Seiten war ihr Kopf rasiert, und sie trug einen Stecker in der Unterlippe. Raymond dankte ihr und zwängte sich mit einer Pobacke auf das Ende der Bank. Sie roch nach Patschuli.

»Ich bin Raymond«, sagte er.

Das Mädchen sah ihn mit gelangweilter Miene an und wandte sich wieder dem Gespräch mit ihrem Nachbarn zu. Sie hatte lauter Ringe im Ohr, vom Ohrläppchen bis hoch zur Spitze. Delph setzte sich wieder auf ihren umgedrehten Stuhl. Sie warf Raymond einen Blick zu, als wollte sie sagen, er solle sich nicht an der Unhöflichkeit ihrer Freunde stören.

Raymond saß gegenüber dem Kerl mit der Lederjacke. Er hatte kunstvoll zerzaustes schwarzes Haar und dunkle, tief liegende Augen.

»Das ist also der Typ, der dir gefolgt ist?«, fragte er Delph.

»Genau der«, antwortete sie.

Raymond wusste nicht, ob er beleidigt oder erfreut darüber sein sollte, dass er zumindest zur Kenntnis genommen worden war.

»Das ist Luc«, sagte Delph.

Luc lehnte sich zurück, sodass die vorderen Stuhlbeine in der Luft schwebten, und musterte Raymond. »Sieht aus wie ein Mädchen.«

»Ja, nicht?« Delph schien sich über Lucs Bemerkung zu freuen. »Ein hübsches Mädchen.« Sie strich Raymond durchs Haar und ließ dann ihre Hand auf seiner Schulter liegen. Raymond überlief ein Schauer der Erregung. Luc starrte ihn mit feindseliger Miene an. Raymond zwang sich, seinem Blick standzuhalten. Er nahm eine Zigarette aus seinem Päckchen und zündete sie an. Luc streckte die Hand aus und nahm sich ebenfalls eine, ohne zu fragen. Es waren nur noch vier übrig.

Johnny kam an den Tisch und schlug Raymond auf die Schulter. »Warum hast du denn nicht gesagt, dass du ein Freund von Delph bist?« Er wirkte geradezu beleidigt. Dann räumte er die leeren Gläser ab. »Noch mal dasselbe?«

»Na klar«, sagte Delph.

Johnny nickte und kehrte zum Tresen zurück.

»Kannst du mit der Sonnenbrille überhaupt irgendwas sehen?«, fragte Raymond.

»Nicht viel«, antwortete Delph. »Das ist eine Marotte von mir.« Sie nahm sie ab und gab sie ihm. Er setzte sie auf. Alles wurde dunkel.

»Steht dir«, sagte Delph.

Ihm war ein wenig übel, aber die Sonnenbrille gestattete es ihm,

Delph etwas eingehender zu betrachten. Ihr Gesicht war eckig und scharf geschnitten, die Augen stark mit Wimperntusche geschminkt. Im Ausschnitt ihres Hemds konnte er ihre Schlüsselbeine sehen. Sie war fast vollkommen flachbrüstig.

»Das Hemd gefällt mir«, sagte er.

Delph sah an sich hinunter. »Es hat meinem Vater gehört.«

»Ach ja?«, sagte Raymond, doch Delph antwortete nur mit ein paar Rauchringen, die sie gemächlich ausstieß.

Johnny kam zurück und stellte ein volles Tablett auf den Tisch. »Sechs *tomates*«, sagte er und verteilte die Gläser.

Raymond hob die Sonnenbrille an, um den Inhalt seines Glases zu begutachten. Er war grellrot. Die anderen erhoben ihre Gläser, und jemand sprach einen Toast auf Johnny. Der Rhythmus der Musik schien an Tempo zuzulegen. Raymond erkannte den Anisgeruch von Pastis.

»Ricard mit Grenadine«, sagte Delph, als sie sah, wie er das Gesicht verzog.

»Schmeckt gut«, erwiderte Raymond und trank zum Beweis noch einen Schluck. Einen Moment hatte er Mühe, scharf zu sehen. Er gab Delph die Sonnenbrille zurück. Sie klappte sie zusammen und hängte sie sich in den Ausschnitt. Nach dem Toast herrschte Schweigen. Dann verkündete Delph: »Raymond ist ein Schüler von Monsieur Sartre.«

Raymond protestierte, er sei niemandes Schüler, doch keiner schien ihn zu beachten.

»Ah, die gedrungene Kröte des Existenzialismus!«, rief Luc aus. Er verdrehte die Augen, bis er schielte, und tat so, als zöge er an einer Pfeife. »Würde es dir etwas ausmachen, mein lieber Biber, wenn ich deine Freundin vögele?«, sagte er mit Comicstimme.

Das Mädchen neben Raymond lachte.

Luc beugte sich über den Tisch. »Im Ernst«, sagte er, »diese ewige Suche nach Freiheit ist doch ein ziemlich alter Hut, oder?«

Raymond sah ihn an. Das Einfachste wäre zuzustimmen, irgendeine abfällige Bemerkung zu machen. Doch Delph wartete darauf, dass er sich wehrte. Es war ein Test. »Du willst also nicht frei sein?«

Luc schüttelte den Kopf. »Darum geht's nicht. Entweder du bist frei, oder du bist es nicht. Ob ich frei sein will, hat damit nichts zu tun.« Er lehnte sich wieder zurück, als sei dies der abschließende Kommentar zu der Sache und jede weitere Diskussion überflüssig.

Delph stützte das Kinn in die Hände. Da sie die Augen halb geschlossen hatte, war nicht zu erkennen, ob sie Raymond ansah oder Luc.

»Welche Figur in deinem heiß geliebten Buch ist am freiesten?«, fragte sie Raymond.

»Ich glaube, Mathieu«, antwortete er und wollte seine Antwort noch weiter ausführen, doch Delph schüttelte bereits den Kopf. Raymond fühlte sich, als hätte er in der Schule bei einem Test versagt.

»Mathieu ist der, der am wenigsten frei ist«, sagte sie. »Er ist so sehr damit beschäftigt zu analysieren, was es bedeutet, frei zu sein, dass er völlig versklavt wird.« Sie hob ihren langen Zeigefinger. »Nein, die freiste Figur ist Lola.«

»Lola?«, wiederholte Raymond. »Die heroinsüchtige Nachtclubsängerin?«

»Na klar«, sagte Delph. »Sie ist frei, weil sie sich gar nicht bemüht, frei zu sein.«

Raymond nickte ernst. »So habe ich das noch gar nicht betrachtet.«

»Sieht so aus, als müsstest du alles noch mal lesen. Ich hingegen«, sagte sie und griff nach ihrem Glas, »nehme mir derweil die Freiheit, so viele *tomates* zu trinken, wie ich will.«

»Und du«, sagte Luc zu Raymond, »darfst dir die Freiheit nehmen, dich zu verpissen.«

»Warum verpisst *du* dich nicht«, sagte Delph zu Luc.

Ermutigt durch den Alkohol, den er getrunken hatte, und die Tatsache, dass Delph auf seiner Seite zu sein schien, zeigte Raymond über den Tisch hinweg auf Luc und sagte: »Mein Herr, Sie sind mittelmäßig.«

Die sechs Gesichter um den Tisch herum starrten ihn verständnislos an. Dann fing das Mädchen neben Raymond an zu lachen, gefolgt von Luc. Raymond spürte, wie ihm die Röte in die Wangen stieg. Es war ein Spiel zwischen ihm und Stéphane, der an dieser Stelle stets entgegnete: *Und Sie, mein Herr, sind minderwertig!* Doch Raymond hatte das Gefühl, dass er sich nur noch lächerlicher machen würde, wenn er ihnen erklärte, dass dies ein Zitat aus ebendem Buch war, über das sie spotteten. Dennoch hatte die alberne Bemerkung zumindest die Stimmung am Tisch gelockert.

Johnny brachte noch eine Runde *tomates*. Delph beugte sich zu Raymond. »Mach dir wegen Luc keine Gedanken«, flüsterte sie. »So ist er immer, wenn er eifersüchtig ist.«

»Eifersüchtig?«, fragte Raymond. Die Vorstellung, dass er imstande war, Luc eifersüchtig zu machen, berauschte ihn.

»Na ja, er sieht nicht so gut aus wie du, oder?«, sagte sie. »Und er hat in seinem ganzen Leben noch kein Buch gelesen.«

Luc beobachtete sie über den Tisch hinweg. Delph lächelte ihm kurz zu, dann wandte sie sich wieder zu Raymond. Sie war so nah, dass er den leicht moschusartigen Duft ihrer Haut riechen konnte.

»Und, wie findest du das Johnny's?«, fragte sie.

»Es ist cool.«

Sie wollte wissen, warum sie ihn noch nie dort gesehen hatte.

Er freute sich, dass er anscheinend wie jemand wirkte, der öfter in so eine Bar kam. »Ich bin nicht von hier, ich komme aus Saint-Louis.«

Delph sah ihn schockiert an. »Aus Saint-Louis? Ich wusste nicht, dass es Leute gibt, die wirklich von dort kommen. Ich dachte, das wäre so eine Art Durchgangslager.«

»Tja, ich bin einer von diesen Unglückseligen«, sagte Raymond.

»Wir sind alle unglückselig«, erwiderte sie.

Dann beugte sie sich noch ein Stück vor und küsste ihn auf den Mund. Raymond ließ es geschehen, doch er rechnete damit, dass Luc jeden Moment aufspringen und ihm einen Schlag verpassen würde. Delph legte die Hand um seinen Hals und legte ihren Kopf schräg, sodass ihre Münder versetzt aufeinanderlagen. Raymond konnte den Grenadinesaft auf ihren Lippen schmecken. Sie roch vertraut, wie sein eigener Schweiß. Der Kuss dauerte dreißig Sekunden oder eine Minute. Als Delph sich von ihm löste, war ihr Lippenstift verwischt. Raymond wischte sich mit dem Handrücken über den Mund, und er war schwarz verschmiert. Ihm war, als wäre er unter Wasser gewesen.

»Nachher gehen wir hinten raus«, flüsterte Delph. Raymond schluckte. Er versuchte, nicht darüber nachzudenken, was »hinten rausgehen« möglicherweise nach sich ziehen würde.

»Ich sollte mich besser auf den Weg machen«, sagte er. »Ich muss meinen Zug kriegen.« Er blickte auf seine Uhr, konnte jedoch das Zifferblatt nicht erkennen.

»Vergiss deinen Zug«, sagte Delph. Sie stand auf und zog ihren kurzen Rock zurecht. »Ich muss mal.«

Raymond nickte dumpf. Er sah zu, wie Delph mit ihren ausholenden Schritten die Bar durchquerte. Im Vorbeigehen grüßte sie ein paar von den anderen Stammkunden. Mittlerweile waren alle Tische besetzt, und am Tresen stand mindestens ein Dutzend Männer in Lederjacken. Der Lärm der Gespräche übertönte fast die Musik. Raymond drehte sich wieder zum Tisch um. Bei der Bewegung wurde ihm schwindelig. Er wusste nicht, ob er noch etwas trinken konnte. Die anderen stritten sich über einen Musiker, von dem er noch nie gehört hatte. Luc vertrat die Ansicht, der besagte Mann sei ein Blender.

»*Du* bist ein Blender«, sagte das Mädchen mit den vielen Ohrringen.

»Ja, bin ich«, erwiderte Luc ungerührt. »Genau wie du. Wir sind alle Blender.«

Raymond hob die Armbanduhr vor sein Gesicht und kniff ein Auge zusammen, um zu sehen, wie spät es war. Es war kurz vor zehn. Ihm blieb noch ungefähr eine Stunde. *Vergiss deinen Zug,* hatte Delph gemeint. Das war leicht gesagt, aber anders kam er nicht nach Hause. Er konnte unmöglich seine Mutter anrufen und ihr sagen, er sei betrunken und käme nicht mehr aus Mülhausen weg, zumal er behauptet hatte, er würde den Abend bei Yvette verbringen. Ungeschickt griff er nach seinem Glas und trank noch einen Schluck von dem *tomate.* So schlecht war das Zeug gar nicht. Vielleicht sollte er seinen Zug wirklich vergessen. Vielleicht sollte er die Dinge einfach geschehen lassen. Das würde Lola jedenfalls tun.

Delph kam zurück. Sie hatte ihren verschmierten Lippenstift ausgebessert. Raymond musste auch mal, aber er wollte Delph nicht den anderen überlassen. Er fing an, etwas zu sagen, verlor aber mittendrin den Faden. Delph schien sich kein bisschen an seinem betrunkenen Zustand zu stören.

»So, Monsieur«, sagte sie, »Sie haben mir immer noch nicht erklärt, was Sie in der Rue Saint-Fiacre gemacht haben.«

Die Frage ernüchterte Raymond ein wenig. Die Umstände ihrer Begegnung hatte er vorübergehend ganz vergessen. Vielleicht sollte er ihr einfach die Wahrheit sagen. Konnte ja sein, dass die Geschichte ihn interessant wirken ließ, sogar kühn. Aber dann würde sie bestimmt fragen, wie sein Vater gestorben war, und Raymond hatte ebenso wenig Lust, darüber zu sprechen wie seine Mutter anzurufen.

Das Einzige, was ihm dazu einfiel, war: »Das kann ich dir nicht sagen.«

»Du bist also einfach ein Typ, der fremden Mädchen auf der Straße nachläuft.« Sie schien nicht unbedingt etwas gegen diese Tätigkeit zu haben.

Dann kam ihm etwas in den Sinn, das ihm in dem Moment wie eine sehr gute Erklärung erschien. Er kramte in seiner Tasche und holte das Messer heraus, hielt es jedoch unterhalb der Tischkante. Langsam zog er es aus der Scheide. Er blickte von dem Messer zu Delph. Sie machte große Augen. Raymond beugte sich vor und flüsterte ihr ins Ohr: »Das habe ich aus dem Briefmarkenladen bei dir gegenüber geklaut.«

Als er sich wieder zurücklehnte, sah Delph ihn angewidert an. Luc versuchte zu sehen, was sie da unter dem Tisch machten. Mit einem Mal fühlte sich Raymond wild und gefährlich. Er grinste sie dümmlich an.

»Warum hast du das getan?«, fragte sie.

Raymond freute sich, dass er sie schockiert hatte. »Keine Ahnung«, antwortete er und zuckte die Achseln, als täte er so etwas andauernd. »Es war eine spontane Sache.«

Luc stand auf und reckte den Hals. Mit einer schnellen Bewegung hob Raymond das Messer. Luc wich zurück. Raymond blickte sich um. Die Leute an den Nachbartischen verstummten und sahen zu ihm herüber. Die Musik hämmerte unbeeindruckt weiter. Raymond bewegte die Klinge, sodass das Licht sich darin spiegelte. Er verspürte den Drang, etwas Dramatisches zu tun. Er dachte an die Szene im Sumatra, an Ivichs Hand, die vom Daumenballen bis zur Wurzel des kleinen Fingers offen war. Schwankend stand er auf und drückte die Klinge in seine linke Handfläche. In Delphs Gesicht blitzte Erregung auf. Zum Glück war die Klinge zu stumpf, um die Haut aufzuschneiden. Raymond zögerte. Delph starrte ihn mit leicht geöffnetem Mund an. Er wollte sich eigentlich gar nicht schneiden, aber wenn er das jetzt nicht durchzog, würde er sich lächerlich machen. Plötzlich packte ihn jemand am Handgelenk.

Mit einer schnellen Bewegung drehte Johnny ihm den Arm auf den Rücken. Raymond dachte einen Moment lang, er würde ihm den Arm brechen. Das Messer fiel zu Boden. Johnny schob sein Gesicht dicht an Raymonds. Er war überraschend stark.

»So was mögen wir hier nicht«, sagte er. Dann ließ er Raymond los.

»Tut mir leid«, sagte Raymond. Johnny nickte nur knapp, dann kehrte er zu seinem Posten an der Bar zurück. Die anderen Gäste hatten sich bereits wieder ihren Gesprächen zugewandt. Der kleine Zwischenfall schien kein großes Interesse hervorgerufen zu haben. Raymond setzte sich wieder und rieb sich das Handgelenk. Er sah zu Delph. Der Vorfall schien sie nicht beunruhigt zu haben.

Luc bezeichnete ihn als Arschloch. Raymond sah ihn ungerührt an, dann nahm er das Messer und packte es wieder in seine Tasche. Er stand auf und ging mit unsicheren Schritten zur Toilette. Als er durch die Schwingtüren trat, fand er sich in einem engen Flur wieder, der nach Schimmel roch. Ein Mann in einem ärmellosen T-Shirt und mit stark tätowierten Armen wartete darauf, dass die Toilette frei wurde.

»Das gibt Ärger, wenn du so mit dem Messer herumfuchtelst, Kleiner«, sagte er.

Raymond zuckte die Achseln. Eine Frau um die dreißig kam aus der Toilette. Sie schüttelte missbilligend den Kopf, als sie sich an Raymond vorbeischob. Der Tätowierte betrat die Toilette und pinkelte geräuschvoll, ohne die Tür zu schließen. Am Ende des Flurs war ein Raum voller Getränkekästen und Bierfässer. Als der Mann fertig war, ging Raymond in die Toilette und schloss die Tür. Gesichert wurde sie, indem man eine Schlaufe um einen verbogenen Nagel zog. Er pinkelte, wobei er sich mit der Hand an der Wand abstützen musste. Dann spritzte er sich kaltes Wasser ins Gesicht und trocknete sich mit einem schmuddeligen Handtuch ab, das neben dem Klo an einem Haken hing. Er strich sich das Haar zurück und betrachtete sich im Spiegel über dem Waschbecken. Er war merkwürdig zufrieden mit sich. Selbst Johnny schien nicht sonderlich verärgert über sein Verhalten zu sein. Er hätte ihn ohne Weiteres hinauswerfen können, aber er hatte nicht einmal damit gedroht. Als Raymond die Tür öffnete, stand Delph im Flur und rauchte.

15

Raymond wachte erst am frühen Sonntagnachmittag wieder auf. Er hatte einen sauren Geschmack in der Kehle und Kopfschmerzen. Er trug noch Schuhe und Hose, aber von der Taille aufwärts war er nackt. Die Vorhänge waren nicht zugezogen, und durch das Fenster schien schwach die Sonne herein. Auf dem Boden verteilt lagen die Reste eines Päckchens Zigaretten. Er zog sich die Decke über den Kopf. Er konnte sich nicht erinnern, wie er vom Johnny's nach Hause gekommen war. Und er wusste auch nicht, ob Thérèse bei seiner Rückkehr noch auf gewesen war. Seine Mutter war ganz bestimmt schon im Bett gewesen. Das Beste war wohl, aufzustehen und so zu tun, als wäre nichts Ungewöhnliches vorgefallen.

Raymond schlug die Decke zur Seite, blieb eine Weile auf dem Rücken liegen und starrte an die Zimmerdecke. Jetzt erinnerte er sich an das Ruckeln des Zuges auf der Rückfahrt. Hatte es einen Zwischenfall mit dem Schaffner gegeben? Er schloss die Augen, um die Erinnerung gar nicht erst hochkommen zu lassen. Anscheinend hatte er versucht zu rauchen, denn auf dem Teppich lag eine heruntergebrannte Zigarette. Langsam setzte er sich auf und stellte die Füße auf den Boden. Als er sich hinunterbeugte, um seine Schnürsenkel zu lösen, überkam ihn ein heftiger Brechreiz. Er richtete sich wieder auf und atmete ein paarmal tief ein und aus. Er zog sich mithilfe des jeweils anderen Fußes die Schuhe aus, dann stand er auf, ging mit nacktem Oberkörper ins Bad und trank zwei Gläser Wasser. Unter den Medikamenten im Badezimmerschrank waren auch Schmerztabletten, und er nahm drei davon. Er musterte sein Gesicht im Spiegel. Seine Haut sah teigig aus, fast gelb, und seine Augen waren blutunterlaufen. Er putzte sich gründlich die Zähne, dann zog er sich aus. Seine Unterhose war mit Sperma verklebt. Er stellte sich unter die Dusche. Das heiße Wasser war belebend. Er hielt sein Gesicht in den Wasserstrahl und strich sich die Haare aus der Stirn, dann seifte er sich unter den Achselhöhlen und zwischen den Beinen ein. Plötzlich kam ihm ein Bild von Delph in den Sinn. Ein bestimmter Geruch, den er nicht recht zuordnen konnte. Er atmete langsam aus und versuchte sich zu erinnern.

Als er im Johnny's aus der Toilette gekommen war, hatte Delph ihm mit einer Kopfbewegung bedeutet, er solle ihr folgen. Der Raum am Ende des Gangs war dunkel und roch nach Kanalisation. Es war kalt. Ohne Umschweife zog Delph ihre Nylons und ihre Unterhose aus und setzte sich auf einen Stapel Kisten. Es war zu dunkel, als dass Raymond zwischen ihre Beine hätte sehen können. Ein- oder zweimal hatte er das dunkle Dreieck seiner Mutter gesehen, als sie achtlos aus dem Bett aufgestanden war, aber abgesehen davon und von seinen ungeschickten Fummeleien mit Yvette hatte er nur eine vage Vorstellung von der weiblichen Anatomie. Delph knöpfte ihr Hemd auf. Sie trug keinen BH. Ihre Brust war so knochig wie die eines heranwachsenden Jungen. Sie forderte ihn auf, seine Hose herunterzulassen, und er tat es. Sie winkte ihn zu sich. Sie nahm seinen Penis in die Hand und wollte ihn in sich einführen, aber er kam bereits, als er die Innenseite ihres Oberschenkels berührte. Er versuchte es zu überspielen, indem er seine Hüften gegen sie stieß, wie er es bei Schauspielern in bestimmten Filmen gesehen hatte, doch seine Erektion fiel rasch in sich zusammen. Delph gab ihm deutlich zu verstehen, dass sie seine Bemühungen wenig befriedigend fand. Sie stieß ihn weg und rutschte von den Kisten. Nachdem sie das Sperma von ihrem Schenkel gewischt hatte, zog sie ihre Strumpfhose wieder an und knöpfte das Hemd zu. Raymond zog den Reißverschluss seiner Hose zu. Delphs Hut war heruntergefallen. Er hob ihn auf und gab ihn ihr, wobei er eine Entschuldigung murmelte.

»Schon gut«, sagte sie. »Darum kümmert sich Luc nachher.«

Sie setzte den Hut wieder auf, in einem kecken Winkel, und trat hinaus in den Gang. Ein Mann, der vor der Toilette stand, hatte die ganze Szene beobachtet. Er lachte. Raymond wartete, bis er in der Toilette verschwunden war, bevor er ging.

Als er jetzt unter der Dusche stand, erregte ihn die Erinnerung an die Episode. Er onanierte rasch, eine Hand gegen die gefliest Wand gestützt. Keuchend sah er zu, wie sein Sperma einen kleinen Strudel bildete, bevor es in den Ausfluss gesogen wurde. Er beschloss, die Sache mit Yvette voranzutreiben, damit er beim nächsten Mal eine bessere Vorstellung hinlegte. Wenn es denn ein nächstes Mal gab.

Raymond ging zurück in sein Zimmer und zog sich frische Sachen an. Er war froh, dass er das Mittagessen verschlafen hatte. Er wollte seiner Mutter nicht begegnen. Nicht, dass sie ihn schelten würde. Sie würde ihn einfach nur unglücklich ansehen, und Raymond konnte es nicht ertragen, wenn sie ihn unglücklich ansah. Er packte die Baseballstiefel in seine Tasche und schlich auf Socken die Treppe hinunter. Doch seine Mutter musste ihn gehört haben, denn sie rief aus dem Wohnzimmer nach ihm. Ihr Tonfall war leicht, als wolle sie ihm zu verstehen geben, dass sie nicht böse auf ihn war, doch er ging weiter zur Haustür und die Einfahrt hinunter. Erst als er den Gehweg erreicht hatte, blieb er stehen, um sich die Schuhe anzuziehen.

Saint-Louis wirkte noch trister als sonst. Das nachmittägliche Licht war trüb und schien allem die Farbe zu entziehen. Die Geschäfte entlang der Rue de Mulhouse wirkten nicht nur geschlossen, sondern regelrecht verlassen. Abgesehen von ein paar vorüberfahrenden Autos, waren die Straßen leer. Raymond fühlte sich merkwürdig. Durch die Sohlen seiner Schuhe konnte er jede Ritze im Pflaster spüren. Gebäude, die er nie zuvor wahrgenommen hatte, erschienen ihm jetzt geradezu abstoßend in ihrer Hässlichkeit. Jedes Mal, wenn er blinzelte, bemerkte er einen Moment der Schwärze und war erleichtert, dass die Welt noch da war, als er die Augen wieder öffnete. Er ging langsam an der Polizeiwache vorbei. Vielleicht war der kleine Kommissar jetzt da drin, saß in einem Büro mit grauem PVC-Fußboden und einer halb vertrockneten Topfpflanze auf der Fensterbank. Raymond blieb vor dem Schaukasten neben den Eingangsstufen stehen. Hinter der zerkratzten Acrylscheibe hing eine Bitte um Informationen über einen Vermissten namens Artur Kuper, mit einem Foto und einer Beschreibung der Kleidung, die er getragen hatte. Der Vermisste war ein ganz gewöhnlicher Mann mit struppigem Schnauzbart und beginnender Glatze. Der Aushang war drei Jahre alt. Daneben hing eine verblichene Werbung für die Fremdenlegion, auf der ein gut aussehender junger Mann mit *képi* enthusiastisch in die Zukunft blickte, versehen mit dem Slogan: *Das Leben neu entdecken.* Vielleicht hatte genau dieser Wunsch Artur Kuper dazu veranlasst, eines Tages in einen Zug zu steigen und zu verschwinden. Oder vielleicht war er auch einfach nur betrunken in den Kanal gefallen und verweste irgendwo im Schlamm. Seinem Aussehen nach zu urteilen, erschien Letzteres wahrscheinlicher.

Ein Polizist kam aus der Wache. Instinktiv wandte Raymond das Gesicht ab. Der Gendarm ging so dicht an ihm vorbei, dass er ihn an der Schulter streifte, doch er warf Raymond nicht einmal einen Blick zu. Raymond ging weiter. Sein Magen rebellierte, und er fürchtete, sich übergeben zu müssen. Er bog in den kleinen Park bei der protestantischen Kirche ab, wo er so oft mit Yvette gesessen hatte, und ließ sich auf die Bank direkt bei der Kirche sinken. Die Kastanienbäume, die den Park einrahmten, waren schon fast kahl. Er ließ den Kopf in die Hände sinken und atmete ein paarmal tief durch. Die Übelkeit ließ ein wenig nach. Eine alte Frau setzte sich auf die Bank gegenüber und musterte ihn. Er erwiderte ihren Blick. Ihr Gesichtsausdruck zeigte leise Neugier, vielleicht auch Missbilligung. Sie schien keine Angst vor ihm zu haben. Dafür gab es auch keinen Grund. Sie konnte nicht wissen, dass er ein Messer in seiner Tasche hatte und jederzeit über den Kiesweg auf sie zugehen und die Geldbörse verlangen konnte, die sich zweifellos in der großen ledernen Handtasche neben ihr befand.

Raymond verzog seinen Mund zu einem Lächeln und sagte: »Guten Tag, Madame.«

Der Gesichtsausdruck der Frau blieb unverändert. Er fragte sich, ob sie schwerhörig oder plemplem war. Er richtete seinen Blick auf die Bäume hinter ihr. Nach ein paar Minuten nahm sie ihre Tasche und schlurfte langsam Richtung Polizeiwache davon. Ein Geistlicher in schwarzem Talar kam und öffnete die schwere Holztür der Kirche. Er blieb einen Moment auf der Schwelle stehen und ließ den Blick über sein Reich gleiten, dann ging er hinein. Raymond war noch nie der Gedanke gekommen, dass die Kirche tatsächlich genutzt werden könnte; dass sie als Ort der Andacht fungierte und nicht nur als praktischer Orientierungspunkt. Ein paar Minuten später trat der Geistliche wieder heraus und wartete neben dem Eingang auf die Mitglieder seiner Gemeinde. Er begrüßte Raymond mit einem freundlichen Nicken. Vielleicht dachte er, Raymond warte auf den Beginn des Gottesdienstes. Der fehlende Andrang schien ihn nicht sonderlich zu kümmern. Ein altes Ehepaar kam, und er gab den beiden die Hand, bevor sie die Kirche betraten. Der Geistliche blickte auf seine Uhr. Raymond dachte bei sich, wenn man dem Mann seinen Titel und seine bizarre Kleidung nähme, würde jedem auffallen, wie absurd sein Verhalten war. Es lag nur an seiner Stellung, dass die Leute nicht mit dem Finger auf ihn zeigten und ihn auslachten.

Raymond blieb noch ein paar Minuten dort sitzen, dann stand er auf und ging weiter durch die Stadt. Er tastete in seiner Tasche nach dem Griff des Messers. Er konnte sich nicht vorstellen, dass er je ohne es gewesen war. Er hatte nicht vor, es jemals zu benutzen, aber zu wissen, dass es da war, gab ihm ein gutes Gefühl.

Yvette und Stéphane saßen an ihrem üblichen Tisch im Café des Vosges. Sie waren tief ins Gespräch versunken, und ihre Köpfe berührten sich fast über dem Tisch. Wie jeden Sonntag herrschte in dem Café eine Atmosphäre, als wäre es gar nicht geöffnet. Am Fenster saßen noch zwei andere Gäste und starrten mit ausdrucksloser Miene auf die verlassene Straße wie Komparsen bei einem Film, die darauf warteten, dass jemand »Action« rief. Die Kellnerin mit der Hasenscharte wischte die Vitrine aus, in der die Kuchen und Torten standen. Als Raymond an den Tisch trat, lehnte sich Stéphane zurück und breitete die Arme über die Rückenlehne der Bank aus. Yvette starrte auf die leere Tasse, die vor ihr stand.

»Hallo, alter Knabe«, sagte Stéphane.

»Monsieur, Mademoiselle«, sagte Raymond und nickte beiden zu. Dann setzte er sich neben Yvette auf die Bank. Sie küssten sich flüchtig auf die Wange.

»Und, was gibt's Neues?«, fragte Stéphane, offenbar entschlossen, eine gesellige Stimmung zu schaffen.

»Nichts Besonderes«, erwiderte Raymond.

Stéphane war zwei Jahre zuvor nach Saint-Louis gezogen. Als er der Klasse vorgestellt worden war, hatte Raymond in ihm sofort einen Seelenverwandten erkannt. Er trug eine Brille mit ovalem Drahtgestell, und seine Haare waren eindeutig zu ordentlich geschnitten. So als würde seine Mutter noch immer mit ihm zum

Friseur gehen. Dennoch strahlte er eine gleichmütige Gelassenheit aus: Wenn er ein Außenseiter war, dann aus freien Stücken. Ein paar Tage später entdeckte Raymond ihn im Speisesaal. Er war über ein Buch gebeugt. Es war Yvette, die darauf bestand, dass sie sich zu ihm setzen sollten. »Er kennt hier niemanden«, sagte sie.

»Vielleicht will er ja niemanden kennen«, erwiderte Raymond.

Als sie sich setzten, klappte Stéphane sein Buch zu, als hätte er auf sie gewartet. Er gab ihnen auf übertrieben formelle Weise die Hand.

»Stéphane Prudhomme«, sagte er.

Yvette und Raymond stellten sich vor.

»Ich finde es schön, dass ihr euch zu mir setzt«, sagte Stéphane. Die Arbeit seines Vaters – er erwähnte nicht, was dieser genau tat – zwang die Familie, immer wieder umzuziehen, und somit war er daran gewöhnt, in neue Schulklassen zu kommen. »Ich versuche gar nicht erst, von mir aus Freundschaften zu schließen. Die Leute haben Angst vor dem Unbekannten. Sie wollen niemanden am Hals haben, den sie nicht kennen. Deshalb warte ich, bis jemand auf mich zukommt. Manchmal geschieht das aus Mitleid, aber manchmal auch, weil derjenige etwas in mir gesehen hat, das ihn anzieht. Mir scheint, in diesem Fall trifft Letzteres zu, und – wenn ich das sagen darf – es beruht auf Gegenseitigkeit.«

Er bedachte Yvette mit einem strahlenden Lächeln. Raymond störte sich nicht daran, dass Stéphanes Blick auf Yvette lag. Im Gegenteil, er wollte, dass Stéphane sie bewunderte, als würden ihre hübschen Gesichtszüge irgendwie positiv auf ihn abstrahlen. Er suchte nach einer geistreichen Entgegnung auf Stéphanes kleine Rede, aber ihm fiel nichts ein.

Es folgte ein Gespräch über das Buch, das Stéphane gerade las, *Die Bestie im Menschen*. »Es ist ganz unterhaltsam, aber wenn Zola sich als Wissenschaftler betätigen wollte«, sagte Stéphane abfällig, »hätte er zum Skalpell greifen sollen, nicht zum Stift.« Raymond, der bis dahin noch nie etwas von Zola gelesen hatte, war fasziniert. Innerhalb weniger Wochen waren die drei unzertrennlich. Yvette und Raymond schienen die Gesellschaft ihres neuen Freundes gleichermaßen zu genießen. Es machte Raymond nichts aus, dass er dem Gespräch seiner Gefährten nicht immer folgen konnte. Die Tatsache, dass Yvette nun jemanden hatte, mit dem sie auf demselben Niveau diskutieren konnte, füllte lediglich eine Lücke in ihrer Beziehung.

Doch als die drei jetzt in betretenem Schweigen um den Tisch im Café des Vosges saßen, hatte sich etwas verändert. Raymond sah seine beiden Freunde an: Stéphane mit seinem albernen, mageren Bärtchen und Yvette mit dem braven Stoffband im Haar. Sie kamen ihm vor wie Kinder. Noch vor einer Woche wäre es Raymond nie in den Sinn gekommen, ihnen nicht alles zu erzählen. Doch jetzt erschien es ihm unvorstellbar.

Die Kellnerin kam zu ihrem Tisch. »Einen Tee?«, fragte sie ohne Umschweife.

Dass Raymond sich ein Bier bestellte, hatte nichts damit zu tun, dass er Lust darauf hatte – ganz und gar nicht –, sondern dass er den Graben markieren wollte, der sich zwischen ihnen aufgetan hatte. Die Kellnerin nickte gleichgültig und schlurfte in den abgewetzten Lederpantoffeln, die sie immer trug, zurück zum Tresen.

In gewisser Weise lag es an Stéphane, dass sie sich immer im Café des Vosges trafen. Als sie das erste Mal nach Schulschluss zusammen losgegangen waren, hatte er gefragt: »Kann man hier irgendwo einen Kaffee trinken?« Bis dahin hatten sich Raymond und Yvette, wenn sie noch nicht direkt nach Hause wollten, auf eine der Bänke in dem kleinen Park bei der protestantischen Kirche gesetzt. Doch keiner von beiden hatte es Stéphane gegenüber erwähnt. Da sie gerade am Café des Vosges vorbeigingen, hatte Yvette stattdessen einfach behauptet: »Manchmal gehen wir hierhin.«

Nachdem sie sich in die Nische ganz hinten im Café gesetzt

hatten, musterte Stéphane interessiert den Raum. Raymond, dem die altmodische Einrichtung peinlich war, fühlte sich genötigt anzumerken, dass es in der Nähe nichts Besseres gab. »Ich finde es großartig«, verkündete Stéphane. Zwei alte Frauen, die ihre Wintermäntel anbehalten hatten – daran erinnerte sich Raymond noch genau –, fütterten unter dem Tisch einen Pudel mit wässrigen Augen mit Kuchenstücken. Es hatte nicht lange gedauert, bis Raymond ihre Gewohnheiten kannte. Die beiden kamen immer dienstags in das Café, teilten sich eine Kanne Tee und bestellten beide ein Stück Kuchen. Sie wechselten die Kuchenauswahl, und die Diskussion darüber bildete den größten Teil ihres Gesprächs. Irgendwann war der Pudel offenbar gestorben, und von dem Moment an empfand Raymond den freien Raum zwischen den Füßen der Frauen als Leere.

Als die Kellnerin an jenem ersten Tag zu ihnen an den Tisch kam, bestellte Stéphane einen *café crème*. Yvette tat es ihm gleich. Um seine Individualität zu unterstreichen, bat Raymond um einen Tee. Sie saßen schweigend da, bis die Getränke kamen. Es gab in Saint-Louis noch andere, weniger triste Cafés, aber Raymond und Yvette hatten vorgegeben, dies sei ihr Stammcafé, und es stand Stéphane nicht zu, einen Ortswechsel vorzuschlagen. Somit waren sie dazu verdammt, dem Café des Vosges treu zu bleiben. Raymond hatte sich oft gefragt, ob sie irgendwann wie die alten Frauen in ihren Wintermänteln werden würden, die endlos dasselbe Gespräch wiederholten.

Die Kellnerin brachte Raymond sein Bier. Weder Yvette noch Stéphane kommentierten den Wechsel seiner Trinkgewohnheiten. Raymond trank einen Schluck von seinem Bier und leckte sich den Schaum von der Oberlippe. Es schmeckte grässlich.

Betont beiläufig sagte Stéphane: »Ich hab gestern Abend bei euch geklingelt.«

Unwillkürlich blickte Raymond zu Yvette. Sie sah ihn fragend an, das Kinn in die Hand gestützt. Anscheinend hatten sie vor seiner Ankunft darüber gesprochen.

»Ach ja?«, erwiderte Raymond achselzuckend.

»Und deine Mutter meinte, du wärst bei Yvette.«

»Ja, das habe ich ihr gesagt.«

»Aber ich war bei Yvette, und da warst du nicht.« Es war nicht klar, ob Stéphane zu Yvette gegangen war, weil Raymonds Mutter gesagt hatte, er sei dort, oder ob er sowieso dorthin gewollt hatte.

»Hast du deine Mutter etwa noch nie angelogen?«, fragte Raymond.

»Mich hast du auch angelogen«, sagte Yvette. »Du hast behauptet, du müsstest zu Hause bleiben.«

Raymond blickte vom einen zum anderen. Er schämte sich keineswegs, weil er beim Lügen erwischt worden war, sondern er war empört. Bisher hatte zwischen ihnen die stillschweigende Übereinkunft bestanden, dass Raymond sich zwar mit Yvette und Stéphane einzeln treffen konnte, aber dass Stéphane und Yvette sich nie ohne Raymond trafen. Er war der Kern, um den sich ihr Dreiergespann drehte. Sie hatten gegen die Regeln verstoßen. Raymond hatte das Gefühl, dass sie sich gegen ihn verschworen hatten.

Er trank noch einen Schluck Bier. »Muss ich dir gegenüber jetzt etwa Rechenschaft ablegen, wann ich wo bin?«

»Natürlich nicht«, sagte Yvette. »Aber ich finde es komisch, dass du mich anlügst.«

»Und ich finde es komisch, dass ihr zwei euch hinter meinem Rücken trefft«, entgegnete Raymond.

»Jetzt übertreibst du, alter Knabe«, sagte Stéphane. »Ich bin zu ihr gegangen, weil ich dich gesucht habe.«

Raymond beachtete ihn nicht. »Und hast du für ihn auch die Beine breit gemacht?«, fragte er Yvette.

Yvette hatte Tränen in den Augen. »Warum bist du so gemein?«

Stéphane starrte auf den Tisch. Yvette stieß Raymond in die Seite. Er stand auf, um sie aus der Nische zu lassen. Zu seiner Überraschung erhob sich Stéphane ebenfalls. Er sah Raymond kopfschüttelnd an, dann verließen die beiden das Café. Raymond setzte sich wieder. Die Kellnerin hatte die kleine Szene von ihrem Platz hinter dem Tresen verfolgt. Raymond hatte ein schlechtes Gewissen. Yvette hatte recht, er war gemein. Er sollte ihr nachlaufen und sich bei ihr entschuldigen. Sie würde es verstehen. Yvette verstand immer alles. Dann dachte er daran, wie Delph auf den Kisten hinten im Johnny's ihr Hemd aufgeknöpft hatte, und er ließ es bleiben.

Die Kellnerin musterte ihn missbilligend. Um zu zeigen, dass ihm das Ganze nicht peinlich war, bestellte er ein zweites Bier. Erst als er zahlte, erinnerte er sich daran, wie er die gestohlenen Geldscheine im Johnny's auf den Tisch geworfen hatte.

16

Wenn es einen Punkt gab, in dem Gorski mit seinem Vorgänger übereinstimmte, dann war es die Nützlichkeit von Beerdigungen. »Gehen Sie immer zu den Beerdigungen«, hatte Ribéry gerne gesagt. »Hochzeiten sind Zeitverschwendung. Sie erfahren bei einer Beerdigung in fünf Minuten mehr als bei einer Hochzeit an einem ganzen Tag.« Und das hatte sich für Gorski bestätigt. Vielleicht lag es an der Nähe des Todes, aber bei einer Beerdigung dauerte es nie lange, bis die Leute lockerer wurden. Es gab immer jemanden, der es auf sich nahm, die Stimmung mit einem Scherz oder einer respektlosen Bemerkung über den Verstorbenen aufzulockern. Dann stießen alle Gäste einen kollektiven Seufzer der Erleichterung aus und griffen munter nach ihren Gläsern. Und niemand sah einen Polizisten bei einer Beerdigung schräg an. Bei einer Hochzeit warf die Anwesenheit eines Polizisten immer einen Schatten auf die Feierlichkeiten, aber bei einer Beerdigung erschien sie vollkommen passend.

Der Empfang im Anschluss an die Beerdigung von Bertrand Barthelme fand in dem Haus an der Rue des Bois statt. In der Eingangshalle waren Tische mit gestärkten weißen Decken aufgestellt worden, auf denen Getränke und eine Auswahl an *Hors d'œuvres* bereitstanden. Für den Anlass waren livrierte Bedienstete einge-stellt worden, die Neuankömmlinge sofort mit einem Glas Sherry versorgten. In dem Salon, wo Gorski mit Lucette Barthelme gespro-chen hatte, war ein Feuer angemacht worden. Sämtliche verfügba-ren Sitzgelegenheiten waren besetzt. Die übrigen Gäste standen in eng gedrängten Grüppchen zusammen, als hätten sie Angst, man könne ihre Gespräche belauschen. Zwei Kellnerinnen gingen mit Getränketabletts umher. Thérèse, die Haushälterin, eilte zwischen den beiden Räumen hin und her und hielt ein wachsames Auge auf alles.

Lucette saß auf der Chaiselongue. Sie trug ein schwarzes Kos-tüm und dazu einen Pillbox-Hut samt Schleier. Die dunkle Klei-dung ließ ihre Haut noch blasser erscheinen als sonst. Eine grau-haarige Frau saß neben ihr und sprach angeregt auf sie ein, doch Lucette schien nicht zuzuhören. Ihr Blick war auf ihren Sohn ge-richtet, der in der Ecke des Raums stand. Er hatte für den Anlass einen Anzug bekommen. Die förmliche Kleidung ließ ihn männli-cher wirken als sonst. Trotz seiner feinen Gesichtszüge sah er recht gut aus. Er nippte an einem Glas Sherry. Sein Blick folgte einer hübschen dunkelhaarigen Kellnerin, die umherging und Getränke anbot. Als er Gorski bemerkte, trat er ans Fenster und starrte hin-aus in den Regen.

Niemand sprach mit Gorski, doch er fühlte sich nicht unwohl. Das war ein weiterer Vorzug von Beerdigungen: Es war vollkom-men in Ordnung, sich am Rande des Geschehens aufzuhalten. Als die Kellnerin bei Gorski erschien, nahm er sich ein drittes Glas Sherry. Lucette sah sich nach Thérèse um, besorgt, ob der Empfang ihren Gästen genehm war. Als sie Gorski entdeckte, lächelte sie ihm auf eine Weise zu, die zu sagen schien, wie erleichtert sie sein wür-de, wenn alles vorbei wäre. Es gab ihm das Gefühl, ihr für einen Moment ganz nahe gewesen zu sein.

Gorskis Schwiegervater wärmte sich den Rücken am Kaminfeuer. Er hatte für diesen Anlass seine Bürgermeisterscharpe angelegt. Er begrüßte Gorski mit einem freundlichen Winken, dann wandte er sich wieder seinem Gespräch mit einigen Honoratioren der Stadt zu. Unter ihnen war auch Maître Corbeil. An seiner Seite stand eine missmutige Frau, vermutlich Mme Corbeil. Es überraschte Gorski nicht, dass die gesamte bessere Gesellschaft von Saint-Louis zur Beerdigung von Bertrand Barthelme gekommen war. Und es überraschte ihn ebenso wenig, dass niemand das Dahinscheiden des alten Mannes sonderlich zu betrauern schien.

Bertrand Barthelme war immerhin so prominent, dass es im Archiv des *L'Alsace* einen schmalen Hefter mit Zeitungsausschnitten über ihn gab, und in einer Stadt wie Saint-Louis hatten die Einwohner kaum etwas Unterhaltsameres zu tun, als Klatsch und Tratsch über die besser gestellten Leute zu verbreiten. Gorski war klug genug, um das meiste, was er zu hören bekam, mit gesundem Misstrauen zu behandeln. Dennoch entsprach der Barthelme, der sich in den Gerüchten abzeichnete, nicht ganz dem asketischen Bild, das er der Welt gezeigt hatte. Gorski brauchte bei seinen Erkundigungen gar nicht direkt zu werden; es genügte, wenn er beiläufig erwähnte, was für ein Unglück dieser Unfall doch gewesen sei, um eine Reaktion zu bekommen. Selbst die muntere Mme Beck, die den Blumenladen unter der Wohnung seiner Mutter führte, hatte eine abschätzige Miene gezogen. Als Gorski fragte, ob sie Barthelme gekannt hatte, erwiderte sie: »Nur seinen Ruf.« Doch als Gorski vorsichtig nachhakte, hatte sie mit bemühter Aufmerksamkeit einen Blumenstrauß in Papier gewickelt und gesagt, sie habe seiner Mutter ein wenig Suppe hochgebracht.

Lemerre war weniger zurückhaltend. Gorski ließ sich einmal im Monat in seinem Friseurladen an der Avenue Général de Gaulle die Haare schneiden. Céline hatte ihn oft gedrängt, zu einem der besseren Friseure der Stadt zu gehen, aber es wäre nicht unbemerkt und auch nicht unkommentiert geblieben, wenn Gorski den Friseur gewechselt hätte. Außerdem war Lemerre einer von denen, die stets dafür sorgten, dass sie über alles, was in der Stadt geschah, auf dem Laufenden waren. Somit empfahl es sich, den Kontakt zu pflegen.

Obwohl die Hygiene in Lemerres Laden einiges zu wünschen übrig ließ, überraschte es Gorski nicht, als er erfuhr, dass auch Barthelme dort Stammkunde gewesen war. Zum einen lag seine Kanzlei nur einen kurzen Fußmarsch entfernt, und zum anderen wurde immer wieder über ihn gesagt, dass er nur ungerne mehr Geld ausgab als nötig.

»Ein arroganter Kerl«, lautete Lemerres Urteil. »Hat nie ein Wort gesagt. Und Trinkgeld hat er auch keins gegeben.«

Gorski schnalzte mitfühlend mit der Zunge.

Bertrand war 1923 geboren, als zweiter von drei Söhnen von Honoré und Anaïs Barthelme. Honoré hatte 1920 mit seinem Bruder Jacques die Kanzlei Barthelme & Barthelme gegründet, und dank ihrer Fähigkeit und Diskretion hatten sie sich rasch einen guten Ruf gemacht. Die Porträts der beiden Brüder schmückten noch immer die Räume der Kanzlei. Bertrands älterer Bruder, der ebenfalls Honoré hieß, wurde 1942 von einem Auto überfahren, und somit fiel die Erwartung, das Familienunternehmen fortzuführen, auf den mittleren Sohn. Bertrands jüngerer Bruder Alain wurde während des Krieges wegen Schwarzmarkthandels verhaftet, was sein Vater ihm niemals verzieh. Bertrand trat 1950 in die Firma ein, nachdem er seinen Militärdienst geleistet und sein Studium an der Universität von Straßburg als Jahrgangsbester abgeschlossen hatte.

Fotos aus Barthelmes Studienzeit in Straßburg zeigten einen gut aussehenden, modisch gekleideten jungen Mann, glatt rasiert und ohne die Strenge seiner späteren Jahre. Zu jener Zeit hatte er den Ruf eines Dandys. Er war stets in weiblicher Gesellschaft und schien keine Schwierigkeiten damit zu haben, sich neben dem Studium die Nächte in den übelsten Kaschemmen der Stadt um die Ohren zu schlagen. Damals machte er Bekanntschaft mit Camille Masson, der Tochter von Guy Masson, einem wohlhabenden Straßburger Bankier. Camille war ein Wildfang und eine leidenschaftliche Tänzerin, die stets nach der neuesten Mode gekleidet war. Bertrand lernte sie im Lapin Rouge kennen, einem Kabarett, das vor allem Künstler und Musiker besuchten. Camille gefiel der gut angezogene Student, der sie bei ihrer ersten Begegnung mit einer spontanen Rezitation von Baudelaires *Hymne an die Schönheit* beeindruckte. Es war gar nicht so sehr sein Vortrag, der sie faszinierte, sondern die Art, wie er sie mit seinen schmalen, unruhigen Augen ansah. Bertrand weigerte sich, mit ihr zu tanzen, aber er beobachtete sie aufmerksam, wenn sie mit anderen tanzte. Bald tauchte das Paar regelmäßig in den Cafés und Nachtclubs der Stadt auf. Die Zeit ihrer Werbung war unspektakulär, abgesehen von einem Zwischenfall, bei dem Bertrand einem jungen Maler namens Marcel Daru einen Faustschlag verpasste, weil er zu innig mit Camille tanzte. Er brach Daru den Unterkiefer, aber es kam nie zu einer Anzeige. Solche Situationen passierten in den Nachtclubs jener Zeit regelmäßig, und es wäre vulgär gewesen, die Polizei zu rufen. Im Übrigen schadete der Zwischenfall vermutlich weder Barthelmes noch Darus Ruf.

Bertrand wurde Camilles Familie vorgestellt, und es fiel ihm nicht schwer, die Rolle des respektablen zukünftigen Schwiegersohns zu spielen. Seine Aussichten waren vielversprechend, und weder seine Manieren noch seine Sprechweise verrieten seine provinzielle Herkunft. Vermutlich dachte Guy Masson, der junge Mann sei genau der Richtige, um die wilden Züge seiner Tochter zu zähmen. Camille sehnte sich danach, nach Paris zu ziehen, Tänzerin zu werden und die Cafés am Montparnasse zu besuchen. Es ist nicht überliefert, ob sie Talent hatte. Sie trat in einigen semiprofessionellen Revuen auf, aber vermutlich war es eher der Lebensstil, der sie anzog, als der Drang, sich künstlerisch zu verwirklichen. Wie dem auch sei, 1949, einen Monat nachdem Bertrand seinen

Universitätsabschluss gemacht hatte, heiratete das Paar in einer prunkvollen Zeremonie im Straßburger Rathaus. Bis zu dem Zeitpunkt hatte Bertrand Camille seinen Eltern noch nicht vorgestellt, vermutlich weil er fürchtete, dass die Fahrt in ein Provinzkaff wie Saint-Louis seinem sorgfältig erschaffenen Bild nicht gerade zuträglich wäre. Honoré und Anaïs Barthelme fanden Camille bezaubernd, aber der Provinzjurist konnte sich nicht verkneifen, seine Missbilligung angesichts einer so extravaganten Feier zu äußern.

Das frisch vermählte Paar begab sich auf eine einmonatige Italienreise, die der Vater der Braut bezahlte. Während dieser Hochzeitsreise teilte Bertrand seiner Frau mit, dass er vorhatte, in der Kanzlei seines Vaters anzufangen, und dass sie zusammen mit seinen Eltern in dem Haus in der Rue des Bois wohnen würden. Camille war am Boden zerstört. Das war ganz und gar nicht das, was sie sich vorgestellt hatte, dabei ahnte sie noch nicht einmal, wie trostlos ihr neues Zuhause sein würde. Maître und Madame Barthelme taten ihr Bestes, um ihre exotische neue Schwiegertochter willkommen zu heißen, doch ihre provinzielle Lebensweise – sie gingen immer um zehn Uhr abends zu Bett – stieß sie ab. Eine Soiree wurde veranstaltet, um sie in die sogenannte Gesellschaft von Saint-Louis einzuführen, aber Camille machte keinen Hehl daraus, wie langweilig sie die Anwälte, die Kaufleute und vor allem die Geistlichen fand, die eingeladen waren. In einem Brief an eine Freundin in Straßburg schrieb sie, sie komme sich vor wie in einem Gefängnis. Bertrand bemühte sich nach Kräften, sie an den Abenden und Wochenenden zu amüsieren, aber es gab nicht viel, was er tun konnte. Honorés Gesundheitszustand verschlechterte sich, und Bertrand war gezwungen, mehr Verantwortung in der Kanzlei zu übernehmen und noch länger zu arbeiten. Er ließ sich einen Bart wachsen, weil er meinte, dass er seinem noch jugendlichen Gesicht mehr Würde verlieh, und trat diversen Berufsvereinigungen der Stadt bei. Er engagierte sich zwar nicht in der Lokalpolitik, nahm jedoch an allen Veranstaltungen teil, bei denen einflussreiche Leute zugegen waren. Abends mit einem Buch im zugigen Salon des Hauses an der Rue des Bois zu sitzen oder höfliche Konversation mit kleinbürgerlichen Ratsmitgliedern zu führen war jedoch ganz und gar nicht das, was Camille vorgeschwebt hatte, als sie den schnittigen Studenten aus Straßburg heiratete. Sie wurde depressiv. Als auf eine erste Fehlgeburt eine zweite folgte, argwöhnte Bertrand, dass sie die Schwangerschaften absichtlich sabotiert hatte. Die Ehe wurde zusehends von gegenseitigem Groll beherrscht. Als Camille 1955 an einer Überdosis Schlaftabletten starb, wurde ihr Tod als Unfall eingestuft. Doch dieses Urteil hatte vermutlich weniger mit der Wahrheit zu tun als mit dem Wunsch einer einflussreichen Familie, dem Stigma eines Selbstmordes zu entgehen.

Zwei Jahre später, 1957, starb Honoré Barthelme an Bauchspeicheldrüsenkrebs, und im Jahr darauf überredete Bertrand Gustave Corbeil, den Inhaber einer anderen Kanzlei in Saint-Louis, sich mit ihm zusammenzutun, da es doch für sie beide förderlicher sei, ihre Kräfte zu bündeln, anstatt sich gegenseitig Konkurrenz zu machen. Nachdem er sich dadurch das juristische Monopol der Stadt gesichert hatte, blieb für Bertrand nur noch eine Aufgabe, nämlich die, einen Erben zu zeugen. Seine zweite Ehe wurde von seiner Mutter arrangiert. Lucette Fischer war die Tochter eines örtlichen Versicherungsunternehmers, dessen Frau regelmäßig mit Anaïs Bridge spielte. Es wurde zu einer Dinnerparty geladen, offiziell zu Ehren von Anaïs' fünfundsechzigstem Geburtstag, und die ahnungslose Lucette bekam den Platz neben Bertrand zugeteilt, der ein wenig seinen alten Charme hervorholte und sie mit Geschichten aus seinen Studententagen amüsierte (wobei er taktvollerweise Camille nicht erwähnte). Lucette, damals zweiundzwanzig, war eine hübsche junge Frau, aber schüchtern und in sich gekehrt. Sie hatte Kinderlähmung gehabt, und da sie deshalb oft in der Schule gefehlt hatte, fiel es ihr schwer, Freundschaften zu schließen. Die Aufmerksamkeit des gut aussehenden und weltgewandten Bertrand musste sie regelrecht überwältigt haben. Wegen ihrer Krankheit hatte sie einen großen Teil ihrer Jugend mit Lesen verbracht, aber im Gegensatz zur ersten Mme Barthelme verspürte sie keinen Drang zur Selbstverwirklichung. Nach dem Abendessen lud Bertrand sie ein, sich die Büchersammlung im Arbeitszimmer seines Vaters anzusehen. Ob er seine Rezitation des Baudelaire-Gedichts wiederholte, ist nicht bekannt, aber bis zum Ende des Abends hatte man voller Befriedigung bemerkt, dass die beiden nur noch Augen füreinander hatten. Lucette zu umwerben beeinträchtigte Bertrands Arbeitsrhythmus nur wenig. Am folgenden Sonntag machte er mit ihr einen Ausflug nach Ferrette, wo sie einen Spaziergang um die Schlossruine machten und zum Mittagessen in einem rustikalen Gasthof einkehrten. Lucette war hingerissen, und als Bertrand drei Monate später um ihre Hand anhielt, willigte sie sofort ein.

Bertrands zweite Hochzeit war bescheidenerer Art, mit einem Empfang im Haus der Familie, zu dem die Honoratioren der Stadt geladen waren. Anaïs, die die launische Camille nie leiden konnte, war hocherfreut über die schüchterne neue Ehefrau ihres Sohns und ihre eigene Rolle bei der Entstehung dieser Verbindung. Das Eheleben war langweilig, aber Lucette wirkte durchaus zufrieden. Die Ausflüge in ländliche Gasthäuser hörten bald auf, und Lucette fügte sich in ihre Rolle, nicht nur als Ehefrau, sondern auch als Gefährtin ihrer Schwiegermutter. Als Lucette 1965 endlich einen Sohn gebar, hatte sie ihren Zweck erfüllt, und Bertrand verlor jegliches Interesse an ihr.

Gorski schlenderte vom Salon in die Eingangshalle. Hier war die Unterhaltung der Gäste munterer, vielleicht weil sie sich nicht in unmittelbarer Nähe der Witwe befanden. Während er zwischen ihnen umherging, hörte er nur wenig über Bertrand Barthelme. Marc Tarrou trat ein. Bei der Beerdigung selbst hatte Gorski ihn nicht gesehen, und er wäre ihm sicher nicht entgangen, da Tarrou einen leuchtend blauen Anzug trug, der obendrein noch stark glänzte. Sein Haar war nass; er fuhr sich mit beiden Händen hindurch und schüttelte sie dann aus. An seinen Schuhen klebte der helle Lehm vom Parkplatz seiner Firma. Er nahm ein Glas von dem angebotenen Sherry, leerte es in einem Zug und nahm sich ein zweites, wobei er dem Mädchen zuzwinkerte, das hinter dem aufgebauten Tisch stand. Dann bemerkte er Gorski, der am Fuß der Treppe stand.

»Ah, mein Lieblingspolizist – immer noch beim Herumschnüffeln?«, rief er. »Haben Sie schon ein paar von den Geheimnissen des alten Gauners aufgedeckt?« Er wischte sich seine feuchten Hände an den Hosenbeinen ab. »Hab keinen Parkplatz in der Nähe des Hauses gefunden«, sagte er. »Wer hätte gedacht, dass der Alte so beliebt war, ha, ha.«

Ein paar Köpfe wandten sich zu ihnen um. Tarrou beugte sich zu Gorski. »Dachte mir, ich sollte der lustigen Witwe meine Aufwartung machen.«

Gorski zeigte ihm, wo Lucette zu finden war. Tarrou schlug ihm auf die Schulter und verschwand Richtung Salon. Gorski nutzte die Gelegenheit, unauffällig die Treppe hochzugehen. Die Haushälterin beobachtete ihn von der Küchentür aus, schritt jedoch nicht ein. Die Tür zu Barthelmes Arbeitszimmer stand einen Spalt offen. Gorski zögerte einen Moment und spähte hinein. Als er sich überzeugt hatte, dass niemand drinnen war, betrat er den Raum und schloss leise die Tür. Er zog es vor, wenn er niemandem seine Anwesenheit dort erklären musste – nicht einmal der Haushälterin. Die Luft roch abgestanden und nach Pfeifentabak. Er strich über das eingerissene Leder des Sessels am Fenster. Auf dem kleinen Tisch daneben lag eine Ausgabe von *Eugénie Grandet* mit einem Lesezeichen bei ungefähr zwei Dritteln des Textes. Gorski griff danach und drehte es geistesabwesend hin und her. Er hatte noch nie etwas von Balzac gelesen. Er legte das Buch wieder hin und trat an den Schreibtisch, jede Bewegung so beiläufig, dass ein zufälliger Beobachter annehmen würde, er verfolge keinerlei Absicht. Er setzte sich auf den Drehstuhl. Es war ein schöner Schreibtisch, mit nur wenigen, sorgfältig platzierten Dingen auf der grünledernen Oberfläche. Gorski zog nacheinander alle Schubladen auf. Abgesehen von ein paar Schreibutensilien in einer davon, waren sie leer. Gerade als er die letzte wieder zuschob, wurde die Tür geöffnet. Gorski schrak zusammen. Er rechnete damit, Thérèse zu sehen, doch es war sein Schwiegervater.

»Ich dachte mir, dass ich dich hier finden würde, Georges«, sagte er. »Ich habe gesehen, wie du die Treppe raufgeschlichen bist.«

Gorski wollte schon protestieren, dass er keineswegs irgendwohin »geschlichen« war, sagte dann aber nur: »Paul«, um ihn zu begrüßen, und erhob sich. Er nahm an, dass M. Keller gekommen war, um über das eheliche Zerwürfnis der Gorskis zu sprechen, ihn vielleicht sogar zurechtzuweisen, weil er Céline die Stirn geboten hatte. Gorski war sich nie sicher gewesen, inwieweit er seine Stellung als Polizeichef dem Einfluss seines Schwiegervaters zu verdanken hatte. Über das Thema war nie offen gesprochen worden, aber im Laufe der Jahre waren diverse Bemerkungen gefallen, die Gorski zu verstehen gegeben hatten, dass er in der Schuld des Bürgermeisters stand. Ab und zu hatte Keller ihn nach dem sonntäglichen Mittagessen eingeladen, mit ihm im Garten des Familiensitzes eine Zigarre zu rauchen, und ihm Fragen zu den jeweils laufenden Ermittlungen gestellt. Es war nicht klar, woher Kellers Informationen stammten, aber zweifellos hatte er in der Wache einen Informanten; wahrscheinlich Schmitt. Gorski verabscheute diese Einmischung, aber er traute sich nicht, Keller zurechtzuweisen, und fühlte sich nach jedem dieser Gespräche besudelt.

Keller nahm die Schärpe ab und warf sie auf den Sessel am Fenster. »Albernes Brimborium«, sagte er. »Aber man muss den Bürgern ja etwas bieten, oder?«

Er deutete auf den Schrank hinter Gorski und durchquerte den Raum. Er nahm eine Karaffe mit Sherry heraus, zog den Stopfen ab und schnupperte daran. »Wer weiß, wie lange der schon da drin steht.«

Gorski hatte den Eindruck, dass sein Schwiegervater sich in dem Raum auskannte. Vielleicht hatten er und Barthelme manchen Abend dort verbracht und über städtische Angelegenheiten gesprochen.

Er füllte zwei Gläser und reichte Gorski eines davon. Sie stießen an. Keller trat ein paar Schritte zurück und lehnte sich an den Schreibtisch.

»Wie ich höre, interessierst du dich für die Angelegenheiten vom alten Barthelme«, sagte er.

Die Formulierung *wie ich höre* war natürlich mit Absicht gewählt. Gorski antwortete nicht. Keller hob fragend die Augenbrauen. Gorski wurde wütend. Er kam sich vor wie ein Schuljunge, der zum Direktor bestellt und eines Vergehens beschuldigt worden war, das er nicht begangen hatte.

»Natürlich muss ich die Umstände seines Todes untersuchen«, erwiderte er schließlich.

Keller spielte den Überraschten. »So? Ich dachte, es wäre lediglich ein Unfall gewesen.« Es klang so, als erkundige er sich aus reiner Neugier.

Wieder sagte Gorski nichts.

»Ich weiß, Georges«, fuhr er munter fort. »Du darfst nicht darüber sprechen, solange die Ermittlungen nicht abgeschlossen sind. Das verstehe ich. Es ist nur so, dass ein paar Leute sich Sorgen machen«, er wog seine Worte sorgfältig ab, »dass du es ein wenig übertreibst.«

»Ich weiß nicht, was du meinst«, sagte Gorski ausdruckslos.

»Oh, ich glaube, das weißt du sehr genau«, erwiderte Keller mit plötzlicher Schärfe. Er leerte sein Glas und leckte sich die Lippen.

Dann zuckte er die Achseln. Er hatte gesagt, was er sagen wollte. »Wir sollten besser wieder nach unten gehen.«

Als er bei der Tür ankam, fiel ihm ein, dass er seine Schärpe vergessen hatte. Er faltete sie zusammen und stopfte sie in die Tasche seines Jacketts. »Ach, und bitte sieh zu, dass du das mit Céline klärst«, sagte er im Gehen. »Sie treibt Hélène und mich in den Wahnsinn.«

Nachdem er gegangen war, atmete Gorski langsam aus. Er massierte sich die Schläfen. Dann schenkte er sich nach und lauschte vom Türrahmen aus dem Stimmengemurmel unten. Er hätte gerne ein paar Minuten allein mit Lucette verbracht, aber es sah nicht so aus, als würde der Empfang in der nächsten Zeit enden. Wenn er ehrlich war, war er aus diesem Grund zur Beerdigung gekommen, nicht weil er hoffte, dabei irgendetwas Neues über Barthelme herauszufinden.

17

Als Raymond mit seiner Mutter aus der Limousine stieg, erkannte er, dass die zentrale Figur bei der Beerdigung nicht sein Vater war, sondern er selbst. Der Sarg war kaum mehr als eine Requisite, um die herum das Schauspiel stattfand. Lucette nahm seine Hand, als sie den Weg zu der kleinen Kapelle hinaufgingen. Die Trauerkleidung stand ihr überraschend gut. Raymond hatte sie noch nie zuvor in Schwarz gesehen. Der kleine Polizist stand an der Straße und rauchte eine Zigarette. An der niedrigen Mauer, die den Friedhof umschloss, stützte sich ein Arbeiter neben einem frisch ausgehobenen Grab auf seine Schaufel. Als Raymond und seine Mutter vorbeigingen, nahm er die Mütze ab. Es fing in großen, schweren Tropfen an zu regnen. Diejenigen, die neben dem Eingang der Kapelle warteten, verneigten sich ernst. Raymond erwiderte die Geste. Er kam sich albern vor. Aber sein neuer Anzug half. Er hatte ihn am Abend zuvor anprobiert und sich im Spiegel seiner Schranktür betrachtet. Seine Mutter hatte darauf bestanden, dass er hinunter ins Wohnzimmer kam, um ihn ihr zu zeigen. Sie hatte sich eine Träne aus dem Auge gewischt und gesagt, er sehe sehr gut aus. Sogar Thérèse hatte beeindruckt gewirkt. Er war sich vorgekommen wie ein Schauspieler bei der Kostümprobe vor der Premiere.

Der Pfarrer begrüßte sie. Lucette, die, soweit Raymond wusste, nicht gläubig war, machte einen kleinen Knicks. Zu seiner Überraschung war die Kapelle bis auf den letzten Platz besetzt. Und das für seinen Vater, der kaum in Gesellschaft gegangen war, nie ein freundliches Wort für jemanden gefunden hatte und allseits unbeliebt gewesen war. Sogar der Bürgermeister war da, herausgeputzt mit einer albernen Schärpe. Als er vortrat, um zu kondolieren, bemerkte Raymond, dass der Reißverschluss seiner Hose nicht richtig hochgezogen war.

Während des Trauergottesdienstes gab sich Raymond keine Mühe, den Worten des Pfarrers zu folgen. Lucette hielt seine Hand in ihrem Schoß umfasst, aber sie wirkte nicht sonderlich aufgelöst. Sie schien ihm verziehen zu haben, dass er wegen der zweihundert Franc gelogen hatte. Der Vorfall war nicht mehr erwähnt worden. Raymond betrachtete den Sarg, in dem die sterblichen Überreste seines Vaters lagen. Ihm war der Ernst des Anlasses durchaus bewusst, aber er fühlte kaum etwas, abgesehen von dem kalten Luftzug, der vom Eingang herüberwehte. Von klein auf hatte Raymond gelernt, wenig von seinem Vater zu erwarten. Irgendwann hatte er den Versuch aufgegeben, ihm gefallen zu wollen, um sich vor der Enttäuschung zu schützen, wenn seine Anerkennung ausblieb. Als er sieben oder acht gewesen war, hatte die Familie einen Ausflug nach Ferrette gemacht, um dort zu Mittag zu essen. Es war ein Sonntag im Frühling, vielleicht zu Ostern. Es war ein milder Tag gewesen, und sie hatten auf der Terrasse eines Gasthofs gesessen, mit Blick auf einen Garten. Raymonds Vater war ungewöhnlich guter Laune. Er zog sein Jackett aus und bestellte eine zweite Karaffe Weißwein. Raymond bemerkte die Wassertropfen, die sich auf dem kalten Glas bildeten, und sein Vater erklärte ihm den Vorgang der Kondensation. Nach dem Essen blieben seine Eltern am Tisch sitzen, und er bekam die Erlaubnis aufzustehen und zu spielen. Am Ende des Gartens war ein großer Teich, und Raymond entdeckte zu seiner Freude, dass darin Frösche und Wassermolche lebten. Ohne daran zu denken, dass er seinen besten Anzug anhatte, legte er sich bäuchlings ans Ufer und streckte die Hand aus. Nach einer Weile landete ein Ochsenfrosch darauf. Raymond beobachtete das An- und Abschwellen seines Kehlsacks und das langsame Blinzeln seiner Augen. Die Haut des Frosches war fein und dünn. Ihm kam eine Idee, und er lief zur Küche des Gasthofs und bat um ein Vorratsglas, das er mit Teichwasser und einer Kugel Laich füllte. Zu Hause im Garten war auch ein kleiner Teich. Da würde er seine eigene Froschkolonie gründen. Als es Zeit zum Aufbruch war, fragte sein Vater, was er da hinter seinem Rücken habe. Er nahm Raymond das Glas weg und kippte den Inhalt auf den Grünstreifen neben dem Parkplatz. Dann befahl er seinem Sohn, das Glas in die Küche zurückzubringen. Raymond heulte den ganzen Heimweg über. Als sie zu Hause ankamen, tat ihm der Hals weh, und er hatte Schluckauf. Später kam sein Vater zu ihm ins Zimmer. Er setzte sich auf den Bettrand und erklärte ihm, dass die Kaulquappen in ihrem kleinen, veralteten Teich gestorben wären und dass er verhindern wollte, dass Raymond sie ins Herz schloss. Dann legte er Raymond die Hand auf die Stirn und sagte, es täte ihm leid.

Am nächsten Tag kam Maître Barthelme später als sonst von der Arbeit zurück. Er schenkte Raymond ein Glas mit Froschlaich, das er bei dem Gasthof geholt haben musste. Raymond sah ihn unsicher an. Er wollte das Glas mit Froschlaich nicht. Es war nicht der Froschlaich, den er gesammelt hatte. Die Frösche, die daraus entstehen würden, wären nicht seine Frösche. Doch er verstand, dass sein Vater es wiedergutmachen wollte. Er bedankte sich und nahm das Glas. Als er es genauer betrachtete, sah er, dass nicht nur Laich darin war, sondern auch ein paar bereits geschlüpfte Kaulquappen. Nach dem Abendessen half sein Vater ihm, einen Teil der Algen aus dem Gartenteich zu fischen und frisches Wasser hinzuzugeben. Dann kippte Raymond den Inhalt des Glases hinein und sah zu, wie die Kaulquappen ihr neues Zuhause erkundeten. Während der nächsten Woche verbrachte Raymond jede freie Minute am Teich und beobachtete seine Schützlinge. Der Laich wurde immer weniger, und dafür schwammen immer mehr Kaulquappen herum. Doch ein paar Tage später waren alle Kaulquappen tot; entweder hatten Vögel sie gefressen, oder sie trieben leblos an der Wasseroberfläche.

Als Raymond nun auf den Sarg starrte, spürte er, wie ein Schluchzen in seiner Brust aufstieg. Er schluckte mühsam, um es zu unterdrücken. Seine Kehle schnürte sich zusammen, als wäre ihm übel. Seine Augen brannten. Er presste die Zähne zusammen. Es war, als würde sein Vater selbst im letzten Moment noch die Oberhand behalten. Er bemerkte, dass er die Hand seiner Mutter fester umklammerte. Eine Träne rollte über seine Wange. Er schloss die Augen. Lucette zog ihn zu sich. Raymond war wütend auf sich. Er stellte sich vor, wie sein Vater sich über ihn lustig machte. Lucette reichte ihm ein kleines Spitzentaschentuch, das sie aus ihrer Handtasche genommen hatte und offenbar selbst nicht brauchte.

Zu Hause, nach der Beerdingung, wurde es einfacher. Da seine Eltern nur selten Gäste empfangen hatten, hatte Raymond das Haus noch nie so voll gesehen. Thérèse genoss es sichtlich, die Bediensteten zu dirigieren, die zu diesem Anlass eingestellt worden waren. Nachdem ihm zu Beginn einige der Trauergäste die Hand gegeben und ihr Beileid ausgesprochen hatten, beachtete ihn niemand mehr. Er konnte so viel Sherry trinken, wie er wollte. Die Atmosphäre lockerte sich nach und nach, als die Gäste den Anlass für den Empfang vergaßen. Raymond schlenderte von der Eingangshalle ins Wohnzimmer. Eine der Kellnerinnen gefiel ihm ausnehmend gut. Sie hatte dunkles Haar und braune Augen und erledigte ihre Arbeit effizient, aber ohne jegliche Unterwürfigkeit. Raymond beobachtete sie zusehends unverhohlen, doch sie bemerkte ihn nicht, oder tat zumindest so. Schließlich war er überzeugt, dass sie ihn absichtlich ignorierte. Er folgte ihr in die Eingangshalle, als sie losging, um ihr Tablett aufzufüllen. Sie verschwand in der Küche, und da Thérèse neben der Tür Wache hielt, wagte er nicht, ihr nachzugehen. Er mischte sich unter die Gäste und wartete darauf, dass sie wieder herauskam. Da sah er zu seiner Überraschung, wie der Bürgermeister oben aus dem Arbeitszimmer seines Vaters trat. Er konnte sich nicht vorstellen, was er dort gewollt hatte. Der Bürgermeister kam die Treppe herunter und blieb dann stehen, um ein paar Gäste zu begrüßen. Niemand beachtete Raymond, als er die Treppe hinaufging.

Er öffnete die Tür zum Arbeitszimmer. Der kleine Polizist stand hinter dem Schreibtisch und trank ein Glas Sherry.

»Was machen Sie hier?«, fragte Raymond, ermutigt durch den Alkohol, den er getrunken hatte.

Statt einer Antwort sagte Gorski, wie beeindruckt er von Raymonds Haltung während der Beerdigung gewesen sei. Raymond wusste nicht, was er darauf erwidern sollte. Gorski durchquerte den Raum und schloss die Tür.

»Da du schon mal hier bist, können wir die Gelegenheit ja nutzen, um uns ein wenig zu unterhalten«, sagte er.

Er führte Raymond zu dem Sessel am Fenster. Raymond widerstrebte die Situation. Es gefiel ihm nicht, dass Gorski am Schreibtisch seines Vaters gewesen war und sich jetzt wie der Herr des Hauses aufführte. Dennoch setzte er sich. Gorski lehnte sich an die Holzverkleidung neben dem Fenster. Raymond hatte das Gefühl, einem Verhör unterzogen zu werden. Gorski nahm ein Päckchen Zigaretten heraus und zündete sich eine an, dann hielt er Raymond das Päckchen hin, doch der schüttelte den Kopf.

»Rauchst du nicht?«

»Nein.«

»Die Verfärbungen an deinen Fingern sagen etwas anderes«, bemerkte Gorski.

Unwillkürlich blickte Raymond hinunter auf seine Hände. Gorski schwieg eine Weile. Er ließ die Asche von seiner Zigarette auf den Parkettstreifen fallen, der zwischen Teppich und Wand frei lag.

»Ich dachte, du könntest mir vielleicht bei der Frage weiterhelfen, was dein Vater am Abend vor seinem Unfall gemacht hat«, sagte er schließlich.

Raymond sah ihn an. Der Polizist trug eine Gelassenheit zur Schau, die ihm ziemlich auf die Nerven ging. »Warum sollte ich das tun?«, entgegnete er.

Gorski stieß sich von der Wand ab und stellte sich vor Raymond.

»Du weißt ja, dass dein Vater an dem Abend nicht dort war, wo er behauptet hat, und dass sein kleiner Club gar nicht existierte.« Er machte eine Drehbewegung mit der Hand, in der er die Zigarette hielt. »Du hast doch bestimmt darüber nachgedacht, wo er in Wirklichkeit gewesen sein könnte.«

Raymond zuckte die Achseln. »Nein, habe ich nicht.«

Gorski legte den Kopf schief, entweder weil Raymonds Antwort ihn überraschte oder weil er ihm nicht glaubte. »Ich hoffe, du nimmst es mir nicht übel, aber das klingt wenig glaubwürdig«, sagte er.

Da begriff Raymond. Natürlich! Der Kommissar hatte die Schreibtischschubladen durchsucht und dabei den kleinen Zettel gefunden, den er so sorgfältig wieder dorthin zurückgelegt hatte. Vielleicht wusste er bereits alles über seine Ausflüge zur Rue Saint-Fiacre, über den Diebstahl der zweihundert Franc und über das gestohlene Messer, das nebenan in seinem Zimmer in der Tasche im Schrank lag. Gorski sagte es ihm nur nicht auf den Kopf zu, um ihm die Gelegenheit zu geben, selbst damit herauszurücken.

»Mein Vater und ich standen uns nicht besonders nahe«, sagte er und ärgerte sich selbst über diese Aussage, denn für sein Gefühl hatte dieser Polizist kein Recht, in den Angelegenheiten seines Vaters herumzuschnüffeln.

»Das mag ja sein«, erwiderte Gorski, »aber ich hätte gedacht, dass du neugierig wärst, was er an all diesen Abenden gemacht hat.«

»Selbst wenn es so wäre, ich weiß nicht mehr als Sie.«

»Ich habe mich gar nicht dazu geäußert, was ich weiß und was nicht«, sagte Gorski milde. »Wir haben darüber gesprochen, was du weißt.«

»Tja, ich weiß gar nichts.«

Gab es irgendeinen wirklichen Grund, seine Fahrten nach Mülhausen zu verschweigen? Abgesehen davon, dass sie zu nichts geführt hatten. Was hatte es schon zu bedeuten, dass er im Schreibtisch seines Vaters einen Zettel mit einer Adresse gefunden hatte? Es gab keinen Beweis, dass er je dort gewesen war. Aber da war noch etwas anderes: Wenn sein Vater beschlossen hatte, einen Teil seines Lebens geheim zu halten, war das nicht sein gutes Recht? Trotz allem empfand Raymond ihm gegenüber eine gewisse Loyalität. Und er verspürte nicht die geringste Lust, diesem Schleimer von Polizisten irgendetwas zu verraten.

Gorski beobachtete ihn aufmerksam. »Hat es nie ein Gespräch gegeben, das dich auf den Gedanken gebracht hat, dass er nicht die Wahrheit sagte, was die Dienstagabende betraf?«

»Nein.«

»Hattest du nie den Verdacht, dass er vielleicht eine Geliebte haben könnte oder so etwas in der Art?«

Raymond stieß nur ein spöttisches Schnauben aus, um auszudrücken, wie absurd er diese Vorstellung fand.

»Ist ihm nie herausgerutscht, dass er vielleicht in Straßburg war?«

»In Straßburg? Nein.«

Sofort hakte Gorski nach. »Aber woanders?«

Raymond spürte, wie er rot wurde. Der Kerl hatte ihn ausgetrickst. »Falls mein Vater wirklich irgendwo eine Geliebte hatte, glauben Sie, er hätte mir davon erzählt?«

Gorski schüttelte den Kopf. »Nein. Aber wenn drei Leute unter einem Dach leben, ist es sehr schwer, etwas voreinander zu verbergen. Weiß deine Mutter zum Beispiel, dass du rauchst?«

»Keine Ahnung«, sagte Raymond.

»Ich formuliere es mal anders: Verbirgst du die Tatsache, dass du rauchst, vor ihr?«

Raymond schwieg.

Gorski nickte wie zur Bestätigung seines wortlosen Geständnisses. »Aber deine Mutter hat bestimmt die Verfärbungen an deinen Fingern gesehen. Wenn sie es nie erwähnt hat, dann deshalb, weil ihr beide euch stillschweigend auf eine Lüge verständigt habt. Das ist ganz normal. Die Menschen gehen Konfrontationen gerne aus dem Weg. Ohne dass ihr je darüber gesprochen habt, weiß sie, dass du rauchst, und du weißt, dass sie weiß, dass du rauchst, aber ihr tut beide so, als wüsstet ihr es nicht. Und auf eine ganz ähnliche Weise glaube ich, dass du weißt, wo dein Vater am Abend seines Todes war.«

»Nein, das weiß ich nicht«, sagte Raymond, ein wenig zu heftig. Er wollte aus dem Sessel aufstehen, doch Gorski schüttelte leicht den Kopf und streckte die flache Hand aus. Er trat einen Schritt auf Raymond zu, sodass ihre Füße sich fast berührten.

»Ich bin schon länger Polizist, als du auf der Welt bist«, sagte er. »Ich werde schon seit über zwanzig Jahren angelogen. Und wenn man seinen Lebensunterhalt damit verdient, angelogen zu werden, wird man ziemlich gut darin, die Anzeichen zu erkennen. Eben zum Beispiel, als ich dich gefragt habe, ob deinem Vater mal irgendwas herausgerutscht ist, dass er in Straßburg war, hast du nach links oben geschaut. Unbewusst natürlich. Das ist ein Reflex. Und weißt du, was mir das verraten hat? Es hat mir verraten, dass du gelogen hast, dass du dich an etwas erinnert hast, es mir aber nicht sagen wolltest. Das ist in Ordnung, schließlich musst du mir gar nichts erzählen. Aber denk nicht, ich wüsste nicht, dass du mir etwas verheimlichst.«

Er trat einen Schritt zurück, um anzudeuten, dass Raymond jetzt gehen konnte.

»Mir ist egal, was Sie denken.«

»Wenn es dir egal wäre, würdest du mich nicht anlügen.« Gorski lächelte knapp. »Ich werde dich im Auge behalten«, sagte er, als Raymond den Raum verließ.

Raymond stützte sich auf das Geländer am Treppenabsatz. Seine Stirn pochte. Die Gäste unten schienen sich gut zu amüsieren. Die Stimmung war recht gesellig geworden. Ein Mann in einem blauen Anzug erzählte ein paar Männern, die bei dem Tisch mit den Häppchen standen, einen anzüglichen Witz. Es war offensichtlich, dass sich niemand auch nur im Geringsten um den Tod seines Vaters scherte. Die hübsche Kellnerin stand mit gelangweilter Miene an der Tür zum Wohnzimmer.

18

Schmitt blickte nicht von seiner Zeitung auf. »Ihr Busenfreund hat wieder angerufen«, sagte er. Gorski brauchte nicht zu fragen, wen er damit meinte. Lambert versuchte seit drei Tagen, ihn zu erreichen. Bisher hatte Gorski nicht zurückgerufen, zum einen um zu zeigen, dass er nicht nach Lamberts Pfeife tanzte, zum anderen weil er nicht zugeben wollte, dass es ihm noch nicht gelungen war, Einsicht in Bertrand Barthelmes Konto zu erhalten. Gorski nickte kurz und wies Schmitt an, Roland in sein Büro zu schicken.

»Sie meinen das Fohlen?«, entgegnete Schmitt.

Gorski sah ihn verständnislos an. »Das Fohlen?«

»So nennen ihn hier alle.«

»Ach so, ja, das Fohlen. Natürlich«, erwiderte Gorski, um nicht den Eindruck zu erwecken, er wäre nicht eingeweiht.

In seinem Büro wählte er die Straßburger Nummer, noch bevor er sich setzte. Er konnte den Rückruf nicht länger hinauszögern. Die Empfangsdame stellte ihn in das zuständige Kommissariat durch. Während er wartete, klemmte sich Gorski den Hörer zwischen Kinn und Schulter und wand sich aus seinem Mantel. Er warf ihn über die Lehne seines Stuhls, fischte die Zigaretten heraus und zündete sich eine an. Nach einer Weile teilte ihm eine Stimme mit, Lambert sei nicht in seinem Büro. Etwas Besseres hätte ihm nicht passieren können. Gorski legte den Hörer auf die Gabel und setzte sich. Die Berichte zu Barthelmes Tod lagen noch auf seinem Schreibtisch. Er überlegte, ob er sie noch einmal durchgehen sollte. Manchmal entdeckte man ein wichtiges Detail erst beim dritten oder vierten Mal Lesen.

Jemand räusperte sich diskret. Gorski blickte auf. Roland stand in der Tür.

»Ich wusste nicht, ob ich einfach …«, begann er. »Ich wollte Sie nicht beim Telefonieren stören.« Er war nervös, wahrscheinlich weil er dachte, er bekäme Ärger wegen irgendeines Fehlers, der ihm unterlaufen war. Er ähnelte wirklich einem Fohlen mit seinem schmalen Pferdegesicht und den weit auseinanderstehenden Augen. Seine Beine waren lang und staksig und sahen aus, als könnten sie jeden Moment unter ihm nachgeben. Sein auffälliges Äußeres war nicht ideal für die Aufgabe, die Gorski für ihn vorgesehen hatte, aber daran ließ sich nichts ändern.

Gorski bat ihn, die Tür zu schließen und sich zu setzen. Er bot dem jungen Gendarm eine Zigarette an, doch der lehnte ab. Roland schien sich unwohl dabei zu fühlen, in Gegenwart seines Vorgesetzten Platz zu nehmen, aber er tat es schließlich doch. Seine Uniform war makellos. Gorski war bewusst, wie leicht es wäre, den jungen Mann einzuschüchtern. Er zeigte das angespannte Verhalten eines Menschen, der alles richtig machen wollte. Wann immer Gorski ihn unter den anderen Kollegen sah, wirkte er irgendwie fehl am Platz. Er mochte ihn.

»Erinnern Sie sich an den Auftrag, den ich Ihnen neulich erteilt habe?«, begann Gorski.

»Ja«, sagte Roland vorsichtig.

»Haben Sie während der Fahrt mit Madame Barthelme oder ihrem Sohn gesprochen?«

Roland schüttelte den Kopf. »Kaum ein Wort. Ich hielt es nicht für ...« Er schien immer noch anzunehmen, dass er etwas falsch gemacht hatte.

Gorski drückte seine Zigarette aus. Er fragte Roland, wie alt er sei.

»Dreiundzwanzig.«

»Ich nehme an, Sie wollen eines Tages Kommissar werden.« Roland bestätigte das.

»Haben Sie Erfahrung mit Beschattungen?«, fragte Gorski.

»Ein wenig.«

Dann bat Gorski ihn, Raymond Barthelme zu beschreiben. Das tat er mit großer Genauigkeit, bis hin zu seiner Augenfarbe und der Kleidung, die er getragen hatte.

»Ich bin beeindruckt«, sagte Gorski.

Roland blickte hinunter auf seine Hände. »Ich stelle mir immer vor, dass ich vielleicht als Zeuge vor Gericht aussagen muss, deshalb versuche ich mir so viel wie möglich zu merken.«

Gorski lächelte. Er erkannte sich in dem ernsten jungen Mann wieder. Er wies Roland an, nach Hause zu gehen und sich etwas Unauffälliges anzuziehen. Danach solle er Raymond Barthelme beschatten, solange er keine anderen Anweisungen erhielt.

»Rufen Sie alle drei bis vier Stunden in der Wache an. Wenn ich nicht hier sein sollte, berichten Sie an Schmitt, aber erwähnen Sie den Namen Barthelme nicht. Nennen Sie ihn einfach nur ›der Beobachtete‹.«

Roland war sichtlich erfreut über diese Erweiterung seines Aufgabenbereichs. Er nickte eifrig und versicherte Gorski seiner Diskretion.

Nachdem Roland gegangen war, blieb Gorski an seinem Schreibtisch sitzen. Nachdenklich strich er über den Hefter mit Barthelmes Obduktionsbericht. Das, was er über das Privatleben des Notars erfahren hatte, weckte seine Neugier. Dessen bewegte Vergangenheit in der Stadt, in der Véronique Marchal ermordet worden war, ließ ihn nunmehr durchaus als Verdächtigen infrage kommen. Angesichts der Kälte – ja, geradezu Grausamkeit –, die er gegenüber seiner Frau an den Tag gelegt hatte, schien die Vorstellung nicht mehr so abwegig, dass er ausgefalleneren sexuellen Praktiken, wie sie die Fesseln an Mlle Marchals Bett andeuteten, nachgegangen war. Außerdem war er offenkundig der Täuschung fähig gewesen. Doch all das genügte nicht als Beweis, und dass es Gorski so widerstrebte, seine Informationen an Lambert weiterzugeben, hing vor allem damit zusammen, dass sein Straßburger Kollege in diesen Dingen nicht pingelig war. Bisher hatten sie nur Weismanns Behauptung, er habe Barthelme im Treppenhaus gesehen. Und auch wenn Lambert wenig Bedenken wegen der Art hatte, wie er zu dieser Aussage gekommen war, konnte Gorski sich nur zu gut vorstellen, wie selbst ein mittelmäßiger Anwalt die Aussage des Historikers auseinanderpflücken würde. Dennoch konnte Gorski schlecht Lambert die Schuld daran geben, schließlich war er es gewesen, der Barthelme überhaupt als Verdächtigen ins Spiel gebracht hatte. In einer Hinsicht hatte Lambert jedoch recht: Wenn Barthelme ein Kunde von Véronique Marchal gewesen war, würde sich das vermutlich anhand seiner Kontoauszüge nachweisen lassen. Falls sich darin allerdings keine ungewöhnlichen Transaktionen fanden, würde das umgekehrt Lamberts ohnehin wackelige Theorie zum Einsturz bringen.

Es war klar, dass Maître Corbeil ihm ohne einen offiziellen Beschluss keinen Einblick in die Unterlagen seines Partners gewähren würde. Deshalb versuchte Gorski es nacheinander bei den Banken der Stadt. Das war genau die Art von methodischem Vorgehen, die er schätzte, und in gewisser Weise wäre er sogar enttäuscht gewesen, wenn er gleich beim ersten Anlauf Erfolg gehabt hätte. Die Société Générale an der Rue de Mulhouse war die dritte Bank, die er aufsuchte. Gorski erklärte der Frau am Schalter den Anlass seines Besuchs. Sie war noch sehr jung, höchstens Anfang zwanzig, und hatte ein Hautleiden. Der Anblick von Gorskis Polizeiausweis schien sie sehr zu verunsichern, als sei sie diejenige, die eines Vergehens beschuldigt wurde. Gehorsam schaute sie in den Ordnern nach, die in dem Regal an der Wand hinter ihr standen, und bestätigte ihm, dass Bertrand Barthelme tatsächlich ein Konto bei der Bank hatte.

»Aber eigentlich darf ich keine Informationen ...« Sie sah ihn betreten an.

»Nun«, er spähte auf das Namensschild an ihrer Bluse, »Caroline. Vielleicht könnte ich mit dem Geschäftsführer sprechen?«

»Ja, natürlich«, sagte sie, froh, dass sie die Zuständigkeit abgeben konnte. Kurz darauf führte sie Gorski in das Büro hinter dem Schalter. Eine Frau um die vierzig mit scharf geschnittenen Zügen stand hinter dem Schreibtisch. Um ihren Hals hing eine Brille an einer Kette. Gorski kannte sie von einem früheren Fall.

»Mademoiselle Givskov«, sagte er. »Meinen Glückwunsch zu Ihrer Beförderung.«

»Es ist nur für den Übergang«, erwiderte sie knapp.

»Ah.« Obwohl sie ihn nicht dazu aufgefordert hatte, setzte Gorski sich auf den Stuhl vor dem Schreibtisch. Mlle Givskov blieb stehen.

»Ich fürchte, Ihre Bitte entspricht nicht den Vorschriften, Kommissar Gorski«, sagte sie.

»Ja, ich weiß«, erwiderte er unbekümmert. »Müssen Sie irgendwohin?«

Argwöhnisch setzte sich Mlle Givskov, als stünde ihr Stuhl auf einer Falltür. Sie war nicht leicht zu umgarnen.

»Ich nehme an, Sie kannten Maître Barthelme?«, fragte Gorski.

»Nur als Kunden«, antwortete sie, als hätte er angedeutet, sie wäre seine Geliebte gewesen.

»Trotzdem wissen Sie ja sicher, dass er hier in Saint-Louis eine recht hohe Stellung hatte. Vielleicht kennen Sie auch seine Frau, Lucette?«

»Nein.«

»Eine reizende Frau«, fuhr Gorski fort. »Natürlich völlig am Boden zerstört über den Tod ihres Mannes.« Dann rückte er, obwohl ihm bewusst war, wie theatralisch das wirken musste, näher an Mlle Givskovs Schreibtisch heran und erklärte ihr mit gedämpfter Stimme, es gebe da einige Umstände im Zusammenhang mit dem Tod des Notars, die weitere Ermittlungen erforderlich machten. Lucette Barthelme sei sehr daran gelegen, dass diese Ermittlungen so diskret wie möglich vonstattengingen, und er wolle sie in ihrer Trauer nicht unnötig belasten.

»Natürlich«, sagte er, »wäre es überhaupt kein Problem, die notwendigen Unterlagen zu beschaffen, aber das würde die Angelegenheit in die Öffentlichkeit tragen, und genau das möchte Madame Barthelme vermeiden.«

Mlle Givskov musterte ihn eine Weile. Sie trug eine hellblaue Strickjacke über ihrer Bluse. Am linken Ärmel war die Wolle zerfranst. Gorski schenkte ihr sein einnehmendstes Lächeln.

»Vielleicht könnten Sie mir etwas genauer schildern, was das für Umstände sind, von denen Sie gesprochen haben«, sagte sie.

Gorski zog eine bedauernde Miene. »Das würde ich selbstverständlich tun, wenn nicht die Notwendigkeit bestünde, einen unnötigen Skandal zu vermeiden.«

Bei dem Wort »Skandal« flackerte rasch unterdrückte Neugier in Mlle Givskovs Augen auf. Die Finger ihrer rechten Hand begannen an den losen Fäden der Strickjacke zu zupfen.

»Für eine solche Anfrage brauche ich die Zustimmung der Zentrale«, sagte sie. Gorski kannte den förmlichen Tonfall, den die Leute wählten, wenn sie die Verantwortung für ihr Tun nicht übernehmen wollten. Sie griff nach dem Telefonhörer.

Gorski schürzte die Lippen und schüttelte bedächtig den Kopf.

»Ich glaube, das sollte besser unter uns bleiben«, meinte er. »Ich kann Ihnen versichern, dass Lucette Barthelme Ihnen sehr dankbar sein wird, und Sie wollen ja gewiss, dass die Familie Ihrem Haus treu bleibt. Ich vermute, die Zentrale würde den Verlust eines so wertvollen Kunden nicht als vorteilhaft werten, falls Sie beabsichtigen, Ihre derzeitige Stellung auf Dauer zu behalten.«

Gorski faltete die Hände in seinem Schoß. Mehr brauchte er nicht zu sagen. Mlle Givskov stand auf und ging zu einem Aktenschrank links an der Wand. Sie setzte die Brille auf und nahm einen Ordner aus dem obersten Fach. Den reichte sie Gorski mit abgewandtem Gesicht, als wollte sie nicht zur Kenntnis nehmen, was sie da gerade tat.

»Vielen Dank«, sagte er. Am liebsten wäre er allein gewesen, während er sich die Unterlagen ansah, aber er wollte Mlle Givskovs Geduld nicht noch weiter auf die Probe stellen. Sie lief im Büro hin und her und beschäftigte sich mit Scheintätigkeiten. Schon nach wenigen Sekunden hatte Gorski gefunden, was er gehofft hatte, nicht zu finden. Am Tag des Unfalls hatte Barthelme um halb zwölf eine größere Summe von seinem Konto abgehoben. Gorski blätterte weiter. Ähnliche Summen, über die Jahre hinweg leicht ansteigend, waren regelmäßig von dem Konto abgehoben worden, und zwar über die gesamte Zeit der Aufzeichnungen.

Mlle Givskov beobachtete ihn aus den Augenwinkeln.

»Wie ich sehe, hat Maître Barthelme jeden Dienstag eine bestimmte Summe abgehoben«, sagte er. »Hat er das persönlich getan?«

Mlle Givskov sah ihn nicht an, während sie sprach. »Niemand außer ihm hatte Zugang zu dem Konto.«

Gorski bedankte sich und stand auf. Als sie ihn hinausbegleitete, sagte er, laut genug, dass die anderen Mitarbeiter es hören konnten: »Selbstverständlich verstehe ich, dass Sie die Privatsphäre Ihrer Kunden schützen müssen, Mademoiselle Givskov.«

Ein Ausdruck von Dankbarkeit huschte über ihr Gesicht.

Draußen auf dem Gehweg atmete Gorski langsam aus und ging das kurze Stück zurück zur Wache. Als er wieder in seinem Büro saß, starrte er auf das Telefon und trommelte mit den Fingern seiner rechten Hand auf die Tischplatte. Er zündete sich eine Zigarette an und trat damit ans Fenster. Drüben auf der anderen Straßenseite ging langsam eine alte Frau mit abgewetzter Einkaufskarre vorbei. Sie blieb einen Moment stehen, als wäre sie vollkommen erschöpft. Dann setzte sie sich wieder in Bewegung. Gorski folgte ihr mit seinem Blick, bis sie außer Sichtweite war. Ihm fiel ein, dass es schon ein paar Tage her war, seit er seine Mutter zuletzt besucht hatte.

Er setzte sich wieder. Ihm blieb nichts anderes übrig, als Lambert über seine Entdeckung zu informieren. Es nicht zu tun wäre Zurückhaltung von Beweismitteln. Warum widerstrebte es ihm dann so? Noch vor etwa einer Woche hätte er nichts lieber getan, als seinem Kollegen aus der großen Stadt Informationen zu einem Mordfall zu geben. Doch jetzt hatte er das ungute Gefühl, damit eine Kette von Ereignissen in Gang zu setzen, über die er keine Kontrolle hatte. Er musste unbedingt die möglichen Folgen seiner Entdeckung durchdenken. Er selbst nahm an, dass Barthelme das Geld abgehoben hatte, um Véronique Marchal für ihre Dienste zu bezahlen. Aber das war reine Vermutung. Das Geld konnte ebenso gut für irgendetwas anderes bestimmt gewesen sein. Doch Lambert würde sich nicht mit solchen Überlegungen aufhalten.

Gorski drückte seine Zigarette aus. Es kam zwar nicht infrage, die Information für sich zu behalten, aber es zwang ihn auch niemand, Lambert sofort anzurufen. Er würde erst bei seiner Mutter vorbeischauen. Das würde ihm ein wenig Zeit geben, seine Gedanken zu ordnen.

Als er die Wache verließ, fuhr ein dunkelblauer BMW auf einen der reservierten Parkplätze vor dem Gebäude. Gorski blieb oben auf den Stufen stehen. Lambert stieg aus dem Wagen.

»Georges!«, rief er. »Ich hatte nicht mit einem Empfangskomitee gerechnet. Das ist also das Königreich von Saint-Louis.«

Gorski blickte sich um. Irgendwie wirkte Lambert in der tristen Umgebung der Rue de Mulhouse wie ein Fremdkörper, als wäre ein exotisches Tier aus dem Zoo entkommen, das nun durch die Straßen lief. Gorski ging die Stufen hinunter, und die beiden Männer gaben sich die Hand.

»Da ich nichts von Ihnen gehört habe, dachte ich mir, ich fahre mal runter und schaue mich ein bisschen um. Sind Sie gerade auf dem Weg irgendwohin?«

Gorski fiel auf die Schnelle keine Ausrede ein. »Ich wollte nur kurz nach meiner Mutter sehen«, sagte er und bereute es sofort. »Es geht ihr nicht so gut«, fügte er hinzu, als würde es damit zu einer akzeptablen Nachmittagsbeschäftigung für einen Polizeichef.

»Na, die alte Mutter Gorski kann doch sicher warten, oder? Wo kann man denn hier nett was trinken gehen?«

Gorski hatte keine Lust, Schmitt oder irgendwem sonst zu erklären, was ein Straßburger Kommissar in Saint-Louis wollte. Rasch führte er Lambert Richtung Le Pot davon. Im Gehen fingerte er eine Zigarette aus seiner Manteltasche und zündete sie sich an.

Lambert tat es ihm gleich. Alles an dem Straßburger Polizisten betonte die Tristesse von Saint-Louis. Sein Gesicht war zu gut aussehend, sein Anzug zu gut geschnitten, sein Haar zu blond und zu gut frisiert. Sogar sein selbstbewusster Schritt trug zu dem Eindruck bei, dass er ein Schauspieler war, der durch eine schlecht gemalte Kulisse schritt. In Saint-Louis erntete man ein Stirnrunzeln, wenn man sich aufrecht hielt oder zielstrebig durch die Straßen ging, als habe man sein Schicksal selbst in der Hand. Auf die Frage, wie die Geschäfte liefen, lautete die Antwort üblicherweise: »Könnte schlechter sein« oder »Man schlägt sich so durch«. Alles, was darüber hinausging, wurde als unerträgliche Angeberei empfunden. Persönliche Erfolge sollte man tunlichst als pures Glück abtun und überhaupt nur auf hartnäckige Nachfrage erwähnen. Es galt als großes Unglück, wenn die Tochter zu hübsch oder der Sohn zu intelligent war. In Saint-Louis fühlten sich die Einwohner wie in allen Provinzkäffern am wohlsten, wenn sie scheiterten. Erfolg erinnerte die anderen nur an ihre eigenen Unzulänglichkeiten und war somit um jeden Preis zu vermeiden. Deshalb litt Gorski, der Mühe hatte, mit Lamberts schwungvollen Schritten mitzuhalten, gleich aus zwei Gründen: zum einen weil er nicht mit jemandem gesehen werden wollte, der so offensichtlich nicht dem hiesigen Ideal der Mittelmäßigkeit entsprach, und zum anderen weil es ihm peinlich war, dass Lambert sah, wie bescheiden das Reich war, über das er herrschte.

Daher war er erleichtert, als sie beim Le Pot ankamen, das die Schäbigkeit quasi zur Kunstform erhoben hatte. Natürlich betrat Lambert die Bar nicht mit der üblichen Unauffälligkeit der Stammgäste, und sofort richteten sich die Blicke aller Anwesenden auf sie. Die Gesellschaft bestand aus drei Leuten: Yves, dem Besitzer, dessen Kleidung wie immer seine Verachtung für die Hygienevorschriften demonstrierte, Lemerre, dessen Geschäft nur ein paar Schritte entfernt war und der zwischen zwei Kunden gerne auf ein Gläschen vorbeikam, und einem Mann mittleren Alters, einem einstigen Lehrer, der normalerweise nie von seiner Zeitung aufblickte.

»Guten Tag, die Herren«, sagte Lambert munter und verstieß damit rücksichtslos gegen das Schweigegebot, das unter den Gästen galt. Der Lehrer senkte den Blick wieder auf seine Zeitung. Lemerre wandte sich zu Yves und murmelte etwas Unverständliches. Yves erwiderte Lamberts Gruß mit einem knappen Nicken und fragte, was sie haben wollten.

»Zwei Bier«, sagte Gorski in dem Versuch, wenigstens ein bisschen die Kontrolle zurückzugewinnen.

»Toller Laden, Georges«, sagte Lambert, als sie sich an Gorskis üblichen Tisch setzten. »Ich wette, Sie brauchen hier nie zu bezahlen.«

Gorski legte die Hand an die Stirn, als müsse er die Augen vor der Sonne schützen. Er nahm sich noch eine Zigarette und bot auch Lambert eine an. Yves stellte zwei Gläser Bier zwischen sie auf den Tisch.

»Bringen Sie mir doch noch einen Hotdog, wo Sie schon mal dabei sind«, sagte Lambert und deutete zum Boiler auf dem Tresen, der dem Le Pot seinen charakteristischen Geruch verlieh. »Ach, und seien Sie so gut und machen Sie das Radio an, ja? Wir wollen uns hier privat unterhalten.«

Yves sah ihn mit ausdrucksloser Miene an und sagte nur ein Wort: »Senf?«

»Jede Menge«, erwiderte Lambert. »Und noch einen Hotdog für meinen Freund. Er sieht hungrig aus.«

Zu Gorskis Überraschung tat Yves, worum er gebeten worden war, und der blecherne Klang von Popmusik lockerte die Atmosphäre in der Bar ein wenig auf.

Gorski beugte sich vor. »Was führt Sie hierher?«

Lambert trank einen kräftigen Schluck von seinem Bier. »Sie haben nicht zurückgerufen«, sagte er. »Ich hatte allmählich den Eindruck, Sie weichen mir aus.«

»Ganz und gar nicht«, sagte Gorski. »Ich hatte zu tun.«

»Bei Ihrer Mutter?«, entgegnete Lambert.

Die Hotdogs wurden auf Papptellern gebracht. Lambert nahm einen herzhaften Bissen. Senf kleckerte auf sein Kinn, und er wischte ihn mit dem Handrücken weg.

»Was macht der Fall?«, fragte Gorski.

Lambert nickte nur; er hatte den Mund voll.

»Ich habe unserem Freund, dem Professor, noch mal einen Besuch abgestattet«, antwortete er schließlich.

»So? Hat Weismann es sich anders überlegt?«

Lambert schluckte den Rest seines Hotdogs hinunter und wischte sich den Mund mit der Papierserviette ab. Dann beugte er sich vor und senkte zum ersten Mal die Stimme. Über seine Schulter hinweg sah Gorski, wie Lemerre und Yves die Ohren spitzten.

»Ganz im Gegenteil, Georges. Ich hab den alten Knacker geködert, gefangen und an Land gezogen wie einen dicken Karpfen. Angeln Sie? Sollten wir mal zusammen machen.« Er leerte sein Glas und gab Yves ein Zeichen, dass er ihnen noch zwei Bier bringen sollte. »Ich habe ihm auf den Kopf zugesagt: ›Prof, wir haben einen anderen Verdächtigen. Sie können den Kerl vergessen, den Sie im Treppenhaus gesehen haben.‹ Und natürlich war er total enttäuscht. Er hat mich am Ärmel gepackt und in seine Wohnung gezogen. ›Aber Herr Kommissar‹, sagte er, ›seit Sie neulich hier waren, ist die Erinnerung zurückgekommen. Ich habe ihn mehrmals hier gesehen. Ich habe sogar ab und zu im Treppenhaus mit ihm gesprochen.‹ Also habe ich ihn gefragt, worüber sie gesprochen haben. ›Wir haben uns nur gegrüßt, weiter nichts‹, meinte er. ›Aber es war definitiv der Mann auf dem Foto. Ein großer Mann mit einem Bart.‹ Ich sagte ihm noch mal, dass das egal ist, da wir hinter jemand anderem her sind, aber er ließ nicht locker. Dann behauptete er, er hätte Barthelme am Abend des Mordes gesehen. Die genaue Uhrzeit wüsste er nicht mehr, aber er hätte zufällig aus dem Fenster geschaut und gesehen, wie Barthelme ins Haus ging. Als ich erneut sagte, es wäre nicht wichtig, erklärte er mir, er wäre zu seiner Wohnungstür gegangen und hätte durch den Spion gesehen, wie Barthelme Mademoiselle Marchals Wohnung betrat. Geködert, gefangen und an Land gezogen, ha, ha.«

Gorski lachte gezwungen.

»Und«, Lambert zwinkerte Gorski theatralisch zu, »wie sich herausgestellt hat, war der gute Notar nach der Tat noch auf ein Gläschen in unserer Lieblingsbar, um seine Nerven zu beruhigen. Mein Freund Bob hat ihn sofort wiedererkannt, als ich ihm das

Foto gezeigt habe. Hat zwei Brandys runtergekippt, direkt am Tresen. War offenbar ziemlich nervös.«

Gorski wurde übel.

»So weit zu meinen Neuigkeiten. Wie sieht's bei Ihnen aus? Was macht die finanzielle Spur?«

Gorski schilderte recht ausführlich, wie Barthelmes Partner sich geweigert hatte, ihm die Unterlagen seines Kollegen zu zeigen, und fügte hinzu, dass er es um der Diskretion willen für klüger hielt, das Ganze zunächst noch inoffiziell zu behandeln.

»Mir gefällt Ihre Denke«, bemerkte Lambert.

Dann berichtete Gorski wiederum recht langatmig, wie er herausgefunden hatte, dass Barthelme ein Konto bei der Société Générale führte, in der Hoffnung, dass die wöchentlichen Abhebungen des Notars vielleicht ein wenig in der Masse unwichtiger Details untergehen würden. Als er schließlich zu der entscheidenden Information kam, ließ er sie in einem beiläufigen Nebensatz fallen.

Lambert musterte ihn grinsend. »Sie sind echt 'ne Marke, Georges, das muss ich Ihnen lassen.«

Gorski zuckte die Achseln. »Es gibt keinen Beweis dafür, dass das Geld in Mademoiselle Marchals Händen gelandet ist«, sagte er.

»Keinen Beweis?« Lambert lachte. »Was glauben Sie denn, was er damit gemacht hat? Es dem hiesigen Waisenhaus gespendet, oder was?«

Gorski breitete die Hände aus. »Ich denke einfach nur ...«

»Genau das ist Ihr Problem, Georges«, unterbrach ihn Lambert. »Sie denken zu viel.« Er tippte sich an die Stirn, genau wie Ribéry es immer getan hatte. »Sie glauben, Polizeiarbeit wäre Kopfarbeit. Aber so ist es nicht. Es geht darum, eine Geschichte zu erzählen. Ein Richter ist wie ein Kind. Er will eine gute Geschichte hören, und wenn man sie ihm erzählt, findet er die passenden Beweise dazu. Habe ich hundertmal erlebt.« Er hob den Zeigefinger. »Ich gebe Ihnen ein Beispiel: Ein Mann – respektables Mitglied der Gesellschaft – ist seit zwanzig Jahren verheiratet. Aber wenn man an der Oberfläche kratzt, ist nicht alles so, wie es scheint. Er und seine Frau haben getrennte Schlafzimmer. Einmal in der Woche hebt er eine größere Summe von seinem Konto ab, erzählt seiner Frau, er würde mit Geschäftskollegen zu Abend essen, und fährt in die nächstgrößere Stadt, wo er mit einer willigen Geliebten seine etwas exotischeren Gelüste auslebt. Doch dann geht etwas schief. Vielleicht wird die willige Geliebte gierig, oder vielleicht treiben sie es einfach zu wild, jedenfalls erdrosselt unser respektables Mitglied der Gesellschaft sie und flüchtet. Auf der Heimfahrt überkommt ihn die Reue, und er lenkt den Wagen absichtlich von der Straße. Oder vielleicht verliert er in seiner Aufregung die Kontrolle über das Fahrzeug. Das ist nicht wichtig. Aber sagen Sie nicht, Georges, das wäre keine spannende Geschichte.« Er breitete seine großen Hände auf dem Tisch aus als Zeichen, dass seine Version der Ereignisse die einzig richtige war.

»Es ist vielleicht eine spannende Geschichte«, sagte Gorski, »aber deshalb muss sie noch lange nicht wahr sein.«

Lambert lachte nur schnaubend. Er griff nach seinem Glas und trank einen ausgiebigen Schluck, sodass ein Schnurrbart aus Schaum auf seiner Oberlippe zurückblieb. Ein paar Minuten später schob er scharrend den Stuhl zurück. Er ging zur Toilette und pinkelte geräuschvoll. Während seiner Abwesenheit zahlte Gorski hastig bei Yves. Er begleitete Lambert zu seinem Wagen zurück, und die beiden Männer verabschiedeten sich auf der Straße. Gorski wartete, bis Lambert davongefahren war, dann ging er weiter die Rue de Mulhouse entlang.

Es war vollkommen klar, weshalb der Besitzer von Lamberts kleiner Stammkneipe alles tat, was man von ihm verlangte. Was Gorski nicht so ohne Weiteres einleuchtete, war, warum Weismann ebenso reagierte. Natürlich hatte er im Laufe der Jahre genug Wichtigtuer erlebt, die meinten, an einer polizeilichen Ermittlung beteiligt zu sein verleihe ihnen einen gewissen Status; einen Status, der umso größer war, je schwerer das Verbrechen wog. Aber Gorski hatte noch nie erlebt, dass ein Zeuge in einem Mordfall munter Beweise erfand. Vielleicht war Weismann einfach sehr leicht zu beeinflussen und hatte in seinem Drang, Lambert zu gefallen, seine Geschichten schließlich selbst geglaubt. Oder Weismann hatte Barthelme am fraglichen Abend tatsächlich gesehen – nüchtern betrachtet konnte man diese Möglichkeit schließlich nicht ausschließen. Doch Gorski glaubte nicht daran, und so grübelte er weiter über die Motive des Historikers nach.

19

Zwei Tage nach der Beerdigung seines Vaters stand Raymond in der Küche an der Arbeitsfläche und frühstückte. Seit dem Diebstahl des Geldes wechselten er und Thérèse nicht einmal mehr einen höflichen Gruß. Thérèse bewahrte das Haushaltsgeld nicht mehr in dem Steinguttopf auf. Das Schweigen zwischen ihnen war unbehaglich. Raymond hätte ohne Weiteres in einem anderen Raum frühstücken können, doch das wäre definitv einem Eingeständnis seiner Niederlage gleichgekommen. Stattdessen aß er sein Baguette mit Marmelade absichtlich langsam, während Thérèse ihm durch ihre Bewegungen und ihr wiederholtes Schnauben deutlich machte, dass er ihr im Weg war. Vielleicht, überlegte Raymond, würde er morgen ihre Entschlossenheit auf die Probe stellen, indem er eine Bemerkung über das Wetter oder irgendetwas ähnlich Banales machte.

Selbst Raymond hätte nicht genau sagen können, wann er aufhörte so zu tun, als würde er zur Schule gehen. Er hatte auf den Stundenplan geschaut und die entsprechenden Bücher in seine Tasche gepackt, zu dem Messer, ohne das er das Haus nicht mehr verließ. Bevor er ging, sah er nach seiner Mutter, die mit einem Haufen Kissen im Rücken im Bett saß, das Frühstückstablett auf dem Schoß. Er sagte nicht explizit, dass er zur Schule ging, aber die Tatsache, dass er zu dieser Zeit den Kopf zur Tür hereinstreckte, genügte, um es anzudeuten. Sie schien sich zu freuen, dass wieder der normale Alltag einkehrte. Sie bat ihn, sich einen Moment zu ihr zu setzen, was er auch tat, doch dann sah er auf seine Uhr und sagte, er müsse sich jetzt auf den Weg machen. Sie wünschte ihm einen guten Tag. Als er ging, sagte sie, er solle doch Yvette bald mal zum Abendessen einladen. Raymond versicherte ihr, das werde er tun.

Raymond hielt seine Scharade bis zur Ecke der Rue des Trois Rois aufrecht. Er war zielstrebig dorthin gegangen, damit niemand, der ihn beobachtete, daran zweifeln konnte, wohin er wollte. Wenn er Yvette abholte, stopfte sie meist noch hastig Bücher in ihre Tasche oder putzte sich die Zähne. Sie war nie rechtzeitig fertig, und manchmal bat sie ihn, im winzigen Flur des Hauses zu warten. Der Haushalt der Arnauds war fortwährend in einem Zustand fröhlicher Unordnung. Die Familienmitglieder fragten ständig, wo dieses oder jenes abgeblieben sei. Oft schob sich Yvettes Vater auf dem Weg zur Arbeit an ihm vorbei, ein angebissenes Croissant in der Hand. Ihre Mutter saß auf der schmalen Treppe und band sich die Schuhe zu oder fuhr sich noch rasch mit dem Kamm durch die Haare. Raymond hatte diese Augenblicke immer genossen. Der Gegensatz zu seinem eigenen Zuhause, wo alles stets an seinem Platz war und niemand je auch nur die Stimme erhob, hätte nicht größer sein können.

Raymond fragte sich, ob Yvette, nun, da die Formalitäten rund um den Tod seines Vaters abgeschlossen waren, erwartete, dass er sie wieder abholte. Doch so, wie er sich in letzter Zeit verhalten hatte, gab es dafür wohl keinen Grund. Unschlüssig blieb er an der Straßenecke stehen. Er bräuchte bloß die hundert Meter bis zum Haus der Arnauds zu gehen und zu klingeln. Bestimmt würde Yvette ihm sein schlechtes Benehmen verzeihen, schließlich ließ sich all das mit dem Schock über den Tod seines Vaters erklären. War es nicht ganz normal, dass er ein bisschen aus der Spur geraten war? Plötzlich überkam Raymond der sehnliche Wunsch, alles möge wieder so sein wie vorher. Sie würden zusammen zur Schule gehen, und er würde auf die Straße ausweichen, wenn sie am Laden von Mme Beck vorbeikamen, die immer schon früh am Morgen ihre Blumen auf den Gehweg stellte. Doch er wusste, das war unmöglich.

Die Vorstellung, wieder zur Schule zu gehen und kleinlaut hinten auf seinem Platz zu sitzen, während die Lehrer vorne etwas an die Tafel schrieben, war lächerlich. Diese Dinge gehörten zu einer Welt, die er hinter sich gelassen hatte. Dennoch kostete es ihn einige Mühe, nicht seiner alten Gewohnheit zu folgen und bei den Arnauds zu klingeln.

Nach ein paar Minuten kam Yvette aus dem Haus. Sie sah genauso aus wie immer, ein wenig gehetzt und zugleich vollkommen in sich ruhend. Sie trug ihre Schultasche über der einen Schulter und in der anderen Hand einen Stoffbeutel mit Büchern. Ihr Haar war zerzaust. Raymond hoffte fast, sie würde in seine Richtung schauen – er hatte nicht versucht, sich zu verstecken –, dann könnte er ihr zuwinken und zu der Stelle traben, wo sie wartete. Doch sie tat es nicht. Stattdessen machte sie sich auf den Weg zur Schule, und es schien so, als hätte sie vergessen, dass es ihn gab.

Raymond erinnerte sich an das erste Mal, als er und Yvette zusammen zur Schule gegangen waren. Am Nachmittag davor hatte er an der Ecke der Rue des Trois Rois gewartet und war ihr dann in sicherem Abstand gefolgt, um zu sehen, wo sie genau wohnte. Ihm war bewusst, dass er sie auch einfach nach ihrer Adresse hätte fragen können, aber er hatte sich bereits einen Plan zurechtgelegt, am nächsten Tag »rein zufällig« an ihrem Haus vorbeizukommen. Der Plan schützte ihn zugleich vor einer möglichen Ablehnung und davor, eingestehen zu müssen, wie sehr er sich danach sehnte, jeden erdenklichen Augenblick mit ihr zusammen zu verbringen. Damals war er dreizehn gewesen. So versteckte er sich am folgenden Morgen in einem Eingang ein paar Meter vom Haus der Arnauds entfernt. Als Yvette herauskam, rief er sie, als wäre er gerade zufällig in der Nähe. Sie schien sich zu freuen, als sie ihn sah. Raymond vermutete, dass sie sein Manöver durchschaut hatte, aber sie sagte nichts. Von da an hatte es sich ganz von selbst entwickelt, dass er sie morgens abholte. Schließlich kam er ja ohnehin bei ihr vorbei, oder?

So war Raymond melancholisch zumute, als er Yvette nun die Rue des Trois Rois entlang folgte. Mme Beck stellte ihre Blumen auf, und Yvette blieb kurz stehen, um ein paar Worte mit ihr zu wechseln. Nachdem sie in die Rue de Mulhouse abgebogen war, wurde die Straße belebter, sodass Raymond den Abstand ein wenig verringern konnte. Es nieselte leicht. Yvette trug ihren grünen Regenmantel, der an der rechten Schulter einen Riss hatte, aber sie setzte nicht die Kapuze auf. Raymond überlegte, ob er sie doch noch einholen und zur Schule begleiten sollte. Doch als sie sich der Avenue Général de Gaulle näherten, erblickte er Stéphane, der an der Ecke wartete. Stéphane bemerkte Yvette und winkte ihr zu. Raymond trat rasch in den Eingang eines Reisebüros. Er beobachtete, wie die beiden sich begrüßten und dann ihren Weg gemeinsam fortsetzten. Stéphane nahm Yvette die Stofftasche mit den Büchern ab und hängte sie sich über die Schulter. Raymond und Yvette waren Stéphane auf dem Weg zur Schule oft begegnet, aber bisher hatten die beiden sich nie verabredet. Raymond folgte ihnen bis zur Ecke Rue des Vosges und sah ihnen nach, bis sie in der Ferne verschwanden.

Auf dem Rückweg zur Rue de Mulhouse sah er den jungen Mann mit dem langen Gesicht zum ersten Mal. Obwohl es genau genommen nicht das erste Mal sein konnte, denn er kam ihm irgendwie bekannt vor. Aber in einer Stadt wie Saint-Louis war das nichts Ungewöhnliches. Wahrscheinlich war der junge Mann unterwegs zur Arbeit, und Raymond hatte ihn schon einmal auf dem Weg zur Schule gesehen. Das erklärte allerdings nicht, warum er plötzlich so erschrocken wirkte und sich sofort dem Schaufenster des Reisebüros zuwandte, an dem Raymond kurz zuvor vorbeigekommen war. Während Raymond näher kam, studierte der junge Mann scheinbar aufmerksam die Angebote. Er hatte ein auffälliges Profil und große, vorstehende Augen. Nachdem er an ihm vorbeigegangen war, blickte Raymond mehrmals über die Schulter. Nach einer Weile verschwand der junge Mann in die entgegengesetzte Richtung.

Da es nicht infrage kam, nach Hause zurückzukehren und seiner Mutter zu erklären, er habe beschlossen, nun doch nicht zur Schule zu gehen, verbrachte Raymond den Tag damit, durch die Straßen seiner Heimatstadt zu schlendern. Das war nicht so einfach wie in einer größeren Stadt. Raymond war zwar noch nie in Paris gewesen, aber er nahm an, dass man dort endlos umherschlendern konnte, ohne je zweimal dieselbe Straße entlangzugehen und ohne neugierige Blicke auf sich zu ziehen. In einer Stadt wie Saint-Louis konnte man nicht einfach ziellos durch die Straßen streifen, ohne misstrauisch von den Ladenbesitzern und Bewohnern gemustert zu werden. Was, fragte sich Raymond, sollte er antworten, wenn jemand ihn anhielt und fragte, wohin er wollte? In einer Stadt ohne Sehenswürdigkeiten zu sagen, man bummele nur ein wenig herum, war äußerst unglaubwürdig und weckte mit ziemlicher Sicherheit die Aufmerksamkeit der Polizei.

Also ging Raymond mit flottem Schritt und blickte immer wieder auf die Uhr, damit es so aussah, als sei er zu spät für eine Verabredung. Da er dem kleinen Polizisten nicht wieder begegnen wollte, nahm er einen Umweg, um nicht an der Wache vorbeigehen zu müssen. Dann kehrte er auf die Rue de Mulhouse zurück, folgte ihr bis zum Kreisverkehr und bog in die Rue de Village-Neuf ein. Sofern man kein Postbote war oder dort wohnte, gab es keinen nachvollziehbaren Grund, durch diese Straße zu gehen, aber er konnte nicht einfach kehrtmachen, ohne für diejenigen, die ihn, wie er annahm, durch die gardinenverhängten Fenster der Pseudo-Fachwerkhäuser beobachteten, ein ausgefeiltes Schauspiel aufzuführen. Er würde bis zum Kanal weitergehen und dann den Weg nehmen, den er so oft mit Yvette gegangen war.

Auf dem Fußweg am Kanal fühlte er sich weniger beobachtet. Dort führten viele Leute ihre Hunde aus oder gingen einfach spazieren. Ein kleines Stück weiter war eine Bank, da würde er sich eine Weile hinsetzen. Er schaute gerne auf das glatte grüne Wasser des Kanals. Doch als er auf die Bank zuging, näherte sich aus der anderen Richtung ein ungefähr vierzig Jahre alter Mann. Offenbar hatte er keinen Hund dabei, und Raymond fragte sich, was er wohl hier wollte. In der Stadt kursierten Gerüchte, dass der Kanal ein Treffpunkt von Homosexuellen war. Raymond hatte nie geglaubt, dass dort tatsächlich irgendwelche unanständigen Dinge passierten – jedenfalls hatte er nie etwas Derartiges beobachtet –, aber er und Yvette hatten oft abfällige Bemerkungen gemacht, wenn ihnen auf dem Weg ein einzelner Mann begegnete.

Wegen seiner femininen Gesichtszüge bedachten die Jungen in der Schule Raymond oft mit gewissen Schimpfnamen. Doch er reagierte nie darauf. Sollten sie doch denken, was sie wollten. Außerdem hatte die Erfahrung ihn gelehrt, dass es rasch zu einer Prügelei kommen konnte, wenn man sich auf solche Provokationen einließ. Er beschloss, sich doch nicht auf die Bank zu setzen. Der Mann könnte das als Einladung interpretieren, mit ihm ein Gespräch anzufangen. Zudem war der Regen stärker geworden. Als sie noch etwa dreißig Meter voneinander entfernt waren, drehte der Mann Raymond den Rücken zu und stieß einen knappen Pfiff aus. Ein Spaniel sprang aus dem Gebüsch. Sein Fell war nass und voller Lehm. Im Vorbeigehen wünschte der Mann Raymond einen guten Tag.

Als Raymond seinen Rundgang durch die Stadt beendet hatte, war es erst kurz nach elf. Er befand sich wieder an der Kreuzung, wo Yvette Stéphane getroffen hatte. Sofern Saint-Louis überhaupt ein Zentrum hatte, dann war es hier. Der junge Mann mit dem langen Gesicht stand unter der schützenden Markise eines Geschäfts. Er rauchte eine Zigarette, und die Art, wie er sie zwischen Daumen und Mittelfinger hielt, ließ vermuten, dass er erst vor Kurzem mit dem Rauchen angefangen hatte.

Raymond konnte nicht länger ziellos durch die Straßen streifen. Und er hatte auch keine Lust auf die missbilligenden Blicke der Kellnerin im Café des Vosges. Er ging weiter. Da er nicht an der Kreuzung stehen bleiben und seine Unentschlossenheit zu erkennen geben wollte, bog er in eine Seitenstraße ab und ging zum zweiten Mal an diesem Tag Richtung Bahnhof. In der Straße war eine kleine Bar. Sie hatte keine Fenster und versprach Anonymität. Raymond ging auf dem gegenüberliegenden Gehweg daran vorbei. Man konnte nicht erkennen, ob sie überhaupt geöffnet hatte, und ihm fehlte der Mut, sein Glück zu versuchen. Doch dann fiel ihm das Café in der Rue de la Gare ein. Er steuerte direkt darauf zu und betrat es mit zielstrebiger Haltung. Es war ein Ort, an dem Reisende sich ein wenig die Zeit vertrieben, bevor ihr Zug kam. Das Café war größer, als es von außen wirkte. Eine alte Frau saß direkt neben der Tür, ein Glas Brandy oder Rum vor sich auf dem Tisch. Ihr Kopf war auf die Brust gesunken, als wäre sie eingenickt oder gestorben. Raymond stellte sich vor, dass sie diesen Tisch gewählt hatte, weil ihre Kraft nicht ausgereicht hatte, um sich einen besseren Platz zu suchen. Außer ihr waren keine weiteren Gäste in dem Café. Der Besitzer lehnte am Tresen und las Zeitung. Raymond ging zu dem Tisch in der Ecke, der am weitesten von der Tür entfernt war. Er war froh, sich hinsetzen zu können. Und er freute sich über seine Wahl. Hier kannte ihn niemand. Nach einer kleinen Weile kam der Besitzer zu ihm. Er schien sich nicht im Geringsten für seinen neuen Gast zu interessieren. Als Raymond einen Tee bestellte, nickte er nur knapp und kehrte zum Tresen zurück. Der Schnürsenkel an seinem linken Schuh hatte sich gelöst, und er schlurfte über das Linoleum, als hätte er es durchaus bemerkt, wäre aber zu faul, um sich zu bücken und ihn wieder zuzubinden. Als der Mann mit einem Tablett zurückkkam, auf dem eine Tasse aus Rauchglas und ein Kännchen mit heißem Wasser standen, war Raymond überzeugt, dass er stolpern und sie beide verbrühen würde. Der lose Schnürsenkel war kürzer als die Schrittlänge des Mannes, deshalb war es unwahrscheinlich, dass er darauf treten würde. Trotzdem dachte Raymond, dass er einen ständig locker sitzenden Schuh äußerst unangenehm fände. Seine Schuhe waren während des Spaziergangs am Kanal ziemlich nass geworden, und seine Hosenbeine waren mit Schlamm bespritzt. Später, als in dem Café etwas mehr los war, dachte er, einer der Stammgäste würde den Besitzer vielleicht auf den gelösten Schnürsenkel hinweisen, doch es geschah nichts. Raymond versuchte, seine Aufmerksamkeit anderen Dingen zuzuwenden, doch das Geschlurfe des Mannes ging ihm zunehmend auf die Nerven. Seine Kehle schnürte sich zu, sodass es unmöglich wurde, den Tee zu trinken. Jedes Mal, wenn der Mann jemandem sein Getränk an den Tisch brachte, spürte Raymond, wie sich Druck in seiner Brust aufbaute. Eigentlich hatte er vorgehabt, so lange wie möglich in dem Café zu bleiben, doch irgendwann ertrug er es nicht länger. Er legte ein paar Münzen auf den Tisch und ging.

Um Punkt halb vier stand Raymond vor dem Schultor. Der Regen hatte aufgehört, und seine Schuhe waren fast wieder trocken. Er stellte sich zwischen die Bäume auf der gegenüberliegenden Straßenseite, weil er nicht wollte, dass einer seiner Lehrer ihn entdeckte. Er wollte nur Yvette sehen. Er hatte sich keinen Plan zurechtgelegt, aber wenn er sie erst einmal sah, würde sich schon alles ergeben. Selbst wenn sie mit Stéphane zusammen war, würde sie bestimmt verstehen, dass er mit ihr allein sein wollte.

Vielleicht würden sie zusammen ins Café des Vosges gehen. Oder vielleicht auch direkt zu ihr nach Hause. Yvettes Eltern störten sie nur selten und betraten Yvettes winziges Zimmer nie, ohne vorher anzuklopfen.

Zwanzig Minuten vergingen, dann dreißig. Der Schulhof hatte sich bereits geleert, als er Yvette von der Schulbibliothek kommen sah. Stéphane ging neben ihr. Sie hatte nicht mehr die Stofftasche mit den Büchern dabei. Stéphane machte eine ausholende Bewegung mit seinen Händen, wie er es oft tat, wenn er eine Geschichte erzählte oder einen seiner Vorträge hielt. Obwohl sie noch gut hundert Meter entfernt waren, konnte Raymond sehen, dass Yvette ihm aufmerksam zuhörte. Als Stéphane aufhörte zu reden, ergriff Yvette mit der Linken seine Hand und hakte sich mit der Rechten bei ihm ein. Stéphane neigte den Kopf, sodass seine Wange auf ihrem Haar lag. So gingen sie ein paar Schritte auf das Tor zu. Raymond versteckte sich hinter dem Baumstamm, an dem er bis dahin gelehnt hatte. Dann löste Stéphane seinen Arm aus Yvettes Griff und legte ihn um ihre Schultern. Sie verließen den Schulhof, überquerten die Straße und gingen nur wenige Meter entfernt an Raymonds Versteck vorbei. Yvette hatte ihre rechte Hand in die Gesäßtasche von Stéphanes Jeans geschoben. Raymond krampfte sich der Magen zusammen.

Er wartete ein wenig, bevor er ihnen Richtung Avenue Général de Gaulle folgte. Bestimmt wollten sie ins Café des Vosges, und nach einer gewissen Zeit könnte er sich dazugesellen. Aber wozu? Was sollte er da? Er und Yvette waren nie so zusammen herumgelaufen. Ihre Beziehung war eine private Angelegenheit gewesen, nichts, was man zur allgemeinen Unterhaltung zur Schau stellte. Oder vielleicht hatte es auch gar nichts gegeben, was man zur Schau stellen konnte. Vielleicht existierte die besondere Verbindung zu Yvette – über die er nie gesprochen hatte, weil er es nicht für notwendig hielt – nur in seinem Kopf.

Yvette und Stéphane gingen nicht ins Café des Vosges. Sie trennten sich auch nicht, wie Raymond angenommen hatte, an der Ecke Avenue Général de Gaulle und Rue de Mulhouse. Sie gingen, immer noch in dieser albernen Umarmung, weiter bis zur Ecke Rue des Trois Rois. Dann bogen sie in Yvettes Straße ein. Kurz vor Mme Becks Blumenladen blieb Yvette stehen und drückte Stéphane sanft gegen die Wand des Nachbarhauses. Sie stellte sich auf die Zehenspitzen und küsste ihn auf den Mund. Raymond konnte sehen, dass ihre Beine leicht gespreizt waren. Mit ihrer linken Hand packte sie Stéphane am Po und zog ihn zu sich.

Obwohl keiner von beiden auch nur in seine Richtung geblickt hatte, war Raymond sicher, dass sie wussten, dass er da war und dass sie diese lüsterne Show nur für ihn abzogen. Er dachte kurz an das Messer, das zwischen den Büchern in seiner Tasche lag. Er stellte sich vor, wie er zu dem Paar hinüberging und Stéphane wortlos die Klinge zwischen die Rippen stieß. Aber er tat es nicht. Stattdessen drehte er sich um und lief in die entgegengesetzte Richtung davon, wobei er fast mit dem langgesichtigen jungen Mann zusammenstieß.

20

Gorski war ziemlich überrascht gewesen, als Céline vorgeschlagen hatte, sich im Restaurant de la Cloche zu treffen. Soweit er wusste, hatte sie noch nie einen Fuß in das Lokal gesetzt. Den größten Teil seines Umsatzes machte das Restaurant tagsüber; abends saßen dort vor allem Witwen, Junggesellen und der eine oder andere Vertreter, für den es billiger war, in Saint-Louis zu übernachten als in der nahe gelegenen Schweiz. Letztere schlangen meist ihr Abendessen hinunter und suchten sich dann eine weniger hell beleuchtete Zuflucht, um sich zu betrinken. Einige brachten sich einen Western oder Krimi mit, den sie gegen ihre Karaffe mit Hauswein lehnten. Gorski beneidete diese Männer. Sie konnten essen und trinken, was sie wollten. Sie brauchten niemandem zu sagen, wohin sie gingen. Sie mussten niemandem Rechenschaft ablegen. Doch Gorski wusste auch, dass er ein solches Leben nicht einmal einen Monat durchhalten würde. Er war untrennbar verbunden mit Saint-Louis, dieser kleinen Ansammlung unbedeutender Straßen, in der seine Position als Polizeichef ihm einen Status verlieh, den er kaum verdiente.

Marie begrüßte ihn herzlich.

»Essen Sie heute Abend auch bei uns, Kommissar Gorski?«, fragte sie.

Sie führte ihn zu dem Tisch in der Ecke: Ribérys Tisch. Gorski widersprach nicht. So saßen sie am weitesten von den anderen Gästen entfernt und konnten sich ungestörter unterhalten. Pasteur spielte mit Lemerre und seinen Kumpanen am Tisch neben der Tür Karten. Er grüßte Gorski mit einem kurzen Nicken.

Gorski zog seinen Mantel aus und legte ihn neben sich auf die Bank. Er war absichtlich ein wenig früher gekommen. Marie blieb neben dem Tisch stehen. Im Restaurant de la Cloche gab es keine Speisekarte. Die Gerichte standen auf zwei Tafeln, die an der Wand gegenüber der Tür hingen. Pasteurs erste Amtshandlung bestand jeden Morgen darin, auf die wackelige Leiter zu klettern, die sonst hinter der Toilettentür stand, und mit Kreide die Tagesgerichte auf die Tafeln zu schreiben.

Gorski erklärte, er warte noch auf jemanden und werde später bestellen. Marie sah ihn fragend an.

»Meine Frau«, sagte Gorski. Aus irgendeinem Grund senkte er die Stimme.

Marie gab sich keine Mühe, ihre Freude zu verbergen. Rasch ging sie zu der massigen Kommode, in der das Besteck und die Tischwäsche aufbewahrt wurden, und kam mit einer Leinentischdecke zurück, die sie gekonnt über die offenbar für weniger angesehene Gäste bestimmte Wachsdecke breitete. Sie deckte für zwei Personen ein und hielt die verschiedenen Gläser ans Licht, um sich zu vergewissern, dass sie fleckenfrei waren. Als sie fertig war, trat sie einen Schritt zurück und betrachtete zufrieden ihr Werk.

Gorski lehnte sich auf der Bank zurück, peinlich berührt von dieser Sonderbehandlung. Die anderen Gäste beobachteten das Ganze missgünstig. Ein Mann Mitte dreißig, der am Tisch neben der Toilette saß, sah von seiner Zeitung auf. Er trug einen dunklen

Anzug. Die Krawatte war ein wenig gelockert. Gorski machte eine entschuldigende Miene, doch der Mann wandte sich nur wieder seiner Zeitung zu. Das Restaurant de la Cloche war kein Ort, an dem man mit den Leuten vom Nachbartisch ins Gespräch kam. Marie gab sich zwar alle Mühe, eine gastliche Atmosphäre zu schaffen, und blieb immer wieder kurz stehen, um ein paar Worte mit ihren Gästen zu wechseln. Doch wenn sich die Leute hier unterhielten, dann meist mit gedämpfter Stimme. Das Lokal wäre nicht Gorskis erste Wahl gewesen, um über seine Eheprobleme zu sprechen, aber in seiner Position konnte er es sich nicht leisten, Einwände zu erheben.

Marie schlug einen Apéritif vor.

Gorski hatte im Le Pot bereits drei Bier getrunken und wollte eigentlich ein viertes bestellen, entschied sich dann jedoch anders. Céline mochte es nicht, wenn beim Abendessen Bier auf dem Tisch stand, und es wäre unklug, sie unnötig zu provozieren. So bat er um ein Glas Wein.

Marie fragte, ob er nicht lieber eine Flasche nehmen wollte. »Wir haben einen sehr schönen Riesling.«

Gorski willigte ein. Marie kam mit der Flasche zurück und präsentierte ihm das Etikett, bevor sie sie öffnete. Sie goss einen kleinen Schluck in das grünstielige Glas auf dem Tisch und wartete auf Gorskis Zustimmung.

»Ich bin sicher, er wird Madame Gorski schmecken«, sagte sie.

Es war seltsam zu hören, wie jemand seine Frau so nannte. Céline benutzte normalerweise ihren Mädchennamen. Es sei nichts Persönliches, wie sie ihm oft erklärt hatte, »Gorski« klinge nur einfach nicht gut für jemanden, der in der Modebranche arbeite. Dennoch ärgerte sich Gorski jedes Mal, wenn er hörte, wie seine Frau sich als Mme Keller vorstellte.

Der Wein war schrecklich süß. Céline würde eine Grimasse ziehen, wenn sie ihn probierte.

»Wunderbar«, sagte er mit bemühtem Lächeln. Marie füllte sein Glas.

Sie schien erpicht darauf, das Gespräch fortzuführen, doch da Gorski nichts weiter sagte, kehrte sie zum Tresen zurück. Lemerre legte seine Karten verdeckt auf den Tisch und ging quer durch den Raum zur Toilette. Bei Gorski blieb er stehen und gab ihm schlaff die Hand.

»Erwarten Sie Kleopatra höchstpersönlich?«, fragte er und deutete auf den gedeckten Tisch.

Gorski lachte gezwungen.

»Ah, ein heimliches Rendezvous. Keine Sorge, Kommissar Gorski«, sagte er und tippte sich an die Nase. »Ihr Geheimnis ist bei mir gut aufgehoben.«

Es lag Gorski auf der Zunge zu erwidern, wenn er ein heimliches Stelldichein plane, würde er es wohl kaum im Restaurant de la Cloche abhalten, doch er verkniff es sich. Es war nie klug, sich auf ein Gespräch mit Lemerre einzulassen.

»Und behalten Sie die Gauner da drüben im Blick, ja?«, fuhr er fort und deutete mit dem Daumen auf seine Kumpane. »Sie sollten auch mal 'ne Runde mit uns spielen.«

»Danke«, sagte Gorski, »aber ich bin kein guter Spieler.«

»Sind die Clowns da drüben auch nicht, aber das hält sie nicht davon ab«, erwiderte der Friseur, dann watschelte er weiter, die linke Hand an seinen Gürtel gedrückt, als stütze er einen Leistenbruch ab.

Gorski nippte an seinem Wein und blickte verstohlen auf die Uhr. Es war erst zehn nach acht. Es kümmerte ihn nicht sonderlich, dass Céline sich verspätete. Pünktlichkeit war noch nie ihre Stärke gewesen, und wenn sie ihn ein paar Minuten warten ließ, geschah ihm das durchaus recht. Dennoch fühlte er sich allmählich etwas unwohl. Der Vertreter neben der Toilette bestellte einen Kaffee. Die übrigen Gäste waren bereits beim Dessert. Die Kartenspieler neben der Tür sahen immer wieder zu ihm herüber und beugten sich über den Tisch, um sich etwas zuzuflüstern. Würde er damit nicht Maries Gefühle verletzen, würde er vorschlagen, anderswohin zu gehen, sobald Céline kam. Er schenkte sich ein zweites Glas Wein ein.

Unterm Strich war es vielleicht gar nicht so schlecht, dass seine Frau sich verspätete. Gorski hatte bisher kaum darüber nachgedacht, was er ihr sagen sollte. Obwohl Céline diejenige war, die ihn verlassen hatte, wurde von ihm erwartet, den Zerknirschten zu spielen. Das Dumme war nur, er fühlte sich gar nicht zerknirscht. Er wusste schlicht und einfach nicht, was er falsch gemacht hatte. Natürlich war er Céline nicht erfolgreich und ehrgeizig genug. Aber das war schließlich kein Versäumnis seinerseits. Er war nun einmal, wie er war. Es kümmerte ihn nicht groß, was für ein Auto er fuhr und von welcher Marke seine Anzüge waren. Er fühlte sich wohler, wenn er an einem der Resopaltische im Le Pot saß und einen Hotdog hinunterschlang, als wenn er in einem der angesagten Restaurants in Straßburg speiste. Im Grunde hatten er und Céline kaum Gemeinsamkeiten. Trotzdem wurde von ihm erwartet, dass er sie anflehte zurückzukommen und ihr versprach, sich zu ändern. Aber er wollte sich nicht ändern. Er wollte auch nicht, dass Céline sich änderte. Er mochte sie, trotz ihrer versnobten Art und ihrer albernen Schwäche für Äußerlichkeiten. Er vermisste sie, wenn sie nicht da war. Außerdem war da ja noch Clémence, aber sie schien sich aus den Streitereien ihrer Eltern nicht viel zu machen, und in zwei Jahren würde sie ohnehin anfangen zu studieren und kaum mehr einen Gedanken an sie verschwenden.

Gorski schenkte sich ein drittes Glas Wein ein. Marie, die hinterm Tresen stand, sah hoch zur Uhr und warf ihm einen besorgten Blick zu. Er ertappte sich dabei, dass er an Lucette Barthelme dachte. Dass er ihre Einladung zum Mittagessen ausgeschlagen hatte, war nicht aus Rücksicht auf die Ermittlungen geschehen, sondern weil er sich immer noch als verheiratet betrachtete. Er *war* noch

immer verheiratet, und die Anziehung, die die Witwe auf ihn aus-
übte, brachte ihn durcheinander, als hätte er seine Frau bereits betrogen. Vor seiner Heirat hatte Gorski nur wenig Erfahrung mit
Frauen gehabt. Er war nicht versiert in der Kunst des Flirtens. Dennoch war da etwas in der Art, wie Lucette ihn ansah – ihr mädchenhaftes Kichern und ihre Nervosität beim Rauchen –, das darauf
hindeutete, dass die Anziehung auf Gegenseitigkeit beruhte. Er
trank noch mehr von dem Wein; was machte es schon, wenn Céline
ihn für betrunken hielt? Es war ihre Schuld, schließlich kam sie zu
spät. Vielleicht würde er doch mit Lucette Barthelme essen gehen.
Er dachte daran, wie sich ihre Brüste unter dem Nachthemd abge-
zeichnet hatten.

Marie unterbrach seine Gedanken. Sie war zu taktvoll, um anzudeuten, dass Mme Gorski vielleicht nicht mehr kommen würde,
aber sie wies ihn darauf hin, dass die Küche bald schließen würde.
Erst da durchschaute Gorski Célines Schachzug. Warum sonst hätte sie das Restaurant de la Cloche vorschlagen sollen? Es war der
denkbar beste Ort, um ihn zu demütigen. Fast bewunderte er ihre
List. Er akzeptierte die Niederlage und bestellte *steak-frites*.

»Möchten Sie auch für Madame bestellen?«

»Sie ist wohl aufgehalten worden«, sagte er lahm.

Gorski nahm Céline ihren kleinen Racheakt nicht übel, aber es
tat ihm leid, dass Marie enttäuscht worden war. Sie hätte es genossen, im Gespräch beiläufig fallen zu lassen, dass die Tochter des
Bürgermeisters jetzt zu ihren Gästen zählte.

Ein paar Minuten später kam sie zurück und brachte ihm sein
Essen. Das Steak versank in einer dicken Pfeffersoße. Gorski dank-
te ihr. Die Flasche Riesling war fast leer. Er bat Marie, ihm ein Glas
Bier zu bringen. Die Kartenspieler verfolgten die Szene amüsiert.

»Soll ein Mann denn hungrig nach Hause gehen?«, sagte Gorski
mit theatralischem Schulterzucken.

»Machen eh nur Ärger, die Weiber«, erwiderte Lemerre und

fügte noch einen derben Kommentar hinzu. Marie warf ihm einen strengen Blick zu.

Gorski wandte seine Aufmerksamkeit dem Steak zu. Es war gut. Er verspeiste es innerhalb weniger Minuten und nahm die Soße mit den *frites* auf. Anschließend würde er ins Le Pot gehen und noch ein paar Biere trinken, um seinen Magen zu beruhigen. Zum Teufel mit Céline. Ohne sie war er besser dran. Hatte er nicht sein Leben lang getan, was andere von ihm erwarteten? Vielleicht war es jetzt an der Zeit zu tun, was er wollte. Wenn er sich sinnlos besaufen wollte, dann würde er es tun. Und wenn er mit der Witwe ins Bett steigen wollte, wer sollte ihn daran hindern? Vielleicht würde er sie an diesem Abend noch anrufen.

Gorski wischte sich gerade die Spuren der Pfeffersoße vom Mund, als Céline hereinkam. Es war neun Uhr. Sie trug einen knöchellangen Pelzmantel, den ihr Vater ihr vor Kurzem geschenkt hatte. Sie schob sich durch die schweren Samtvorhänge, die das Restaurant während der Wintermonate vor Zugluft schützten, und ließ den Blick durch den Raum schweifen. Sie sah Gorski nicht – oder tat zumindest so –, sodass er die Hand heben musste, um sie auf sich aufmerksam zu machen. Mit klackernden Absätzen ging sie auf seinen Tisch zu. Das exotische Geräusch ließ selbst diejenigen aufblicken, die ihren Auftritt nicht bemerkt hatten. Lemerre neigte den Kopf zur Seite, um ihre Bewegungen besser verfolgen zu können, dann schürzte er die Lippen und nickte anerkennend.

Sie blickte auf die Flasche, die auf dem Tisch stand, und dann auf Gorskis leeren Teller.

»Wie nett von dir, dass du auf mich gewartet hast«, sagte sie.

Gorski stand auf, wobei er mit dem Oberschenkel gegen den Tisch stieß. Die Weinflasche geriet ins Wanken, doch Céline hielt sie fest. Sie gestattete ihm, sie auf beide Wangen zu küssen. Mit ihren Absätzen war sie einen halben Kopf größer als er.

Er murmelte eine Entschuldigung. »Ich dachte, du kämst nicht mehr. Die Küche war kurz davor zu schließen.«

Céline sah ihn an. »Du bist betrunken.«

Gorski schüttelte den Kopf, doch er konnte die leere Flasche neben sich kaum verleugnen. Marie kam an den Tisch. Sie begrüßte Céline überschwänglich und nahm ihr den Mantel ab. Céline trug ein graues Strickkleid, das ihre schmale Figur eng umschloss. Gorski verspürte einen Anflug von Verlangen.

»Wie schön, Sie zu sehen, Madame«, sagte Marie. »Ich hoffe, alles wird zu Ihrer Zufriedenheit sein.« Marie lächelte strahlend, dann warf sie Gorski einen anerkennenden Blick zu. Diesen Blick hatte er im Laufe der Jahre schon zahllose Male gesehen. Er besagte in etwa: *Respekt, mein Lieber, Respekt.*

»Da habe ich gar keine Zweifel«, sagt Céline gnädig. »Ich bedaure nur, dass ich zu spät bin, um Ihre Kochkünste kennenzulernen.«

Marie sah sie entgeistert an. »Aber nicht doch, Madame. Mein Mann wird Ihnen gerne alles zubereiten, was Sie möchten.«

Céline erwiderte lächelnd, sie wolle ihnen keine Mühe machen.

»Aber ganz und gar nicht«, sagte Marie.

Gorski setzte sich wieder. Céline bestellte einen Wodka Tonic und nahm ihm gegenüber Platz. Marie brachte Célines Mantel zur Garderobe neben der Tür, blieb kurz stehen, um ihn zu bewundern, und kehrte dann zum Tisch zurück. Céline fragte Gorski, was er gegessen hatte, und beschloss, dasselbe zu nehmen. Marie gab die Bestellung an Pasteur weiter, der zu der großen Uhr an der Wand blickte. Darauf folgte eine geflüsterte Diskussion, die damit endete, dass der Besitzer seine Karten auf den Tisch warf und in der Küche verschwand.

Céline verfolgte die kleine Szene amüsiert, dann wandte sie sich wieder Gorski zu.

»Das ist also das berühmte Restaurant de la Cloche«, sagte sie. »Ich muss sagen, ich finde es ganz charmant.«

Sie ließ den Blick umherschweifen und kommentierte die Ausstattung und Einrichtung laut genug, dass es jeder hören konnte. Ihre Haare waren zerzaust, als hätte sie das Haus in aller Eile verlassen. Vielleicht war ihre Verspätung doch nur ein Versehen. Sie schien guter Laune zu sein. Gorski fragte sich, ob sie ihm die geplatzte Verabredung von neulich verziehen hatte. Vielleicht lief in ihrer Beziehung ja gar nicht so viel falsch. Vor allem: Welches Paar ging sich nach zwanzig Jahren Ehe nicht auf die Nerven? Vielleicht lag der Fehler ja tatsächlich bei ihm. Im Laufe der Zeit hatte er sich immer weniger bemüht, Célines Wünschen nachzukommen. Sein Widerstreben, an gesellschaftlichen Veranstaltungen teilzunehmen, hatte dazu geführt, dass sie ihn schon seit Langem gar nicht mehr danach fragte.

Zu Beginn ihrer Ehe waren sie oft ins Kino gegangen und manchmal sogar nach Straßburg ins Theater. Gorski hatte dem Theater nie viel abgewinnen können – er fand es einfach absurd, Leuten dabei zuzusehen, wie sie vorgaben, jemand anders zu sein –, aber das war nicht der entscheidende Punkt. Der entscheidende Punkt war, dass sie gemeinsam etwas unternommen hatten. Gorski erinnerte sich an einen Vorfall vor etwa zehn Jahren. Er hatte nach dem Abendessen am Küchentisch gesessen und Zeitung gelesen.

»Im Théâtre National gibt es eine neue Inszenierung von *Der Menschenfeind*«, hatte Céline gesagt. »Ich dachte, die könnten wir uns vielleicht ansehen.«

Gorski wusste noch, dass er nicht einmal von seiner Zeitung aufgeblickt hatte. »Muss das sein?«, hatte er lustlos gefragt.

»Natürlich *muss* es nicht sein«, hatte Céline gereizt erwidert.

Und damit war das Thema erledigt gewesen. Danach waren sie nie wieder ins Theater gegangen. Und genauso war es mit all ihren gesellschaftlichen Unternehmungen gelaufen. Vielleicht musste er sich einfach nur mal ein bisschen Mühe geben.

Marie brachte Célines Steak. Gorski wünschte ihr *bon appétit,* und sie legte sofort los. Trotz ihrer schlanken Figur war Céline nie eine schlechte Esserin gewesen.

Was soll ich sagen?, verkündete sie gerne. *Ich habe einfach einen hohen Grundumsatz.* Und falls irgendein Mann in Hörweite war, fügte sie kess hinzu: *In jeder Hinsicht!*

Gorski sah ihr beim Essen zu. Sie hatte einen großen Mund und ausgeprägte Wangenknochen. Sie warf ihm einen kurzen Blick zu.

»Ich sterbe vor Hunger«, sagte sie mit vollem Mund. Gute Tischmanieren – und Pünktlichkeit – waren ihrer Ansicht nach etwas für die unteren Schichten.

»Wie ist es?«, fragte Gorski.

Sie nickte, vielleicht ein wenig überrascht. »Nicht schlecht.«

Dieser freundschaftliche kleine Wortwechsel ermutigte ihn. »Vielleicht sollten wir so etwas öfter machen«, sagte er. Er merkte, dass er undeutlich sprach.

Céline hielt einen Moment im Kauen inne und sah ihn an. »Meinst du nicht, dass es dafür ein bisschen zu spät ist?«

Er trank einen Schluck Bier.

Abgesehen von Lemerre und seinen Kumpanen sowie dem Vertreter, war das Restaurant mittlerweile leer. Céline spießte ein paar *frites* auf ihre Gabel und schob sie sich in den Mund.

Gorski war zu betrunken, um sich darum zu scheren, dass nun alle ihr Gespräch verfolgten.

»Vielleicht müssen wir uns einfach nur ein bisschen mehr Mühe geben«, sagte er. Céline sah von ihrem Teller auf. »Ich meine, *ich* muss mir ein bisschen mehr Mühe geben. Ich weiß, ich bin nachlässig gewesen.«

»Ach, Georges«, sagte sie in einem Tonfall, als spräche sie mit einem kleinen Schuljungen.

Er beugte sich vor. »Ich meine es ernst.«

Céline sah ihn an. Sie schien über das nachzudenken, was er

gesagt hatte. Marie räumte ihren Teller ab. Céline hatte kaum mehr als fünf Minuten gebraucht, um ihn leer zu essen. Sie bestellte noch ein Stück Schwarzwälder Kirschtorte.

»Und Sie?«, fragte Marie.

Gorski schüttelte den Kopf. Er hatte sich noch nie viel aus Süßem gemacht. Trotzdem bereute er seine Entscheidung sofort. Natürlich sollte er sich ein Dessert bestellen. Sie sollten gemeinsam ihr Dessert essen wie ein funktionierendes Ehepaar. Aber er hatte auch so das Gefühl, dass alles gut werden würde und dass sie von nun an jeden Donnerstagabend im Restaurant de la Cloche essen würden. Sie würden *steak-frites* und Schwarzwälder Kirschtorte bestellen und schmunzelnd daran zurückdenken, wie sie sich beinahe getrennt hätten.

Céline zündete sich eine Zigarette an und lehnte sich auf dem wackeligen Stuhl zurück. Gorski verwünschte sich, weil er ihr nicht die Bank angeboten hatte. Er war wirklich ein Trottel! Marie brachte ein großes Stück Torte mit Schlagsahne und einer kandierten Kirsche obenauf.

»Das sieht ja köstlich aus!«, rief Céline.

Marie schlug vor, dazu Kirschwasser zu trinken. »Ausgezeichnete Idee«, sagte Céline munter. In Gorski keimte der Verdacht auf, dass sie ebenfalls betrunken war. Er verspürte den starken Drang, sie zu vögeln.

Pasteur kam aus der Küche und setzte sich wieder zu den Männern am Tisch neben der Tür. Doch sie ließen die Karten liegen und verfolgten stattdessen gespannt das Schauspiel hinten im Restaurant. Céline drückte ihre Zigarette aus und machte sich an die Torte. Um das Schweigen zu überbrücken, fragte Gorski, wie es ihren Eltern ging.

Céline verdrehte die Augen. Sie aß einen Bissen von der Torte.

»Maman macht mich wahnsinnig. Papa auch«, sagte sie. »Tatsächlich wollte ich unter anderem deshalb mit dir sprechen.«

»Ach ja?« Gorski spürte einen Funken Hoffnung.

Céline nahm noch ein Stück von der Torte und wandte sich zu Marie um, die an der Kommode stand und Besteck einsortierte. »Wirklich köstlich, Madame«, sagte sie. Marie bedankte sich mit einem Nicken.

Céline drehte sich wieder zu Gorski und sagte beiläufig: »Ich habe beschlossen, wieder ins Haus zu ziehen.«

Gorski konnte es sich nicht verkneifen, zu den anderen hinüberzusehen, um sich zu vergewissern, dass alle es gehört hatten. Er stand auf, beugte sich über den Tisch und legte die Arme um ihre Schultern. Seine Krawatte hing in der Torte. »Das ist großartig«, sagte er. »Ich freue mich wirklich.«

Céline legte die Hand auf seine Brust und schob ihn entschieden von sich. Gorski schämte sich seiner trunkenen Zuneigungsbekundung. Sie wies ihn darauf hin, dass er Sahne auf seiner Krawatte hatte. Er wischte sie mit der Hand weg. Céline schüttelte genervt den Kopf. Als er mit dem Säubern seiner Krawatte fertig war, fragte er, wann sie zurückkommen wolle.

»Na ja, so bald wie möglich«, erwiderte sie.

Gorski nickte schwungvoll. Er streckte die Hände aus und legte sie auf ihre.

Sie aß noch einen Bissen von der Torte. »Natürlich erwarte ich, dass du bis dahin anderweitige Vorkehrungen getroffen hast.«

»Anderweitige Vorkehrungen?«

Céline zuckte leicht die Achseln. »Dass du dir eine andere Bleibe suchst.«

Gorski senkte den Blick auf den Tisch und zog seine Hände zurück. Ihm war übel.

»Natürlich«, sagte er.

Céline nickte, zufrieden, dass sie sich geeinigt hatten. Sie schob den Rest ihres Desserts von sich und stand auf. Gorski sah sie hilflos an.

»Ich hoffe, wir können das Ganze freundschaftlich regeln«, sagte sie.

Er nickte traurig. »Was ist mit Clémence?«

Céline sah ihn ein wenig verwirrt an, als habe sie daran noch gar nicht gedacht. »Du kannst sie natürlich jederzeit sehen. Sofern sie das will.«

Hinter ihr hatten die Spieler ihre Karten wieder aufgenommen und gaben sich alle Mühe, so zu tun, als hätten sie nichts von der Szene mitbekommen. Gorski schluckte mühsam, um sich nicht übergeben zu müssen.

Marie eilte mit Célines Pelzmantel herbei und half ihr hinein. Erst als Céline das Lokal verließ, bemerkte Gorski, dass sie helle Lehmflecken auf ihren Absätzen und dem Saum ihres Mantels hatte.

Später saß Gorski im Le Pot, bis Yves den Laden dichtmachte. Der Vertreter, der vorher im Restaurant de la Cloche am Tisch neben der Toilette gesessen hatte, stand nun am Tresen und trank Whisky. Beide taten so, als würden sie einander nicht kennen.

21

Raymond drückte die schwere Holztür der Rue Saint-Fiacre Nummer 13 auf. Drinnen war es kühl und dunkel. Durch das schmutzige Fenster auf dem Treppenabsatz im ersten Stock fiel ein wenig Sonnenlicht herein. Es roch nach köchelnder Brühe. Er erinnerte sich an den Geruch, der bei ihm zu Hause oft aus der Küche drang, wenn er aus der Schule kam. Er ging die Treppe hinauf, die rechte Hand auf dem Geländer. Je höher er stieg, desto heller und wärmer wurde das Treppenhaus. Er konnte sich den schweren Schritt seines Vaters nicht auf diesen Stufen vorstellen. Und ebenso wenig konnte er sich vorstellen, dass sein Vater je eine der Wohnungen hinter den schäbigen Türen betreten hatte, an denen er jetzt vorbeikam. Er drückte auf die Klingel der Wohnung im zweiten Stock: Duval. Aus irgendeinem Grund war er sicher, dass Delph hier wohnte. Delphine Duval klang richtiger als all die anderen Namen. Während der Zugfahrt hatte er ihn immer wieder leise vor sich hin gesagt. Sein Herz pochte. Er strich sich die Haare aus der Stirn. Kurz darauf fragte eine Frau hinter der Tür: »Wer ist da?« Sie hatte eine attraktive, tiefe Stimme. Vielleicht war es die Frau mit dem grünen Mantel.

»Ich suche Delph«, erwiderte Raymond nervös. Er hatte nicht darüber nachgedacht, was er tun oder sagen würde. Nur daran, dass er sie sehen musste.

»Delphine? Die wohnt oben.«

»Danke«, sagte Raymond. »Wo genau?«

Doch die Schritte der Frau entfernten sich bereits.

Über dem obersten Treppenabsatz war ein großes Deckenlicht, und auf dem Boden standen mehrere Plastikschüsseln, um Wassertropfen aufzufangen. Er klopfte an der linken Tür. Erst herrschte Stille, dann hörte er ein Schlurfen und das Scharren von Krallen auf den Dielen. Das war die Wohnung von der alten Frau mit dem keuchenden Mops, die jeden Tag Gemüse kaufen ging.

Raymond rief eine Entschuldigung durch die Tür. »Ich suche Delphine«, fügte er hinzu.

»Gegenüber«, erwiderte die Frau von der anderen Seite. Dann schlurfte sie wieder davon. Der Hund bellte halbherzig. Also hieß sie Comte. Delphine Comte. Er lächelte über sich selbst, weil er so überzeugt gewesen war, ihr Name sei Duval. Die Frau, mit der er telefoniert hatte, musste ihre Mutter gewesen sein. Er klopfte an die Tür. Kurze Stille, dann, genau wie nebenan, Schritte, die sich näherten. Er erkannte die Frauenstimme sofort. »Einen Moment«, rief sie. »Wer ist denn da?«

Raymond hörte, wie die Kette vorgelegt wurde. Er wusste nicht, was er antworten sollte. Die Tür wurde einen Spalt geöffnet. Als Erstes fiel ihm auf, wie klein die Frau war. Ihre Augen lagen nur ein kleines Stück über der Kette. Instinktiv trat er einen Schritt zurück, um ihr keine Angst zu machen.

»Bitte entschuldigen Sie die Störung«, sagte er. »Ich suche Delph. Delphine.«

Noch bevor er ausgesprochen hatte, breitete sich auf dem Gesicht der Frau ein Lächeln aus.

»Du bist bestimmt Raymond«, sagte sie.

Die Tür wurde zugedrückt, und Raymond hörte, wie die Kette wieder gelöst wurde. Erst war er verwirrt, dann freute er sich: Offenbar hatte Delph ihrer Mutter von ihm erzählt. Und nicht nur das, sie musste Gutes über ihn gesagt haben. Die Tür ging auf, und die Frau lächelte ihn immer noch an. Sie war ungefähr vierzig. Ihre blauen Augen strahlten. Sie trug einen gemusterten Kimono und eine Halskette mit einem fernöstlichen Symbol.

Sie streckte die Hand aus und sagte: »Ich bin Irène. Aber das weißt du ja sicher schon.«

Raymond wollte ihre Hand nehmen, doch dann schien sie es sich anders zu überlegen; sie fasste ihn bei den Schultern und küsste ihn auf beide Wangen. Ihr Haar roch nach Zimt oder irgendeinem anderen Gewürz. Sie ließ ihn los und bat ihn herein.

Der winzige Flur sah chaotisch aus. An den Haken hingen mehrere Schichten Mäntel und Jacken. Ein überquellendes Schuhregal verhinderte, dass man die Tür ganz öffnen konnte. Raymond erkannte die Stiefel, die Delph im Johnny's getragen hatte. Die Wände waren über und über mit unterschiedlich gerahmten chinesischen und indischen Drucken bedeckt, einige davon erotischer Natur. Als er eintrat, hatte Raymond das starke Gefühl eines Déjà-vus. Vielleicht lag es am Klang der Stimme, die er schon am Telefon gehört hatte.

Irène bemerkte, dass Raymond einen der Drucke an der Wand betrachtete. Darauf vollzog ein Paar einen akrobatischen sexuellen Akt. Sie stellte sich neben ihn.

»Interessierst du dich für orientalische Kunst?«, fragte sie ihn. »Es gibt so viel, was wir voneinander lernen könnten, findest du nicht auch?«

Raymond wusste nicht, ob sie den Osten und den Westen meinte oder sich und ihn, aber er nickte ernst. Sie führte ihn durch einen Perlenvorhang in die Küche, die ebenso unordentlich und vollgestellt war wie der Flur. Zwei große Gummibäume hielten rechts und links neben der Tür Wache. Auf der Fensterbank wuchsen Kräuter in einer Holzkiste. Sämtliche Oberflächen waren mit Zeitschriften, Skizzenbüchern und Briefen bedeckt. Über dem Herd hing ein Regal voller Teedosen. An der einen Wand stand ein kleiner Tisch mit drei unterschiedlichen Stühlen. Auf einem davon schlief eine Katze. Raymond beglückwünschte sich dafür, dass er zumindest dieses Detail richtig erraten hatte. Neben dem Tisch hing eine große Pinnwand mit Fotos, Postkarten und diversen Zetteln.

Irène verscheuchte die Katze und bot Raymond den Stuhl an. Er folgte ihrer Einladung und stellte seine Tasche neben sich auf den Boden, während sie Wasser aufsetzte. Über ihr an der Decke war ein bräunlicher Fleck, an dem vermutlich einmal Wasser vom Dach hereingetropft war.

»Du trinkst doch auch einen Tee, oder, Raymond?«

Die Situation war verwirrend. Selbst wenn Delph von ihm erzählt hatte, erklärte das keineswegs diesen überaus herzlichen Empfang. Seine linke Ferse wippte auf und ab, was die Münzen in seiner Hosentasche klirren ließ. Er legte die Hand aufs Knie, um die Bewegung zu unterbinden. Trotz seiner Verwirrung fand er die Frau charmant.

»Ja, gerne«, erwiderte er. Als sie fragend auf die Ansammlung von Dosen wies, sagte er, er nähme denselben wie sie. Sie musterte die Auswahl eine Weile.

»Ich glaube, das ist ein Fall für Ginseng«, verkündete sie schließlich.

Raymond sah zu, wie sie den Tee zubereitete. Sie hatte eine zierliche Figur. Ihr Kimono war aus schwarzer Seide, bestickt mit einem Muster aus roten und goldenen Drachen. Er war unterhalb ihres wohlgeformten Busens mit einem seidenen Gürtel zugebunden. Sie bewegte sich in dem engen Raum mit präzisen, sparsamen Gesten.

»Ist Delphine hier?« Es war offensichtlich, dass sie nicht zu Hause war, aber er wollte Irène an den Anlass seines Besuchs erinnern.

»Delphine? Nein.«

Raymond fragte, ob sie bald zurückkäme.

Irène sah zu der Uhr an der Wand. »Das glaube ich nicht. Sie fängt gleich an zu arbeiten.«

Sie stellte die Teekanne auf einen Korkuntersetzer auf dem Tisch und nahm zwei Tassen aus dem Abtropfgitter. Dann setzte sie sich und betrachtete Raymond liebevoll.

Sie schüttelte den Kopf. »Du siehst ihm so ähnlich«, sagte sie und wischte sich eine Träne aus dem Augenwinkel. Da fiel es ihm auf: Unter dem Geruch von Ginseng und Kräutern lag das schwere Aroma von Pfeifentabak.

Raymond sprang auf, sodass sein Stuhl gegen die Wand hinter ihm stieß.

»Er war hier, nicht wahr?«

»Natürlich«, sagte Irène. Sie lächelte mitfühlend. »Ist das nicht der Grund, weshalb du gekommen bist?«

»War er auch am Abend des Unfalls hier?«

Irène senkte den Blick und nickte traurig.

Dann begann sie den Tee einzuschenken, als wäre das alles nichts weiter als Small Talk. Ihre gefasste Haltung hatte eine beruhigende Wirkung auf Raymond. Er setzte sich wieder. Jetzt schien die ganze Wohnung nach dem Tabak seines Vaters zu riechen. Und doch war es Raymond unmöglich, sich ihn, der immer so steif und förmlich gewesen war, in dieser gemütlichen, chaotischen Wohnung vorzustellen. Er hatte Unordnung gehasst. Raymond betrachtete Irène Comte: die Geliebte seines Vaters. Die Situation schien sie kein bisschen aus der Fassung zu bringen. Sie trank ihren Tee, wobei sie die Tasse mit beiden Händen hielt, und lehnte sich auf ihrem Stuhl zurück. Raymond schüttelte leise den Kopf. Ihm schossen unzählige Fragen durch den Kopf, aber er wusste nicht, ob es angebracht war, sie zu stellen.

Stattdessen sprach Irène. »Ich wusste schon, als du angerufen hast, dass du kommen würdest.«

»Woher wussten Sie, wer ich bin?«, fragte Raymond. Die Erinnerung an den albernen Anruf war ihm peinlich.

Irène lachte. »Raymond, du klingst genau wie er. Du siehst aus wie er. Du verhältst dich wie er.«

Sie streckte die Hand aus, fasste ihn sanft am Kinn und drehte sein Gesicht ins Profil. »Diese Nase«, sagte sie. Raymond riss seinen Kopf weg, als hätte er eine Fliege im Gesicht.

Wieder lachte Irène. »Genau das hätte dein Vater auch getan.«

»Warum haben Sie nichts gesagt?«, fragte Raymond. »Warum haben Sie nicht gesagt, wer Sie sind?«

Irène schürzte die Lippen und antwortete dann in ernsterem Ton: »Soweit ich mich entsinne, hast du mir dazu keine Gelegenheit gegeben. Außerdem wollte dein Vater nicht, dass du und deine Mutter je von mir erfahren. Ich hatte kein Recht, es dir zu sagen.«

»Er ist also jeden Dienstag hierhergekommen?«

»Jeden Dienstag.«

»Auch an anderen Tagen?«

Irène schüttelte traurig den Kopf. »Bertrand hat gerne alles säuberlich getrennt gehalten. Selbst mich.«

Auf dem Tisch stand ein Aschenbecher. Raymond nahm seine Zigaretten aus der Jackentasche.

»Darf ich?«, fragte er.

»Natürlich.« Als er das Päckchen auf den Tisch legte, nahm sie sich ebenfalls eine. Sie sahen sich durch den aufsteigenden Rauch an. Letzten Endes erschien es Raymond gar nicht so wichtig. Im Gegenteil, ihm gefiel die Vorstellung, dass sein Vater Zeit mit dieser netten Frau verbracht hatte. Es war angenehm, in dieser kuriosen kleinen Wohnung mit ihren seltsamen Gerüchen und dem bunten Durcheinander zu sein. Einen größeren Unterschied zu dem Haus in der Rue des Bois konnte es kaum geben. Er fragte, wie lange sein Vater hierhergekommen war.

Irène lächelte ihr einnehmendes Lächeln. »Schon sehr lange«, sagte sie. »Seit vor deiner Geburt.«

Raymond gab ihr zu verstehen, dass er gerne mehr wissen wollte. Irène blies eine lange Rauchwolke aus. Er hatte den Eindruck, dass sie normalerweise nicht rauchte. Sie schlug die Beine übereinander, legte ihren nackten Fuß auf Raymonds Schienbein und begann zu erzählen.

Sie hatte Bertrands Ruf durchaus gekannt, als sie bei Barthelme & Corbeil anfing. Das war, kurz nachdem er zum zweiten Mal geheiratet hatte. Während der ersten Monate verhielt er sich absolut korrekt. Dann, eines Nachmittags, als Maître Corbeil wegen eines Termins mit einem Mandanten außer Haus war, lud Bertrand sie auf einen Drink ein. Es sei an der Zeit, dass sie sich besser kennenlernten, hatte er gesagt.

»Du darfst nicht vergessen, Raymond, dass ich damals erst zwanzig war. Dein Vater war ein äußerst gut aussehender Mann Und er hatte so eine gewisse Art, einen anzusehen. Mir war vollkommen klar, was er mit einem Drink meinte, und schließlich gingen wir direkt ins Hôtel Berlioz. Es gab keine Diskussionen. Wir wussten beide, was wir taten.« Raymond kam jeden Tag auf dem Weg zur Schule an dem Hotel vorbei.

Von da an trafen sie sich mehr oder weniger regelmäßig. Wenn er sie mit einem bestimmten Auftrag losschickte, wusste sie, dass sie ins Berlioz gehen und dort auf ihn warten sollte. Hinterher tranken sie manchmal eine Flasche Wein auf dem winzigen Balkon des Hotelzimmers. Es überraschte sie, wie wenig es ihn zu kümmern schien, dass man sie gemeinsam sehen könnte, doch die Passanten blickten nie nach oben. »Er hatte«, sagte sie, »etwas Unbesiegbares an sich.«

Irène erzählte ihre Geschichte ohne die geringste Verbitterung, als wäre das alles völlig normal.

»Natürlich änderte sich einiges, als Delphine unterwegs war«, fuhr sie fort. »Von da an kam er hierher.«

Raymond spürte, wie ihn ein kalter Schauer überlief.

»Aber was war mit Delphines Vater?«, fragte er. »Hatte er nichts dagegen?«

»Ihr Vater?«

»Ja.«

Irène sah ihn verwirrt an. »Bertrand ist ihr Vater. War ihr Vater.«

Raymond starrte sie an. Ein trauriger Ausdruck huschte über ihr Gesicht, und sie senkte den Kopf. Raymond sagte nichts. Mit zehn oder elf war er einmal mit dem Fahrrad in der Petite Camargue umhergefahren. Dabei hatte ihn ein niedrig hängender Ast am Kopf getroffen und vom Rad geworfen. So ähnlich fühlte er sich jetzt. Das Atmen fiel ihm schwer. Irène nahm ein Papiertaschentuch aus einer Schachtel auf dem Tisch und putzte sich die Nase. Als sie aufblickte, hatte sie Tränen in den Augen. Raymond sah an ihr vorbei auf das Regal mit den vielen bunten Teedosen. Er hatte noch nie so viele verschiedene Sorten Tee gesehen. Sein Vater hasste Tee.

»Ich wollte immer, dass ihr euch kennenlernt, du und Delphine«, sagte Irène. »Ich schätze, einen Vorteil hatte der Unfall immerhin, denn das könnt ihr jetzt.«

Sie war überrascht, als Raymond aufsprang, und fragte ihn, was los sei. Raymond bückte sich, um seine Tasche aufzuheben, und warf dabei seine Tasse um. Die Katze floh erschrocken aus der Küche, und er wollte ihr folgen, verfing sich jedoch in dem Perlenvorhang. Er ruderte mit den Armen und riss dabei ein paar von den Schnüren ab. Holzperlen rollten über den Boden. Bei dem Versuch, sich zu befreien, stieß er einen der beiden Gummibäume um.

Irène stand in der kleinen Küche und sagte immer wieder mit beruhigender Stimme seinen Namen. Er fingerte an den Schlössern der Wohnungstür herum und riss sie auf. Als er die Treppe hinunterlief, stürzte er und landete bäuchlings auf dem nächsten Treppenabsatz. Seine Kordhose zerriss am rechten Knie. Irène rief von oben nach ihm und flehte ihn an zurückzukommen. Vorsichtig berührte er seine Stirn. Sie war aufgeschürft, blutete aber nicht. Er stand auf und sah zu Irène. Sie streckte den Arm aus und bat ihn erneut, wieder hereinzukommen. Raymond warf ihr ein obszönes Schimpfwort an den Kopf.

Er rannte die restlichen Treppenstufen hinunter, riss die Tür auf und trat aus der Dunkelheit des Hausflurs auf die Rue Saint-Fiacre. Dann blieb er verwirrt stehen, als wäre er am falschen Bahnhof aus dem Zug gestiegen. Der Briefmarkenhändler zog das Gitter vor seiner Ladentür herunter. Er fing an zu husten, und etwas Asche fiel von der Zigarette, die er im Mundwinkel hatte. Der junge Mann mit dem langen Gesicht, der ihm in Saint-Louis in den Zug gefolgt war, stand gegenüber in dem Durchgang und rauchte.

22

Gorski parkte ein paar Straßen westlich vom Quai Kellermann und stieg aus seinem Wagen. Er ging mit gleichmäßigen Schritten, um keine Aufmerksamkeit auf sich zu ziehen. Da er Lambert möglichst nicht begegnen wollte, näherte er sich Véronique Marchals Wohnung aus der entgegengesetzten Richtung der Wache in der Rue de la Nuée-Bleue. Trotzdem war ihm nicht wohl dabei, in Lamberts Revier zu wildern. Er tröstete sich mit dem Gedanken, dass eine zufällige Begegnung in einer Stadt wie Straßburg weit weniger wahrscheinlich war als in seiner Heimatstadt.

Bei einer Telefonzelle hielt er an, um in der Wache in Saint-Louis anzurufen. An dem Morgen hatte Roland ihn angerufen und ihm – nahezu unter Tränen – berichtet, dass er Raymond Barthelme verloren hatte. Gorski war verärgert gewesen, hatte jedoch dem Drang widerstanden, ihn zu tadeln, und ihn lediglich angewiesen, den jungen Barthelme nach Möglichkeit wieder aufzuspüren.

Schmitt meldete sich in seinem üblichen gereizten Ton und berichtete dann genervt, Roland habe sich noch einmal gemeldet, um zu sagen, er habe das »sogenannte Zielobjekt« lokalisiert und sei zum Bahnhof gegangen.

»Und wissen wir, wohin er gefahren ist?«, fragte Gorski.

»Hat er nicht gesagt.«

»Wann war das?«

»Wann war was?«, fragte Schmitt.

»Dass Roland angerufen hat.«

»Keine Ahnung. Vor 'ner halben Stunde oder so. Soll ich mir vielleicht alles aufschreiben?«

Gorski legte auf. Er widerstand der Versuchung, auf ein Gläschen in die Bar mit dem verzinkten Tresen zu gehen, da er befürchtete, seine Anwesenheit dort könne Lambert zu Ohren kommen, und begab sich direkt zu Mlle Marchals Gebäude.

Obwohl Weismann offensichtlich durch den Spion geschaut hatte – Gorski hatte gesehen, wie er sich verdunkelte –, öffnete er die Tür mit vorgelegter Kette. Gorski verzog sein Gesicht zu einem Lächeln. Der Historiker musterte ihn misstrauisch.

»Kommissar Lambert hat gesagt, ich soll mit niemandem über den Fall reden«, sagte er.

»Vollkommen richtig«, erwiderte Gorski. »Und ich hoffe, das haben Sie auch nicht getan. Doch in Anbetracht der großen Bedeutung, die Sie in diesem Fall haben, hat er mich gebeten, noch einmal die Einzelheiten mit Ihnen durchzugehen, bevor Sie vor dem Untersuchungsrichter aussagen.«

Seine Worte hatten die gewünschte Wirkung, und Weismann löste die Kette. Gorski trat ein. Wieder empfing ihn eine Wolke von Rasierwasser.

»Bitte verzeihen Sie meine Vorsicht, Monsieur ...«

»Gorski. Kommissar Gorski.«

»Ach ja, Gorski«, wiederholte Weismann, als missfiele ihm der Name. Er führte ihn ins Arbeitszimmer. Die Luft darin roch abgestanden, als wäre dort seit Jahren kein Fenster mehr geöffnet worden.

»Haben Ihnen die Journalisten nicht die Tür eingerannt?«, fragte Gorski.

»Oh doch, das haben sie«, erwiderte Weismann stolz. »Aber ich habe kein Wort mit ihnen gesprochen.«

»Gut gemacht.«

Wie beim ersten Mal, als Gorski hier gewesen war, standen die beiden Männer befangen in der Mitte des Raums. Abgesehen von Weismanns Schreibtischstuhl, waren alle vorhandenen Sitzgelegenheiten mit Stapeln von Büchern und Unterlagen bedeckt.

»Mir ist natürlich bewusst, dass Sie ein viel beschäftigter Mann sind«, sagte Gorski. Er nahm ein Buch von einem der Stapel und betrachtete es. »Eine interessante Epoche«, bemerkte er. »Leider weiß ich nicht viel darüber.«

»Ja, sie ist faszinierend«, sagte Weismann. »Aber ziemlich vernachlässigt. Ich versichere Ihnen, Kommissar Gorski, Sie sind nicht allein in Ihrem Unwissen.«

Daraufhin begann er mit einem Vortrag über die Geschichte des Elsass während der Reformation. Er verlor sich nahezu in seinem Monolog und holte diverse Bücher und Artikel hervor, um das Gesagte zu illustrieren. Seine Begeisterung für das Thema war einnehmend. Sein anfängliches Misstrauen verwandelte sich geradezu in Liebenswürdigkeit. Nach etwa zehn Minuten unterbrach Gorski ihn.

»Ich verstehe, warum Sie auf Ihrem Gebiet so berühmt sind«, sagte er.

Weismann lächelte traurig. »Ich fürchte, Ihr Kollege hat etwas übertrieben, was meinen Status angeht. Und aus Eitelkeit habe ich ihn nicht korrigiert. Meine Arbeit ist lediglich in einer Monografie veröffentlicht.«

Er riss einen Karton auf und gab Gorski eine Abhandlung mit der Aufschrift *Die Bundschuh-Verschwörung*. »Kein Verleger hat sich je für meine Arbeit interessiert«, sagte er. »Meine Ideen sind zu kontrovers. Ich vertrete die Ansicht, dass die sogenannten Zwölf Artikel in Wirklichkeit von der katholischen Kirche verfasst wurden, um die Unterdrückung der Bauern zu legitimieren.«

Gorski nickte ernst. Er wollte Weismann die Abhandlung zurückgeben, doch der winkte ab. »Behalten Sie sie ruhig«, sagte er. Dann fügte er traurig hinzu: »Ich habe Kisten davon.«

Gorski dankte ihm. Dann nahm er sein Notizbuch aus der Jackentasche.

»Verzeihung, Kommissar Gorski, ich habe Sie sicher gelangweilt.«

Gorski versicherte ihm, das sei keineswegs der Fall. »Trotzdem ...« Er blätterte in dem Notizbuch. Darin stand nichts außer seinen Notizen vom Unfallort. Weismann räumte hastig zwei Stühle frei.

»Bitte entschuldigen Sie. Ich vergesse meine Manieren. Ich bin es nicht gewohnt, Gäste zu empfangen.«

Gorski nahm auf dem angebotenen Stuhl Platz.

»Und etwas zu trinken?«

Gorski willigte dankend ein. Weismann holte eine Flasche Schnaps hinter seinem Schreibtisch hervor. Nach kurzem Suchen fanden sich zwei unterschiedliche Gläser auf der Fensterbank. Er wischte sie oberflächlich mit seinem Hemdärmel ab, dann schenkte er ein und reichte eines davon Gorski. Gorski nahm es und stellte es vorsichtig neben seinen Füßen auf den Boden. Weismann setzte sich. Nachdem er seinen Schnaps in einem Zug hinuntergekippt hatte, wirkte er sichtlich belebt.

»Ich möchte noch einmal auf das erste Mal zurückkommen, als Sie Maître Barthelme gesehen haben«, begann Gorski.

»Das erste Mal?«, fragte Weismann. Sein linkes Bein wippte auf und ab, und er legte die Hand auf den Oberschenkel, um die Bewegung zu unterbinden.

»Ja. Es ist wichtig zu klären, seit wann er Mademoiselle Marchal aufgesucht hat.«

Weismann knetete seine Hände und blickte zur Decke. »Ich fürchte, dass kann ich nicht mit Sicherheit sagen«, erwiderte er.

»Kommissar Lambert hat mich ausdrücklich angewiesen, nichts auszusagen, dessen ich mir nicht sicher bin. Ich soll mich an die Fakten halten.«

»Das ist ein kluger Rat«, sagte Gorski. »Aber selbst wenn Sie sich nicht mehr an den genauen Tag erinnern können, als Sie Maître Barthelme zum ersten Mal gesehen haben, wissen Sie ja vielleicht noch, wie lange es ungefähr her ist.«

Weismann wirkte verunsichert. Offensichtlich wollte er keine Antwort geben, die seine Aussage zweifelhaft erscheinen lassen könnte. »Ich habe ihn am Abend des Mordes gesehen. Ist das nicht das Wichtigste? Kommissar Lambert schien sich nicht für diese Details zu interessieren.«

Gorski lächelte geduldig. »Genau deshalb hat er mich ja gebeten, sie mit Ihnen durchzugehen. Mein Kollege wäre der Erste, der zugeben würde, dass er manchmal etwas zu schnell vorprescht, aber das sind die Fragen, die der Untersuchungsrichter Ihnen stellen wird, und es ist wichtig, dass wir darauf vorbereitet sind.« Er benutzte absichtlich die erste Person Plural. »Als Historiker verstehen Sie ja sicher, dass man eine solide Faktengrundlage braucht, um seine Theorien zu untermauern.«

Dieser Vergleich schien Weismann zu gefallen. »Ja, natürlich«, erwiderte er. »Trotzdem fällt es mir schwer, mich zu erinnern.«

»Nun gut«, sagte Gorski munter. »Was meinen Sie, ist es eher ein paar Monate her oder ein paar Jahre?«

»Ein paar Jahre, glaube ich«, antwortete Weismann vage.

Gorski nickte und notierte etwas in seinem Buch. »Es geht nur darum, uns ein möglichst genaues Bild von ihrer Beziehung zu machen.«

»Ihre Beziehung?«

»Wenn Maître Barthelme, wie Sie sagen, ein regelmäßiger Besucher war, dann kann man das doch als Beziehung bezeichnen, oder?«

Weismann sah ein wenig ratlos aus. Vermutlich hatte er nicht viel Erfahrung auf dem Gebiet menschlicher Beziehungen. Er beschloss, dass es an der Zeit war, sich nachzuschenken. Gorski hatte sein Glas noch nicht angerührt.

»Nun ja, Mademoiselle Marchal hatte so viele Besucher, da weiß ich das nicht so genau. Und es kann gut sein, dass er sie schon lange, bevor ich ihn gesehen habe, besucht hat.«

»In der Tat«, sagte Gorski. Er lächelte beruhigend. »Bitte denken Sie nicht, dass ich Ihnen eine Falle stellen will, Monsieur Weismann. Wir müssen uns nur vergewissern, dass Sie genau wissen, was Sie gesehen haben.«

Er klopfte mit seinem Stift auf die Seite seines Notizbuchs.

»Das hier könnte wichtig sein«, sagte er nachdenklich. »Auf jeden Fall wird man Sie danach fragen: Als Sie an dem fraglichen Abend gesehen haben, wie Maître Barthelme Mademoiselle Marchals Wohnung betrat, was hat Sie da veranlasst, an Ihre Tür zu gehen? Sie werden ja nicht zufällig da gestanden haben.«

Weismann verzog das Gesicht. »Wie ich schon sagte, habe ich Mademoiselle Marchals Klingel oft mit meiner verwechselt.«

»Ach ja«, sagte Gorski, als sei ihm das entfallen. »Und haben Sie die Tür geöffnet oder nur durch den Spion geschaut?«

»Ich habe durch den Spion geschaut«, antwortete er, als wäre das etwas, dessen man sich schämen müsste. »Da ich sah, dass der Besucher nicht zu mir wollte, gab es keinen Grund, die Tür zu öffnen.«

»Dann müssten Sie, bevor ich raufgekommen bin, gehört haben, wie es bei Ihrer Nachbarin geklingelt hat.«

»Ja, das habe ich«, sagte Weismann.

Gorski nickte. Er hatte nichts dergleichen getan.

»Ich muss Sie außerdem fragen, welcher Art Ihre Beziehung zu Mademoiselle Marchal war.«

»Ich hatte keine Beziehung zu ihr«, erwiderte Weismann scharf. Er hatte seinen zweiten Schnaps bereits getrunken.

»Sie müssen sich doch gelegentlich im Treppenhaus begegnet sein.«

»Ab und an vielleicht«, sagte Weismann. »Aber das würde ich kaum als Beziehung bezeichnen.«

»Sie haben doch sicher auch mal miteinander gesprochen?«

»Nur im Vorbeigehen.«

»Sie würden sie also nicht als Freundin bezeichnen?«

»Nein.«

»Sie haben sie nie in Ihre Wohnung eingeladen?«

»Natürlich nicht. Warum sollte ich?«

»Sie war eine attraktive Frau. Da wäre es für einen Junggesellen wie Sie doch nur natürlich, sie mal auf einen Kaffee oder einen Schnaps hereinzubitten. Also, wenn ich an Ihrer Stelle gewesen wäre, hätte ich bestimmt mein Glück versucht.«

»Habe ich aber nicht«, erwiderte Weismann.

Gorski nickte freundlich. »Und Sie sind ja auch ein gut aussehender Mann. Hat sie Sie nie zu sich eingeladen?«

»Ganz gewiss nicht.«

Gorski seufzte, als wäre bei ihm plötzlich der Groschen gefallen. »Ah. Vielleicht gehen Ihre Interessen ja in eine andere Richtung?«

»Ich bin mir nicht sicher, ob ich Sie verstehe«, sagte Weismann.

»Monsieur Weismann, ich versichere Ihnen, dass Ihre sexuellen Neigungen für mich nicht von Belang sind.«

Weismann stand auf. »Ich halte es nicht für sinnvoll, dieses Gespräch fortzuführen.«

Gorski blieb sitzen. »Mir geht es nur darum zu verstehen, warum ein ansehnlicher Junggeselle wie Sie kein Interesse an einer so attraktiven Nachbarin hat.«

»Ich bin nicht schwul«, sagte Weismann, mittlerweile ziemlich erregt.

Gorski sah ihn ruhig an. »Natürlich nicht. Bitte verzeihen Sie.« Er bat Weismann mit einer Geste, wieder Platz zu nehmen.

Der Historiker füllte sein Glas zum dritten Mal. Seine Hände zitterten. Gorski schwieg eine Weile.

»Sie müssen entschuldigen, dass ich Ihnen solche Fragen stelle«, sagte er schließlich. »Ich versichere Ihnen, wir möchten nur dafür sorgen, dass Ihre Aussage absolut wasserdicht ist. Wir wollen ja nicht, dass irgendwelche Widersprüche eine erfolgreiche Aufklärung verhindern.«

Weismann setzte sich wieder. »Natürlich nicht«, murmelte er.

»Also, nur um das klarzustellen: Sie haben Mademoiselle Marchals Wohnung nie betreten?«

»Nein.«

Gorski nickte, als wäre er nun zufrieden. Er hob vorsichtig mit Daumen und Mittelfinger sein Schnapsglas vom Boden auf und leerte es. Dann nahm er eine Plastiktüte aus seiner Manteltasche und ließ das Glas hineinfallen. Weismann beobachtete ihn.

»Ich hoffe, es macht Ihnen nichts aus, wenn ich das behalte«, sagte Gorski. »Es ist eine reine Formalität. Wir haben auf einem Glas in Mademoiselle Marchals Wohnung einen noch nicht identifizierten Fingerabdruck gefunden. Das hier hilft uns, Sie von den Ermittlungen auszuschließen.«

»Aber das kann nicht sein«, platzte Weismann heraus. »Ich …«
Er schlug sich die Hand vor den Mund.

»Ja, ich weiß«, sagte Gorski. Er stand auf und schob das Glas in seine Tasche. Weismann beugte sich vor und vergrub das Gesicht in seinen Händen. Er tat Gorski fast ein wenig leid. Gorski fragte sich, ob der Historiker sich womöglich das Leben nehmen würde. Dann verließ er die Wohnung.

Draußen auf der Straße nahm er das Glas aus seiner Tasche und warf es in einen Mülleimer. Auf dem Rückweg zu seinem Auto ging er in eine Bar, bestellte sich ein Bier und rief aus der altmodischen Telefonkabine erneut Schmitt an.

23

Raymond lief los in Richtung Le Convivial, erst langsam, dann immer schneller. Er fühlte sich unsicher auf den Beinen, als hätte er getrunken. Sein Kopf tat weh. Es wurde dunkel, und er musste die Augen gegen das Scheinwerferlicht der Autos abschirmen. Er hatte keine Ahnung, was er tun sollte. In ihm tobte mörderische Wut. Alle hatten sich gegen ihn verschworen: sein Vater, Irène, Gorski, Yvette, Delph. Vor allem Delph. Wie hatte sie das nicht wissen können? Was war er doch für ein Idiot gewesen, sich da reinziehen zu lassen!

Er kam zu der Kreuzung, an der Delph so lässig die Straße überquert hatte. Dort herrschte der übliche Feierabendverkehr. Er dachte an die schmuddelige Szene im Lagerraum des Johnny's, an seine lächerlichen Versuche, mit seinem schlaffen Penis zwischen die Beine seiner Schwester zu stoßen. Ihm wurde übel. Er stützte sich an einem Laternenpfahl ab und beugte sich würgend vornüber, aber es kam nichts. Er wischte sich mit dem Handrücken über den Mund. Es wäre ganz einfach, er müsste nur vor einem der vorbeifahrenden Laster auf die Straße treten. Raymond stellte sich das Quietschen der Bremsen vor, den Aufprall des Führerhauses auf seinem Brustkorb, das Krachen, wenn sein Kopf gegen den Kühler-grill schlug. Dann das wohltuende Zusammensacken. Der raue Asphalt an seiner Wange, die dunkle Blutpfütze, die sich um seinen Kopf bildete. Die Menschenansammlung, Stimmen, die nach einem Rettungswagen riefen. Die Beteuerungen des Fahrers, dass er nichts hatte tun können: Der Junge sei einfach vor ihm auf die Straße gelaufen.

Vom Fluss der vorbeifahrenden Autos wurde ihm schwindelig. Er wandte sich von der Straße ab. Der junge Mann, der ihm in den Zug gefolgt war, stand etwa zwanzig Meter hinter ihm vor einem Schaufenster an der Ecke Rue de Manège. Als Raymond gesehen hatte, wie er am Bahnhof in Saint-Louis einen ungeschickten Versuch unternahm, sich zu verstecken, war ihm wieder eingefallen, dass Gorski gesagt hatte, er werde ihn im Auge behalten. Dann erinnerte er sich an den jungen Polizisten, der seine Mutter und ihn zum Leichenschauhaus gefahren hatte. In seiner Zivilkleidung sah er ganz anders aus, aber Raymond war sicher, dass er es war. Raymond hatte bis zum letzten Moment gewartet, bevor er in den Zug gestiegen war. Der junge Polizist hatte es ihm sofort gleichgetan und dabei jeden Versuch aufgegeben, so zu tun, als beschatte er ihn nicht. Von dem Moment an, als er in Mülhausen angekommen war, hatte er nicht mehr über seine Schulter geblickt. Was machte es schon, dass ihm jemand folgte? Wenn überhaupt, verstärkte das nur sein Gefühl, dass sich alles zuspitzte.

Er trat auf die Straße. Ein Auto bremste abrupt. Der Fahrer rief ein Schimpfwort durch die Scheibe. Raymond sah ihn mit ausdrucksloser Miene an und lief weiter zur anderen Seite. Er blickte sich um. Der junge Polizist war nirgends zu sehen. Auf der gegenüberliegenden Straßenseite blieb er stehen und entdeckte ihn dann, wie er sich vorsichtig seinen Weg zwischen den Autos hindurchbahnte. Als Raymond sicher war, dass der junge Polizist ihn gesehen hatte, drehte er sich um und rannte die Rue de la Sinne hinunter, bis er gegenüber vom Le Convivial ankam. Dort lief er unschlüssig auf und ab. Was sollte er tun? Er wünschte, er hätte nie den Zettel im Schreibtisch seines Vaters gefunden, wäre nie nach Mülhausen gekommen, hätte Delph nie kennengelernt. Ihm war klar, dass er – wenn er denn wollte – einfach der Rue de la Sinne folgen, in einen Zug nach Saint-Louis steigen und in das Haus an der Rue des Bois zurückkehren konnte, als sei nichts geschehen. Aber das kam für ihn nicht infrage. Es war etwas geschehen. Und es war ohne sein Zutun geschehen. Es war einfach eins auf das andere gefolgt. Und nun lief er hier vor einer Bar auf und ab, die er noch vor wenigen Tagen nicht einmal zu betreten gewagt hätte.

Hinter den spiegelnden Scheiben der Bar war nichts zu erkennen. Raymond tastete seine Taschen ab und merkte dann, dass er seine Zigaretten auf Irènes Küchentisch liegen gelassen hatte. Sicherheitshalber sah er auch in seiner Tasche nach, doch die enthielt nur sein Buch und das Messer. Der junge Polizist war nur noch ein kleines Stück entfernt.

Raymond überquerte die Straße und öffnete die Glastür der Bar. Die Stammgäste saßen um die Tische beim Eingang, wie bei seinem ersten Besuch. Delph war nirgends zu sehen. Er ging zum Tresen. Dédé begrüßte ihn, wie alle seine Gäste, mit einem kurzen Nicken.

Raymond bat um ein Päckchen Gitanes.

Dédé holte die Zigaretten und legte das Päckchen auf den Tresen. Er musterte Raymond mit unbewegter Miene. »Hast du dich geprügelt?«

Raymond sah ihn verständnislos an. Dédé deutete auf die Schürfwunde an seiner Stirn. Instinktiv berührte Raymond die Stelle.

»Ich bin die Treppe runtergefallen«, erklärte er.

»Das sagen sie alle«, erwiderte Dédé trocken.

Mit einiger Mühe kletterte Raymond auf einen der Barhocker. Er schwankte leicht. Er konnte nicht einfach nur die Zigaretten bezahlen und wieder gehen. Also bestellte er ein Bier. Dédé überlegte, ob er es ihm geben sollte. Dann zuckte er die Achseln – was kümmerte es ihn, wenn der Junge betrunken war? – und zapfte ihm das Bier. Raymond versuchte, die Zellophanhülle vom Zigarettenpäckchen zu entfernen, doch seine Hände zitterten zu sehr. Als Dédé ihm das Glas hinstellte, nahm er wortlos das Päckchen und zog die Hülle ab. Raymond dankte ihm. Er nahm eine Zigarette heraus und zündete sie mit einiger Mühe an. Dann drehte er sich auf seinem Hocker um und sah hinaus. Der junge Polizist stand auf dem Gehweg. Es gefiel Raymond, dass es für alles, was möglicherweise geschah, einen Zeugen gab; dass es einen offiziellen Bericht geben würde, der ihn gewiss von jeglicher Verantwortung freisprach.

Obwohl es ihm schwerfiel, versuchte er, seine Umgebung bewusst wahrzunehmen: die eingerissenen Ecken der Poster, mit denen die beiden Säulen, die den Raum unterteilten, beklebt waren; die schwarzen Flecken auf den Dielen, wo die Gäste über Jahrzehnte ihre Zigaretten ausgetreten hatten; Dédés Angewohnheit, sich mit Daumen und Zeigefinger über sein Bärtchen zu streichen; die langsame Bewegung der Zeiger an der Wanduhr. Der alte Mann mit dem Truthahnhals kam herein und schlurfte zum Tresen. Das Geräusch seiner Pantoffeln auf den Dielen klang wie Schleifpapier auf einem Stück Holz. Raymond konnte seinen flachen, schnaufenden Atem hören. Dédé stellte ein Glas Rum auf den Tresen. Der Alte starrte es eine Weile an, beide Hände um das Messinggeländer der Bar geklammert, als müsse er alle Kraft zusammenraffen. Dann nahm er das Glas und leerte es in einem Zug. Er kramte in seiner Hosentasche nach einer Münze und knallte sie auf den Tresen. Dann wandte er sich zu Raymond, musterte ihn mit verächtlicher Miene von oben bis unten und ging, ohne ein Wort zu sagen. Raymond folgte ihm mit seinem Blick, bis er die Bar verlassen hatte. Die Stammgäste sahen aus wie Zuschauer, die auf das Ende der Vorstellung warteten. Unter ihnen war auch der pockennarbige

Mann, der Raymond den Weg gewiesen hatte. Er nickte Raymond zu. Nur die beiden Schachspieler, die ganz auf ihr Spiel konzentriert waren, schienen Raymond nicht wahrzunehmen. Die Zeiger der Uhr näherten sich der vollen Stunde.

Delph kam aus der Damentoilette.

»Hallo, Raymond«, sagte sie. »Was führt dich hierher?« Sie wirkte nicht überrascht, ihn zu sehen.

Trotz allem verspürte Raymond ein plötzliches Verlangen in seinen Lenden. »Ich muss mit dir reden.«

Sie sah zu dem Glas Bier, das vor ihm stand.

»Hast du dich von den *tomates* erholt?«, fragte sie. »Du warst ganz schön betrunken.« Sie schnalzte mit der Zunge und schüttelte in gespielter Missbilligung den Kopf.

Raymond starrte sie verständnislos an. Wie konnte sie so tun, als wäre nichts Besonderes vorgefallen? Aber offensichtlich war sie eine gewiefte Schauspielerin. Vielleicht war das Ganze eine kunstvolle Inszenierung. Ihre Adresse war absichtlich im Schreibtisch seines Vaters versteckt worden, damit Raymond sie fand. Delph – die perfekte Besetzung – war angewiesen worden, das Haus genau im richtigen Augenblick zu verlassen. Und das Messer: Natürlich war es genau dort hingelegt worden, wo er es sehen würde. Wahrscheinlich hatten sie den Briefmarkenladen extra für ihn aufgebaut. Fast rechnete Raymond damit, dass sein Vater hinter der Bar auftauchte, noch als Leiche geschminkt, und alle Schauspieler würden sich lachend verbeugen. Was für ein herrlicher Spaß! Doch natürlich war das Unsinn. Alles, was vorgefallen war, war tatsächlich geschehen. Raymond wurde immer erregter.

Delph sah ihn verwirrt an. »Was ist mit deinem Kopf passiert?«, fragte sie.

»Ich bin vor eurer Wohnung die Treppe runtergefallen«, antwortete Raymond. Es schien sinnlos, die Wahrheit zu verschleiern. »Ich war bei deiner Mutter.«

Delph riss die Augen auf und kniff sie im nächsten Moment wieder zusammen. »Wie bitte?«

»Ich wollte dich sehen, also bin ich zu eurer Wohnung gegangen«, sagte er.

In dem Moment räusperte sich Dédé theatralisch. »Ich störe euer Liebesgeturtel ja nur ungern, aber unsere Patienten warten auf ihre Medizin.« Er deutete auf die Gäste neben der Tür.

Delph wirkte erleichtert über die Ablenkung. Sie griff sich ein Tablett und begann, die Tische abzuräumen. Raymond drehte sich wieder zum Tresen um. Er beobachtete Delph im Spiegel hinter der Bar, während sie die üblichen Begrüßungsfloskeln mit den Stammgästen wechselte. Er trank sein Bier. Delph kam zurück und gab die Bestellungen an Dédé weiter, während sie die leeren Gläser und Tassen auf die Theke stellte. Er räumte sie in die Spüle und begann, die neuen Getränke einzuschenken, die Delph wiederum auf ihr Tablett stellte. Eine eingespielte Routine. Delph stand nah genug, dass Raymond den pfeffrigen Duft ihres Schweißes riechen konnte. Er verspürte plötzlich den starken Drang, sich vor sie hinzuknien und sein Gesicht zwischen ihren Beinen zu vergraben. Er lehnte sich auf seinem Hocker zurück und atmete tief ein. Delph ignorierte ihn demonstrativ und zog mit ihrem vollen Tablett los.

Raymond bestellte sich noch ein Bier.

Dédé sah ihn ruhig an. »Ich glaube, du hast für heute genug gehabt. Zeit, nach Hause zu gehen.«

Raymond starrte ihn herausfordernd an, doch Dédé wandte sich einfach wieder seinen Aufgaben zu. Als Delph zum Tresen zurückkam, wiederholte Raymond seinen Wunsch, mit ihr zu sprechen.

»Wenn du unbedingt mit mir reden willst, komm um zehn noch mal vorbei«, sagte sie.

»Ich muss aber jetzt mit dir reden«, erwiderte er drängend.

Dédé sah von dem Glas auf, das er gerade füllte. »Hast du nicht gehört, was ich gesagt habe, Kleiner? Zeit, zu zahlen und die Biege zu machen.«

Raymond stieg von seinem Hocker und trat einen Schritt auf Delph zu. In ihren Augen flackerte ein Anflug von Angst auf, doch sie blieb, wo sie war, die rechte Hand auf dem Tresen. Aus dem Augenwinkel nahm Raymond die Stammgäste neben der Tür wahr, die die Köpfe reckten, um zu sehen, was da vor sich ging. Selbst die Schachspieler blickten von ihrem Brett auf. Raymond schaute auf die Uhr an der Wand. Seit Delphs Erscheinen waren kaum zehn Minuten vergangen.

»Weißt du nicht, wer ich bin?«, fragte Raymond.

»Natürlich weiß ich das«, erwiderte sie mit einem kurzen Blick zu Dédé. »Du bist ein dummer Junge aus Saint-Louis, der keinen hochkriegt.«

Raymond griff in seine Tasche und holte das Messer heraus. Er zog es aus der ledernen Scheide und hielt die Klinge hoch. Dédé seufzte genervt. Solche Situationen hatte er schon zigmal erlebt. Er kam hinter dem Tresen hervor und stellte sich zwischen die beiden Protagonisten.

»Was soll das denn jetzt werden?«, fragte er.

Er trat einen Schritt auf Raymond zu. Raymond wich zurück, wobei er den Hocker umstieß, auf dem er gesessen hatte.

»Ich muss mit Delph reden.« Er sprach jedes Wort aus, als wäre es ein ganzer Satz. Seine Augen brannten.

Jemand rief: »Los, Dédé, verpass ihm eine!«

In dem allgemeinen Gelächter rief eine andere Stimme: »Mach ihn fertig, Junge!«

Raymond ließ seinen Blick über die Gesichter schweifen, begierig auf ein wenig Action. Der junge Polizist spähte durch die Tür. Wenn sie eine Show wollten, sollten sie sie haben.

Dédé trat mit ausgestrecktem Arm auf ihn zu, um ihn zur Tür zu bringen, doch er wirkte relativ gelassen.

Da Raymond nicht weiter nach hinten ausweichen konnte, trat er einen Schritt vor und fuchtelte wenig überzeugend mit dem Messer herum. Zufällig traf er dabei die Hand des Barkeepers am Daumenansatz. Dédé fuhr zurück und untersuchte die Wunde. Die Zuschauer jubelten halbherzig. Delph fasste sich an die Stirn. Ihr Tablett mit den Getränken fiel zu Boden. Dédé schnappte sich ein Geschirrtuch vom Tresen und wickelte es um seine verletzte Hand. Das Blut sickerte rasch hindurch.

»Tut mir leid«, sagte Raymond, ohne jedoch das Messer zu senken.

Dédé drohte damit, ihm den Arm zu brechen.

Für einen kurzen Moment passierte gar nichts, während die Beteiligten die Lage sondierten. Raymond hätte nur zu gerne das Messer fallen gelassen und den Rückzug angetreten. Wären die erwartungsvollen Zuschauer nicht gewesen und die Tatsache, dass er noch für sein Bier und die Zigaretten bezahlen musste, hätte er es vielleicht auch getan. Er stellte sich ihre spöttischen Kommentare vor, wenn er ging. Bestimmt würde Dédé ihm irgendeine abfällige Bemerkung hinterherrufen. Vielleicht würde er ihn sich sogar schnappen und ihm eine ordentliche Tracht Prügel verpassen. Doch so, wie sich die Dinge darstellten, lag das Ganze bereits außerhalb seiner Kontrolle.

Delph stellte sich neben Dédé. »Du solltest besser verschwinden«, sagte sie. Da erkannte Raymond es plötzlich. Ihre Nase, die am Ansatz so scharf vorsprang und dann schräg nach unten verlief, war die Nase seines Vaters. Ihre ausgeprägten Wangenknochen waren die Wangenknochen seines Vaters. Sogar ihre spöttische Art war ein Spiegelbild seines Vaters. Unglaublich, dass er das nicht eher gesehen hatte.

Raymond dachte daran, wie sie im Lagerraum des Johnny's ihr Hemd aufgeknöpft hatte – das Hemd seines Vaters –, um ihre Brüste zu entblößen. Ihr Duft berauschte ihn. Langsam hob er den Arm an, das Messer noch immer in seiner Hand. Dann stach er es sich mit einer schnellen Bewegung seitlich in den Hals. Er spürte, wie die Klinge die Haut durchschnitt und in den Muskel darunter drang, dann ließ seine Hand instinktiv den Griff los. Das Messer blieb dort ein paar Sekunden stecken, dann fiel es zu Boden. Die Wirkung seiner Tat gefiel ihm. Delph stieß einen unterdrückten Schrei aus. Die Zuschauer schnappten nach Luft. Stühle wurden scharrend zurückgeschoben, als die Leute aufstanden, um besser sehen zu können. Selbst Dédé wirkte überrascht. Raymond stellte sich vor, wie eine Fontäne von Blut auf den Boden spritzte, doch tatsächlich lief nur ein kleines Rinnsal aus der Wunde. Er grinste Delph dümmlich an. Dann gaben seine Beine unter ihm nach. Er fiel vornüber zu Boden, ohne dass seine Arme ihn auffingen. Kurz darauf spürte er den rauen Holzboden unter seiner Wange. Mit einem Mal kam er sich schrecklich dumm vor. Was für ein idiotischer Einfall! Er fragte sich, ob er gleich das Bewusstsein verlieren würde. Und ob das sein letzter Gedanke sein würde: dass er ein Idiot war. Doch so kam es nicht. Er bemerkte allerlei verschiedenes Schuhwerk, das sich um ihn scharte, darunter auch die schwarzen Slipper des pockennarbigen Mannes. Der Schuh eines anderen Gastes hatte sich am Zeh von der Sohle gelöst, und Raymond konnte eine Stelle mit getrocknetem Kleber erkennen. Der Mann hatte offenbar versucht, den Schuh zu reparieren. Er suchte nach Delphs Schuhen, doch sie waren nirgends zu sehen. Er wurde hochgehievt und auf einen Hocker verfrachtet. Jemand schlug vor, einen Krankenwagen zu rufen, aber jemand anderes erwiderte, das sei nicht notwendig. Diverse abfällige Bemerkungen kursierten. Jemand sagte mit leiser Bewunderung, er hätte sich ernsthaft verletzen können. Irgendwann kam der junge Polizist von draußen herein. Er verkündete, er sei von der Polizei, aber mit so wenig Autorität in der Stimme, dass niemand ihn beachtete.

Nachdem man übereingekommen war, dass Raymond nur einen Kratzer hatte, kehrten die Stammgäste an ihre Tische zurück. Die Schachspieler schalteten die Uhr wieder ein und spielten weiter. Der junge Polizist fragte, ob es in der Bar ein Telefon gebe, und wurde auf die Telefonzelle draußen an der Straße verwiesen.

Dédé setzte sich auf den Hocker neben Raymond und wies ihn an, den Kopf zur Seite zu neigen. Dann säuberte er vorsichtig die Wunde an Raymonds Hals. Delph kam hinter dem Tresen hervor und reichte ihm schweigend ein Stück Mull und Pflaster. Sie sah Raymond nicht an und sprach auch nicht mit ihm. Dédé verband die Wunde recht geschickt und fixierte das Mullstück mit einem Pflaster. Dann stand er auf, holte Raymond ein Glas Brandy und wies ihn an zu trinken.

Raymond dankte ihm und entschuldigte sich für den Ärger, den er ihm gemacht hatte. Dédé zuckte die Achseln. »So wild war's ja nicht«, sagte er. Dann brachte er Raymond dazu, seine Taschen zu leeren, und nahm sich alles, was an Münzen da war, als Bezahlung für die Zigaretten und das Bier.

Raymond war erschöpft. Er wollte nach Hause. Er trank den Brandy, den er bekommen hatte. Es war, als wäre nichts geschehen. Jemand musste sein Messer aufgehoben haben, aber er bat nicht darum, es zurückzubekommen. Das Blut, das auf den Fußboden getropft war, hatte jemand aufgewischt. Am Tisch gegenüber der Tür waren Karten herausgeholt worden. Ein dicker Mann mit Hosenträgern teilte gemächlich aus. Die Schachspieler beendeten ihre Partie und packten das Spiel in gewohnter Weise zusammen. Der pockennarbige Mann leerte sein Glas und ging, nachdem er Dédé einen schönen Abend gewünscht hatte. Delph erschien von irgendwo hinter dem Tresen und sammelte ein paar Gläser ein. Niemand machte eine Bemerkung über das, was geschehen war. Sie sah Raymond nicht an. Er hatte kein Verlangen mehr danach, mit ihr zu sprechen. Vielleicht war das alles auch gar nicht wichtig. Er blickte auf die Uhr an der Wand. Seit er die Bar betreten hatte, war kaum eine halbe Stunde vergangen.

Draußen blieb er stehen und betrachtete sein Spiegelbild im unbeleuchteten Schaufenster einer Fleischerei. Er berührte den Verband an seinem Hals. Durch den Mull war ein wenig Blut gesickert. Er strich sich die Haare aus dem Gesicht. An der Stirn, wo er mit dem Kopf auf dem Boden aufgeschlagen war, hatte sich eine bläuliche Beule gebildet. Dazu die Schürfwunde und die zerrissene Hose vom Sturz auf der Treppe. Ein Stück weiter hinten folgte ihm der junge Polizist auf der anderen Straßenseite. Raymond ging zum Bahnhof. Als er auf dem Gleis ankam, fuhr gerade ein Zug ein. Er stieg ein, ohne eine Fahrkarte zu kaufen. Was war das Schlimmste, was passieren konnte? Falls ein Schaffner ihn erwischte, würde er ihn nur in Bartenheim aussteigen lassen.

24

Gorski musste mehrmals nach dem Weg fragen, bevor er die Rue Saint-Fiacre fand. Es war eine unauffällige Straße, ein wenig heruntergekommen, aber respektabel. Er parkte und ging von einem Ende zum anderen. Roland war nirgends zu sehen. Er ging auf der anderen Straßenseite zurück, wobei er kurz vor dem Schaufenster eines Briefmarkenhändlers stehen blieb. Das Sammelsurium darin erinnerte ihn an das Pfandleihhaus seines Vaters.

Er betrat das kleine Café an der Ecke. Es gehörte zu der Sorte, die nur dank einer gewissen Klientel existierte, die zu faul war, mehr als die absolut notwendige Entfernung von ihrem Zuhause zurückzulegen. Der Fußboden bestand aus nacktem Beton, in dem die Metalltür durch das Öffnen und Schließen eine bogenförmige Rille hinterlassen hatte. Neben der Tür stand ein Kühlschrank mit mehreren Eisaufklebern. Es gab vier runde Plastiktische mit kegelförmigem Mittelfuß, die entlang der Wand rechts von der Tür aufgestellt waren. Auf einem Metallregal lagen die Tageszeitungen aus. Hinter dem Tresen befand sich die übliche Auswahl an Zigaretten und Lotteriescheinen. An der Rückwand waren neben der Toilettentür mehrere vergilbte Ausschnitte aus dem *L'Alsace* angepinnt.

Über der Tür war mithilfe einer hässlichen Metallhalterung ein kleiner Fernseher befestigt, der aber nicht eingeschaltet war. Außer Gorski waren keine anderen Gäste da.

Der Besitzer war ein freundlich aussehender Mann um die sechzig. Die Ärmel seines Hemdes waren hochgekrempelt und über dem Ellbogen mit Haltern fixiert. Seine Krawatte war ordentlich gebunden und mit einer silbernen Klammer an der Knopfleiste befestigt. Gorski fragte ihn, ob ein junger Mann hier gewesen sei, um einen Anruf zu tätigen. Der Besitzer bejahte. Darauf wollte Gorski wissen, in welche Richtung er gegangen sei. Der Mann sah ihn mit hochgezogenen Augenbrauen an. Dass er nicht sofort antwortete, lag nicht daran, dass er nicht helfen wollte, sondern daran, dass er die Privatsphäre seiner Gäste respektierte. Gorski zeigte ihm seinen Ausweis.

Der Mann betrachtete ihn aufmerksam und neigte den Kopf als Zeichen der Entschuldigung für sein Zögern. »Tut mir leid, aber darauf habe ich nicht geachtet«, sagte er.

An einem der beiden Tische draußen auf dem Gehweg saß ein dicker Mann mit einem Terrier. Auf dem Tisch stand kein Getränk, und es sah so aus, als habe er sich nur kurz hingesetzt, um zu Atem zu kommen. Gorski ging hinaus und wiederholte seine Fragen. Der Mann überlegte einen Moment und schüttelte dann den Kopf. Er beugte sich hinunter, um seinen Hund hinter den Ohren zu kraulen. Gorski ging wieder hinein und bat um eine Telefonmarke. Er rief in der Wache an. Schmitt nahm ab. Roland hatte sich nicht wieder gemeldet.

»Falls er es tut, sagen Sie ihm, ich bin in dem Café, von dem aus er vorhin angerufen hat.«

»Hat Ihr Freund Sie versetzt?«, fragte Schmitt. Er wollte noch etwas anfügen, doch Gorski legte auf. Er ging zum Tresen und setzte sich auf einen der drei Hocker, die davorstanden. Er zündete sich eine Zigarette an und bestellte ein Bier.

Der Besitzer legte sorgfältig einen Papieruntersetzer vor ihn und stellte eine Flasche darauf. Dann zündete er sich ebenfalls eine Zigarette an. Normalerweise würde sich der Besitzer einer Bar in so einer Situation in irgendeiner Weise beschäftigen – Gläser polieren oder Oberflächen abwischen –, damit sein Gast sich nicht unbehaglich fühlte, weil er alleine etwas trank. Doch der Besitzer des Cafés an der Ecke der Rue Saint-Fiacre tat nichts dergleichen. Er stand einfach hinter dem Tresen und sah Gorski mit freundlicher Miene an. Ab und zu trat er vor, um seine Zigarette am Aschenbecher auf dem Tresen abzuklopfen. Gorski fühlte sich durchaus wohl. Es hatte keinen Sinn, durch die Straßen von Mülhausen zu laufen und nach Roland zu suchen. Es war über eine Stunde her, seit er aus der Telefonzelle vor Weismanns Wohnung angerufen hatte.

Eine alte Frau mit einem Mops betrat das Café. Sie trug eine Stofftasche mit Gemüse. Der Hund hatte Mühe, die eine Stufe am Eingang zu erklimmen. Die Frau setzte sich an den Tisch, der am nächsten bei der Tür stand. Der Besitzer begrüßte sie mit Namen und brachte ihr einen Brandy. Die Frau starrte das Getränk mehrere Minuten lang an, als wolle sie ihre Willensstärke demonstrieren. Dann hob sie das Glas an die Lippen und trank vorsichtig einen kleinen Schluck, als wolle sie prüfen, ob der Brandy vergiftet war. Nachdem sie sich offenbar davon überzeugt hatte, dass dem nicht so war, hob sie das Glas ein zweites Mal und kippte den Rest mit einer schnellen Drehung des Handgelenks hinunter. Sie blieb noch eine Weile sitzen, als wäre der Brandy gar nicht der eigentliche Zweck ihres Kommens gewesen, dann legte sie eine Münze auf den Tisch und ging. Der Besitzer räumte ihr Glas ab und wischte, obwohl es unnötig war, einmal über den Tisch. Als er wieder an seinem Posten hinter dem Tresen war, bestellte Gorski sich noch ein Bier.

Draußen erhob sich der dicke Mann mit dem Hund geräuschvoll von seinem Stuhl. Er grüßte den Besitzer mit einer kurzen Geste durch das Fenster und ging gemächlich davon. Gorski gefiel es hier. Das war ein Ort, an den er sich gewöhnen könnte.

Später am Abend stellte Gorski leise seinen Koffer im Flur ab. Er hatte seiner Mutter nicht gesagt, dass er kommen würde, aber der Tisch am Fenster war für zwei gedeckt.

»Ah, da bist du ja. Ich wollte gerade noch mal nach dir rufen«, sagte sie, als er eintrat.

»Ich bin's, Georges«, sagte er.

Sie blickte zur Tür.

»Ah«, sagte sie lächelnd. »Dann muss ich noch ein Gedeck holen.«

Sie bewegte sich mühsam zur Anrichte, wo die Platzdeckchen und Servietten aufbewahrt wurden.

»Das brauchst du nicht, Maman«, sagte Gorski. »Wir sind nur zu zweit.«

Auf dem Gesicht seiner Mutter flackerte kurz Verwirrung auf, doch dann ging sie in die Küche, wo ein Topf mit Bouillon vor sich hin köchelte. Gorski setzte sich auf den Platz, den Mme Gorski für seinen Vater gedeckt hatte. Es dauerte ewig, bis sie zwei Teller mit Suppe gefüllt und zum Tisch gebracht hatte, aber Gorski ließ sie machen.

Als sie sich hinsetzte, fragte er, ob Wein da sei, obwohl er wusste, dass im Schrank unter der Spüle mehrere Flaschen standen. Mme Gorski erwiderte, sie trinke nur noch selten Wein, aber er könne gerne nachsehen. Gorski holte eine Flasche und machte sie auf. Er schenkte seiner Mutter ein wenig davon ein.

»Das ist gut für dich«, sagte er. »Hält das Blut rein.« Das war ein Spruch seines Vaters gewesen. Sich selbst füllte er das Glas bis zum Rand. Er brach zwei Stücke von dem Baguette ab, das seine Mutter auf den Tisch gelegt hatte. Eines davon bestrich er mit Butter und legte es auf den Brotteller seiner Mutter, aber sie aß es nicht.

Schweigend löffelten sie ihre Suppe. Als sie fertig waren, räumte Gorski die Teller in die Küche und wusch in aller Ruhe ab. Als er ins Wohnzimmer zurückkehrte, saß seine Mutter wieder in ihrem Sessel am Kamin. Gorski schenkte sich noch ein Glas Wein ein. Das Schweigen war bedrückend. Er wusste nicht, wie er ihr sagen sollte, dass er über Nacht bleiben wollte. Er ging in den Flur, nahm seinen Koffer und brachte ihn in sein früheres Zimmer, wobei er sorgsam die Tür einen Spalt offen ließ.

Er war seit mindestens zwanzig Jahren nicht mehr in diesem Zimmer gewesen. Es war winzig, gerade groß genug für den kleinen Schreibtisch, an dem er einst seine Hausaufgaben gemacht hatte, den wuchtigen Schrank und das schmale Bett. Es roch nach alten Büchern. Er öffnete das kleine Fenster. Dann legte er den Koffer aufs Bett. Darüber hingen zwei Regale mit den Krimis, die er als Heranwachsender so gerne gelesen hatte.

Er ging zurück ins Wohnzimmer, blieb jedoch im Türrahmen stehen. Seine Mutter lächelte ihm aus ihrem Sessel traurig zu. Er brauchte ihr nichts zu erklären. Gorski deutete auf die Mesusa, die am Türpfosten hing.

»Weißt du, Maman, ich habe mich oft gefragt, was es mit diesem Ding auf sich hat«, sagte er.

Mme Gorski sah ihn verständnislos an. Gorski zeigte nachdrücklicher auf die verzierte Schriftkapsel.

»Es ist hübsch, nicht?«, fragte sie.

»Ja, aber ich habe mich gefragt, wie es hierhergekommen ist.«

Mme Gorski schüttelte leicht den Kopf. »Es war schon da, als dein Vater und ich hier eingezogen sind«, antwortete sie. »Oder dein Vater hat es dahin gehängt. Ich weiß es nicht mehr. Er hat ständig Sachen aus dem Laden mit raufgebracht.«

Gorski nickte. Er setzte sich an den Tisch, zu seiner Mutter gewandt. Ihr fielen die Augen zu. Nach ein paar Minuten verkündete sie, sie werde jetzt zu Bett gehen; er möge dann bitte später das Licht ausmachen. Er wünschte ihr eine gute Nacht. Er blieb noch eine Weile am Tisch sitzen. Es war ein seltsames Gefühl, allein in der Wohnung seiner Eltern zu sein. Er ertappte sich bei der Vorstellung, wie Lucette Barthelme im Sessel seiner Mutter saß. Die Tatsache, dass es jetzt nichts mehr gab, was ihn daran hinderte, sie zu besuchen, stimmte ihn traurig. Vielleicht sollte er auf ein oder zwei Bier ins Restaurant de la Cloche gehen. Was wäre naheliegender? Vielleicht würde er eines Abends sogar Lemerres Angebot annehmen, sich dem Kartenspiel anzuschließen. Aber er wollte nicht, dass seine Mutter hörte, wie er noch einmal wegging. Womöglich würde sie Angst bekommen, wenn er spätabends zurückkam. So wartete er stattdessen, bis er sicher war, dass sie schlief, und holte sich dann noch eine Flasche Wein aus dem Schrank unter der Spüle.

NACHWORT

Als *L'Accident sur l'A35* im Frühjahr 2016 in Frankreich erschien, konzentrierten sich die Artikel in der Presse weniger auf die Vorzüge des Buchs als auf die Frage, inwieweit es ein Werk der Fiktion sei. Diese Reaktion hat Raymond Brunet selbst provoziert durch das Motto, das er seinem Roman vorangestellt hat – *Was ich soeben geschrieben habe, ist falsch. Ist richtig. Ist weder falsch noch richtig –,* das wiederum aus Jean-Paul Sartres bekanntermaßen unzuverlässigen Memoiren stammt. Dank ihrer geschickten Vermarktung des Buchs haben die Éditions Gaspard-Moreau die Leser dazu ermuntert, das Werk als autobiografische Erinnerungen zu verstehen. Anstatt einer klassischen Pressekampagne wurde bei abendlichen Treffen in den Bars des Quartier Latin, wo der Verlag seinen Sitz hat, gezielt das Gerücht über die Existenz zweier weiterer Manuskripte von Brunet gestreut. Das tauchte alsbald bei Twitter und in ein paar obskuren Blogs auf, doch der Verlag weigerte sich, offiziell dazu Stellung zu nehmen. Schließlich erschien in der Wochenendausgabe von *Le Monde* ein Artikel mit der Überschrift *Le retour de l'étranger,* der wiederum weitere Kommentare und Vermutungen auslöste. Abgesehen von der Gratiswerbung half dies auch dabei, den weitgehend vergessenen Raymond Brunet wieder ins Bewusstsein des lesenden Publikums zu bringen. Vor der Veröffentlichung wurden keine Rezensionsexemplare verschickt, was zwar zu Spekulationen führte, der Roman sei nur mittelmäßig, aber paradoxerweise das Interesse in der französischen Literaturszene nur umso mehr anheizte. Gaspard-Moreau, den viele für Frankreichs konservativsten Verlag halten, brachte das Buch zunächst in einer bescheidenen Erstauflage von ein paar Hundert Exemplaren heraus. Diese war natürlich innerhalb weniger Tage ausverkauft, und die Nachfrage so groß, dass der Verlag eine wesentlich größere Zweitauflage nachdrucken ließ. Innerhalb weniger Monate verkaufte sich *L'Accident sur l'A35* ebenso oft wie Brunets erster Roman in vierunddreißig Jahren.

Inwieweit ist *Der Unfall auf der A35* also »wahr«? Wie vermutlich bekannt ist, wurde Raymond Brunet 1953 in Saint-Louis geboren. Abgesehen von einem kurzen Aufenthalt in Paris nach der erfolgreichen Verfilmung von *La disparition d'Adèle Bedeau* im Jahr 1989 lebte er bis zu seinem Selbstmord 1992 zurückgezogen in seiner Heimatstadt. Nach allem, was man weiß, war er ein liebenswürdiger, aber in sich gekehrter Mann, der offenbar wie viele seiner Figuren die alltäglichen Begegnungen mit anderen Menschen als geradezu traumatisierend erlebte.

Ein großer Teil von *Der Unfall auf der A35* ist ganz eindeutig autobiografisch geprägt. Raymond Brunet war wie sein fiktionales Alter Ego Raymond Barthelme der Sohn eines strengen Rechtsanwalts, der ebenfalls Bertrand hieß. Er wuchs in einem stattlichen Haus am grünen Stadtrand von Saint-Louis auf, allerdings nicht in der Rue des Bois – die ist, wohl in einem halbherzigen Versuch, die Privatsphäre seiner Mutter zu schützen, erfunden. Die meisten im Roman geschilderten Orte, sowohl in Saint-Louis wie auch in Mülhausen, haben jedoch reale Vorbilder. Allerdings muss an dieser

Stelle festgehalten werden, dass Saint-Louis keineswegs so trist ist, wie es im Buch geschildert wird. Unbedeutend vielleicht, aber weder die Stadt noch ihre Einwohner verdienen Brunets abfällige Beschreibung, die zweifellos mehr über den Selbsthass des Autors aussagt als über die Stadt und ihre Menschen. Von entscheidender Bedeutung ist jedoch, dass das zentrale Ereignis des Romans fast genauso im wahren Leben passiert ist. Am späten Abend des 9. Oktober 1970 – eine Woche vor Brunets siebzehntem Geburtstag –, kam Bertrand Brunets Mercedes ein paar Kilometer nördlich von Saint-Louis auf der A35 von der Fahrbahn ab. Brunets Vater war sofort tot. Und wie im *L'Alsace* vermerkt wurde, war es »ein wenig rätselhaft«, wieso er um diese Zeit dort unterwegs gewesen war.

Die Ausgangssituation und die zentralen Figuren des Romans basieren also eindeutig auf Tatsachen, aber was ist mit dem Rest der Geschichte? Die etwas schrille Nebenhandlung um den Mord an Véronique Marchal ist mit Sicherheit erfunden. Einen solchen Mord gab es zu der Zeit in Straßburg nicht, und die Beschreibung des Verbrechens erinnert stark an den Anfang von Claude Chabrols Film *Juste avant la nuit* von 1971, in dem ein Geschäftsmann mittleren Alters seine Geliebte unter recht ähnlichen Umständen wie im Buch erdrosselt. Chabrol hatte bei der Verfilmung von *La disparition d'Adèle Bedeau* Regie geführt, und man kann davon ausgehen, dass Brunet, der ohnehin ein Filmliebhaber war, seine früheren Werke gesehen hatte.

Wesentlich ungewisser ist indes der Wahrheitsgehalt der Abenteuer von Raymond Barthelme in Mülhausen. Zur großen Freude der Verlagsleitung von Gaspard-Moreau machten sich ein paar Journalisten daran, die »wahre Geschichte« hinter *Der Unfall auf der A35* herauszufinden. Hilfreich war dabei, dass es in der Tat eine Bar namens Le Convivial an der Rue de la Sinne gab (und immer noch gibt), und obgleich sie nur entfernte Ähnlichkeit mit ihrer

Namensvetterin im Buch hat, wurde sie für eine Weile das inoffizielle Basislager dieser literarischen Detektive. Niemand von den Stammgästen oder Angestellten dort erinnert sich an einen Zwischenfall wie den, der den Höhepunkt des Romans bildet, und ebenso wenig an einen jungen Mann wie Raymond Barthelme. Doch wie sollten sie auch? Falls diese Ereignisse tatsächlich stattgefunden haben, so war das über vierzig Jahre her. Einer der Stammgäste, der mittlerweile in seinen Siebzigern war, erinnerte sich vage, dass es einmal einen Barmann namens Dédé gegeben hatte, doch er wurde nie gefunden.

Die Aktivitäten der Journalisten konzentrierten sich im Wesentlichen auf die Rue Saint-Fiacre. Die Straße liegt nur wenige Gehminuten von der Rue de la Sinne entfernt, aber obwohl sie im Großen und Ganzen so aussieht wie im Roman beschrieben, gibt es dort weder einen Briefmarkenladen noch ein Café an der Ecke. Falls sich in der Rue Saint-Fiacre tatsächlich eine Episode aus Raymond Brunets Leben abgespielt hat, hängen diese Abweichungen vielleicht einfach nur mit der Unzuverlässigkeit der Erinnerung zusammen. Oder es mag sein, dass der Autor sie erfunden hat, um bestimmte Elemente in seine Geschichte einzuführen, insbesondere den Diebstahl des Messers, der stark an eine Szene in Sartres *Zeit der Reife* erinnert; dort kauft die Figur des Boris in einem ganz ähnlichen Geschäft ein Messer und stiehlt dann ein Wörterbuch. Andererseits kann es durchaus sein, dass sich die – möglicherweise wahren – Ereignisse in einer anderen Straße abgespielt haben, zumal Brunet seinem eigenen Zuhause in Saint-Louis einen fiktiven Straßennamen gegeben hat. Oder aber die Wahl der Rue Saint-Fiacre ist einfach nur eine Verneigung vor Brunets literarischem Vorbild Georges Simenon, der einen seiner frühen Romane *L'Affaire Saint-Fiacre* genannt hat.

Doch weder dies noch der Umstand, dass Irène Comte – sofern es sie denn gegeben hat – mittlerweile Mitte achtzig sein müsste, hielt die Journalisten davon ab, an sämtlichen Wohnungstüren der Straße zu klingeln. Eine alte Dame namens Isabelle Cabot, die in der Rue Saint-Fiacre Nummer 10 wohnte (schräg gegenüber von Nummer 13), erklärte, sie habe nie einen Bertrand oder Raymond Brunet gekannt. Allerdings hatte sie eine Tochter, die – Zufall oder nicht – Delphine hieß und in Lyon lebte. Ohne es zu wollen, heizte Isabelle Cabot die Spekulationen noch zusätzlich an, indem sie sich weigerte, mit den Journalisten zu sprechen. Einige behaupteten, sie bleibe nur ihrem Versprechen gegenüber Bertrand Brunet treu, ihre Beziehung geheim zu halten. Und hätten sich die Dinge wirklich so abgespielt wie im Roman beschrieben, wäre es nur verständlich, wenn Delphine nicht wollte, dass sie in aller Öffentlichkeit breitgetreten wurden. Allgemein ging man jedoch davon aus, dass die Aufmerksamkeit, die sich auf die beiden Frauen richtete, nichts weiter war als eine unangemessene Belästigung zweier Personen, die mit der höchstwahrscheinlich erfundenen Geschichte nicht das Geringste zu tun hatten.

Ob Isabelle und Delphine die Vorbilder für Irène und Delph waren, wird wohl niemals geklärt werden (Isabelle ist inzwischen verstorben). Gleichzeitig muss man sich fragen, warum Brunet, falls die Ereignisse, die im Roman geschildert werden, tatsächlich nur erfunden waren, so großen Wert darauf legte, dass dieser nicht zu Lebzeiten seiner Mutter veröffentlicht wurde. Und wenn es, um die Spekulationen noch ein wenig weiterzutreiben, tatsächlich eine sexuelle Beziehung zwischen Brunet und einer Halbschwester gegeben hat, so würde das daraus resultierende Trauma möglicherweise erklären, warum Brunet später solche Schwierigkeiten mit dem anderen Geschlecht hatte. Während seines Aufenthalts in Paris, als die Verfilmung von *La disparition d'Adèle Bedeau* präsentiert wurde, entwickelte Emmanuelle Durie, die Schauspielerin, die die Titelrolle spielte, eine gewisse Zuneigung für ihn. Die beiden gingen heimlich zusammen essen und besuchten gemeinsam die

Galerien der Stadt. In einem Interview viele Jahre nach Brunets Tod beschrieb Durie ihn als sanften, intelligenten Mann mit der Fähigkeit, über seine eigenen Schwächen zu lachen. Am liebsten saß er im Jardin du Luxembourg und stellte Vermutungen über das Leben der Menschen an, die an ihm vorbeigingen. Sie gab zu, sie sei ziemlich in ihn verliebt gewesen. Aber sie sagte: »Er schien regelrecht Angst vor jeglichem sexuellen Kontakt zu haben.« Damals hatte sie angenommen, er sei homosexuell, stehe aber nicht dazu.

Doch obwohl solche Spekulationen zweifellos recht unterhaltsam sind, sind sie unterm Strich doch nichts weiter als Klatsch und Tratsch. Es geht nicht darum, ob *Der Unfall auf der A35* »wahr« ist, sondern ob er gut ist. Der Maßstab für die »Wahrheit« eines Romans ist nicht, ob die darin geschilderten Figuren, Orte und Ereignisse auch außerhalb der Buchseiten existieren, sondern ob sie uns Lesern authentisch erscheinen. Wenn wir einen Roman aufschlagen, gehen wir mit ihm einen Pakt ein. Wir wollen uns in seine Welt begeben. Wir wollen mit den Figuren in Beziehung treten, ihre Handlungen psychologisch glaubwürdig finden. Wir tauchen bis zu einem gewissen Grad in die Geschichte ein, und auch wenn wir nie vergessen, dass sie erfunden ist, erleben wir die Enttäuschungen, Demütigungen und kleinen Erfolge der Figuren mit, als wären sie unsere eigenen. Ein Roman ist, um es mit Sartres Worten zu sagen, »weder falsch noch richtig«, aber er muss sich wahr anfühlen.

In jedem Fall muss er sich für Raymond Brunet wahr angefühlt haben. Sowohl als Autor wie auch als Mensch war er in seiner Heimatstadt gefangen. Die Einwohner von Saint-Louis, die ihm schon seine frühere Schilderung der Stadt übel genommen hatten, fanden auch in *Der Unfall auf der A35* wenig, was sie hätte besänftigen können. Und auch die Figuren stammen wieder aus demselben Bühnenmanuskript, und ob sie nun tatsächlich autobiografisch sind oder nicht, sie spiegeln das Innenleben eines Menschen, der im

Laufe seines Lebens offenbar immer neurotischer geworden ist. Seine vorübergehende Berühmtheit und die viel zu kurze Zeit, die er in der weltoffenen Atmosphäre von Paris verbrachte, müssen ihm die Monotonie seines Lebens in Saint-Louis nur umso deutlicher vor Augen geführt haben. Der Umstand, dass Brunet praktisch auf den Tod seiner Mutter gewartet hat, um seine weiteren Werke zu veröffentlichen, muss eine unerträgliche Qual gewesen sein, sodass er es letzten Endes vorzog, seinen eigenen Tod herbeizuführen, anstatt auf den seiner Mutter zu warten.

Obgleich das geschickte Marketing von Gaspard-Moreau dafür sorgte, dass der Roman sich sogar besser verkaufte als *La disparition d'Adèle Bedeau,* waren die Reaktionen der Kritiker gemischt. Eine Rezensentin äußerte sich erst herablassend über den »absurden Zirkus« bei Erscheinen des Romans und bemerkte dann, es sei vollkommen nachvollziehbar, warum Brunet es vorgezogen habe, sich umzubringen, anstatt das Buch zu veröffentlichen. Es sei, so schrieb sie, das Werk eines Autors, der »nur eine einzige Idee hatte, und nicht einmal eine gute«. Jean Martineau hingegen äußerte in der Zeitschrift *Lire,* er sei froh, endlich einmal einen Roman zu finden, »der sich der Effekthascherei eines großen Teils der zeitgenössischen Belletristik enthält und stattdessen auf die altbewährten Tugenden von Figur und Handlung setzt«. Das Buch sei, so schrieb er, »hoffnungslos und angenehm altmodisch«.

Es ist natürlich den Lesern dieses Buches selbst überlassen, zu entscheiden, wer recht hat. Ein Übersetzer ist zuallererst Leser, und ich hoffe, dass es auch anderen Lesern Freude bereitet, in die nichtssagenden Straßen von Saint-Louis zurückzukehren.

Graeme Macrae Burnet, April 2017

DANKSAGUNG

Als Erstes möchte ich der Society of Author's Foundation dafür danken, dass sie meine Arbeit an diesem Buch mit einem Stipendium unterstützt hat.

Danke auch an: Michael Heyward und Jane Pearson von Text Publishing sowie meiner guten Freundin und treuen Leserin Victoria Evans für ihre wertvollen und hilfreichen Kommentare zu früheren Versionen dieses Buchs; an Craig Hillsley, meinen Lektor bei Saraband, für seine Sorgfalt und seine zahllosen klugen Anmerkungen und Vorschläge; und an Julie Sibony, die so geduldig meine Fragen zu allerlei Französischem beantwortet hat. Eventuelle Fehler gehen allein auf mein Konto.

An Sara Hunt: Deine Geduld, deine Sachkenntnis und dein Humor sind unvergleichlich. Es ist ein Privileg, von dir verlegt zu werden.

Und schließlich, wie immer, an Jen, die mich mehr denn je ermutigt, unterstützt und erträgt. Ohne dich könnte ich das alles nicht.

KOMMISSAR GORSKI ERMITTELT: DER ERSTE ELSASSKRIMI VON GRAEME MACRAE BURNET

Klappenbroschur · 288 Seiten · ISBN 978-3-95890-125-4

Keine Frage: Manfred Baumann ist ein Sonderling. Obwohl als Bankdirektor der elsässischen Gemeinde Saint-Louis in guter Stellung, tut sich der 36-Jährige schwer im Umgang mit Menschen. Umso wichtiger sind für den eigenbrötlerischen Junggesellen seine gewohnten Routinen: ein penibel geplanter Tagesablauf, die regelmäßigen Ausflüge nach Straßburg zu den leichten Mädchen von Madame Simone und die Besuche in seinem Stammlokal. Tag für Tag beobachtet er dort, meist schweigend, die blutjunge Kellnerin Adèle Bedeau. Bis sie eines Abends spurlos verschwindet. Manfreds Welt gerät ins Wanken, als Kommissar Georges Gorski die Ermittlungen im Fall Adèle Bedeau aufnimmt ...

www.europa-verlag.com

DER SENSATIONSERFOLG VON BESTSELLERAUTOR GRAEME MACRAE BURNET

Klappenbroschur · 344 Seiten · ISBN 978-3-95890-055-4

August 1869: Ein verschlafenes Bauerndorf an der Nordwestküste Schottlands wird von einem brutalen Dreifachmord erschüttert. Der Täter ist rasch gefunden. Doch was trieb den siebzehnjährigen Roderick Macrae, Sohn eines armen Landwirts, dazu, drei Menschen auf bestialische Weise zu erschlagen? Während Roddy im Gefängnis auf seinen Prozess wartet, stellen die scharfsinnigsten Ärzte und Kriminaler des Landes Nachforschungen an, um seine Beweggründe aufzudecken. Ist der eigenbrötlerische Bauernjunge geisteskrank? Roddys Schicksal hängt nun einzig und allein von den Überzeugungskünsten seines Rechtsbeistandes ab, der in einem spektakulären Prozess alles daran setzt, Roderick vor dem Galgen zu bewahren.

EUROPAVERLAG